發出自己的天問

楊牧詩與文論

一首人生和思想的小長詩
——序《楊煉創作總集一九七八－二〇一五》

楊煉

「小長詩」，是一個新詞。我記得，在二〇一二年創始的北京文藝網國際華文詩歌獎投稿論壇上，在蜂擁而至的新人新作中，這個詞曾令我眼前一亮。為什麼？僅僅因為它在諸多詩歌體裁間，又添加了一個種類？不，其中含量，遠比一個文體概念豐厚得多。仔細想想，「小——長詩」，這不正是對我自己和我們這一代詩人的最佳稱謂？一個詩人，寫作三十餘年，作品再多也是「小」的。但同時，這三十餘年，中國和世界，從文革式的冷戰加赤貧，到全球化的金錢喧囂，其滄桑變遷的幅度深度，除「長詩」一詞何以命名？由是，至少在這裡，我不得不感謝網路時代，它沒有改變我的寫作，卻以一個命名，讓我的人生和思想得以聚焦：「小長詩」，我錨定其中，始終續寫著同一首作品！

《楊煉創作總集一九七八－二〇一五》共十卷（臺灣秀威資訊科技股份有限公司的一卷《發出自己的天問》，加大陸華東師大出版社的九卷本），就是這個意義上的「一部」作品。一九七八年，北京街頭，我們瘦削、年輕、理想十足又野心勃勃，一句「用自己的語言書寫自己的感覺」，劃定了非詩和詩的界碑。整個八十年代，反思的能量，從現實追問進歷史，再穿透文化和語言，歸結為每個人質疑自身的自覺。這讓我在九十年代至今的環球漂泊中，敢於杜撰和使用「中國思想詞典」一詞，因為這詞典就在我自己身上。這詞典與其他文化的碰撞，構成一種思想座標系，讓急劇深化的全球精神困境，內在於每個人的「小長詩」，且驗證其思想、美學品質是否真正有效。站在二〇一五年這個臨時終點上，我在回顧和審視，並一再以「手稿」一詞傳遞某種資訊，但願讀者有此心力目力，能透過我不斷的詩意變形，辨認出一個中文詩人，以全球語境，驗證著中國文化現代轉型的總主題：「獨立思考為體，古今中外為用」。繞過多少彎路，落點竟如此切近。一個簡潔的句子，就濃縮、涵蓋了我們激盪的一生。

我說過：「我曾離散於中國，卻從未離散於中文」。三十多年，作家身在何處並不重要，重要的是作品——以自身為「根」，主動汲取一切資源，生成自己的創作。「總集」的十卷作品，有一個完整結構：首先，秀威版一卷，收錄了所有限於大陸政治環境，無法在那裡出版、或不得不做重要刪改的作品。我得承認，作為中文作家，我由衷慶幸、感激有臺灣這塊「說中文的土地」在，從而給艱難轉型的中國文化提供了一個良性範本，給用中文寫作的作家一塊自由表達的思想基地。這重要與美好，不親歷中國文化自我更新的深度和難度，簡直無從體會。我能理解大陸文化人的困境，也同意適當轉圜，讓作品推動那裡的變化。但同時，清晰的原則也必須有：就作品而言，收在秀威卷中的這些才是原版和正版。在大陸遭到「修訂」的，很遺憾，只能被視為一種正式盜版。

其次，上海華東師範大學出版社的「總集」九卷，其結構依次如下：

第一卷　《海邊的孩子》，收錄幾部我從未正式出版的（但卻對成長極為必要的）早期作品。

第二卷　《□》（一個我的自造字，用作寫作五年的長詩標題），副標題「中國手稿」，收錄我一九八八年出國前的滿意之作。

第三卷　《大海停止之處》，副標題「南太平洋手稿」，收錄我幾部一九八八－一九九三年在南太平洋澳大利亞和紐西蘭的詩作，中國經驗與漂泊經驗漸漸匯合。

第四至五卷　《同心圓》、《敘事詩》、《饕餮之問》、《空間七殤》，收錄一九九四年之後我定居倫敦、柏林至今的詩作，姑且稱為「成熟的」作品。

第六卷　散文集《月蝕的七個半夜》，彙集我純文學創作（以有別於時下流行的拉雜「散文」）意義上的散文作品，有意識承繼始於先秦的中文散文傳統。

第七卷　思想、文論集《雁對我說》，精選我的思想、文學論文，應對作品之提問。

第八卷　中文對話、訪談選輯《一座向下修建的塔》，展示我和其他中文作家、藝術家思想切磋的成果。

第九卷　國際對話集和譯詩集《仲夏燈之夜塔》，收入我歷年來與國際作家的對話（《唯一的母語》），和我翻譯的世界各國詩人之作（《仲夏燈之夜塔》），展開當代中文詩的國際文本關係，探索全球化語境中當代傑作的判斷標準。

如果要為這十卷本「總集」確定一個主題，我願意借用對自傳體長詩《敘事詩》的描述：「大歷史纏結個人命運，個人內心構成歷史的深度。」這首小長詩中，詩作、散文、論文，三足鼎立，對話互補，自圓其說。一座建築，兼具象牙塔和堡壘雙重功能，既自足又開放，不停「眺望自己出海」，去深化這個人生和思想的藝術項目。一九七八－二〇一五，三十七年，我看著自己，不僅寫進、更漸漸活進屈原、奧維德、杜甫、但丁們那個「傳統」——「詩意的他者」的傳統，這裡的「詩意」，一曰主動，二曰全方位，世界上只有一個大海，誰有能力創造內心的他者之旅，誰就是詩人。

時間是一種X光，回眸一瞥，才透視出一個歷程的真價值（或無價值）。我的全部詩學，說來如是簡單：「必須把每首詩作為最後一首詩來寫；必須在每個詩句中全力以赴；必須用每個字絕地反擊。」那麼，「總集」是否意味著結束？當然不。小長詩雖然小，但精彩更在其長。二〇一五年，我的花甲之年，但除了詩這個「本命」，「年」有什麼意義？我的時間，都輸入這個文本的、智力的空間，轉化成了它的品質。這個化學變化，仍將繼續。我們最終能走多遠？這就像問，中國文化現代轉型那首史詩能有多深。我只能答，那是無盡的。此刻，一如當年：「人生——日日水窮處，詩——字字雲起時。」

二〇一五年四月十九日

於汕頭大學旅次

目次

003 一首人生和思想的小長詩
——序《楊煉創作總集一九七八—二〇一五》

一、詩作篇

014 謊言背後　他們又被謊言殺死
016 給一個大屠殺中死去的九歲女孩
018 死角
019 天堂的血跡
022 失蹤
025 一九八九年
039 政治詩（三首）

現實哀歌

044 一粒葵花籽的否定句——致艾未未
046 抵達（贈Breyten Breytenbach）

055 超前研究（贈Adonis）
064 輓詩

《豔詩》

078 我們做愛的小屋（代序）
080 承德行宮
082 彎刀
084 窗外的雪地
086 小女賊的篩子眼兒
089 銀貴妃的植物園
091 海鮮
095 紫鬱金宮：慢板的一夜
098 豔詩（一）
101 豔詩（二）
104 豔詩（三）

107 JAPANESE LOVE HOTEL
118 蠶馬（一）
120 蠶馬（二）
122 蠶馬（三）
124 蠶馬（四）
126 蠶馬（五）
128 蠶馬（六）
130 島（之一）
132 島（之二）
134 島（之三）
136 島（之四）
138 視覺，或島之五——給MICHELLE LEGGOTT
140 SAILOR'S HOME

二、思想篇

156 悼詞（與顧城合作）
159 廣場
161 空居
163 摘不掉的面具——《面具與鱷魚》序
166 為什麼一定是散文——《鬼話》自序
171 追尋作為流亡原型的詩
177 回不去時回到故鄉
184 柏林思索：冷戰經驗的當代意義
192 追尋更澈底的困境——我的「中國文化」之思
201 發出自己的天問——兼談當代中文獨立寫作
218 逍遙如鳥——高行健七秩賀壽文集序
224 成於言——從高行健作品看藝術的境界
241 新世界——全球化語境和歐洲的自省
250 「民主」是個大問號

257 作一個主動的「他者」
——我們能從二〇〇九年法蘭克福書展學到什麼？
264 雁對我說
270 家風——《敘事詩》序
278 卡普里的月光——二〇一四年卡普里國際詩歌獎受獎辭
282 詩意思考的全球化——或另一標題：尋找當代傑作
298 詩意的他者——序德譯《同心圓》
303 玉梯——當代中文詩選序
323 詩歌跨越衝突
326 無盡穿流於謝赫拉莎德口中的夜
338 詩意孤獨的反抗——我所謂「獨立中文寫作」
347 憶蘇珊·桑塔格
——以個人的聲音反抗世界性的自私、冷漠和玩世不恭
353 救治中毒的心靈
——獨立中文筆會二〇〇八年自由寫作獎頒獎辭

357 設想一座麻雀紀念碑——為柏林猶太紀念碑討論而作
360 回擊世界性的自私和冷漠
368 中國文學的政治神話——中國傳統文化現代轉型的困境
375 市場，還是新官方——九十年代中國大陸文學藝術之我見
379 誰玩誰——「玩世」析
390 無聲者的呼號
——序《北京文藝網國際華文詩歌獎英譯詩選》

三、對話篇

398 流亡使我們獲得了什麼？——楊煉和高行健的對話

一、詩作篇

*本文為楊煉國際詩歌對話集《唯一的母語》序言。

謊言背後

他們又被謊言殺死

××先生：

大函收悉，很感謝你的關切。

我去年八月出國，原訂訪問澳洲一年，沒想到今年春就出事了。自七九年起，我們整整等了十年，寫了十年，或悲憤，或絕望，不敢奢求普天下的奮起，只要在自己的詩的世界裡作一個人。沒想到等來的竟是如此響亮的一聲怒吼！我深為此次遠遊而遺憾，倘在國內，天安門前必會多一個身影，多一份吼聲，當然，也可能會多一次死亡。但世界上還有哪個民族比中國人更熟悉死亡嗎？被槍彈打死的人們，如今又在被謊言殺死，反覆殺死。每個人只有一次生，卻有無數次死。五千年下來，死神真是大豐收了。

〈悼詞〉一文，寫作匆匆，因為是要在追悼會上讀的，因此必須「易懂」、「上口」。我覺得對死亡（尤其是這一次！）感受的挖掘尚不夠勁！或許是事實太強烈了，語言註定會蒼白無力，以致多餘。

最近，又有四首詩，總題為《謊言背後》，或可於〈悼詞〉不足處彌補一二？奉上，敬請指教。如合適亦作投稿。

現在大陸和家回不去，旅居紐西蘭，生活的困難不必說，心理的壓力亦很大。我太珍視語言和土地那種血肉關聯了。以至於實在無法想像一種「世界性的寫作」。所以「天安門」對我也是一次死亡，能否在「悼亡」之後「新生」，尚未可知。

初次寫信，便談了這許多，好在你說過「不必見外」。有機會亦盼往臺灣一遊，看看那塊「說中文的土地」。

早已讀過你不少詩文，甚愛。不談。握手。

楊煉　上

一九八九年七月二十五日

給一個大屠殺中死去的九歲女孩

他們說一根紅皮筋把你絆倒了
你跳出白粉筆的房子
雨聲響得怕人的日子

九個彈坑在你身上發甜
他們說你把月亮玩丟了
墓草青青　是新換的牙齒

在一個無須哀悼的地方萌芽
你沒死　他們說
你還坐在小木桌後邊

目光碰響黑板
下課鈴驟然射擊
一陣空白　你的死被殺死

他們說　現在　你是女人是母親
每年有個沒有你的生日
像生前那樣

死角

你撲倒的地方一片空白
而黑暗中的軀體
彎成死角

槍聲躲在裡面哭泣
名字躲進更裡邊　膽怯得
希望被忘記

沒入每個人
每個夜晚
在零點　重新滴血

天堂的血跡

此刻天使的笑聲是槍聲
笑出眼淚　血色的黎明
地下室裡一場冷雨

魔鬼們環繞一棵菊花烤火
咒罵六月的壞天氣
下水道瘋了　殘肢湧出
落月和冰雹的腥臭淤泥
湯匙撈起一隻聾耳
反正死亡是不透明的

天使坐在鐵椅子上笑
天使的笑聲擊落飛鳥
樓上樓下

死者裸體如一條條舌頭
被黑貓在牆角追逐
被忘卻的時辰再屠殺一次
菊花看見
每個位址上一座骨頭花園
反正死亡是不透明的

血流去　在黎明消失
死亡哈哈大笑
天堂明亮地舔著嘴唇
腐爛的笑聲裡菊花開著
槍聲在緊閉的門背後

敲響無血的軀體
這聾子世界唯一一灘血跡
天使和魔鬼在碰杯
反正死亡是不透明的

失蹤

冗長的一生僅有兩個時辰
死亡　然後被遺忘
終於我在眾多面孔中成了真空

那個夜晚比死亡更深邃
槍殺沒有聲音　火越燒越冷
所有軀體被輕輕敲碎
而所有的血揭示一種白
像不再歸來的名字
石頭隧道大口嚥下鮮紅的泥濘

那個夜晚就此失傳
影子揮舞而手臂脫落
天空眩目　可眼睛融解
言辭祕密走動　嘴
埋入地下　陽光繁衍成公開的禁忌

我死在第二次　在早晨
密布槍眼的臉再次密布字眼
更黑的彈洞是這個白晝
更放肆的屠殺　謊言剝光死者
直到我只能不真實地活著

那不被承認的末日只能無所不在

同時所有人真實地死去
我的血肉失蹤成陌生人的血肉
被刪改的死亡刪改著生命

眾多面孔因此真空因此白骨嶙峋
每顆頭顱成為一座墳墓
最深的埋葬擁有一切死亡
像遺忘　用鮮紅的泥濘洗手
用飽和的沉默過濾
當屍體最後被偷走　那夜晚永存

在時間之外
我回來　繼續死去

一九八九年

誰說死者會互相擁抱
像一匹匹馬　鬃毛銀灰
站在窗外結冰的月光中
死者埋進過去的日子
剛剛過去　瘋子就被綁在床上
僵直如鐵釘
釘著黑暗的木頭
棺蓋每天就這樣合攏

誰說死者已死去　死者
關在末日裡流浪是永久的主人
四堵牆上有四張自己的臉

再屠殺一次　血
仍是唯一著名的風景
睡進墳墓有福了　卻又醒在
一個鳥兒更怕的明天
這無非是普普通通的一年

現實哀歌

*此詩為自傳體長詩《敘事詩》的一部分，原題為：水薄荷敘事詩（一）

履帶下血紅的泥濘
是
　一月的梅花還是六月的槐花？
鋼鐵縫隙間擠出一張臉的茫茫
　旋入石頭的漩渦
當你走過不會絆住你的腳步
當你突然記起　甚至有一縷幽香
　甜甜絞著喉嚨
當季節複印一片片碾平的花瓣
　　讓你不知死在哪次
哪個清明雨聲不在縫合絲綢的眉眼
你的驚愕　「噗」地濺出時
　複數的第一次在偷聽唯一一次
眼淚炎熱而空洞
我們走過不會絆住我們的腳步
　當　褲腳下輪軸轔轔滾動

國關筒子樓裏幽暗的甬道
永遠開著燈　炒鍋的黃昏
緊倚著公共廁所凍硬的黃昏
一月的瀑布沖走他夢中喊出的名字

北風抱著照像冊痛哭
分娩般急切的死　顧不上羞恥的死
他追趕的年齡迎著母親瞳孔中
放大又放大的雪花

六棱形晶瑩的冷
藏進刷新病房的梅花雨
　　震落如彈片的槐花雨
　　　　你是否能認出？
被否認的白撐脹年年滋長的白
　　被否認的肉體
　　　　凝結下水道中的凝視

你是否能認出？

我們是否能認出
圍觀的星星間
（女巫說）成群輪迴的親人？
被毀滅不盡的歷史締結為親人
一塊黑色大理石墓碑深處
母親掠過　今夕何夕
掠過　家庭輾轉　履帶輾轉

夜砸開小屋的窗戶　田野盯著他
回來找　炕桌上亮著的鬼火
一個卡在碎玻璃間的初戀
給地磚漫上薄薄的雪花的沙子
倒映牆上一塊耀眼的白斑
小黑狗剝皮時的慘叫　被釘著

繼續慘叫　斷壁殘垣一如對稱
別人越看不見的越令他如醉如癡

離開的日子都是清明
雨滴細數
　　雨滴內微雕成顆粒狀的宇宙
淋濕的白布條上字跡依稀
玉砌臺階下垃圾堆星閃著校徽
　　　　自行車腥臭的骸骨
絆不住你因為你不知死在哪次
月光失蹤式的存在多次
　　忘　性感女兒似地長大
只有一個故事的生命讓我們暈
我們太多的故事　每本書
　　夾著一枝含鉛的紫丁香
不變的體積
不停抽出一株植物裏

　更空虛的美
再來　房間才空了　情人真的走了

死亡的戲劇扭歪了五官
一隻黃銅門把手　攥緊
拎起滿滿一桶鮮牡蠣的那隻手
滿滿一桶目光在黴爛的地毯上攤開

他打開的信箱有個偷換的名字
他以為是自己的地址　讀出
鬼魂就佈滿舞臺　斧劈時腦漿迸湧
懸頸時隨風飄飄　總不乏激情

引爆碧藍海面上一團鎂光
照耀那遠眺　一架樓梯錄製下
死者死去多年後才被還回的笑聲
哀傷地埋入他異國的自我

花瓣的眼淚
該驚愕花瓣的虛無
　滲出廣場稿紙的眼淚
　該驚愕　一行詩蛻變的虛無
世界不多不少是塊封死的石板
　　你該哭你的忘　我們忘了又忘
　　才配上哭這不動的動詞
用不停的哭演繹不哭
用人性本來的潮濕
　　　　　拒絕添加更多潮濕
藍天開足馬力馳過
　　　　　履帶重申
所有死亡說到底無非一個私人事件
踩響孩子們金屬的舞步
　線民　臥底者　處境廠商　交待材料的花匠　老大哥
　愛滋村　黑煤窯奴工　塔利班　裸體飛翔的瑪格麗特
　革委會　超級粉絲　G20　Ground0　盜墓者　搜查者

柬埔寨骷髏　人間蒸發者　杜撰日曆的人　造句的人
我　任何人

回到表面總不太晚
一場雨攜來河谷的幽暗
朝南的窗戶都濕了　清苦的肖像
似曾相識中一株水薄荷靜靜佇立

野鴨橘紅的腳蹼　蹬開他
水聲簸著水泡的空心珍珠
綠的舌尖倒唱一首黯淡下來的輓歌
尼祿媲美楊廣

水之茫茫
他蘸啊吭啊她開花的粘液
漂的手指　浸進月色和這首詩兩個表面
一滴水之內的茫茫

虛構的哀悼鑿穿一月和六月
蕊　時而梅花時而槐花
在無數臥室的特洛伊
空出一件扮演女性的白袍子
死者的月亮傍著簇新的牌坊
夜把玩它的形式
一架擺進周年的照相機拍下
不在
和母親鏡框前的燭光一起
和釘牢一座城市的燈火柵欄一起
高高的亭子中
暴露著性交
原地陷進黑暗
沒有訣別的訣別
在一座書寫的橋上　看一條河

用無數自沉慢慢釋放出渾濁
躲著釣魚的人正被鉤住上顎

沒有現在的辭
擺進石珊瑚裏的三億年擺在
他桌上　腐爛的獨一無二
對應藍天上一場靜靜精巧的解散

沒有什麼不被倒敘
倒映一匹冷冽水面的絲綢
滿坡芒草的羽毛筆銀光閃閃
畢生簽署一種最耐嚼的寒意

沒有別的絕對　除了盲目
愛上一個為自己虛構的理由
因此再寫一首只對自己值得一寫的詩
並被慫恿成它的造物

現實不是一個主題　一張
　鋼鐵詞語間擠爛的臉
不是任何人的
　旗子的啪啪掌聲已褪色為風聲
　　一頂帳篷搭過的地方
　　急急傳遞一碗水的地方
是這裏嗎？
　你的腳步　我們的腳步
　　在金屬雨聲中濕濕黏黏狂奔的地方
是這裏嗎？
　　　　　　但這裏是哪裡？
這**無人**是哪裡？
　絆不住花瓣的日日清明
　驅逐不知疲倦的嫩嫩生命
輪迴之緣從未輪迴出一隻眼眶
茫茫　梗在咽喉下

淡淡的紫色

虛構一個搖曳的姿勢
最擅長一種流淌的幻象
　流　成　血肉的難熬的奇跡
一株水薄荷用一隻粉撲擊著灰燼
一天沒嘔出那條履帶　一天就在活祭
　海水洶湧的裂縫灌滿盲音

「今夜　我為自己　為你　為離開一哭」
　到驚愕之外
　繼續死去

政治詩（三首）

一、女嬰——致被溺死的女嬰

你小得不值得那陣冷　水嗆進
袖珍版的肺　袖珍的爆炸鮮而嫩
你小得不值得一種碎　只一瞬
血絲洇開紅花　縷縷迎著母親

被濺濕的手　仍是世界上
最美麗的手　水滴刻著牙印的咬傷
浸沒一半時　你的雪堆在塌方
死死按在水底　小得不抽動的汪洋

直接連著子宮　你的眼睛
沒睜開才看清末日　你的命
是一串否認的水泡　凸出哭叫的性
一道印在你所有器官上的禁令

你必須死　為了可能生的弟弟
立刻死　水快於愛　掐緊這週期
小小的渾濁被更小的四肢攪起
又靜了　母親溶解成劇毒的名字

二、血與煤——致愛滋賣血者和煤窯奴工

一隻骯髒的桶攪著絕對的硬度
一滴血　粘著你的名字　抽出
就在墜入　粘稠得不分姓名的毒
一根膻腥隧道的針　扎進深處

灌滿針管的　叫血或煤有什麼關係
一隻鈣化壞死的肺按住呼吸
某人又兌換成豔紅黝黑的污泥
某個二十一世紀　流通一場活祭

你爬不出　血分子黴爛發燒的洞
胸骨的支架折斷時　你的礦坑
從埋葬場到遺忘　鎖著的地層
鎖住用盡稀薄氧氣的呼救聲

再提前些　皮膚下淤紫的陰間
合成陰間的贗品　桶裡一張張臉
只被收購一次　亮出手臂上的針眼
一次　就連死也賣給了謊言

三、修煉——致法輪功修煉者

吸　海流那麼深　星空那麼深
呼　一朵荷花粉紅色的體溫
循環又循環　一隻人形的器皿
靜靜盛著風雨　靜靜和宇宙押韻

吸　皮膚下一點夜　比天外更遠
呼　總像剛被分娩出的水平線
總推著那音樂　沉到底的耳朵聽見
滲出的藍　忍住多少疼痛就多麼藍

再吸一口被忍住的生命
呼出　兩滴一模一樣的血編寫的教程
教你　歷史沒有兩側　毀滅的色情
把人都放在一側　濕的相似性

坐著　聽周身花瓣剝落　綻出冥思
無邊如心裡的蓮蓬滿滿抱著種子
無須路　關著的春天仍關著發綠
世界不怕是一首純詩

一粒葵花籽的否定句

——致艾未未

不能想像這瓷製的江水中
曾泊著杜甫的扁舟
我不認識月光　只看見詩句的皎潔
在一行行衰減　至無人
至象徵　談論一切又迴避一切
我不是象徵　死在一粒葵花籽硬殼下的太陽
也不是　孩子們雪白坍塌的肉
並沒有消失　一條破曉的地平線不可能
忘了那陣疼　骨頭被玻璃切開時像玻璃
來不及叫喊才不得不在每天的曙光中叫喊
一場地震不會停止
一種窒息不在死後　種植到天邊的柵欄

銹著更難堪的沉默　因此　我不怕
年輕女員警審視我的裸體
它被燒製成形　和你的並無區別
不知道別的碎除了億萬次加深自己的碎
不落進泥土　只落進流不動的江水中
不在乎石頭含著的金黃　得繼續
含著　像滴杜甫的老淚
不讓這首詩沉淪為冷漠死寂的美

抵達（贈Breyten Breytenbach）

一、星屋

星空也到了　我行李箱中的水晶風暴
砸進你正午的花園　你迎迓的微笑
透過綠葉層疊堆積的地平線
向我閃爍　讓我忘記誤了的航班
一首詩砸進毀滅的金色大海

沒有晚點的可能　這條沙石小徑
從黑夜彎回　也像朵被銬著綻開的花
這道樓梯領著一腳踩空的童年

隕落如愛　一塊眼底彩繪的卵石
一個個房間砌死無限

星空　用一幅畫把你微微烤焦
下一幅　定居成生鏽柵欄裡的眺望
鐵窗另一側的世界總在加速度離開
鐵窗　嵌進你肉裡　再刷新疼痛的機場
與杜甫合用星光的韻腳　著陸

到那個中原　這個中原的渴望的家裡
青綠色的灌木潑濕了木船舷　花香
比往事更遠　步入回不去的房子
就是被推上另一輛警車　抽出呼嘯的絲
沒人知道誰會讀你身後散落的詩

我們身後　當死不是一個詞　不是別人
當啟程已包含了抵達　我們一直

在抵達　一朵雲或一隻紫蝴蝶
光速一樣碎裂光速一樣完美
倚著陽臺璀璨消失的輪廓

這是你的家　教你出走成溫暖沉澱的詩
這是我們的家　一一安頓下里程
酒杯斟滿了　一滴金黃的海水
摸到退去的大海　四壁嬌縱的形象
星空中不變的正午　摟緊畢生流亡的本義

二、對話

「寫」
　　（紙　筆　刑具
　不動聲色　七年半　一個長句）
「寫什麼？」
　　「寫你自己」

（詞　溫柔的鐵絲網
柏林薩沃伊旅館大廳裡　幽暗
　　會生長　一本書的絲綢封面
　棲在牢房的藍色壁紙上）
「再寫一遍」　（每天一遍
開普敦郊外
潰瘍似的貧民窟令潰瘍似的大海顯形
　　陽光像獄燈二十四小時擰亮
　　　　　在文革擰亮
　鐵絲　塑膠繩勉強捆住生命的惡臭）
「你知道該寫什麼」
　　　（是的　他們知道）
　　「我必須繼續寫下去」
　　（重複到承認愛發了瘋
　　　　　詩發了瘋
寫押運你　和杜甫草堂池水下
　　一雙鬼魅的魚眼對視

偷渡回今夜的大海發了瘋
受刑的聲音在一種語言之外
毀滅方程式在每塊水泥天涯之外）
「再寫」（蕩漾
海水澆灌無數開花的自我）
「那是足跡　但走在你前面」
（黑女孩靜舞之性　一尊黑菩薩
南韓詩人朝落日虎吼
好望角的風
夜夜把詩歌節再嚥下一點兒）
「招魂術」（不得不
招　唐詩　巴勒斯坦的明月
潰瘍似的大海在柏林答錄機裡絞纏）
「時空中
沒什麼可能被遺棄」
（七年半　牢房　他們拿走的那些紙
唯死亡不死

再寫　再寫　滿捧灰燼）
「唯一的母語」
（你說　某人說）
「是愛微微移動
微微弄響肉體」
（無牆的刑訊室　碧波粼粼
一個長句拴住我們
蕩回來）

三、抵達

濤聲還在注入滿溢的黑　我們
每個人懷揣石頭　走　石質的信
投遞給小路盡頭一堆火
再撞碎一次　大海仍是那塊珊瑚礁
我們的字拉著女孩身上刮下的鱗
再提煉成收信的磷

星空　空白性慾的石磨
推　早已填滿　永遠填不滿的沉默

每個人一條路　每條路的刑期
同樣長　剛下水的船猛叼起自己的殘骸
風暴抓碎油漆　漆進自己那個去處
此時此地　路旁的針葉箭射入你肉裡
石頭塊塊隕落在身後　船一樣女孩一樣
瞪大眼睛　蜿蜒於暗夜的流星雨
打來　每個人一個大海

杜甫的石磨轔轔旋轉
滲漏　你的時間　我們的時間

終於我們到了　家　忍著詩那片磷光
終於海鹽味兒一一更正航班

曾經的鬼魂　壓住大海鬼魂船的底艙
錯過每一夜才對準今夜　認出家也在漂流
遠遠一堆火牽著鑄鐵的海浪
漂流　毀滅的知識沁潤女孩的腳踝香
　　狂舞　擎起每天的盡頭
　　恰如一個吻剝開嗅覺　沒有盡頭

那為何要哀怨？*既然
女孩正是星空變的　星的舌尖
早等在這裡　交換我們舌尖上
根除的味兒　又一首詩剛剛脫鉤的味兒
既然星空僅懷揣一個時代　沉甸甸
令我們相逢　含在光年的腐肉裡重逢
一陣疼　揮霍字的性感

一次　抵達毀滅的完美
當海滾沸　涮洗你輕輕放下的酒杯

・引自Breyten Breytenbach的詩〈啟程——為杜甫而作〉。

超前研究[1]（贈Adonis）

一、舔之時刻

爬山虎的紅葉　失血
舔著雪意

舔它　你的舌頭存在嗎？
我們的舌頭存在嗎？

死去的母親懷抱這扇小窗
死後還在躲藏
嗜好叛賣的　塗抹進大屠殺的地點

藤蔓指爪下　鐵蒺藜抓碎的肉存在嗎？

沿著湖岸走　死亡有甜絲絲的味兒
沿著深秋走　鐵柵欄箍緊燈下的詞
散開的詞　砸在母親臉上的槍托
灰燼的風景中一道眼神仍貼著鐵軌
滑行　它　鑄造1933　1989　2001

得多冷漠　才能忍住一枚紅葉
搖曳　殺戮的美？

二、穿行：銅與玻璃之書

銅的詞典衍生出書法　你選擇
大英博物館張開虛空　無視我們相依走過
一隻玉辟邪回頭　無視海浪的鈷藍
精雕細刻　璀璨如大馬士革

晦暗如大馬士革　一張六千年的底片
含著樹木　女詩人的蔥綠間　那美少年
含著化學　躺進成排灰色的孩子
一只只玻璃櫃子無聲震碎　被某一天

每一天　提煉出不呼吸的性質
玉辟邪聳起雙耳　聆聽地平線那縷血絲
沁縫達豪　查理檢查站　耶路撒冷
燭火濕而黏　每個母親都會流淚

母親們靜靜清點反光裡的人影
忘　無形爆炸　恒溫計調控的立方中
母親不會再變白的頭髮[2]　恐怖地變黑
襯著拉馬拉街角上一盞瞎透的燈[3]

日夜照射相依而行的鬼魅
輝煌如雙行詩　你剛拈回的玫瑰

一股地獄味兒　沖洗一頁頁冷凝的疼
我們向下　迎娶繼續大出血的新月

三、詩學探討——另一個嵌入的聲音

不能真　是不是美的錯？
　　想像一件河底撒開的襯衣
　浸進柏林秋夜的黑
　想像那雙眼睛嗆滿水　水嗆滿母親
誰說死不是濕淋淋的和聲？
　　　河底的小窗亮著那演奏
　　河底　一個不停躍下的詞
　　　　不停找到漏下的嗚咽
　葉子向下而傷口向上
　　房子向下　品嘗的雪意向上
舌尖　鉤住的毀滅是否遠遠不夠？

想像一個滾落的自我
嗆滿歷史的黑水　滾落如卵石
沒別的時間除了抽縮的肺
沒別的語法除了剝開生命那件襯衣
說　死側身人形的茫茫
再淤積是否仍然不夠？
沉溺之詩裡只有正在到來的詞
摸進這兒　他奮力追趕自己的河底
成為**它**
母親飄散的白逆著美的方向
拓展噩耗　誰沒目睹這首詩急急趕來
粉碎
輝煌如
我們的美學？

四、超前研究

西元前二〇〇一年「九一一」那場雪[4]
還沒落下　爬山虎凋成鐵絲網
還圈住一九三三年大眼眶的眺望
石牆兩側的空都是餘燼
天際撕開缺口　每座塔灼傷著你塌兩次
才聽清一個東德士兵勒緊皮帶的心
「No Tiananmen in my hand!」[5]

　一首詩的周年　人群是鑄鐵的陰雲

醞釀一個結晶的現實　雪
隱身地下　一串鮮嫩　腐爛的念珠
數著你的手數玉辟邪體內一片白
我們的手　伸出　總離屠殺不遠

又一個廣場堆積骯髒萎縮的孩子
濡濕街角橡樹　小槐樹　橄欖樹的根
和這裡那裡瞪著寒月的銅牌一起
和水做的柏林牆撬不開的鐵門一起
一滴淚　驅逐不認識的眼窩

一首詩著了火躍下　卻始終摔不進驚叫

　　　　（波茲坦廣場上
　　年輕的夜色　用化學味兒的精液
　　　噴繪一座城市　覆蓋一座城市
　　　　　總是這座
　對稱於腳下黑沙子吱嘎作響的西元前）

沿著刮不掉的舌苔走　時間的固體
砸進你的固體　沿著海平線
每秒鐘締造的字母　被害的母親令我們

重申被害　沿著說了又說的凜冽
詩不得不在　遊樂場的笑聲擦洗得晶亮
曼德爾施塔姆暴露著
　　　每場雪都是初雪

一首詩　像陣冷在路口上站崗

一枚小小的六棱形不會過去　它
舌尖掛著世界　灑落的比世界更多
一扇小窗擊著我們相依走過的一側
摟著決定不開槍像決定詩裡一個詞的東德士兵
塗抹進一首超前所有死亡的輓歌
西元前在詩句兩頭　經霜　紅透　掐緊
　又一個吮含周年的星期天
一場銀白的錄製　刺痛著無所不在
心　抽搐一次已贏了歷史

一首詩等到死者們逼真地回來

1 超前研究（Advanced Study）為柏林Wissenschaftskolleg研究中心的英譯名稱。

2 保羅・策蘭詩句。

3 Ramallah：巴勒斯坦城市，曾為以色列佔領。巴勒斯坦著名作家Mourid Barghouti有名著I saw Ramallah描述該城及自己深刻的流亡感受。

4 阿多尼斯有長詩，標題為《西元前二〇〇一年「九一一」協奏曲》。

5 BBC於柏林牆倒塌二十周年，採訪原柏林查理檢查站東德守衛軍官，其軍官稱：東柏林可能發生大屠殺前那一刻，他頭腦裡一片空白，只有這句話反覆敲打。「No Tiananmen in my hand!」的含義，大致可譯為「我手上不能出天安門！」一九八九年，天安門大屠殺與柏林牆倒塌及世界鉅變之關聯，由此可證。

輓詩*

「我的音樂都是墓碑」
——肖斯塔科維奇

一、哀歌：慢板

而墓碑後邊空無一人
而中提琴沙啞
持續　在收回
弦的厭倦
嗚咽抿著消失
剩下一歲
早於音樂
晚於音樂
傾訴
不為傾聽

小提琴
盡可能慢
盡可能晚點
老年的直白
單弦　單音
一隻接一隻器官
晾曬　死
和你保持的
單線聯繫
一歲　堆壘
一生的聾啞
壓低卑微的星球
你坐下
玳瑁黑框眼鏡
攏著
悲苦
摘不掉的世紀

越回溯越長
慨嘆
暴烈地
裊裊
慢
自毀滅的筆尖析出
殘存的主題
殘存於
線之眺望
手　捂不住
鬼魂撲面而來
屍骸咀嚼
冷之坍塌
作曲死死照耀
聲音向自身坍塌
薄薄嘴角內
大提琴轟鳴

你移近一塊墓碑
你正成為墓碑
葬禮味兒
慢慢
刪除
一代人　每代人
聽覺
在墓碑同一邊
一首並非真實的哀歌
凝　定
同一場廢棄
多於音樂
少於音樂
慨嘆
是無邊的

二、小夜曲：慢板

疾走的夜　刮擦柏林
眺望中的燈火
都被我們這首詩漏出
黑暗中車聲絆著腳步　小公園
牆上嵌一輪滿月　迴旋的直徑頂到盡頭
刮擦之詩　激情之詩捧著隻石珊瑚
看渾身窗戶亮晶晶漏出海浪
小夜曲　每個音符戳疼終點
小小的夜　四面八方都在回顧
海底一次呼吸　剔出骸骨間隱匿的三億年
一生的疾走比想像慢　我們的想像
比岩石慢　歷史刮擦成粉末
一座城市演奏不盡變幻不盡　迴旋
一隻石珊瑚的冷抒情

不增不減的黑暗倒空自己
死　死於生　身邊的風比任何一天更像
這陣風　鑿刻的孔洞嗚嗚作響
更貼近一件雪白嶙峋的作品
被大海放棄　盯視每一步踩進彈坑
燈火的天邊　輪軸載運曙光或晚霞
我們漸漸追上一隻瓮掩埋的釉色
數著時間移出軀體
嘔著一種反向的形成
手之苦味　浸進消失時哼唱
一首小夜曲那麼短的小長詩

三、間奏曲：慢板

齲齒下面那只泵
泵著一把小提琴的高音泥濘
回首　昨天與昨天連成一片

刺耳的是我　一塊空白間隔開雨聲
一個玩具時代把風暴關在外面
恰如把潰爛關進裏面　剜掉
杜甫的落日　吻合一個玩具宇宙
再被騙一次就到了永生

四、夜曲：慢板

　　　全是沒有時間的記憶
人臉的主題　人名的主題
夜色沉積成我們混淆的哀婉和淒美
夜曲不是音樂　城市流逝
又一分一秒被死去的朋友喚回
他們的刺日日在床上醒來
沒有時間的疼　浸泡進洗掉雙手的血水
　　　全是被廢除的愛

像花草　依偎睡不著的低音的綠
歷史一萬次醒在一次　聽　青春假寐
肌膚假寐　毀滅不屑摘樹上的葉子
只摘掉季節　詩行心跳　一扇太炫目的窗子
　全是彼此模仿的噩耗
才彼此記住了　沒別的夜除了水泥陰道裏
一顆行星在滑動　沒別的作曲家
除了金色的大爆炸　記住這同一場崩潰
每個早晨加強芳香的推力
向鳥頭裏的恥辱隕落　被耗盡的星期三
向眼底爛出的塵土隕落　哀婉不變　淒美不變
一個音符握住血水中軟的手指
死去的朋友們指淨冤屈的胎記
　全是　一個人的虛無

五、葬禮行進：慢板

行進　詩要回到我嗚咽的國度
柏林的黴爛驅趕北京的腳步
　母親　地下張開的耳朵會搜尋
母語遠遠托夢　擎著肉體的譯文
月光把一個字的骨骼搭建在白紙上
淺得經不住一柄拂塵
柏林留在這兒　虛擬被拂去的一代人
嬰兒臉的蝙蝠迎著燒焦的黃昏
我們的石板齒痕累累　臆想著自己
掉出自己　履帶和廣場　狼皮擦抹一新
行進　石獅子盲眼中　春色鏽住
暮色　墓道追上電聲歌唱的坡度
　柏林　透過黃土　看字磨礪斧刃
劈入三十年　母親在一行詩裏隱身

甩出遲到的雷　燕子遷徙過嗎　沒遷徙過嗎
漆黑的海底母語撥弦　小魚群
切削的和聲拖拽暴風雨　鬆開暴風雨
摔碎在皮膚那麼淺的卵石上
一根試管　棺槨般　織一朵壞雲
釘子東倒西歪　砸不進母親移交的死訊
行進　我就是路　一條無路
不真實的開始埋進不真實的結束

六、結語

不真實的尾音裏　我們真的
　　過去了　你找不到一塊自己的墓碑
　弦　掛著我那株碧綠的小樹
　盡可能慢地哭　太快墜入別人的身體
　　　倒影倒映倒影
你眼鏡片的水面搜集所有落葉

嘴巴的乾水池　抿一首新的室內樂
（「剝出」一詞多麼迷人）
撥　布置到輪盤賭上的死和雪花
弦　斷了就贏了　你回頭看見我
又一代我
相似槍口妥帖消散的輕烟
什麼都沒留下　除了音樂之
茫茫　死者目光那麼茫茫
墓碑透明
你在釘眼裏走過　刪掉的思想
逼我長肉　黎明的音箱被一把牙刷
震動　廢墟說話　藍圖說話
腳步和檔案夾的彈坑
繞著脊椎的軸　一顆顆城市的骰子自傳成政治
音符一剎那泯滅　回頭才看見
時間僅有一側
（「永遠」一詞多麼迷人）

允諾永不　揉啊　同一根弦上你在哀泣
我在哀泣　無情的末日貼近溫柔
一株虎皮蘭的金線
沿著音樂的死後生長
我噙著茫茫的淚　聽自己長進石珊瑚
被吸盡　一首小長詩
無限輕　無限濁重
慨嘆的地平線　提純從指甲到顱骨的鈣
攏住悲苦的星球
離開
一轉身倒空所有名字

・本詩六部分，依循肖斯塔科維奇第十五號弦樂四重奏結構。

《豔詩》

我們做愛的小屋（代序）
承德行宮
彎刀
窗外的雪地
小女賊的篩子眼兒
銀貴妃的植物園
海鮮
紫鬱金宮：慢板的一夜

豔詩（一）
豔詩（二）
豔詩（三）
JAPANESE LOVE HOTEL

蠶馬（組詩六首）

水手之家（十首）
一、春光・河谷
二、LYN BEACH
三、岸
四、「水手之家」
五、午睡的海圖
六、午睡的海圖
七、水晶宮
八、複數
九、絞架上的蘋果
十、聖丁香之海

島（之一至之四）
視覺，或島之五

我們做愛的小屋（代序）

這隱匿深處的房間只為你留著
為一對抱緊我的細細的胳膊留著
暗綠色的花袍子　感到一種軟
來自輕輕磨擦的乳房　在把玩
一株肉質植物裡索索發抖的時間
你的裸體　只為我的目光留著

一次插到底　二十年就成了漩渦
一次　整個背麻了　電擊的血脈
讓到處　哪怕山巔　滲出室內的幽暗
把器官暴露在陽光下　你要的滿

非得含著宇宙那堆雪　才夠滿
二十年的凸透鏡中我們更貪婪地做

總能更精美的　宛如咀嚼的
莖深深陷入一個處境　哦你又在收縮
白白濃濃的定影液沖洗一張底片
我們家的暗室　暗轉大海的藍
受不了時　二十年混淆兩千年
數著暴風雨　細腰抖斷了熱熱尿了

熱流　最怕冷卻的　瘋至從未冷卻的
娃娃們成群飛回你那只鳥窩
陰道吸住我一瞬　世界已換了又換
再摟緊些　當經緯線即來福線
四條腿鉤住恰似扳機的那一點
再射　愛刷新肉體　齊根擊著金荷

承德行宮

宮女們羞答答穿上朕杜撰的褲子了
她們袒露的陰部　令錦緞失色
朕的眼中再沒有湖山　畫舫　迴廊
帝國呢　小於一個香的三角形缺口
毛間翹起一點紅　哦朕的傑作

隨便哪兒　只要鹿血在心裡彈跳
只要朕又硬了　又想猛插入一聲驚叫
玉碗粉碎　朕命你滿捧另一杯茶
雪水烹的　水聲潺潺像個早死的先兆
天子倒懸於天空下　飲　在聚焦

這個朕想廢就廢掉的一生
嫵媚啊　她們倒下扒開自己的樣子
也把朕剝光了　肉收緊一座後宮
朕就拔不出來了　精液熱熱地一湧
行雲布雨　沿著最美的毀滅的捷徑

彎刀

蘇丹的帝國動搖了
你身上每根會跳舞的線條
都被一道寒光領向
指尖與刀尖互相戳疼的交點

血五顏六色
寶石伏在腳踝上像串水蛭
一彎濕漉漉的刃分泌著亮度

蘇丹的目光被砍傷
紗衫下你那道要命的縫

挑著兩個半圓　兩條鹿腿　兩片唇
世界就從這兒一點點裂開

窗外的雪地

準有人　誰呢　精心修剪過你的乳頭
撥弄一下　那片白就變尖了
含進嘴裡　那冷就鼓脹成荷花
舌頭繞著玩早晨最紅豔的一朵
準有光在掐它　捏緊它

勒著吊起　一個看不見的高度
俯在你身上　誰呀　推窗
就打開臆想　或甜　或鹹　或腥
世界駕著橫衝直撞的雪橇
不吝惜又一夜處女的嫩

不停　贈給你
一個泥濘飛濺的不知誰的自我
像陽光掏鑽的小髒窟窿那麼黑
藍色倒映的裸河　枕著一塊肉動了
腿下又濕又亮　你的蜜　融了

小女賊的篩子眼兒

「你的詩太刺激……」

誰也沒見過的那張膜
包著一汪血　誰嫩嫩
編織的篩子眼兒選中一首詩

陽光把世界脫光
昨夜給山頂雕上一片雪
窗口雪亮　給出一百萬年的背景

佈置你　坐進這把椅子
佈置小賊遇上撬開自己的剎那
你水淋淋浸泡的寶貝等著被偷盡

讀　一行詩穿過你的性
感到它一抽一抽地弄懂了
又一行　血管中天生的崩潰

被月亮那只泵泵著
他的嗓音分泌五顏六色
要你去填滿一個處女的輪廓

沿著子宮裡一條一百萬年不變的航線
飛啊　不是色情　只是性
滑行啊　人類又一次準備好

滑入一場雪燦爛的隱身術
膜蠕動著要破了　當你
讀出刺痛的美　當刺激

像個交配期活生生逼小獸就範
窗外的雪逼著豔遇　臆想一百萬年的淫蕩
用一種遠慢慢把你搓碎

銀貴妃的植物園

丟一次就有朵銀紅色的牡丹
從兩腿間遺到暗綠濡濕的沙發上
再丟　一絲腳心的涼意徘徊又徘徊
陡然竄升為逼你哭喊的熱

熔煉一只沒人認識的酒杯
蕊那麼嫩　滿城燈火的觀賞中
咽喉那樣照料著一縷幽香
我血淋淋的　不知被斟入還是傾出

或像一個吻永遠粘在半途
捨不得撕開時　舌頭的焦距調著

絕對的深度　蝴蝶致命的鮮豔
愛你採你　上面下面都鉤進裡面

每一根陰毛找到異性的另一根
葉子的唇厚墩墩翻起　和你約定
非這個房間　這簇枝頭不可
歲月被毀掉　而美人細腰上一對肉窩

遵循花草的美學輪迴
非鎖住你不可　沙發上
死亡小小的空累計成哭喊的入口
我們連著　對視　滑進純銀的此世

海鮮

水做的繩子在你手腕上一圈圈勒緊
水聲蒙住你的眼睛
欲望　像被清晰看見的黑暗

躺在兩塊巨石的陰影間
躺在　沙灘的盡頭　人的盡頭
一根沾滿沙子的莖頂著你
他的舔　覆蓋下來如一夜那麼細密
星空低垂到兩朵乳頭的海葵上
磨擦　你的鮮豔暴露給大海

像在說　要拿走就澈底拿走
什麼都不剩　一個女人
　才像宇宙濕漉漉遍體珠光

水　沖刷夏季最後的日子
水一下午遠眺　被熱粘住的海船
分解　如天邊懷著暴雨的烏雲
酒瓶浸在漲潮裡一上一下
野餐時喝醉的大海已把每一根陰毛洗淨了

躺著　他喜歡像陰影被你夾著
瞧　寶石滾燙的龜頭翹得像隻丹頂鶴
埋進一枚粉紅肥嫩的貝殼
慢慢撕　扯　把你弄化的每毫米
扎入　一排浪挺起

像在說　玩吧毀吧
再來　熱愛羞恥的器官裡
　到處是鑽心的點

水中　月光也在性交
純是性　聽見無數世紀盪回來
撚著你背上金黃的細沙
砸著你　又填進一個人形的小小沙坑了

精子們的乳白色來自大海
精子　感到月亮的吸力時
他那管子被攥著　揉著　搓著　擠著
擠進　一隻匍匐的夜光的子宮
魚群也乘著遠近轟響的節奏
看身下的蕊怎樣被灌溉
噴得好深啊　命中要求存在的

白花花的粘液　粘合早已不在的
叫著成形的下個世紀正湧進第一天

像在說　盡頭
如此盡情　模仿一張臉隱在暗處流動
你的　比珊瑚更晶瑩地從水底浮出

紫鬱金宮：慢板的一夜

後宮裡的一夜總有月光　玉階和珠簾
卻都是想像的　　一束花襯著壁紙的藍
想像　　妃子的紫衣下一堆雪在坍塌
急急等待被佔用的雪　　用結晶慢慢
轉身　每分鐘向內捲曲著慢慢舞蹈
一束鬱金香璀璨的衰敗脫下一場自戀
一種紫色的耳語　　必須喘息著說
只對那人說　　當他重重碾壓著花瓣
一滴紫色的奶　像妃子急急等待被吸盡的
想著　全世界就湧進一根滾燙的脈管

後宮裡的火　總有舌頭百般的頑皮
被修剪的尖　舔到皮膚的空　午夜之綠
綠如片片堆疊在妃子腳踝處的葉子
那人的寵愛　一場來自所有方向的沐浴
澆淋他的花　乳頭的紫玉小碗斟滿了
報復一個時間　大海沉積在色素裡
一束鬱金香一夜從女高音滑入女中音
今夜　霸道之美對稱著流逝的詩意
妃子只為那人保存的幽香　只交給他把玩
紫色的慢慢粉碎　絲光停不住時

後宮裡總有閃爍成一個蕊的磷光
一根針指揮著　肉體四季被演奏的欲望
一種鏤空的剪裁　鏤空至妃子的生死
壁紙藍藍如一次縫合所有傷痛的狂想
只一次　花影中日子咬下的牙印
無限發暗　這夜色無限鮮嫩　刺繡到身上

原初那次　紫　像滴慢慢洇開的奶
慢慢被宇宙吸收　縱容那人的黃　那麼黃
凝視中賜給妃子一個黑盡的語法
當花瓶像個詞圓圓貼著手掌

豔詩（一）

河是這樣發明的
用舌尖找一條細細虛掩的縫
用唾液的濕　迎著另一種濕

河岸微微分開　口腔裡一個熱帶
吮著粉紅肥嫩的兩小瓣
好鹹　好腥　好香

世界融化成沼澤塗滿我的盲目
嗅著找　你充血的　雀躍的
會躲閃的上游

躲不了　使你不得不是女性的那一點
不得不像隻果子被揑住　被剝開
好鮮啊　大團吸出的果肉

把月亮再發明一次
慘慘裸給天空看　慘慘的器官
哀求　插　想怎麼插就怎麼插

想怎麼折磨就怎麼折磨
這個隘口　每一剎那要命的亮
我被銹著狠狠戲水

出　一場鞭打月光那麼慢
入　閃電燙到最怕疼之處
停不下的是一個把你搖醒的颱風之夜

蚊子們記得大腿那抹白多麼甜蜜
紋在腳踝上的繩索　被吻勒緊了
呻吟還不夠　得加上慘叫

用你的手指把你自己撕開
用鏡子　還原野獸爬上野獸肆無忌憚的美
用子宮暗藏的方向　捋我

捋　等在黑暗深處的海
湧上來了　祕密的管子鼓起　繃直
你逆著它摸　幸福從哪兒發源

頂到哪個盡頭　迎著
月亮的受精卵的引力
哦別　哦來　來呀　射死　被射死

來了

豔詩（二一）

全進去才擁有全部黑暗

插到根了　雨聲簇簇的毛　陰蒂的紅
像枚蠟燭頭被壓滅　此刻
我睜大眼睛也看不見你

世界張開耳朵聽　一剎那的暖
掛在一聲輕輕喊出的哎呀上

蕩　一根軸擰著你　一道螺紋
擰著軸　黑暗低低的肉拱頂
碰我　你的甬道再收緊一點兒

我就被一把把深藏的亮晶晶的倒鉤鉤著
摸遍甜甜的四壁也摸不到你

世界　臆想著刻在子宮內那條曲線
太美太燦爛　照亮你身上每一條

全部被稱為人的　以繁殖為直徑
全力以赴的黑　每毫米一灘粘的物質
滴下垂下　洞中殷紅柔軟的鐘乳石
你更狠的攥　是我痙攣的一部分
我拔不出來的熱是你的

一把迸濺火星的鉗子夾一下　再夾一下
跳　你還跳　一場性交裡凹陷的宇宙
像隻松鼠　每一跳刷新一個前世
什麼都不記得　當裡面空了
又脹滿　光年猛地塞入像一隻拳頭

我們的嚎叫噙住枕頭　忍不住時
脖頸胸前泛起一大片玫瑰

瞧你　澈底放棄時兩粒乳頭抖得多好

肉　一個形而上學
令世界急不可待的　是什麼也不剩

插進去就沒辦法了　占有
就盡情表達生命最迷人的弱
躍上石棱的母魚能感到那股逼迫的力
來自一夜　我們被瞄準　扎穿　用盡
卻決不想逃出此夜

不能　當一陣橫掃全身的抽搐
又追上摟抱的殘骸

豔詩（三）

整整一下午　我們套著　顛簸
整整一下午　死是一場場小睡
截停了時間　醒來又硬著
我們得重新結識　愛噴吐的小嘴
邀你看　又是新的　滿的
整下午你掛著精液的腿

就沒幹過　一串乳白色的珠子
能射那麼遠　射　猶如床的方言
抓你　皮膚上蠕動十萬隻小爪子
我的粘滑有股腥味　有片藍

蠟染窗簾外　天空也刺激得發紫
黑跳入彼此　瞧　這肉的鑲嵌

還分得清性別嗎　還怎麼問
你是誰　為什麼躺進我身體的浴缸
想玩就玩　想要　就調高水溫
得多麼隨心所欲　我們合併的狂
才夠狂　一種美傾倒不盡
一種疼　越疼越滑著雪　去想像

四面八方的鏡子裡
被另一個器官插著的自我多麼陌生
空就像遠　無非學不會變形的一點祕密
我大醉　喝掉你一千重倒影
害羞什麼　來　從後面欣賞人的精緻
匍匐在下面　光潔的背裸著激情

裸出一片海　走下臺階如一頭猛獸
我們非走不可　迎向星星的亮度
總是那片海　聽懂小小右耳的溫柔
噓著說　留住這場暴風雨
四肢重疊四肢　就那麼流
淌　我們套著　連摔碎也不顧

黑暗把臥室變得無限大
萬里外的黑暗　在你乳頭上輕咬
一點紅　一生押韻的時差
押送遠行的情人　我的手又在夜裡找
某下午　某萬物虛脫中誰顫了一下
貼得更緊　更濕　又開始漲潮

JAPANESE LOVE HOTEL

一、

房間是一粒紫水晶
幽暗中
我的手砍下那麼奪目地揉你的陰戶

一滴精液通體璀璨地滴下來

行星的軌道上
無所謂步入或步出

二、

一次旅行中總蘊含另一次旅行
一個冬夜　得打開兩次
這黑和冷才無人能認出
路燈不看抖到我們肩上的黃
風聲掙脫刺耳的來歷
城市　停不停在這個門口都是冒險
牆上閃爍的海佈置了一百萬年
只等我們裸露　一剎那抵達
存在的無知之美

三、

手指知道　它們正被痛快淋漓地沖洗掉
臉　笑容　皮膚　皺紋　思想

人稱換成這個或那個
雲隨便丟在地上

手指滑進縫裡

你向高高挑起的莖隕落
搖啊　最溫柔地剝它
香的瀑布坐在自己的潤滑裡

四、

紡織的夜封閉了每個窗口
而開關湛藍　一碰
肉體就撲出我們的籠子

燈光鼓勵淫蕩
你依託在影子上　給我看
人的凹陷與獸類多近

還能更近　樂曲貼著耳語
月經的血腥味　襯著白床單的豔冶
把每只音符醃製成紫色

五、

我們走來走去　甚至
不披著頹廢一詞

哦皇帝知道　暴露的性
給空間一個蝴蝶翩躚的焦點

翻飛玩著高度　視線
已被組織成一場風暴了

像皇帝那樣無恥而縱情
消失進一生那麼長的交配季

誰要自己身上的光　就得
熄掉最後一盞燈

六、

看她　一對乳頭被隱形的繩索勒著
兩腿張開　茸毛摩擦黑暗
看她不得不要的樣子

渴著呢　嫩嫩的紅唇像在說
色情塑造一個女人
就像芳香塑造一朵玫瑰

分開就死了
蹂躪　才加倍的活

七、

世界懸掛成一面三百六十度的鏡子
你聳起　讓一隻手把玩
你抖開的黑絨上道道絲光

照耀我　五指銀白
透明時　蘸著河水
揉一根繃得緊緊的弦

水銀也會顫抖　水銀的子宮
再猛吸一口　我們就被自己交出去
滲漏到三百六十度的平面下
世界的欲望是成為這個幻象

八、

就該肆無忌憚　就該嗥叫
亮出性　誰都是野獸
遭到驅趕時　渾身血肉全力以赴
獅子被一對揚起的腳尖逗瘋了
烏黑沉重的一大團垂著敲打
你被一直追到窩裡狩獵
嘶叫的房間不屬於人類

九、

這一夜　你是母的
你從後面被抱緊的腰身是母的
這一夜你拼命回頭看

他怎樣盡情欣賞你　消費你
拉得更近　齊根沒入肉的漩渦

兩隻蝴蝶的小翅膀護著
你還沒變成人的那一面
感到專橫的硬　他站著動的樣子
就是一點點溶化的樣子

一夜就是一灘　瀰漫著星空味兒
從後面向你潑下

十、

是否子宮內就這麼靜　這麼黑
是否一粒精子的聽覺就像我的聽覺
昏睡在扔出去的深處漂著
比昏睡更深的醒　被四壁懷著
細細的鼻息聲給全宇宙一個節奏
我微微一抽就遊到了
你偎得好緊　把薄膜打開了
聽　胎兒的耳朵正瘋長成小蘑菇
聽　不認識的風一陣陣把我們捲走

十一、

十二個小時在海上
十二個小時　一次又一次

把四樓上一張床擺進陌生的國度
牆上的霓虹南十字逃入任意遠
旅居的愛情風暴般脫掉過去

失重如此銷魂
自肉的外太空墜落
十二個小時　彼此的幽香
足夠完成一個命運　沿著腋窩
太平洋閃耀　也　脫掉未來

十一、

我的斷手　砍下
才一直捧著你的陰戶
色情之美不必依賴別的美

砍下　才澈底抹去

下個早晨扎進眼裡的光
下個一百萬年鐫刻在陽光中的名字
下個高聳如石島的回憶

蠶馬（一）

你許諾過　把能裸出來的美都搗爛
把少女的腰身　不能更亮的眼神　兩條長腿
熬進一鍋濃湯

你許諾讓我品嘗
一股鮮到極點的肉味兒
甜腥到極點　盡情流洩的女性
在一句話裡婉轉千嬌百媚
巧笑兮雪白如絲

讓我窺見一絲不掛的

你或許說著玩　我卻被毀了
被體內一團白花花滾沸的汁液咬著
狂野　咬住到死也停不下的蹄聲
黃沙漫漫　磨擦剝掉的馬皮

捲走　那柔嫩似水的　一半變形的
東西

蠶馬（二）

我跪著　吐長長的　發光的一根
絲織的故事必定很軟
因而　想念沒命的硬
這結局正是我要的
消失進一匹馬的可怕欲望
皮革鞣製的一夜　不可能更黑更暖
我被你裹在懷裡　性交
才沒完沒了　你哪知道啊
粗黑的馬腹下一對細雪似的乳房
蹭疼一次就再也忘不了
掐過　才如花似玉
蹄鐵放肆捶擊　讓你玩

我隱在窗後的眼睛也會玩
你腿間奪目垂掛的紫圓的果子
晃　就狠狠砸我
我跪下　就抄襲一匹母馬的姿勢
陰唇捲著邊兒像朵燒糊的玫瑰
為又粗又長的一插上癮時
死死抱緊那莖的女人已不是女人
一團粉紅的亂絲　被嘔到
一件弄髒了的銀睡袍裡
我要　這結局

蠶馬（三）

這馬皮是精選的料子　給你做件膻腥的衣服

只有你知道　死不是報復
我們砌成的石頭房子　囚禁你
只為從四面八方鑒賞你受驚的樣子
覺得裡面燙燙插著　就那麼
和床邊嬉戲的女兒說話

誰讓你光著腳丫　用趾尖那點白刺激我

只有你知道　踩著我能找到死
肉擰出水　床單上整夜汪著小湖

我們躺在春天的湖畔
血　塞滿屍骸中芳香的填料
被蠶食的世界有根棍子的形狀
女兒大大的眼睛　有種完美的獸性

蠶馬（四）

其實被剝皮的是我
你的舌尖剝開　摸索　找到
女人藏在身上的一粒珠子
活的　含進你嘴裡蹦蹦跳跳
陰毛忍不住鮮豔
河底的水草都朝一個方向嫋嫋游動
你的粗暴　是加倍溫柔地
沿著這條潰決的河道舔上去
繞著每個側面玩
不理　一枚哀求的核
吭　像架潛望鏡放肆觀看
女人拱出的肉紅色

那尖兒聳著　快被空磨破了
那美味　酷愛牙齒輕咬間血肉模糊
那場蹂躪繃緊什麼也不剩的軀體
小死一剎那　什麼都變了
陰蒂上剝出一個女人一條蠶
為什麼不是一只雪花梨呢
唉　脫掉皮膚多麼幸福

蠶馬（五）

我把你弄大了　用一陣裹脅而去的風聲
我　黃白色的卵裡一個背叛的形象

這東西終於不再說話
這張恢復寂靜的嘴裡滿是物

且從物到物

每場午睡不得不噴著結束
你跪在我兩腿間　嫁給渾濁流淌的
脖頸一屈一伸　吞下一大口又濃又鹹的
鎖著的變形像串慢鏡頭

三百丈高的桑樹上葉子緊緊捲著胎兒
上千種風向給我們穿上緊身衣
一條蠶窈窕的體內抽出銀光閃閃的一萬里

遠離人群　你終於是我的了

蠶馬（六）

一首色情詩是我能給你的全部
色情的亮晶晶的繭子
包住我　逃　我向蛹的暗處逃
清清楚楚感到
你來了　一滴馬的黃血融入我的血
你騎著我射　馬眼中明亮的世界
電流四布　電流那麼快
　　沒有辭能追上色情詩
隨你改寫成任何樣子的
陰戶　總是一處彩繪的豔麗的傷口
臆想像隻蛾子在繭裡動
從我的性再剝下一夜

冬天的早晨又裸出一具死在馬廄裡的女體
逃不脫時　一張會悲鳴的馬皮
教唆我愛上被纏死的美
　　沒有詩能追上厄運
隨你想要多少色情的陰影
我身上的每個尖端　被燭光讀出積雪
一夜化盡一次　又撒著嬌落滿
叫喊的死後　別停　你別停
再變　我是你採走的任何東西

島（之一）

距離也是一種性感　水遠遠看著
當你想而不能觸摸
當你觸摸而永不會抓住
你抓　五指間洶湧出漆黑的波浪
冷霧中的樹林隱在對岸
像傷口　不停拉起一座吊橋
鋪滿雪的小徑每天更疼
頂到皮膚上就斷了　你該慶幸它斷了

船形房間儲存著人類不認識的美
逆流行駛中　鎖入我的窗口
最小的左耳聽到前世　鬼魂放棄了錨

陷進一張鋪得軟軟的床
當你不說你才到了
當你失重　黃昏的那道光才再移不開
當你　把自己給了做夢似的金色
我就加入鳥群　在床頭大聲啼叫

島（之二）

你對了　人生的室內樂
要麼全神貫注傾聽　要麼該關掉
水　一滴就圓圓鎖住這些岸

濤聲沒有缺口　一如訂製的肉體
還坐在礁石上　四周丁香味兒的大海
還打進小女孩不停的遠眺

紫色或白色　花瓣儲存在眼裡
春天徹夜失眠的陰暗的眼圈
始終睜著　被一個方向弄碎

受苦的是那粒等在水下的珍珠
變老的是鹽　貫穿在每個浪頭裡嗚咽
狂風是一塊佩戴在手腕上的玉

島　從你誕生那天開始行駛
從未減低孤獨的航速
從來在抵達　一場退潮挪遠的腳下

紫色　傷害布置動盪的近景
反襯白　水平線像道嵌進命裡的雪線
裸露你一生接住的所有雪花

仍是濕的　小女孩腮邊流下一半的淚
多年後　演奏被你帶回的一場冷雨
海鷗垂直栽下　又飛起　你聽清這一吻

島（之三）

要橫渡的是那片夜空　又冷又亮
像水　伸進手也浸不濕
像個靜靜忍住無數抽搐的距離
我望著你　也追回一生的抽搐

湖面就像海面　那道銀色陪你長大
那些春天發育成一個肉體
被揩乾了星光的　加熱的　抱進我懷裡
顫抖　來自漆黑的子宮

我們已走到這兒　再沒有路了
也沒有來世　讓丁香狠狠搓碎自己

又交給女巫在大海上組裝好
每年擎一枝眩目的　劇毒的

島的唯一詩意　是用盡頭加深盡頭
漲著你皮膚的香　刺傷我的嗅覺
水聲在腳下　肉的奔流聲在水下
解開一只致命的扣子

世界倒映在一抹被記住的橘紅裡
貼緊性急的　無底的
要橫渡的是這一瞬
比死更大的直徑

活到慘痛的極點就是一首詩
丁香停在被剪斷的鮮豔的極點
抽搐這麼美好　比所有對岸更美
當我們忍住　閉緊眼睛

島（之四）

當愛也無非一個陰暗的　帶口音的字
當餐廳嵌死的窗戶徒勞地望著大海

選中一個形象就選中了一個詛咒
暮色垂下　爸爸在浪花裡回頭
一盞燭火在兩隻酒杯間想像
海鷗　領著反光中一道道金色弧線

我彎回有副玻璃殘骸的起點
你　凝視零度內無限遠的暴風雨

觸覺那麼遠　春天的看臺上擠滿了死者
皮膚的菜譜羅列被撫摸的死後
手伸過桌子　越不奢望避開鹽水
越攥緊陣陣鎖著發綠的掌聲

我的玻璃守在毀滅的天性裡
你被吮得上癮時　說　別再玩它了

別動　岩石拉長唯一一夜
爸爸黑透的海口　滿捧著玻璃碎屑
把鳥叫粘在窗外　指尖涼涼碰到懸崖
選中島　無數大海已被裹脅而去

視覺，或島之五
——給MICHELLE LEGGOTT

你比誰都看得清楚　這城市怎樣消失
這海漸漸冷凝為博物館的窗戶
用一對翅膀在你家兩側扇動
水　收藏起某次走下老炮臺的腳步
黃昏摸索磨損的臺階
六點鐘　草隱入濕漉漉的綠
你比誰都更早地站進暮色
用一陣口琴聲　耗盡落日
最後的聽力

風景等待的從來不是眼睛
島　從來倒映出心裡一個島的形象

燈火錄製在一首詩的銀版上
夜追著命定的邏輯　像狗兒追著怪癖
狂吠　黑暗一邊就是起點那邊
曾被陽光掩埋的　把你最先收回來
眼睛美麗地睜著　終於有純然的孤獨

SAILOR'S HOME

一、春光・河谷

這一刻無限大　陽光裸出的身子那麼大
裸著　一蓬金色茸毛緊緊擠著
我們的頭埋進去　河谷磨擦臉頰

這一刻　躺在懷裡的是個春天的輪廓
輪到你了　閉上眼也覺得群山在下面
鳥鳴令子宮粉紅幸福地收縮

風不動　五道血痕也追著五枚指尖
追上一條被你藏在羞澀裡的縫
又香又軟　推著綠綠的兩岸

我們就看見　下次呼吸沒有風景
河谷彎進光　光速在每滴水珠裡崩潰
我們知道　令世界亮得暈眩的命

完成於一剎那　這一刻的心醉
親吻這一刻的毀滅　抱緊是一朵花
抖著　勃起著　發燙的一點　就像蕊

二、LYN BEACH

海浪也一直在尋找　用風暴尋找
海把尖尖挺起的乳頭遞到你嘴裡
童年　像繃緊的帆繩那樣嘶叫

像排油漆斑駁的小房子　殘破傾圮
卻把一隻耳朵的珍珠貝留在窗臺上
濤聲把小名舔剩銀白的骸骨時

水平線忍著呻吟　水中抽出紫丁香
漲潮就在長大　一張從未壓皺的床單
叫你怕　你要又一個四月被弄髒

海灘的女性　無論怎樣挪遠
都有一條魚鮮嫩的腹部　好繼續學習疼
你長長的雙腿盤緊這個傍晚

濕的拉力　一股拼命回頭看的激情
用盡了海　肉盛滿一罐哭聲來到
一個黑到底的形式　才配追上你的誕生

三、岸

水波粼粼作曲　不遠處一架死鋼琴
在潮汐中響著　死水手精心修剪的五指
搖曳　滿房間白珊瑚和康乃馨

滿含最後一瞥的性感　一盞燭火透視
性交的肉體中一個岸透明的結構
我們彼此是錨　彼此是錨地

藍色動盪的家　一塊皮膚就是港口
我們嵌著的缺口　炫耀大海空出的方向
死船長冷冰冰指揮一場演奏

音樂會就夾在我們大腿間　那流淌
一股血味兒　血淋淋揮舞器官的旗語
那莖指著說　沒別的地方

你能去　你該去　牆上的死鏡框裡
一頭蒙著藍色條紋的獸慢慢逡巡
岸　記住最後一瞥　那一瞥無終無始

四、「水手之家」

一行字刻在牆上　不停出海的字
把孩子們變老了　不停瘋長的藍色花草
聽小小的白眼珠在防波堤上哭泣

父親的精液是一個異國　被一道
盛滿明媚早晨的裂縫隔開
母親　躲進海鷗茫然的啼叫

分別就再次分娩　把這團血肉遺下來
又一排小小的白浪頭把遠方打得更遠
孩子們否認海那邊有個世界

不停構思著　把陽光變黑的血緣
把岸變得狂暴　把被拋棄當作一件作品
那時間表上永不到來的時間

永遠卡在　即將擠出血腥隘口的一瞬
母親哭嚎　父親腫脹的陰囊低垂
如星座　蠕動　孩子否認不了的命運

五、午睡的海圖

光在窗外傾泄　漂過床頭的白色水母
累了　半透明的室內像隻半閉的眼簾
魚類五彩的尾巴圍著蠟燭

她睡在就像死在海底卵石間
死了　還夢見一叢被擺布的黑色海草
肉體那麼無知　肉體持續下潛

絲絲癢的腳趾　觸到嘴唇軟軟的珊瑚礁
化了　舌頭追趕一陣腳踝上的麻
嘶嘶向裡竄　一封拍往全身的電報

海香噴噴撚著一朵空間的茶花
開了　魔鬼揉弄酷似蚌肉的一小隻
比她還像動物　越抽搐越濕滑

亮晶晶掙脫妄想捏攏的手指
逃了　鏡子張望中　鏡子還在畫出
頹廢的宋朝的鶴側著身子

六、午睡的海圖

海面上一百萬個玫瑰園泛起嫣紅
床上　頸窩是精雕細刻的一小朵
別碰那乳頭　讓她去做夢

讓兩個尖　在夢中接受一種熏香的顏色
讓一下午把滴滴溢出的奶噙在嘴裡
此刻摟在胸前的　都是出海的

睡著　一座城市也在漂移
一雙放肆的腳踐踏波浪的鱗狀臺階
迎向耀眼災難的　總是一次深呼吸

滿屋冉冉上升著氣泡
滿屋彎曲的動作　擦過被耳語提前的夜
不問也知道　小憩　正變成性交

人造的一夜中合上眼就有想要的明月
人　是塊礁石收藏著結束的陰影
為拋棄存在而一股股傾泄

七、水晶宮

時代的醜陋魚群隔著窗戶一片死寂
它們的目光　扎穿石棺裡那些年
翻找一枚紅豔的被磨爛的陰蒂

死死糾纏的軀體上　兩個極端
都插著　舌頭與莖都漲成一大塊水晶
塞得更滿時　頂到藏得更深的終點

死死糾纏的軀體　不再回顧才透明
死過上千次的大海的卵巢
猛吸一口血　不在乎失去才怕人的硬

找到你　封存的初夜像一張初稿
黑暗像一座窗臺　又擺出那盆繡球花
只讓我看見　你的美已準備好

崩潰　交配的星空停進第一場大爆炸
一大團噴出的雪白沒有過去
石頭裡走投無路的水　才抵達

八、複數

這個現在的複數　藍的複數
水手漂白的身影漂浮在每道波峰上
折射成無從等待的　溺死是複數

仍自一塊棱形切下水平線的　是光
仍一再改寫住址的　是總嚷著還要的海
又一具射精後的屍骸被啐到石凳上

空得像海哩　綠色傢俱擺滿懸崖
滿是時差的房間睜開有對羊眼的早晨
誰淪為無從等待的　自己不得不等待

一把水手片片削落果肉的利刃
一次都不在　卻被咀嚼了無數次
一個我都不剩　才毀滅成我們

粉碎　定居在狠狠砸下的濤聲裡
甚至停止不了渴望一個孤獨腐爛的單數
守著　摔在遠方礁石上的名字

九、絞架上的蘋果

你用整整一年想像插進自己裡面的核
一根旋轉的軸　一種你想否認的力
否認不了　秋天是把絞殺的文火

一個碧藍的拎著你在空中晃的邏輯
離地幾米高　漲紅的果肉抱著核摩擦時
風摸你　此刻誰想摸就摸你

冷釘進內心　甜才格外放肆
腐爛有個把柄　攥住就嗅到性的腥香
你把自己掛上一枚黃金的倒刺

離世界幾米高　交給最粗暴的光
磨快尖利的鳥嘴　知道啄哪兒更為致命
啄她　碎肉零落　枝頭震盪

一雙第一天已深深看進肉裡的眼睛
用必死的詩意　讓你想像一次猛烈的活
帶著孤零零懸掛的被引爆的表情

十、聖丁香之海

這一刻無限大　花　迸開在人的盡頭
激動中　天空的紫色　海的白色
駛出我們身上每處奮張的港口

水裡滿是心跳　水的厄運是一生去觸摸
一根埋在肉中綳直抽動的管子
一個不停擰緊蓓蕾乳頭的四月

輸送　燦爛皮膚下我們的無知
紫色和白色　都被體內的黑暗驅趕到空中
漫無目的　以急急奔赴一次自焚為目的

這一刻　碎裂的生殖器鮮豔就是目送
春天的香味就象煙味　一把把綢傘撐開
末日抵進嘴裡　驚叫都學著鳥鳴

肉體的形象是不夠的　最終需要一滴淚
出走到花園裡　星際嫩嫩漂流
每陣風吹走大海

二、思想篇

悼詞（與顧城合作）

你們死了，好像不久以前，還有那片有藍天的廣場，母親推著車子，大聲地叫你，你已經那麼高了，還在看春天飄舞的風箏。

你們死了，不久前我們還說到廣場去，說我們的話，和許多人一起，走向地鐵旁邊的樹林。

不久前，我們還分一盆湯，泡速食麵，慢慢地喝；在雨裡邊，舉著傘，舉著燈，從一座座小帳篷間穿過。

然而，你們死了。

突然亮起的光，把你釘在方磚地上。你的腿斷了，你爬，喊，被鋼鐵的履帶壓得稀爛。

我們不能忘記槍響的剎那，你吃驚得看著，那些鼓掌的手，捂住突然噴血的胸口；你們整齊的坐在地上，而他們整齊的對著你們的臉開槍。

裝甲車從你們的身上壓過去，到處是你們的腦漿。

子彈追趕你，運死人的車追趕你，直升飛機，汽油和火焰噴射器追趕你，你的皮膚發黑，焦裂，受傷的人和死者一起被燒掉。

你們死了，我們不能忘記，你只比我們年輕一點，走起路來頭抬得更高些，會像孩子那樣笑。我們不能忘記，他們把你逼近牆腳，只是為了問也不問地殺你。只是因為你站在路邊，看見冒煙的槍口，你的眼睛就成了「罪惡」。只是因為你不願沉默，你說不要殺人，你的聲音就成了「罪惡」。只是因為你從家裡出來，救一個流血的人，你的生命就成了「罪惡」。槍一陣陣響著，把你們的身體搗成一團團血肉。

你們死了，廣場死了，劊子手的嘴和槍還在響著。他們殺了你，還要殺你所有的同學，兄弟，姊妹，你的父母。他們在路上，向保護你的老人開槍，在學校，在實驗室門口。

他們要殺所有知道你的人，愛你的人。他們要殺所有的記憶，他們把腥臭的謊言潑在你們身上。他們是一群吃死人的蛆蟲。

他們說現在勝利了，他們以為把你變成煙，把血沖走，你們就永遠沒了，你們就永遠無法開口，永遠無法說出可怕的冤屈。你們死了，他們就可以安享罪惡的生活。他們以為人是這樣的，可以被殺光，殺死，他們以為死能保護他們罪惡的生活。

我們活著，站在你們面前，他們也會殺我們。他們不知道，我們已經死過，在槍響的剎那，在廣場上，在我們的中國家裡。我們把心交給你，交給死者，為了使讓你們在我們身上復活，我們要像你們那樣舉起手，完成你們未完成的使命。

給血以血，給火以火。

一九八九年六月五日夜十六日晨

（http://www.dajiyuan.com）

廣場

在這頁交代材料上，你離開六月，離開那個人。每個人都在告發自己中活著。因此，沒有那個臉、身體和名字都和你相同的人，從你家的灰磚門樓出來，在胡同口停下，左右一望，就拐上那條你常去散步的大街。走，地鐵站，花壇，生鏽的鐵欄杆，一排小槐樹，遍地青青的點子，小白花閃閃爍爍，在這個季節，應當就那麼站著，聞花香，背後天空越來越藍。你習慣在這條街上走得很慢，走進廣場。

但你不在廣場。交代材料裡，每個人都證明：自己不在，六月，沒人在廣場。

你得寫另一個人，同樣穿戴你的面孔和名字，從不走出家門。得找證據，證明你的表情早就癱瘓了。你的思想從未高過帽簷。而心被窗棱、鈕扣和肋骨一道道鎖著，既隔音，也避開一切空襲。

肯定沒有那個人，在廣場上跑，滑倒，呼救，聽見人體中彈時，沉悶如木板的響聲。黑夜被切開，帶著燙傷顫抖，你爬過半張被壓碎的臉，一隻眼睛瞪著你，瞪你成一片黑紅沼澤。肯定沒人，在這兒活過，擁擠過，死過。六月，廣場不在。夏天和一串串槐花都是幻覺。

另一個人寂靜如字，不知道廣場。沿著牆根走沿著牆根走，灰泥斑駁的牆皮，前後左右四排牙咬你。一張大嘴，把你吐出來，你就睡了。還做夢，在床上安全地冒險，在蒼蠅愛撫下醒來。大家作證：你晝夜守住這小院落，蝸牛似的什麼也沒說，一張桌子頂著門，這骨骼搭成的小屋，連春天也不開窗。你怕風，因此總把皮膚拉緊。

因此，你也參與謀殺六月。你得寫，你寫了：今年沒有六月。六月裡的廣場是虛無。

你換上一張紙，尖叫就遠了。把自己寫成另一個人，你就活了。一筆一劃地寫，一生中，親手塗掉一個月年齡。你一輕，覺得裡面空了，那個人走了。廣場在寫滿錯字前，已被撕碎。紙屑紛飛。飄落。槐樹上從來就長著白葉子。

空居

你把釘子一根一根釘在牆上，木板大聲呻吟，你覺得子彈正釘進肉裡。你看，沒油漆過的木板上，木紋彎彎曲曲，像一塊皮膚似地顫抖，被撕開，又湧回來，無濟於事地擠住傷口。血在滴，一浸，風就藍了，宛如這裡太多的天空。

並不疼，你一下一下地砸。釘子像小動物，吱吱叫，在黑土穴下吵架。你身上也動了。一場輕微的地震。

這座老房子，站在山坡上，像掛在永遠飄動的白雲下飄。你遠遠近近地看，猜不出你們怎麼會到一起。住了那麼久，還在曲曲折折的樓梯上迷路。在磨破的地毯上，光著腳，埋入成百年走過的無數足跡。老房子裡有的是你看不見的鄰居。他們不離開，只無聲，牆對牆那樣看，靜得讓黑夜響起來。你獨坐中驟然驚醒，聽見屋頂漏雨了。雨冷冷地順著你的骨頭流。木板返潮發黴，捲曲如紙。你只好釘釘子，在腐爛的老釘子旁邊釘。老房子活著，得感謝這些彈洞。

那時，你聽見天使笑了。綠衣的天使，從牆上下來，用更尖更長的釘子，在你裡邊釘你。他們的子彈雪白，手也雪白。而你只能是鳥，紅吻，胸脯亮藍，被他們在對天射擊時命中。你是天空，光身子的天空。煙從你脖子裡指尖上冒出來，黑色粉末狀的你。這天空是一片地下的沼澤。

徘徊在老房子裡，你失蹤了。身上鑿開一口一口井，你慢慢沉下去，就丟了，不明不白地沒了。皮膚漸漸明亮，流淌若水。且清澈，見了底。子彈一粒一粒躺在水波下，雪白，如卵石。

你曾在玻璃上輕輕搓死一隻小蚊子，看那纖細的腿被碾碎，濕濕的，一擦，窗戶明潔如故。你沒聽見有一聲尖叫，在那條小喉嚨深處，怎樣啞了。也說不清，誰是兇手。一團團血肉，餵飽那群鋼甲蟲。把子彈磨圓了，你從小抽這個陀螺。習慣在老房子裡做夢，夢見葉子，卻讀不懂那片綠色。夢見樹林，可害怕野獸。你的夢是給別人看的。但你不能不對自己說謊，像一隻桃子，不能剝掉皮鮮血淋漓地活著。對別人詛咒過那麼多，你知道其實都是咒自己。你恨你超過恨一切。因此殺，慢慢殺，死過多少次，早已不知道疼。

該怎麼稱呼死者？死後有新的名字？還是沒有了軀體也就沒有了名字？你想起長春藤淹沒的墓碑，家裡悼亡的照片，親人下葬時，手抄一卷詩埋入新墳，可給誰？你死後還是你嗎？下雨的日子，一隻檸檬在枝頭變黃。你想用文字追上它，但徒勞。手掌裡、指縫間點點滴滴漏滿了黃色。

你連有人稱的生命也抓不住，還想抓無人稱的死亡？

什麼也抓不住，只有一根釘子，逼近你。心一下一下地砸，牆在你軀體裡響，百年的足跡在周圍無聲。

晴朗的日子，你站在窗口看海。水面銀白如利刃，逼近你。海噓一口氣就能把你吹走，或一吸，就把你合進那本藍色的大書。你讀至午夜，看見星星升起，像小釘子，你知道上帝又在修理這座人類的老房子。

摘不掉的面具
——《面具與鱷魚》序

我不知道這些詩是寫在澳大利亞還是中國？

那天早上，在悉尼。一個靠海的房間。陽光驟然亮起，粼粼水波裡，滿牆面具活起來，用層層疊疊的眼睛看著我。

那許多早上，在北京。我的名為「鬼府」的小屋，像一塊深埋在黃土下的化石，把成千上萬年的歲月擁抱在懷裡。那麼多被遺忘的臉，曾經活過，如今卻只在農民們世代流傳的、雕刻辟邪臉譜的手藝裡，萎縮成一個影子。一動不動地笑。大紅大綠地哭叫。

高大的博物館裡，鍍金畫框囚禁著臉的漫長歷史；古老的西安，沉重的土地掀開一角，被壓碎的陶俑們，目瞪口呆地與生者面面相視；北京天安門廣場上，下水道堵塞了，一堆堆血肉中有誰的耳朵、鼻子、嘴……它們看著我，比死亡更冷漠。我在它們眼裡，比面具更虛幻。影子的影子，剛剛誕生卻久已逝去。

我不知道我寫了這些詩、還是沒寫？這些辭，神祕的中國字，每一個是一座老房子，四堵高牆內流失了數不清的時間。好像在水上，我側耳聆聽，身體裡另一個人漸漸遠去的腳步聲。只有遠去，卻永無抵達。我開口說話，一頁白紙上盪開不知是誰的回音。詩人和詩已這樣對峙了千年。

或許詩從來是沒有的。它只是一片寂靜，像清晨群鳥歌唱時那麼寂靜。每一種語言，因此誕生，因此以沉默為終極的光明：

萬物是藍
當我缺席時那麼藍

或許詩人只能從一個辭到另一個辭，一張面具到另一張面具，像隱身人一樣永恆流浪，永遠尋找，那等在某時某地的另一個自己。

我的臉也早已被掛在牆上。這些辭就是一堵牆。世界厭倦透了脫口而出或再三沉吟的死亡。每一秒鐘裡，我的臉越來越麻木，變成別人的臉。我的眼睛越來越空洞，聽任蛆蟲在裡面挖掘墓穴，展開一場與生俱來的大屠殺。溫情脈脈地，習慣對自己說謊，擺出一個姿勢，對觸目的罪惡視而不見。太久地沉溺於黑暗，我們與黑暗已融為一體。

那麼，我們怎麼能分辨：這塊摘不掉的骯髒面具下，那不斷更換的眼神是誰的？囁嚅著同一話語的不同嗓音是誰的？當名字離開，一具具匿名的軀體是誰？當每天像一個死者，從我們身旁倒下，一個個仍在呼吸的空白影子是誰？

是那麼多被遺忘的臉，穿過時間回到我身上？還是我的臉如同這些詩，被遺忘後，結識了他們並一起悄悄生長？

那麼，到處都是這兒。這片刻已足夠永恆。

或許悉尼這靠海的房間，已等了千年。死者都活著，所有影子停在身體裡，一直像海一樣波動。而北京我那古老的小屋，從來只擁抱過一個時辰——當我認不出我的臉，我卻認出了每一張臉；當所有辭遠離，手中卻留下一行詩。

那天早上，鳥叫時，很靜。

為什麼一定是散文
——《鬼話》自序

《鬼話》的寫作，始於一次死亡
但我不知，是哪一次？

一九八八年，我到國外朗誦我的詩，陌生的聽眾們，常被詩中血淋淋的畫面所震懾，驚懼之餘，也不禁惶惑：這位中國詩人，是否天性就像一隻食肉鳥，嗜好痛苦與罪惡？我無法回答這樣的問題——一條深海裡的魚，怎麼知道，被捕撈上岸後，令它致命的壓力，是來自大海還是它自己？第二年夏天，出事了，當許多朋友越洋打來電話說「現在，我們懂得你的詩了」，我卻苦笑：「也許你現在更不懂了呢。」火，劃破夜空，被攝入鏡頭時，並不是最熾烈的。死亡，被看見、被聽清，遠不如它被淡淡忽略時那樣觸目驚心。每年，槐花的甜香裡，一定會滲出血腥。灰色的胡同，牆，早已在千百年間成熟了吸附哭聲的能力。用不了多久，哭過的人們，又該嘲笑那些還笑不出來的人們。遺忘是一種靜，突出了這樣的死亡：連死者也沒有。但，每一個生者卻使鬼魂成為必然了。在一種以麻痹的形式加強的疼痛中，肉體的毀滅，甚至還不配被稱作死亡。

肖斯塔科維奇說：「我的音樂就是墓碑。我把我的音樂獻給他們全體。」一個死去歲月的活的鬼魂，與一塊塊大陸擦肩而過。聽著，越來越多的與聽覺無關的外語，構成持續不斷的耳鳴。一座又一座城市入夜時亮起的燈火，幾乎是抽象的，而一雙注視它們的眼睛更空更抽象。我在一張紐西蘭的松木桌子上寫。窗外，天空整日移動。雪白的雲，不停被撕開，狠狠擲向一座老房子行駛的相反方向。死火山兀立在粘稠的綠色中。那時，我是否已被寫到了北京那張用半塊玻璃黑板搭成的桌面上？窗外，高大的梧桐樹，懸掛著乾枯的果實。深秋，滿地落葉。雨聲，就同時打進兩個我的相距萬里的惡夢？誰，正目睹誰漸漸消失？

我說，一次死亡遠遠不夠。只要詩人還面對著白紙，死亡就一定是不夠的。

「必須像注視海上孤帆那樣注視每一個字」——我的朋友宇峰說。每一個字都是一個盡頭。讓我想起：在澳大利亞，悉尼，一座面對大海的懸崖，被炫目的藍包圍著。海鷗，傾斜地滑行，像一群僅僅跨出時間一步的幽靈。每一個字，是一塊讓你坐下的岩石。一個看海的人，比懸岸更像盡頭，一旦寫下，就四面臨空。空白，像海濤狠狠打進體內。這個字，有限的筆劃，再次把你逼入最後的位置。象形的位置，是一個終點：匯合了從過去、從未來雙向流到的時間。那沸騰的、無聲的，每天加深著這個絕境。我嗅著大海的屍臭，不得不追求「現在」的絕境。一個字，一個人，移動。被移動。一動不動。盡頭，本身卻是無盡的，帶著我們不斷瀕臨下一個。鬼魂，不知不覺變成另一個。一次窺視蘊含一次盲目，暴露於周圍雪亮的光束下。眾多的死，才使一次死亡顯形了。

必須以傾聽鮮血運動的靈敏，傾聽一次敘述。所有這一切都發生在一個句子裡：死者，謀殺者，受騙者，說謊者，被忘卻的，被遺忘的，被篡改的，改動的，遭放逐的，從來在放逐中的，以辭為面具的，摘掉面具連臉也不剩的……假如語言也會疼痛的話，一定比肉體的疼痛更持久。我該說：更超越？於是沉淪到更深處？鬼魂的話，比「未知」更殘酷，總是說「知道」。你知道你至少得死兩次：在現實裡和在文字裡。因此，用文字預先創造自己現實的死：一個句子中的日子，雙重展示出互為內涵的可怕結構。你只能這樣使用語言：密集的，抽搐的，像你的處境。說，那不可能說出的。同樣的姿勢、腳步，走進這一天，又走出這一天。歲月，壓抑在字裡行間，是不是總共只有一天？一天中就發生了五年（道路的日子）、五千年（陶罐上粗陋符號的日子）？言辭，狂暴地展示著一個被無數街道上、城市和國度折磨的經歷，高達澈底的沉寂。那，所有人在其中澈底被失去的現實。

必須，成為「最高的虛構」——史蒂文斯說。寫作，就是以死亡的方式去生活。走了那麼遠，僅僅是一次返回：無盡地返回自己腳下。世界，就如此詭譎地以每個人的內心為死後。不是我所寫出的，而是我在寫，使我被寫進兩個封面之外。一本翻開的書永遠是一隻鳥飛走的幻象。一場內心的大雪，永遠緊緊把行人裹住、變白。在柏林動物園的冬夜，自山羊們的叫聲聽出一片嚎哭。像你用你的母語在嚎哭。那時，我知道，這本書的主題，僅僅是死亡和想像。生存，不多不少只是被白紙回憶起來的，被辭句徒勞打撈的。我是說，仍然抵達不了的？哈德遜河、布魯克林的地下室，野貓（總像眼角瞥見的黑色怪鳥），和漸漸擠壓進肉裡的水泥，都是想像，所以都讓一具軀體狠狠難堪了。命中註定，一個日常的細節，得逼你承認：現在，是最遙遠的。一本關於死亡的書同時關於一本書的死亡。被害的儀式，超現實到現實本身的程度。

一定是散文。

散文之外的遠遠不夠。

死亡的形而上學，要求用一種貫穿千年的體裁寫作。千年，因為我，再次在白骨上刻滿方塊字，從每具軀體中出土一個作者，就成為埋在自己身上的歷史的讀者。這是一種清晰：把每一個個人事件，用妄想洗滌成人類的；通過逼近災難，讓眼睛所接觸到的一切，直接表現為內在的。這是一種力量：來自對任何偶然遭遇背後的必然厄運的認識。幾乎有意地，刪除了具體傾訴的對象，卻使語言重演人性的困惑，成為承受詩意的唯一對象。這是一種自由：絕對地突顯不自由。以致找不到一個名字，來兼融神話、寓言、小說、自傳與哲學，寫實、虛構、爭辯、抒發、放肆的跳躍、冒險的聯想，或純粹為一個意象所照耀……我們的一生，不就是這樣一篇不斷擴張的作品？

不這樣就一定不夠：比時間更像謊言，於是沒有一個時間不被其暴露與固定；比死亡更加陰暗，以致死亡不得不脫落各種透明的外殼，在漆黑的中心結為一體；比遺忘更無品質，終將取代遺忘獲得形而上的非人類的記憶；一定，在這片文字的黑夜中，有我們感官的燭火。我們的思想，類似海面上藻類的微光。我不知道，誰更黑暗些？誰能黑暗到令萬物一目了然的深度？

連「我」都沒有，僅僅是「你」。一本用第二人稱寫成的書，為什麼不乾脆是無人稱？自己對自己裡邊的別人說話。自己在自己內部旅行。「你」，就最不確切、最模糊，膽怯得像一個別處。你的手所指向的地方，總是空曠荒涼的。一次垂直墜落，摔入紙做的菲薄皮膚。死亡、病，不得不用一個肉體紮根。世界，借用一個獨白：沒有人遠遠不夠，超過一個人同樣遠遠不夠。

末日，是你捂住雙耳聽見的內臟爆炸的聲音。每天一個末日，在一本書之外，不得不寂靜，好擁有囊括瘋狂的形式。在一本書之內，不得不瘋狂，好在有的是時間去品味自己冗長的結束。從死亡開始的，是這些鬼話——

瘋狂的寂靜。一定存在，與你說出的一樣。

追尋作為流亡原型的詩

「世界上最不信任文字的是詩人」，一九九〇年，我在〈冬日花園〉一詩中寫道。作為詩人，我不相信「流亡文學」應當——或可能——是另一種「文學」。它有任何特權，獨立於我們對文學的要求和判斷之外。不。一首詩不是別的，僅僅是一次逾越語言邊界的企圖。而詩人，只是一位「越牆者」，總想越過那道由昔日傑作砌成的柏林牆。我曾在柏林牆被拆除之處，凝視兩道平行線間一片空地，連小樹還來不及長大。遺忘，還沒裝飾起那死亡的意象。對於我，它毫不陌生：正像一首剛完成的詩，令文字背後的空白格外觸目。詩，先天地不能停在某一行、某一首，它得寫下去，標誌出人類不斷失敗的勇敢嘗試。流亡，與其說是一個題材，不如說是一種深度，內在於詩人對語言的要求。詩人流亡者們看著：「所有窗戶敞開時是一個封死的天空」。

還有誰比中國詩人，看到電視上柏林牆的倒塌更感慨萬端的嗎？歷史竟這樣背道而馳：一九八九年夏天，從北京天安門廣場上掀起的民主浪潮，以中國人的血泊和東歐人的歡呼告終。東歐流亡作家重獲「祖國」之時，卻是我的書遭禁、被迫開始流亡之日。接下來的九十年代，權力和金錢的結合，又構成了中國大陸上「金錢文化大革命」的怪異風景。當國內的專制通過被專制者的欲望自動完成時，在國外，這個最後也最大的「社會主義國家博物館」，卻還在誘惑人們認為：「冷戰」的知識，至少對於中國還不是過時的。這令我加倍悲哀——暴政扼住了詩的喉嚨；而意識形態的單調解讀稀釋了詩的血液。淪為另一種宣傳的「政治詩」，其實既無「政治」又無「詩」。那種裝飾在外部的「反抗」，恰恰忽略了詩歌（或人性）內部的複雜衝突。專制的一個「成功」，就是迫使我們降低標準。把「獨立思考」或「真誠寫作」這些當然的起點，作為文學的目標，為爭取零的位置而奮鬥。可詩呢？那起點之後該走出的里程，卻被忘記了。其實，什麼現實苦難不以人性的黑暗為原始版本？一首詩涉及的，正是人和語言的共同困境。流亡給了我一個不可迴避的視點，面對它，甚至用寫作每天加深它。我是幸運的。

我曾三次改變對自己的稱謂：一，「中國的詩人」：強調最初的詩作與土地的血緣關係；二，「中文的詩人」：在諸多語言間，探索中文性蘊涵的獨特限制和可能；三，「楊文的詩人」：我的詩，甚至對原文的讀者也是陌生的。它不能被「譯成」公眾的、日常的中文。我為每一首詩發明的形式、每一部新作對以前「模式」的顛覆，刻意加大了與讀者的距離。這場「自我放逐」，是從什麼時候開始的？哪個觸及了詩歌本性的真正的詩人，不是精神上的流亡者？我要我的流亡寫作，成為某種雙向的旅行：不停遠離故土，同時返回自己的語言。在語言裡，完成現實的深度。直到一個個句子，從內心某處發出聲音，與周圍的世界對話。當深度本身變換著語法，「新」就自然而然了。這旅途永無盡頭，因為摸索黑暗極限的努力是永遠不夠的。

流亡中的寫作是個老題目。雖然老，它還在產生電流。特別在中文裡，「流亡」直接相關於我們的文化處境。二十世紀中國文學和文化的主題，一言以蔽之，即「中國文化傳統的現代轉型」。它的悲劇眾所周知：幾十年的「革命」，既毀了自己綿延數千載的文化結構，又引進不了西方文化結構，終於，古老專制的最惡劣版本與西方進化論詞句交配，產下個可怕的怪胎。我們啟程之處，既沒有傳統又沒有語言，除了噩夢沒有別的靈感。文革後期，四散各地的年輕詩人們，互不相識卻不約而同地做了一件事：在詩中，刪去「社會主義」、「資本主義」、「歷史辯證法」之類政治「大詞」。理由很簡單：它們不能被摸到。這些詞既無感覺又無意義。多年後，我把這個無意識「純潔部落語言」的舉動，稱為我們的第一個小小詩論。很久以來，我們總習慣說，中國文學的輝煌傳統。但卻忘了，任何活的傳統，必以人的個性創造為前提。如果不在自己的作品與過去的傑作間建立起「創造性的聯繫」，我們有的就只是「過去」，而非「傳統」。無論當年的作品多麼幼稚，一個「用自己的語言表達自己的感覺」的念頭，已再次啟動了一個沉睡太久的文學之源。我們的「現代性」，是一種體現為語言自覺的自我的態度。在語言中追問：文革的累累傷口、現實與歷史無所不在的混淆、時間的（我更該說「沒有時間的」？）痛苦……思想的「流亡」，既是排斥力又是親和力，不停把現實的出走變成文學的回歸。中國老話說「國家不幸詩家幸」；我說「在一個人身上重新發現傳統」，在一個個方塊字裡，兩千五百年前發出〈天問〉、投江自殺的屈原等著我們；顛沛流離、孤獨吟哦的李白、杜甫、蘇東坡、黃庭堅等著我們。我們的聲音遙相呼應，從未過去，恒是現在。

一九九三年，我與高行健的對話，題為〈流亡使我們獲得了什麼〉。不是「失去」，是「獲得」。它把焦點，從流亡作家的「為什麼寫」，移到了更逼人的「怎麼寫」？就是說，什麼樣的語言和形式，才配得上這格外鋒利的生存感受？我所使用的中文，如此獨特。它延用數千年而未間斷，用無數古典傑作，展示了自成一體的思維方式和觀念系統。但，對於人類的當代經驗，它還有沒有意義？我是說，不僅向人類當代意識敞開，且能敞開人類的當代意識。流亡，既是國際的，又必須呈現於這一特定語言中。如果說，我的詩在一九八九年前還只是朦朧使用中文的話，那流亡後的寫作，則可以概括為對「中文性」的自覺。與歐洲語言捕捉「具體」的努力不同，中文一開始就是「抽象」的。它的動詞，沒有人稱、時態、單複數的變化。因此，它的句子，描寫的並非「動作」，而是「處境」。當王維說：「行到水窮處，坐看雲起時」，是誰在「行」？誰在「看」？誰又不在「行」或「看」？古往今來的「行者」和「看者」都被囊括其中了。我稱中文為「共時的語言」，以區別於歐洲語言的歷時性。寫，就在取消時間，包括取消作者自己。那「我的」孤獨怎能不是一種「重合的孤獨」？「我的」漂流，不正匯入歷史的走投無路？歲月的烏有之河上，漂浮的只有面具。這兒，文本和現實，誰是誰的幻象？或都是幻象，彼此面面相覷？——離開了中文性，我幾乎無從表達某些對我至關重要的詩意。

文字在冷酷審視，生命一分一秒的消失。在流亡中，人類徹底的困境格外清晰。我的流亡寫作，並不想在「政治正確」和「身分遊戲」的超級市場上，多貼出一塊異國情調的商標。不，標榜「東方的」時空觀，去廉價取代西方的時空觀，無非換一種方式喪失自我。詩要求詩人自己的時空觀。我強調：通過持續地賦予形式，建立「詩意的空間」，以取消時間：從中文文字的視覺和意象因素，到句子和結構的空間感，層層構成形式美。既「個人性」又「中文性」地，把生命的「你不在這裡」，引申為毀滅的「我們都在這裡」。「挖掘被害那無底的海底／停止在一場暴風雨不可能停止之處」——流亡五年後，我完成了組詩《大海停止之處》。以四個標題下四章輪迴的結構，把「四處」集合在「一處」——「現在是最遙遠的」——四個遞進的層次。直到流失的時間，都流進一首詩的形式內；而被文字顯形的不是其他，恰恰是我們的缺席。某種意義上，我甚至樂於稱自己「形式主義者」。因為文學不是形式是什麼？兩千年以來，中文書寫系統與所謂「口語」的人為分離，使漢賦、駢文、絕、律、乃至八股這一偉大形式主義傳統得以存在。而共產黨「反智」導致的集體弱智，才使文學成了廢墟。我無意模仿想像中的譯文寫作（儘管那符合適者生存的原則），卻不無野心地，刻意在每一部作品間拉開距離。等待有朝一日，讓我的《流亡者的歸來》[1]體現為：編號排列的一部部詩作，無須注明創作日期，僅靠彼此內在的對比和聯繫，就構成了「一部」終極的作品。一個我自己的小小傳統。「形而下」地穿過我抵達了「形而上」。詩，才是悉尼城外那座峭崖，不停升高。讓我說：「這是從岸邊眺望自己出海之處」！

「再被古老的背叛所感動」，我的長詩《同心圓》，給出一個語言的和人生的模式。對於我，「出國」不是一個轉折。「流亡」一詞，早已包含了所有地理的、甚至心理的含義。它由詩選定，等同於整個寫作和生命本身。詩是那個根本的提問者，從黑暗核心源源不斷輻射出能量，而把文字、書寫的手、作者、一代代人的記憶或遺忘，變成問題。永恆地問，卻不屑回答。是否該這樣說：若沒有「白紙黑字」的文字獄傳統和天安門屢擦屢灑的鮮血，什麼能反證詩歌的自由天性？若沒有刻骨的鄉愁、和幾乎忘了在自己國家裡作一個詩人的感覺，一頁白紙上的「從不可能開始」還有什麼意義？若沒有紐西蘭漏雨的小屋、柏林動物園寒夜裡山羊們酷似孩子的嚎哭、布魯克林地下室外野貓的逼視，日子怎能變成一篇篇初稿，去趨近那首始終未寫出的詩——那個隱身在我們心裡的流亡的原型？我越來越長的旅途，從未指向「別處」，從來指著自己「深處」。那片「原鄉」，包括了所有異鄉。某個倫敦灰暗的冬日下午，一個句子跳入我的腦海：「現實是我性格的一部分」。當然，正如詩人是詩的一部分。殘忍而美麗的詩意，從不存在什麼「境外」。《同心圓》說——

毀滅是我們的知識　但這座被判決的塔
嘴裡　眼裡擠滿了柏油
仍未抵達那無言

1「流亡者的歸來」：EXILE'SRETURN MALCOLM COWLEY著。

回不去時回到故鄉

「我幾乎忘記在自己國家裡作一個詩人的感覺了。」幾年前，我對一位蘇格蘭詩人說，他正指給我看馬克白斯城堡的廢墟。但此刻，我在這兒。中國，再次不是一個夢，而是清清楚楚從車輪傳進我身體的震動。這是中國的土地啊！但，已不是「我的國家」——作為持紐西蘭護照、以中文寫作的詩人，這是「我自己的外國」。我「來」，卻不是「回來」。某種意義上，這比分離更遙遠——「我」，是橫在我自己的現在和過去間一個不可逾越的距離。十年了，我從一個異鄉到另一個異鄉，用機翼下的地平線，畫出無數同心圓。圓心，是那行臨出國前寫的詩、變成現實的可怕咒語：「所有無人　回不去時回到故鄉」。記憶，慢慢聚焦到一間小屋上：門口兩個書法大字「鬼府」；牆上掛滿五彩斑斕的民間辟邪面具；書，從書櫃裡氾濫到桌上、床上；桌子是半塊玻璃黑板做的；母親去世那天，採自圓明園廢墟的一大把火紅芒草，簇擁著她那張遺照；黑色紗巾蒙在骨灰盒上……最後掩上門的一剎那，它留下我的目光。漂泊的旅途上，我是流亡者，又不是——「回不去」，「故鄉」才在想像中更真實。這小屋，把有我名字的郵件上歐洲、美國、澳大利亞和紐西蘭的地址，變成它自己的一連串贗品。中國，在我思念的刺痛裡，變成寫作和命運的同義詞。

但我認得出這個終於再現於眼前的中國嗎？

古城北京無影無蹤了：玻璃與鋼鐵的冰冷反光，吞沒了小胡同和四合院的溫馨；小時候仰望得脖子酸疼的「天寧寺塔」，只齊現代住宅樓的腰那麼高；原來宮殿起伏的風景線，站滿了「希同帽」——計程車司機的黑色幽默——一種傳統大屋頂建築風格的假古董，簡化得醜陋不堪，卻正對前市長陳希同的品味，少了它，一張藍圖決不會被批准。陳希同九七年因貪污罪下了台，可幾十頂「希同帽」卻按期完工了。這群沒有退路的怪獸，只能在一百年裡繼續污染這片天空。變化堪稱觸目驚心：我文革時插隊的遠郊區，抬著棺材走過的黃土路，已埋在三星級賓館的水泥地基下；曾全村圍看一架黑白電視機的農民，如今是家家ＶＣＤ、揮舞手提電話的賓館老闆；「知識份子」要想名符其實，不能沒有「E-mail」位址；而「上網」，是大學生起碼的智力水準……雖然，毛澤東豎立的「共產聖人」雷鋒的名字，還在官方宣傳品中時有所聞，但「以窮為美」的價值觀畢竟一去不返了。「向錢看」的口號有力得多。富裕的可能，刺激著貪欲也鼓舞了能力。八十年代時髦的詞彙「個人」、「自我」，輕易換成了「投資」、「股票」；而「選擇」的含義，對每月二百元的下崗工人可怕的清晰。消失的古城，捲走了古老的悠閒。我走在花花綠綠從「可口可樂」到「治療性病」的廣告之間，嗅著財富的甜香和爭奪的血腥。

錢，這個中國傳統士大夫恥於談及、共產黨時代視為罪惡的字眼，今天建立了它的「絕對專政」。那不止意味著享受——當然了，住在精神病院的詩人郭路生，沒辦法不對吃掉他一年住院費的一頓晚餐目瞪口呆——更是「自由」：「有錢什麼都能買到」的潛臺詞，是不擇手段地去弄錢：報刊上越反越多的「有償新聞」，使消費者對每一件「熱門」產品充滿疑惑：這公司付了記者多少錢？一本新書的「研討會」，發言越踴躍越不令人興奮：那是「計價」的，說的越多會後拿到的「紅包」越大！詩人也改行了，或變書商——昨天躲著你的出版社就突然對你待若上賓了；或寫腳本——給電視、電影（被稱為「觸電」），若一炮而紅，你就將是守著十部觀眾熱線電話的那人。誰還記得八三年我的長詩《諾日朗》會被批判為「宣揚色情」呢？現在，從上海地鐵站的書店到湖南小縣城的地攤，到處是薩德侯爵、亨利・米勒的中譯本。「自負盈虧」四個字，甚至銹蝕了黨的鐵腕：一位作家因政治上的麻煩被判刑入獄，同時他的書卻在公開出售，因為出版社怕虧本，想拖到明令禁止那一天……

我該為此慶賀還是加倍悲哀？慶賀中國這麼快變得比西方更西方？或悲哀於找不到一個這樣的「西方」？當中國生產的「奧迪」成為官方用車後，北京流行的民謠：「街上跑著四個圈（「奧迪」商標），打開車門往裡看，裡面都是貪污犯，先槍斃，後審判，保證沒有冤、假、錯案。」官方三令五申嚴禁官、商勾結，反對貪污腐化，但言辭是一回事，兒子當董事長的公司、看漲的股票、銀行裡的存款是另一回事。誰都知道，陳希同的丟官，並非真是因為他貪污挪用了幾億公款，而是倚仗「六四」屠城之功，覬覦最高權力，挑戰江澤民。那其他更會見風使舵、更善於逢迎當朝「天子」的貪污者呢？共產黨大肆宣揚的「理想主義」，遮不住它在權力、金錢爭奪中赤裸裸的欲望這一本質。全民「金錢文化大革命」並不是發瘋，恰恰是清醒——是這個本質的普及版。為什麼不？官方的謊言和反抗者的「英雄」幻覺都建立在「歷史的真理」上，但除了此刻有什麼「歷史」？利益之外哪兒來「真理」？九十年代中國人普遍的政治冷淡症，與無原則的發財「成功感」恰相配套。我唯一的意外，是這一切的太不出所料、太合乎邏輯。以至躺在老朋友家的地板上，喝著烈酒徹夜長談時，沒辦法不同意他：「最可怕的是由貧暴富的地方，最可惡的是由窮暴富的人！」

意識形態控制下的「市場經濟」，是中國今天的「新官方文化」。一位著名青年作家與電視臺討價還價：一輯他「喝著酒兩天就能寫完」的電視劇，不給三萬元人民幣不幹。「那寫什麼由誰定？」「題材電視臺說了算。」這部電視片，題目叫《中國姑娘》——耳熟能詳的宣傳品。三萬元不過是作者名字的「雇傭價」。「你以為這筆買賣中官方沒還你的價嗎？」對這問題，他不好意思地笑一笑……不，這並非不得不在饑寒與屈從間抉擇的恥辱，而是貪婪。與空洞的道德說教至少同樣可怕的，是放棄一個知識份子的起碼良知。但這也不偶然呢：文革後，剛入學的大學生沒人申請加入共產黨，可幾年後人人遞交申請書，因為「政治進步」是分配好工作的重要條件。有人說：「沒人入黨是有信仰，人人入黨才徹底沒信仰！」九十年代初，以王朔為代表的「痞子文學」，打出「一點兒正經沒有」的口號，揚棄反省社會、文化問題的「嚴肅文學」。很快，王朔自己又被新一代作家揚棄了，理由一模一樣：「太嚴肅」——插科打諢之下，還是社會主題！什麼算「不嚴肅」？一夥年輕書商，看準中國競辦「二〇〇〇奧運」失敗後的民族主義情緒，粗製濫造出一本轟動中外的《中國可以說不》，誰知江澤民訪美、克林頓來華，進出口在國際權力遊戲中更有效，那就再炮製一本《中國不是只能說不》！「政治」，離開了原則，也可以任意被「玩」，像當代中國的藝術家們，從文革宣傳畫加可口可樂廣告式的「毛ＰＯＰ」，到毫無藝術獨創性、僅僅突出粗俗題材的「市井」、「豔俗」，以「中國藝術商標」招攬買主——西方的「文化觀光客」和中國高懸賞格的官方——當一切都能標價，最先被賣掉的一定是人格。

那誰是「新官方文化」的受害者？說到底，正是中國文化本身。思想膚淺、形式平庸是中國大陸創作的「特徵」。「官方／地下」的區別，已由「暢銷／清貧」的對比所代替。為什麼寫？為誰寫？誰會出？誰來讀？其實都是品味問題。譬如文學，「文革」作為小說題材已成一個噩夢。它過去了二十年，可還沒一部作品配得上那現實豐富深刻的程度。賈平凹的《廢都》，寫某古城的一夥文人，附庸官場沉溺酒色，但人物內心之單薄貧乏、作品形式之平鋪直敘、語言之油滑、趣味之鄙俗，只能讓人把這本書歸入它試圖暴露者的同類；另一本不久前出版、堪稱「文革」文學佳作之一的《馬橋詞典》，韓少功選取他曾插隊的小村馬橋的一百一十一個詞，以詞典的形式，解剖一個錯綜複雜地滲透著政治、歷史、傳統、語言、心理諸多層次的「案例」，從而使「文革」題材終於開始了它文學上的自覺。但，也僅僅是開始——「詞典」的形式還太技術性，像一件用來「思考文革」的工具。換句話說，太囿於關於「文革」的思考。「文革」是什麼？它遠遠超出具體的時間、地點，提供的是一個透視人性深淵的機會。它唯一的題材是：我們內心中發生了什麼？我們內心中能夠發生什麼？有時，文學中過分的「政治化」，仍是「共產黨文化」的後遺症。它使我們既無政治、又無文學，卻不知不覺扮演權力遊戲中某個特定角色——一個當代中國文化內詭譎的限制？

我的舅姥爺、三十年代的現代詩人徐遲，九七年跳樓自殺。八十歲了，什麼人生磨難沒經歷過，非如此絕然地離去？原因眾說紛紜，但對傳說的他的一句話：「我真後悔三十年代在現代派和共產黨之間的錯誤選擇」，我深信不疑。因為我知道，從二十年代試圖「全盤西化」，到三十年代接受西方「最科學」、「最先進」的共產主義、再到目睹「後冷戰」的歷史嘲弄，多少人發現：自己的一生，其實只剩一個臆想的價值。是被欺騙還是自欺欺人？歷史循環到起點，才懂得：半個世紀的「革命」，使所謂「中國文化傳統的現代轉型」，面臨了空前惡劣的處境——共產黨，既摧毀了傳統中國文化的框架，又「移植」不了完整的西方文化，除了在「實用」二字上合併兩者惡劣的一面，什麼也沒有帶來。「現代轉型」，既可能是個美麗的說法，也可能是醜陋的謊言：當許多中國藝術家投機利用「政治」去牟利，美其名曰「後現代」，那其實是不折不扣的「前現代」：不是選擇的錯誤，而是主動對「自我」的放棄——與徐遲們相比，少了前輩的真誠，卻多了「共產黨文化」的骯髒。

「回不去時」，「故鄉」曾如此形而上的熟悉。「回到故鄉」了，常常，我更感到是一個陌生人。也許，該說「隱身人」？即使最溫暖的時刻，與老友燈下傾談，我知道，他們眼裡的我，還是十年前那個我，而一片看不見的空白是我十年漂泊的經歷：每一天的生存重壓下的自我提問，已把「為什麼要寫作」，澈底還原為思想本身的價值和「寫」本身的樂趣。但這價值觀，對今日中國是多麼「異鄉」！我「回去」，彷彿要故意設身處地，體會「回不去」多慘痛多幸運！難怪，當我遇見自願留在精神病院裡——作為一種逃避方式——的詩人郭路生，他會驚呼：「我發現國外回來的和住精神病院的人有共同點！」

這是一九九八年，距離寫「回不去時回到故鄉」整整十年。回到中國的日子，又是我把自己從這片土地中連根拔起的日子：北京公安系統，發現我回到「我的」家，立刻對我恢復了如十年前一樣的全面監控。出於厭惡，也不乏小心，我放棄了這間塵封累累、卻令我四海漂流時夢魂牽繞的小屋——現在，它是名符其實的「鬼府」了，將只銘刻在我的記憶之中。而我，多希望變成一個無記憶的人！當運走我藏書的卡車，在高速公路上加速離去，我回頭，眺望——西山那逐漸變遠的、我從小太熟悉的形狀。好陌生啊，在冬天早早的黃昏中，那一片深灰色。「這是最後一次用這雙眼睛看你了」，我想。

柏林思索：冷戰經驗的當代意義

柏林是一座引人思索的城市。我多次提到，這個世界上，沒有哪座城市比柏林更能讓天安門大屠殺後流亡的中國人感慨萬端。一九八九年十一月，北京街頭坦克碾壓血肉的腥氣還沒散去，柏林牆就被揮舞著紅、黃、黑三色旗的人流衝垮了。歷史清清楚楚在我們眼前背道而馳。同一個夢想，卻醒在兩種截然不同的現實裡。又過了幾年，在倫敦，我看到一部拍攝打開柏林牆那一夜的電視紀錄片，其中有一個令我難忘的鏡頭：「查理檢查站」前已經人潮洶湧，這時，前東德軍隊把守檢查站的首領在家裡接到命令，緊急招他去柏林牆「執行任務」，作為軍人，他當然懂得這時的「任務」一詞意味著什麼。但是，當他的汽車行駛在滿街興高采烈的人群中，看著那無數終於發自內心的歡笑，他的頭腦中一片空白，只剩一個句子，像錘子一樣反覆敲打：「不要天安門！不要天安門！」正是他，在檢查站的關卡被衝開的一剎那，放棄了下令開槍，同時，放棄了共產黨員加軍人雙重的「天職」。就這樣，柏林和中國，似乎結下了不解之緣。「柏林牆」和「天安門」的含義，遠遠不止兩座互相異國情調的建築，它們甚至超出了終結一個時代的標誌意義。它們指示著：人曾親身經歷過何等的自我逆反和分裂；而通過那位東德軍人頭腦中的聲音，我們又像懸崖邊突然醒來的夢遊者，震驚於自己下臨何等可怕的深淵！審視冷戰經驗的角度，並不止於談論冷戰雙方的外在區別，更應該在哲學上，認識人是如何自我加工出一個走投無路的處境的。那個「噩夢方程式」，並沒有隨著「共產主義」、「資本主義」口號的沉寂而失效。在「冷戰」已恍如中世紀傳說的今天，站在柏林牆頭以為摟住過人類春天的我們，赫然發現自己的處境更漆黑無垠。這個冷酷得多的世界，甚至無需說辭，就在放縱血腥和毀滅。對於「人性」，噩夢遠沒有結束。

確實如此，柏林牆被拆除得太快了，冷戰被「遺忘」得太早了。我們急於甩掉那記憶，並非因為我們真懂得了什麼是「自由」，倒好像另一場「洗腦」，為了在洗出的空白裡，製造一個自我「清白」的幻象。冷戰，像一件面貌恐怖的玩具，孩子甩掉它，因為隱約感到它會跳起來咬人。但我們是否從這段人生中學到了任何東西？甩掉的努力，究竟是記憶本身沒有價值，或我們自身的淺薄認識不到那價值？我還感到更深一層的可悲：因為在這場遺忘競賽裡，親歷過「共產專制」的人們，又常常是在反思上最無力、表達上最無聲的人們。我指的是，冷戰後的世界思想論壇中，鮮少發自前蘇聯、東歐、中國的有哲學創見的聲音。好像除了意識形態語彙，我們根本不知道，還有別的層次能思考自己的經歷。前共產國家的倒臺，像拳擊場上一個對手的下臺，意識形態「反抗者」們突然發現，原來種種英雄光環，無非是被反抗者的反光，而我們自身如此暗淡無光。這株寄生在意識形態既定概念上的蘑菇，一旦剝離開來，竟然不得不失語。觀察這些年我到處參加的文學活動，前共產國家作家們的「失語併發症」可以歸納為以下幾類：首先，是乾脆對冷戰絕口不提，好像那是一段難於啟齒的醜事，一雙見不得闊親戚的舊鞋子，只能藏在椅子下的黑影裡，讓自己自慚形穢，供自己默默咀嚼。其次，是談論但不到位，經常在一個過去時態中把冷戰從當代思想資源中悄悄刪除，好像那裡沒有認識今天世界的角度與參照。但環顧周圍，此刻的「全球大一統」哪裡是減少了？同一種自私和玩世不恭，像硬通貨貫穿了中西。那麼，「反抗」一詞難道不該擁有更徹底的涵義？最後也最為慘痛的，是當牆看不見了（注意：並非沒有了），思考者的獨立批判精神也隨之流失。昨天是專制權力的官方，今天是金錢和流行品味的官方，須知追隨任何一種官方都同樣可恥。面對全球化的「利益大聯盟」，一個人要全方位保持批判性，一定意味著全方位自覺的孤獨。我不苛求沒親歷過共產專制的人們，因為那地獄體驗不可能通過一部電影速成。我指的是前幾年的德國電影《他人的生活》。我多希望影片中那位特工浪漫而戲劇性的轉變是真的，可惜，更真實的是電影中不存在（怕敗壞好萊塢的嬌嫩胃口吧？）而現實中向祕密員警告發他的妻子——她們，才是冷戰中真正的人性之「冷」！因此，我們不能原諒自己的「失語」，因為這裡包含著深一層背叛：那些被苦難裹挾而去的死者，將隨著我們的失語而徹底沉默。當我們沒能力把冷戰經驗變成當代思想的深度，他們就真白白死了。柏林這座城市的歷史地層，我們以為非常豐富，其實也可以極度貧乏。牆隱身在車聲和綠樹裡，只是個鬼魂，死亡甚至沒留下一絲痕跡。

那麼，一個必須回答的問題是：什麼是冷戰？這個看似簡單的問題，其實並不好回答。我可以說，至少存在著三種版本的「冷戰」。第一種是經常在好萊塢電影中表現為大團圓結局的「冷戰」，一個個英雄救美人的故事，發生在「民主／專制」、「西方／東方」框架間。人們舒舒服服地坐在電影院裡，觀看銀幕上明星們的鬥智鬥勇、出生入死、正義戰勝邪惡，不知不覺間，政治已被置換成商業，思想悄悄蛻變為票房，冷戰的嚴肅賣給了娛樂的輕鬆，確實，在這個以賺錢為原則的版本裡，冷戰早就以西方的大功告成勝利結束了。第二種冷戰是喬治奧威爾式的。他的《一九八四》和《動物農場》中，整個人生是一個冷酷的寓言。我們能看到，一個制度是如何澈底地「反人性」，從人的政治訴求直到性欲和物質欲，「老大哥」的絕對控制和「一〇一房間」的恐怖，一舉把所有人置於死地。但對我來說，寓言的缺陷就在於它的邏輯太簡單。真正應該追問的是：制度是由誰構成的？如果是人，那什麼是支撐他們參加系統去做惡的內心理由？僅僅是恐怖？或比恐怖更深更複雜的、人在無論多惡劣的環境下自我實現的本能？甚至不惜助於最可怕惡劣的方式？換句話說，到處的「一〇一房間」裡，是否有無數老大哥？某種意義上，我們都是老大哥？現實中絕對逆反生命的黑暗是延續不下去的，共產黨等於清教徒的公式純粹是誤解，黨是歷史上最豪華最不受限制的剝削者，而權力獲得的利益是層層均沾的。在這裡，精神上死掉不僅不妨礙苟延殘喘，簡直就是澈底實用的狂歡的前提。這就是第三種我看到的「冷戰」版本，或許帶有一絲幽默的是，蘇聯、東歐的變色，把中國留在後面、不期而然地變成了一個共產黨國家的活標本，一個「共產黨專制博物館」。我把它放在「冷戰」主題中來討論，是因為這裡的「中國」一詞不重要，而建立在剝奪私有制基礎上的國家意識形態和經濟專制才重要。這個制度給出了一種人性存在的處境，它和所有共產國家一脈相承，與此相比，反而原來冷戰從一九四五起至一九八九止的時間界限變得更像一個「假定」。一九四九年以後的紅色中國，已經沒有我們一廂情願想像的「傳統中國文化」，有的只是「共產黨文化」——一種集合中西惡劣因素的社會怪胎。這裡，人性極度扭曲時，常常不表現為被迫、反而表現為和系統的積極互動。黨的純粹權力欲，癌症一樣擴散成全民的純粹物質欲，又在「先富起來」的誘惑下，為能夠在黑社會中分一勺羹而得意洋洋。今天的「一〇一房間」是中國無數五星級賓館中的總統套間，那裡也唱著一首不分國籍、不在乎膚色的「國際歌」。一群不知自相矛盾的人，不會精神分裂的人，被摘除了同情心和想像力的人，但，他們絕不是「不活著」，他們甚至要求、並做到了活得最好。

回到人性的處境這個話題，冷戰其實從來是一場苛刻的自我追問：在「迫害者」和「受害者」之間，有沒有界限？哪兒是界限？「我」什麼時候在表演「受害者」、卻暗自承認是「迫害者」中的一員？還有更為模糊的，應該把對災難的視而不見和保持沉默，放在這條界限的哪一邊？蘇聯、東德解密的祕密員警文件，讓我們發現：專制下的人性最突出的經歷是多層次的「背叛」。首先迫於暴政的壓力，背叛自己應該是的（反抗者）；其次出於加倍的怯懦，背叛自己本來是的（背叛者）；最後，背叛一切意義，什麼都不是因而可以什麼都是，為此能任意放大誇張的言詞和宣誓的音量。這裡沒有信仰，只有下意識地自我說服和自我原諒，從自私和犬儒獲利並非那麼下流，倒是某種理所當然。真的，這個心理邏輯並不複雜：倘若我改變不了世界，那麼與其活在自我譴責裡，不如乾脆改變自己。從接受、到加入、再到成功，對專制的屈服就這麼完成了。一種病態心理，促成了更加病態的自我保護。如果進一步觀察，自欺的謊言也還是不夠的，要覆蓋內心那個黑洞，一定得借助某些貌似客觀的巨大「真理」。從蘇聯的「大清洗」到中國文革，冷戰中的殘暴，無一不是假「歷史」和「革命」之名進行的。這一把把形而上觀念的大傘，遮去人性和常識的天空，終於取消我們自己的判斷能力時，一個自我麻痹的療程才完成了。唯一的問題，是當我們從催眠中醒來，經常不知自己身在何處。一個黨許諾過的「人類未來」嗎？還是一個歷史上最黑暗的過去？抑或兩者壓根是同一回事？中國，在這裡又一次成了奪目者。它古老的「時間怪圈」，好像一場幾千年的演習，在說明：專制下的人生根本沒有「圈」。比時間的痛苦更殘酷的，是沒有時間的痛苦。一個中文詞「無人稱」，被我選擇來做一部詩集的標題，卻在翻譯成外文時遇到了極大的困難。它的外文的直譯很容易變成「沒人」，但我想指出明明「有人」，卻沒法「稱呼」他／她，一種多麼令人絕望和尷尬的處境！「噩夢的靈感」，是一個我談論中國時常用的說法，這也完全適用於冷戰經驗中的世界。它像一場大規模的噩夢實驗，提供了一種讓人類理解自己存在的語法。幾十億人口，數千萬死亡，跨越多種不同文化，延續將近一個世紀，落點卻總是一個小小的、抽搐的自我。一道黑暗的底色，貫穿了中世紀宗教法庭、二戰猶太人大屠殺、共產專制制度，延伸進喪失反思能力的今日世界，一再重申著人自欺的本質。直到，「歷史的終結」[1]像一個玩笑，告訴我們，歷史從未開始。

這是否也就是「靈感」了？正是這雙被痛苦洗滌的眼睛，能加倍看清我們自己之所在。在我看來，一個獨立思想者今天的境地，比冷戰時代更走投無路。我們的「政治」觀念變得澈底空洞，因為政黨們五彩繽紛的商標下，無非是同一家比賽牟利的公司。我們的社會思想空前貧乏，當共產黨腐敗貪官們和西方投資者同飲同醉，誰能在他們之間做出選擇？我們的「歷史」概念確實應該被取消，因為它除了純然時間的流失，已經沒有任何思想內容。我們的「時間觀」呢？從二十世紀對「新」之迷信極端張揚的「歷時」，淪落為後現代平面膚淺（且以此為榮）的「共時」，我們什麼也不信，除了當下兌現的利益。生存的絕境也是哲學的：離開了西方式虛構的「線性」進化之路，東方美學中的「蒼茫」、「無窮」成了人孤立無援的永恆感受。行為和精神上雙重的「不可能」，把我們釘死在一具重複回收的肉體內，無人稱因而囊括了所有人。用這雙眼睛看，伊拉克、中國，從來不在遠處，正在發生的毀滅，從來在我們腳下。當我九二年在紐約寫下〈黑暗們〉中的句子：「另一個世界還是這個世界」，我是不是該感謝冷戰幫我預先拆除幻想，準備好了經歷更嚴峻考驗的心態？正是困境，回答了「為什麼寫？」；而困境之深，又在進一步追究「怎麼寫？」單向的冷戰宣傳、與意識形態話語連體嬰兒似的「地下」、「流亡」等等標籤，無法企及這古往今來不變的命運。人性的深淵中，哪兒是「地下」？誰又不在「流亡」呢？今天寫作的根本詩意，是在語言之內進行一場孤獨的反抗。它要求一種獨創的形式，來和個性化的思考相匹配。更確切地說，我希望看到一種「必要性」，顯現在深刻的內涵和深刻的形式之間。我說「深刻的」，而不只是「新的」，因為深度必然要求新的表達方式，反過來卻未必。有人形容我的詩是「到存在的深海裡釣魚」，說得好！與此相比，題材和風格的變換、客廳或流行的品味、乃至「異國情調」、「身分遊戲」，都是捨本逐末。如果說冷戰培養了某種藝術標準的話，那就是藝術不能容忍平庸的可有可無。

這其實在要求我們建立一種跨國界、跨語言的傳統：「孤獨反抗」的傳統。我想到第一次世界大戰之前，當社會主義仍只是一種空想，還沒有被暴力拉回到地球上，那成為我們今天思想源頭的哲學、心理學和文學藝術的現代主義大師們，是否也曾各自進行過一場孤立無援的個人反抗？那個世界，何等沒有出路卻迸發出何等的能量！他們建立的「同心圓」，早已包括了我們。二〇〇五年，在柏林，我和南非詩人汴庭博[2]做了一個關於詩歌深度的對話，標題是一句精彩的話「詩歌是我們唯一的母語」。我們只能互相取暖，通過被牆緊鎖的人類一次次「越牆」的企圖，哪怕逾越後，又發現「牆」總在更前面，但「不放棄」本身就是一種驕傲、一種高貴。只有這樣，我們才或許對得起那些至今徘徊在柏林牆空地上的被槍殺的鬼魂了。記憶的墓碑上，他們不僅留下名字，更鋪成一條直逼深淵的道路，像帶領但丁漫遊地獄的維吉爾，標示出我們的旅程走出多遠了。

他們就是文學的深度。
而深度，就是一切。

二〇〇七年六月五日—六月三十日

1 《歷史的終結》：美籍日本學者福山的作品。
2 汴庭博：Breyten Breytenbach.

追尋更澈底的困境
——我的「中國文化」之思

一、「這遺言，變成對我誕生的詛咒」

「中國文化是什麼？」」這問題貌似清晰，卻令我越想越不著邊際。是否中國人的文化就都是「中國文化」？或凡發生在中國的都叫「中國文化」？有沒有一個哪怕只由中國人所共有的「中國文化」？誰來決定什麼「是」、而什麼「不是」中國文化？一旦決定了，這「中國文化」還有沒有演變甚至超越自身的可能？如果有，我們怎麼去見證它的活力？如果沒有，那個固定的「中國文化公式」，豈不在先天抹煞一代代鮮活的生命？它究竟該被稱為「偉大的傳統」？或只該被實事求是地被叫做一個「過去」？

本節的小標題，引自我寫於一九七七年的第一首詩〈自白〉。它有個副標題：「給一座廢墟」。這裡的「廢墟」既具體又象徵。具體之處在北京的圓明園，彷彿命中註定，我從兩歲起就住在這座被英法聯軍洗劫一空的滿清皇家園林附近；而它的象徵意義，則來自文革終於結束後，整個中國驚醒時，赫然發現幾十年的「革命」已把一個民族、一個文化變成了自身歷史上最黑暗的版本。我記得很清楚，當我徘徊在那片亂石、枯草、殘雪之間，「死亡」如此觸目，猶如灰暗天空下大塊裸露的黃土；「末日」如此刺骨，正像毫無遮掩的地平線上咆哮而來的寒風。我這一代人，無知得甚至不懂，那幾根被我們當作不屈和抗爭標誌的石柱，恰恰是與中國文化無關的「西洋樓」的殘餘。僅僅因為它們羅可哥風格的雕花不符合「社會主義」的需要，才免遭五十年代建設人民公社時大拆遷的厄運。我目不轉睛注視著，一片預設進我們生命起點的荒涼，一種從開始就擺在燒焦的土地上的處境。那些默默的石柱，「彷彿垂死的掙扎被固定／手臂痙攣地伸向天空／彷彿最後一次／給歲月留下遺言……」我們的誕生，直接是死者遺言的最恐怖、最殘忍的形式。

這構成了我對今天「中國文化」認識的起點：一片空白。甚或比空白更糟：一片人為「建設」起來的斷壁殘垣，霸佔著土地，連清除也無法進行。我這一代人，可以簡稱為「沒有文化的一代」，或在「反文化」中成長的一代。幾乎所有中國傳統文化中重要的思想資源，如儒家、道家和佛家思想，都不僅僅被忽略，更被徹底否定。我第一次面對「孔夫子」，是在七三年「批林批孔」政治運動中。孔夫子與毛要打倒的林彪被並列為「階級敵人」。如果說，自十九世紀「鴉片戰爭」始，中國的思想主題可以概括為「中國古老文化傳統的現代轉型」的話，那麼四九年後，我們面對的，就是一個非驢非馬的怪胎——既毀了數千年中國文化自成一體的結構、又引進不了西方文化結構，最終兩面雙雙失控，中、西之「惡」組合出人性黑暗之集大成！最典型的例子，莫過於毛澤東借西方歷史進化論的空洞邏輯，遮掩─縱容其肆無忌憚的專制暴行了。大躍進式的公開謊言、文革中的濫殺無辜，只要誰也不懂的「歷史唯物主義」一詞出口，就立刻變得天經地義、理所當然。

與「共朝」暴君的絕對獨裁相比，兩千年前漢儒們立「天道」以制約「皇權」的努力，實在顯得太富

「民主」氣息了。而與中國古代士大夫對自己的人格道德要求比，當代中國專制對知識份子人格的摧毀，堪稱殘酷之最！而且，不僅儒家的「進取」被壓制，連道家式的「退隱」、佛家式的「出世」也被斷絕，因為「無產階級專政」和「階級鬥爭」無所不在！歸根結底，所謂「砸碎私有制」，砸碎的是古老常識對人性作惡本能的限制；所謂「實現社會主義」，實現的是從官方內部權鬥到社會日常生活的一體化污染：無精神原則的澈底實用（「唯」物，多麼絕妙的翻譯！），導致澈底的自私冷漠和玩世不恭！甚至我的中文，當五花八門的「主義」、「口號」充斥其中，使用這種一無感覺二無意義的「大詞」，就等於自動跳入它的陷阱。我們簡直分辨不清了，那毒素究竟來自外界、還是乾脆儲存在自己內部？當我們一廂情願地繼續使用「語言」、「傳統」這些詞彙，卻幾乎沒注意到：我們其實既無「語言」又無「傳統」。民族虛榮者鼓吹的「古老輝煌」，已經永久性地成了一堆碎片；而把賺錢等同於「現代」，更是一派自欺欺人。我們所在之處，那彌漫在空氣中、被吸入肺腑、融進血液周身循環的，根本不是什麼「中國文化」，強名之，只能叫「共產黨文化」。它造出的人性廢墟，比一切外在廢墟觸目驚心千萬倍。很殘酷嗎？但更殘酷的是——迴避它，我們的「思考」就根本碰不到想探討的現實！

二、「從不可能開始」

「人在行為上毫無選擇時，精神上卻可能獲得最澈底的自由。」一九八五年，我在《重合的孤獨》一文中寫道。作為一位年輕詩人，我已經知道，我面對著一種深刻的困境。具象地說，現實在不停提供「噩夢的靈感」，我們的寫作跟隨著它，劃出的正是一條向自己親歷的痛苦經驗深處探尋的軌跡。一個輪廓清晰的「追問的歷程」。每抵達一個「形而下下」的現實深度，也同時獲得一種「形而上」的對存在的理解。或許出於直覺，或許是對中國災難歷史的「怪圈」式循環有所自覺，或許冥冥中被中文動詞的「非時態性」所啟示，我所體會的困境，自始就直指一種剝去了「時間幻象」的處境。一種「不可能」，揭露出「進化」深處人性黑暗的深淵。它遠不止是「時間的痛苦」，更是「沒有時間的痛苦」。正因為這，杜甫寫於一千二百多年前的詩句「萬里悲秋常做客，百年多病獨登臺」，才跨時空地與我心心相契，成為我漫漫漂流途中的座右銘。

中國古話曰「置之死地而後生」；同理，當義大利電視臺問我「詩對你意味著什麼？」我的回答是：「從不可能開始。」是的，必須有對處境之「不可能」的自覺，還必須像生命一樣不顧一切的「開始」。我們自七十年代末由現實而歷史、又從歷史切入文化的層層「反思」，才顯得加倍寶貴。

我這一代人的最大噩夢就是文革。自它結束後，一個質問「誰該對那場大災難負責？」一直錐刺著中國人。北京西單「民主牆」曾帶來短暫的希望。就在那兒，後來寫進當代中國文學史的名字們匯聚到一起。我們在美學上的區別，凸顯了一個急迫的共同要求：「用自己的語言表達自己的感覺，」那正是文學最低、也最高的標準。只這一句話，就足以刺穿周圍強加的謊言了：文革甚至不是「傷痕」，因為淌血的傷口從未癒合。毛死了，而鄧自己的文革版本「清除精神污染運動」，令知識分子眼睜睜看著噩夢又還原成現實。一代代獨裁者，以及與他們配套的愚民、順民，不停上演著一個早已寫進中國歷史的戲劇腳本。在靈魂的刺痛中，時間就像幾千年更換的面孔和名字一樣沒有意義。由此，大雁塔、長城、故宮、易經

「自然而然地」進入我們的詩；甚至「六四」的鮮血，也無非那龐大的死亡之虛無的一部分。

那麼，每個人在這場歷史悲劇中扮演什麼角色？整體的黑暗中，誰敢宣稱自己是清白無辜的？當數億人都在出演受害者，誰是迫害者？難道現實竟荒誕至此，有災難而沒有迫害者？貫穿八十年代的「尋根文學」，其實恰與美國黑人的「尋根」反義——我們的「根」就在自己腳下，但那個兩千年來滲透了中國人潛意識的「大一統」的傳統思維方式，先天切除了個人的懷疑與批判精神，致使號稱「五千年的文明」，只剩一個集體弱智的事實。這或許該稱為我真正的「傳統文化教育」：課本是深入我血肉和靈魂的痛楚，課堂是九百六十萬平方公里的大地，而要學習的是如果喪失對一個傳統「反省的能力」，會給一個民族帶來何等的災難！我曾站在陝西臨潼兵馬俑坑邊，目睹黃土掀開一角，那個近在咫尺、又常常慘遭忽略的死亡世界，突然暴露出來。「怪圈」原來一點不怪，因為根本沒有「圈」。我們無非都是死者，面面相覷著，從未離開此地。

兩個宛如讖語般的詞句，預示了我的流亡生涯：八七年，我和朋友們在北京組織了「倖存者」詩人俱樂部；八八年，我出國前寫下的詩句「回不去時回到故鄉」。一九八九年的「天安門大屠殺」，讓我們親眼目睹了歷史的背道而馳。東歐流亡作家回家之日，正是我們去國之時。但甚至這，也從未令我感到意外。好像現實非如此不足以證實詩的深度：「天空從未開始／這斷壁殘垣」、「以死亡的形式誕生才真的誕生」（摘自我寫作五年的長詩《[illegible]》，總標題為一個我自造的篆體漢字，讀音YI）。文革後「人的自覺」喚醒了「詩的自覺」，而現在，則是「詩的自覺」在引領「人的自覺」。我在那首長詩中，通過大規模拼貼不同時代和人物，刻意敞開「中文性」內涵的非時間因素，以「取消時間」的詩歌意識，觸摸千載不移的人之命運。「每一隻鳥兒逃到哪兒　死亡的峽谷／就延伸到哪兒　此時此地／無所不在……」這些寫於中國的句子，已經涵蓋了我被禁止和銷毀的作品、流亡中漏雨的小屋、被自己的母語變成隱身人的悲哀。還遠不止那些呢，我海外寫作的冷靜，得有場大喧囂作對比：九十年代後席捲整個中國的「金錢文化大革命」；「共產－黑手黨」公然進行的權／錢交易；北京、上海五光十色的摩天大樓下，被難以置信的不公平經濟結構無限盤剝的近十億農民和下崗工人；「新官方文化」的金錢收買下，國內絕大多數知識份子放棄良知、對暴政的沉默與臣服；在戴著意識形態枷鎖的「市場」中，和官方「盛世」宣傳相配套的，彌漫於畸形「大眾文化」中的民族主義喧囂和文化商標式的「身分遊戲」（Identity Games）；也別忘了由西方政府和大投資商們蓄意營造的「中國市場神話」，同一個澈底實用的利益原則，竟能把「共產專制」變成西方投資的最佳保護者。中國，既是今天最大的「社會主義國家博物館」，又當之無愧於「國際資本主義」的一部分。這現實荒誕得超乎任何想像時，頗像一個獨具創意的文學概念──「現實魔幻主義」！

三、「再被古老的背叛所感動」

自私，冷漠，玩世不恭──三個詞，畫出了一幅今天世界的肖像。當每個人都面對著世界性的困境，哪裡是「中國文化」的位置？它含義的模糊，似乎正與它的被濫用成正比：那些對儒、道、釋的談論，大多只和書本上的「過去」相關，卻與我們每天的生存現實絕緣；那些因招財進寶而香火鼎盛的廟宇、靠避凶免災才大行其道的「風水」、以假弄真坑蒙世人的古董贗品，乾脆該直呼為人性劣質的張揚！那些為國際政治、經濟交易佐餐的舞龍舞獅式的「文化觀光」呢，撲鼻一股淺薄、實用的銅臭氣！

那麼，還有沒有出路？一連串否定之後，還找得到肯定嗎？回答是：找得到。這裡有個必須明確的前提：沒有任何一種「現成的」理論，能「套得上」今日中國的現實。我們的困境和我們的活力同樣深刻，都不得不依靠自己的摸索，在黑暗中一寸一寸地挪出一條路來。以詩歌為例，中國古詩精美絕倫的形式，已和今天的語言相去太遠了，它們提供的是一個中文詩曾經發育得多麼成熟充分的範本。但同時，僅把西方詩歌視為模特也是「不夠的」。且不說經過中文翻譯的「變異」，我們讀到的，只是某些視覺意象和觀念的縮寫與改寫（這正解釋了大批翻譯味兒十足的「中文詩」之淵源），更可悲的是，儲存在「中文性」內部、對我們自己必需且對他人有益的那些啟示，也因為從未存在在西方詩歌中而一併遭到了忽略。於是，「中文詩」永遠只不過是用中文寫成的（更差的）西方詩！不，我們的思想必須是「原創」的，必須不依賴任何一個已有的文化「模式」。它不得不「新」的意識結構，必須「為我所用」地自由取捨一切人類思想資源。

爭論已久的「中體西用」還是「西體中用」，其實全無意義。這裡，唯一的「體」是活著、感受著、提問著、思考著的個人。他／她沒有任何鎖定的來源或去向。既然「純粹的」中國文化在今天根本就是一種虛構，而「共產黨文化」只是中、西劣質混血的結果。那我們所能做的，也就是尋求一種另類的、良性的「雜交」——基於人性的、個性的追問，讓世界在我們的思想之內四通八達！我們取捨的標準，與是否「中國的」無關，僅僅與是否對思想「有效」有關。一切有助於建構思想更深層次的就「用」，否則不「用」。

當我們肯定思想的「個人性」，就直接溝通了一切文化傳統的原動力。想想透徹語言極限的老子、風塵僕僕周遊列國傳播自己政治主張的孔子、悲憤「天問」投江自盡的屈原吧，那是對「自我」和「自由」怎樣的張揚！返回中國文化傳統的源頭，我們既繼續著儒家的人格修煉和社會關注，又不放棄道家的「精神超越」，甚至佛家對整個生命虛無的體悟，也是更高層次上的「開始」。當每個人面對著這樣的「標準」，誰說「個性解放」只屬於西方？

當我們肯定有一個「中文文學傳統」在，那其實是在談論一個到來太晚的、對自己語言和思維的「自覺」。過去一個世紀，從五四運動的「打倒孔家店」、「全盤西化」，到文革的「破四舊」，再到今天潮水般掃過的各種「後學」，中國人對自己寶藏的無知和對外來時髦「理論」的一窩蜂追逐同樣觸目！但其實，與只有西方文化單一資源的思想者比，我們本來多麼富有：一個綿延數千年、自成一體且被無數古典傑作證實過的傳統，在在提供著比較、對話、互動的可能。只要我們明確一點：思想首先是「個人的」，然後才由於它與中文資源的深刻聯繫而成為「傳統的」。這種良性對話的結果，甚至凸現出把中文建成一個（或許是這世界上唯一一個）與歐美相媲美的傳統的可能性。

當我們肯定「中文性」的哲學與美學內涵，特別是通過「取消時間」來把握人之處境，其目的也並非尋找一個與「西方」相對立的「東方」。這裡，恰恰是在對西方哲學「時間性」的反思中，推出更深一層的「時間意識」：解除了「時間迷信」才暴露出每個人——並不只是中國人——腳下的絕境。對於我，這個建立「非時間的」詩歌空間的意識，既可以說是自《易經》的啟示引申而來，也可以說完全基於我對當代生存狀況的理解。它們互相「推進」到了彼此的深處。每個人都必須面對自己的「沒有出路」，且「從不可能開始」。

我的詩句「再被古老的背叛所感動」，也是一種肯定——對背叛一切群體的、既定的「模式」之肯定。當代中國文化上的「無依無靠」，實在是獨一無二的「機遇」。不管樂意與否，我們就站在諸多文化的滙合點上。雜交反正在進行。它的「成功」與否，只能由造成的「品種」——每個個人的品質——去衡量。也正因此，「國家」、「文化」、「政治正確」等等都不再是判斷的標準，反而成了被判斷之物。我們的社會態度也因此清晰無誤了：誰尊重自身的「自由」，就不能容忍任何對他人的迫害；誰希望自己被公平對待，就必須反抗其他所有的「不公」——無論那來自號稱「人民共和國」的中國政府，還是明顯持雙重標準的、不顧中國扭曲的社會結構而一心和中共分贓的西方資本！「背叛」是一種自信。它意味著，一個人敢於在自己腳下反抗醜陋的世界。

兩千五百年前的詩人屈原，用他羅列數百問題而無一回答的《天問》，開創了一個「追尋更澈底的困境」的思想傳統。他的意義，決不止限於中文文學史，而是給了整個人類一個機會：用我們對自己發出的小小「天問」，和他建立「創造性的聯繫」。這是否還叫「中國文化」？用什麼名字去總稱這個當代的「諸子百家」又有什麼關係？今天的中國，畢竟在無數個人的「背叛」中，一點一點移出被共產黨文化顛倒的價值觀了。這，正是令我感動之處。

二〇〇六年四月十一日

發出自己的天問

——兼談當代中文獨立寫作

一

幾年前，義大利費拉亞諾國際詩歌獎發獎儀式上，我的獲獎演說〈提問者〉，堪稱一首獻給屈原的小小頌歌。在世界各地朗誦詩，我最經常聽到的問題之一就是：「誰是你最敬仰的詩人？」無論不同國家觀眾的期待是什麼，對這個問題，我的回答始終如一：屈原。甚至更具體，是他的一首詩——《天問》。你聆聽吧：「曰遂古之初，誰傳道之？上下未形，何由考之？陰陽三合，何本何化？……」兩千五百年前，中文詩史上有記載的第一個名字，卻給後代豎起一個絕然天外的高標，一首問「天」的長詩，從宇宙起源，經自然萬物、神話歷史、人類認知，到詩人自我……近二百個問題，卻無一句答案。正確地說，整首詩的能量，正在於以問題「回答」問題，每一個更深刻的質疑，都涵蓋了前一個。而起首一個「曰」字，猶如老子開宗明義的「道」，直接把住了人類作為語言動物的命脈，進而握緊文明之根。屈原，這位中文裡的但丁，用一個個問號，帶領我們漫遊；用專業提問者的姿態，挑戰人對自身提問的能力。他就是光，不中斷點醒我們每一剎那的創世紀。

從文革結束到今天，世界在令人眼花繚亂地變，可又沒變：那個提問的方程式始終如一，且貫穿於互相纏繞的語言和現實之間。一九八八年，我和一些寫詩的朋友在北京成立了「倖存者」詩人俱樂部。選擇這個名稱，首先基於語言的層次：自七十年代末民主牆以來，一些當年「地下」寫作的朋友漸漸走到了「地上」，隨著出版、出名、出國，逐步放棄了直面生存的嚴肅寫作態度，作品越來越軟化和油滑，以至淪為可有可無的文字遊戲。這也是一種死亡，精神的死亡。與此相對，「倖存者」就是這個厄運的反抗者。我們的自覺，一言以蔽之，就是堅持由「深」而「新」——由詩人的思想獨立，激發詩作鮮明的創造性。但當時我們誰也沒有想到，「倖存者」竟會不期而然地成為可怕的預言，死亡的現實緊緊追趕這個詞，不久之後，就血淋淋地證實了它。八九年天安門大屠殺之後，誰還敢說自己不是倖存者呢？我們甚至遠不止倖存於天安門的槍口，那一刻彷彿一道裂隙，突然撕開了油污的時間，讓我們看清了所有年代裡的無數死者。那些日子，當全世界都在為天安門震驚和哭泣，我卻暗暗震驚於人們的震驚、更為遍地哭聲而哭泣。我哭我們忘卻的能力，倘若天安門成了我們見證的第一次死亡，那在此之前包括反右大饑荒文革等等的一次次毀滅哪兒去了呢？我們為之哭喊控訴過的數千萬死者哪兒去呢？連我們這次流淚，是否也其實與記憶無關，僅僅意味著沖洗和背棄？洗淨了，騰空了，好為下一場災難再哭再震驚？究竟中國人的哪種死亡更觸目：是死者數字的龐大？還是死亡的空虛？這是為什麼，我寫於大屠殺之後不久的《一九八九年》一詩，結束於一個讓我的朋友們以為出了筆誤的句子：「這無非是普普通通的一年」。普通，普遍，因為死亡的處境不會過去。這根語言——現實——語言的鏈條上，天安門是一個座標，確定了所有中文文學作品的位置：「倖存者的寫作」。

與死者相比，倖存者毋寧說承擔著更大的厄運。死者只面對死亡的一剎那，天安門前的年輕鬼魂們，懷抱著信念和理想，或許相信自己頭上英雄主義的光環。他們不知道，同樣是一九八九年，從天安門開始的民主運動連鎖反應，導致了東歐、蘇聯一系列共產黨國家的垮臺。歷史在我們眼前清清楚楚地背道而馳，東歐蘇聯作家「回家」之日，恰是中國大陸作家開始流亡之時。他們同樣不知道，九十年代以來的中國，迅速蛻變為「金錢文化大革命」風起雲湧的中國，一個老百姓準確評價為「最壞的社會主義加最壞的資本主義」的中國。他們甚至不可能想像，中共的權利和金錢也能走出國門，實行全球「專政」。在今天，中國政府對底層民眾的惡性盤剝、中國大部分知識份子面對強權的犬儒沉默，和西方大公司的見利忘義「相映生輝」。他們真該慨歎啊，當這個世界上唯一流通著自私、冷漠和玩世不恭的「硬通貨」，他們真是白死了。才二十年，他們年輕的屍體，已被投入了五光十色的「中國神話」裡那個諱莫如深的遺忘的黑洞。

二〇〇六年二月，我發表了一封致中國領導人胡錦濤和大不列顛首相布雷爾的公開信。迫使我不合時宜地打破沉默的，是一系列發生在中國的鎮壓民眾維權、迫害維權律師、查禁開明媒體的事件。二十一世紀了，中國官方鎮壓者的粗野和肆無忌憚，仍只有中世紀的噩夢差可比擬。我寫信，並不是對他們抱什麼幻想，而是給他們指出「底線」。對中國官方，那底線是：不動用軍隊朝維權民眾開槍，保障維權律師的生命安全，不刻意壓制有良心的傳媒工作者表達一息尚存的正義感。對西方政府，那底線是，不屈服於訂單的誘惑，守住人權和民主的原則。又是三年過去了，北京奧運會的超級奢華，掩蓋不了中國政府人權許諾的徹底空洞。對我提出的「底線」，中國政府的回答是：對高智晟的逮捕和判刑、對章詒和《伶人往事》等著作的查禁、對大陸作家參加香港國際筆會的阻滯，以及最近一次在國際眾目睽睽下，公開鎮壓溫和、理性、腳踏實地為解開中國現實死結而建言的《零八憲章》，並至今囚禁獨立中文筆會前會長劉曉波。這還沒算上對法輪功、民運組織的持續迫害呢。事實上，中國官方也在堅守他們的底線：那甚至與「冷戰」時期的意識形態之爭無關，卻僅僅與以權謀私的利益集團有關。在既喪失了傳統人格訴求、又沒有西方法制的中國，一個「利益」黑手黨真的建立起了他們自己的盛世。那確實是一個「唯──物」的世界，一切政治、經濟、文化、軍事、甚至教育醫療等等領域裡有用的人都被裹挾，民眾的資源財富被公然劫奪霸佔。脫下意識形態的陳舊詞藻，一群權力狂的病態如此赤裸。這樣，連我們想做當代「倖存者」，都只剩下苦笑的份兒了，因為這「貪欲」與古今中外的惡俗毫無二致，既無恥更無聊。歷史連「怪圈」也不是，它根本沒有圈，只在原地淪落得更糟，環顧大一統的污染世界，我們活著卻澈底走投無路。要說絕境，這才是了。

二

但這對我們也不陌生，我們並沒有為自己選取一個輕鬆的標準。屈原的輝煌的《天問》背後，是他令百代詩人扼腕長歎的遭讒放逐、行吟澤畔、自沉汨羅。那正如孔子的顛沛，司馬遷的羞憤，自始就給中國思想史投下一道長長的陰影。當代中國文學走過的，正是一條繼續先輩提問者的道路，同時繼承了他們的命運。這條路，被我稱為「噩夢的靈感」。噩夢是現實的挑戰，靈感是文學的應對。某種意義上，它們的能量恰恰成正比。如果「反抗」一詞，能掙脫情緒化的喧囂，而回歸為文學個性的內涵。那麼，自文革結束以來，我們思想和寫作的經歷，就可以簡要概括為七十年代末至八十年代初的「政治的反抗」、貫穿八十年代的「文化的反抗」和九十年代中期迄今的「詩意的反抗」，這是三個階段，更是同一個追問的三個互相遞進的層次。下面，我將分別簡要梳理貫穿其中的思想脈絡。

（一）「政治的反抗」：迸發自現實傷口的血淚質詢。

「政治的反抗」直接基於文革的慘痛經歷。文革雖然不是中共製造的首次噩夢，但它把所有中國人都捲入了災難，把整個國家變成了舞臺，每個人以自己的角色，參與了一場開幕時像正劇、高潮時是悲劇、回顧中成了鬧劇的演出，而唯一的成果，是在毀成一片的廢墟上，每個人發現自己的生命被「減去十歲」。我這一代詩人作家，如果說有一個「啟蒙」的話，只能說是來自文革中的種種親歷，那與其說是思想的，不如說是肉體的，甚至不僅是我插隊時饑腸轆轆、精疲力竭的肉體，更是那個封閉著滿心疑惑重重焦慮卻又左衝右突走投無路的肉體。或許正因為分析力的匱乏，這一段人生經驗才保持了它的原始和渾厚，才至今仍在投射能量。這也可以說明，為什麼七十年代末的「民主牆」對我意義重大。在那裡，我個人的種種疑惑，突然通過來自全國的數十萬上訪者，與一個深刻得多的提問連在了一起：「誰之罪？」一迭聲呼喊「浩劫」不重要，誰應該對這場浩劫負責才重要。毛死了，但魏京生對政治民主化的一聲呼籲，照樣把他送進了鄧小平的監獄。「傷痕文學」曾風行一時，可那傷口何曾痊癒過？繼續滴淌的鮮血中，談論「傷痕」是否太早也太奢侈了？八十年代初朦朧詩引起的爭論中，我親耳聽到老詩人綠原這樣說：「什麼朦朧？我看他們其實很清楚——清清楚楚地反黨、反社會主義！」這指責當時足以致我們於死地，不過我暗地裡不得不同意他的闡釋。那些作品是詩，但詩的能量正來自我們周圍和內心裡血淋淋的現實。我一直強調八三年所謂「清除精神污染」運動的獨特意義，因為與文革的半催眠狀態不同，這一次，中國知識份子是睜大著眼睛，目睹文革思維和話語的噩夢迎面撲來。正值我的長詩《諾日朗》被大規模批判，我「政治的反抗」意識也完成了自覺：我們必須進行這個反抗，其原因不是因為專制制度不容忍詩歌創作，而是詩追求思想和言論自由的天性，不可能容忍專制制度。這兩種思維之間，絕沒有共存的可能。這樣，另一個問題也就清晰了，評判中共專制，只能看「有和無」、不能看「多和少」。就思想原則而言，專制無所謂「改善」，它關押一個作家就是關押所有作家，查禁一本書就是查禁所有作品。反抗它，不是為「我們」，是為了每個作家的「我自己」。專制的唯一歸宿只能是被澈底取消。

（二）「文化的反抗」：由現實提問層層遞進的文化反思。

「文化的反抗」是政治反抗的自覺引申。八二年以後，大陸文學界一度興起了「尋根文學」，一大批作品，不再只直接討論政治和社會問題，而是深入到鄉村曠野、歷史神話、中國社會的深層結構、漢字本質和漢語思維方式、乃至偏遠族類血腥鮮豔的原始生命中，去探索我們的文化源頭。這個潮流雖被冠以「尋根」一詞，但其實，它正與美國黑人式的對「根」的肯定相反，它要尋找的是我們文化中——因而流淌在我們每個人血液裡——的「劣根」和「病根」，並由此解答「政治的反抗」無力觸及的深層問題：在這個專制制度中，我們每個人扮演了什麼角色？僅僅是受害者？抑或同樣也是迫害者？至少是以沉默和屈從，默許了災難的發生？外在的問題其實更是內在的。二十世紀中國文化總的思想主題，是古老文化傳統的現代轉型。但五四以來幾代人的努力，不僅沒建立中西之間基於文化自覺的對話和互動，反而轉出了中共這樣一個中國專制史上最黑暗最惡劣的版本。我們高喊著「革命」的口號，卻「前進」到了喪失起碼的人性和常識的地步。一次次美好的理想主義，一次次被歪曲成醜陋的現實，誰給中國施了可怕的巫術？當我們的詩作，似乎「自然而然地」使用起大雁塔、長城、故宮、黃河、《易經》等等古老意象，詩人潛意識的衝動，已經從表現「時間的痛苦」深化進「沒有時間的痛苦」了。八十年代中期是許多作家重要的轉變期，我們不約而同地，把創作的能量從依賴體外循環的社會「點滴瓶」，轉回到作家自身。「噩夢」也不再只停留在社會的、群體的表面，而落實到自我之內、個性之內、語言之內。要說「反抗」，現在更是對自我壓抑、自我扭曲的反抗。這同時也就在要求一種自覺。都說文革造成了文化廢墟，但是什麼造成了文革？我們對五四以來急於打倒、揚棄的中國文化傳統，究竟理解過多少？二十世紀的中國人，堪稱世界上最極端的文化虛無主義者。正是由於我們自己對中國語言和文化價值的盲目，使毛式「西化」用一堆空洞的馬列大詞，就輕易裝飾了一個根本不配稱為「傳統的」極權，直至人們從文革醒來，突然發現手中只剩下「共產黨文化」，和被這個所謂文化徹底整垮了、弄亂了的世道人心。「文化的反抗」既帶來文化的自覺，更帶來了文學的自覺。每一層追問又都是「靈感」，構成了我們對生存更深的理解。八十年代有一條很清晰的思想軌跡。從質疑政治到反思歷史，再到探尋傳統思維方式，直至重新解讀文化之根——中文的語言學特性。這不是群體運動，而是一個作家內在的思想深化。通過它，文學逐步掙脫了或正或反的「工具性」，不再僅僅被動地反應社會事件，而是以理解人之根本處境為目的，主動從中國現實深處提煉對存在的哲學思考。我曾經談過，被掏空了個人創造活力的所謂「傳統」不能被叫作傳統，那樣的五千年，充其量只是一個冗長的「過去」。而直到八十年代的文化反思，我們才終於又接通了「活的傳統」的血緣。一個從屬關係一定要顛倒過來，總稱的傳統應當植根於個人創造力，而不是相反。「文化的反抗」落到實處，就是一個人的品質。正因為以上發生在思想領域裡的內容，才使我們至今把八十年代稱為「嚴肅的」、「精神的」，並在回憶中對之充滿溫暖的鄉愁。更重要的是，文化思考積聚的能量，最終都會返回現實，指向腳下那個仍在培育惡性生態的制度——八八年我出國時，已經可以清晰嗅出空氣裡濃郁的壓抑和憤怒，一根火柴就能將其引爆。所以，八九年的動盪，對我來說不僅不出乎意料，簡直是勢所必然。

(三)「詩意的反抗」：全方位的困境，自覺的個人美學反抗。

我把「詩意的反抗」置於這整個系列的最高層次，不是想給出一個大團圓的結局，恰恰相反，是想指出一種絕境、一個澈底的不可能。今天，「中國經濟神話」已經是一個全球共識。僅以英國伊頓公學為例，短短五、六年中，選學中文的學生，就已經從二十多名一躍而成了二百多名，中國在牽動經濟嗅覺最發達的英國人的鼻子！儘管《中國農民調查》、《民以何食為天》之類的內部報導，在明明白白揭露中國政治經濟制度的極度不公，儘管西方獨立知識份子在反覆告誡，中國經濟的騰飛建立在對勞動者的惡性盤剝之上，但這並不能阻止資本主義對金錢的嗜血天性。如果說西方大投資者、西方政府們在面對中國人權時秉持的雙重標準，堪稱縱容中共專制的話，那些由古狗、雅虎們直接參與的迫害，則簡直就是對中共暴政的唆使。中國的獨立知識份子現在的處境遠比冷戰時期更艱難。這裡沒有意識形態的分野，沒有不同社會理想的競爭，有的只是國際利益集團的大聯合，權錢勾結對任何反抗實行集體鎮壓。八九年大學學生和老師並肩上街抗議的局面，再也不會出現了。因為被大筆專案預算收買的老師們，現在已經成了捍衛官方的第一道防線。更不用說那些在中國大大「走紅」的作家吧，他們很清楚正是這個扭曲的「市場」使他們獲益，那怎麼可能改變它從而斷絕自己的進項？連統治者都學會了，通過被統治者的貪欲去自動完成的控制，才是最澈底、最完美、最身心一致的控制。這可以說明為什麼，一邊是網路時代的資訊開放已經滲透了生活的方方面面，任何稍有思維能力的人都不難對中國現實以及自己的應有態度做出判斷；可另一邊是我們越來越少地聽到個人——尤其那些大陸文壇上「著名的」知識人——清晰的抗議聲音。這個「自我查禁」甚至不是出於恐懼，而是心甘情願。可以說，天安門的坦克，除了壓碎血肉，更壓碎了大批中國知識份子脆弱的理想主義，九十年代以來，澈底實用意味著澈底的污染，加上對這污染的毫無羞恥、毫不掩飾。當我們讀過一本本既暢銷又深得佳評的大陸小說，掩卷時的「讚歎」，卻與其思想或藝術無關，那唯一令人毛骨悚然的特技，僅僅是官方鐵限和市場賣點間，作家（玩家）們馬戲場上的腰肢柔軟、舞姿伶俐！當不久前還在西方展示悲涼的「流亡者」，轉眼搖身變成一隻「海龜」，搶回到大陸講臺上分一杯羹，自此使單純的西方文學同行不再敢相信自己的眼睛和耳朵；當和我有過共同文革經歷的同齡人，現在坐上區區主編的位子，就公開挑明：「今天，誰反對共產黨就是反對我！」我就知道「代溝」不再能解釋中國了，時間也沒有「進化」的必然性。我們面對的是一種中西合璧版的虛偽加實用，一種能極度無恥殘忍的玩世不恭。這兒，沒有比文學本身更慘痛的受害者了。當代中文文學，極盡聰穎油滑之能事，但就是不能提「深度」二字，無論是思想的、還是藝術的深度，因為沒有一件偉大的藝術品不是艱辛思想探索的產物！也許，這正是為什麼，在現實和文化衝突無比深刻的中國，卻最忌諱提到「深度」，反而千方百計用「後現代」等等說辭去遮掩它。這同時是一副醒腦劑，它讓我們意識到，我們的困境遠超過五四一代，因為五四人的理想主義不乏粗淺，但至少真誠；也遠超過冷戰時期，因為我們已沒有了可供抉擇的互相競爭著的社會觀念。冷戰的結局，究竟是民主自由的勝利，還是資本的勝利？當或左或右的黨派淪為同一種競爭掙錢的公司，是否赤裸裸的自私成了唯一的勝利者？環顧中西，這個時代的特徵，正是社會思想資源的可怕貧乏，導致人性一派萎靡頹敗。置之這塊精神的「死地」，我們能否「而後生」？倚仗什麼「而後生」？這是一個真正的挑戰。明確了我們的處境，也就明確了「詩意的反抗」的真正含義，那正是一種孤絕狀態中的不放棄。我在八五年就寫過，「人在行為上毫無選擇時，精神上卻可能獲得最徹底的自由。」作為中國詩人，我認為清晰意識到走投無路並非壞事。中共的官方或資本的官方，都是以實用名利兌換獨立人格的。而全方位的提問者和批判者，到哪兒都應該「不為五斗米折腰」。這就是原版的詩。滲透在一個人品格中的首先是味道的純正，恰如一首詩的境界和立意。屈原仍是最佳榜樣，終其哀婉一生，他從未為自己的高貴懊悔過，我們一步步抵達的絕境，對詩人們太熟悉了，這恰恰是真詩歌古往今來從未離開之處，連一絲蠟燭光都沒有，朝任何方向刺擊都能擊中黑暗和虛無。

三、

那麼，我們別無選擇，唯一能做的，就是憑當代人的自覺，重建那個跨越兩千五百的「天問」傳統——效法屈原的偉大靈感，發出自己的天問。當我寫下「詩意的反抗」，立刻想到，這是一個包含中國、又遠遠超出中國的傳統，「天問」的精神，本來就跨國界、跨語言，哪兒有詩人不屈從的心靈，哪兒就有這相通相連的人性之美。稍加回顧，死在顛沛流離途中的不只是屈原和杜甫，更有奧維德和但丁。歐洲現代主義藝術思想的萌發，恰在殖民主義全盛的一戰前後，那時社會主義國家還沒在世界上出現，所以那個哲學、心理學、文學、藝術甚至音樂大師傑作輩出的時代，是否也該被視為一個個孤立無援的藝術家進行決絕個人美學反抗的時代？中國軍閥混戰的二十年代，當魯迅還在發出《吶喊》、哀吟《野草》，他被四顧茫然的文化孤獨逼出的作品，遠比那些後來合群的「投槍」、「匕首」深刻鋒利。五十年代敗退臺灣的大陸知識人，以深刻的現實憂患匯入現代國際文學技巧，第一次創作出大規模的「中國流亡文學」，他們當之無愧是八九年後大陸流亡作家的前導，在生存經驗上、也在文學意識上打通了中文與世界的聯結點。由此繼續，在天安門屠殺之後，大批大陸流亡作家首次出現，開始了一個從活法到寫法徹底脫離共產體制返回自我承擔的過程，說是一次精神上的脫胎換骨也不過分……二零零三年我在柏林，和南非著名詩人汴庭博（Breyten Breytenbach）做過一個關於詩歌深度的對話，對話的標題《唯一的母語》，來自他引用的一個句子：「詩歌是我們唯一的母語」。正因為有這個母語，我們才有了一個詩歌的祖國。這個聯合國之外的特殊國度，有另一種全球化：「天問」精神——「詩意的反抗」——個人美學反抗的全球化。每個詩人，孑然而不絕望，因為所有自覺的思想者都持有我們的國籍。

回到本文預定的話題，在今天，我期待看到什麼樣的「獨立中文寫作」？這裡的第一義，仍在一個「人」字。言由人立，還是要回到每個寫作者，檢驗其人格品味是否純正？這裡，一些古老通用的法則遠比時髦詞藻有效，例如良心，例如誠實，例如仗義。一句老話「心安理得」，把人心和天理的關係寫得清清楚楚。欺弱凌下、俗顏媚骨，到哪裡都是惡奴嘴臉。坑蒙拐騙、投機取巧，自古就是小人的標誌。我的幾乎不識字的老保姆，一輩子看人全憑人性和常識，卻幾乎從不走眼。她自己的正直善良，至今仍是我心中美好人品的榜樣。可一個世紀多以來，無數被引進的西方高論，在脫離了它們產生的歷史文化根源之後，成了中國人（特別是所謂「知識人」）嘴上的空話。又因為空，能讓別有用心者塞進任何內容。想想給匪類巧取豪奪以藉口的「共產」，給專制抬了一路轎子的「歷史」（唯物主義），把謀殺迫害變成全民狂熱的「革命」，還有不知所云卻至今方興未艾的各種「後學」……其實，檢驗世道人心，哪用那麼複雜的言詞？一部《紅樓夢》寫盡了人性的曲折悲歡。曹雪芹的貴族風骨，正與他十年著書時的薄粥黃葉相映襯。而章詒和終於為《伶人往事》拍案而起，也印證了為人為文根本上的一致。至少在文學上，我是一個「血統論者」，不過對不起，和只當過土匪頭子的中共父輩那一代無關，這裡的血統是指三代以上的深層血緣裡帶來的高貴氣質和傲骨，給人品作品一派純淨、一種透徹。人格一詞，深蘊滲透人生一切側面的美感，它包含道德判斷、政治抉擇，但證諸行為而不流於表白。它的核心很簡單：不接受任何形式的醜陋。誠如屈原，與其說死於他人迫害，不如說死於自身的精神潔癖。與此相反，能夠接受（哪怕是忍受）污染邏輯的，自己就是骯髒的一部分。人沒活到位，話也說不到位，哪怕多麼長袖善舞、巧言令色。沒必要諱言，正、邪之間，道德優勢就是優勢，它理所當然地傲視卑下者，因為捨此無以正視聽。以此觀之，王蒙追捧《紅樓夢》也依然俗不可耐；王朔調侃市井村言反而清雅可喜；在《零八憲章》上公然署上自己名字的知識人，堪稱獨立。在一念之差、一言之別，就能使生活全然改觀的當代中國，「獨立」者，必須敢言敢當，不向**任何**形式的權貴惡俗摧眉折腰。我說過的句子仍然有效：「沒有天堂，但必須反抗每一個地獄」。

獨立寫作還必須落實到作品的豐富性上。整個二十世紀，中國思想的核心主題，就是傳統中國文化的現代轉型。這歸結起來就是一個問題：我們能否在古典和當代之間建立起一種「創造性的聯繫」？屈原，既是開創者又是終結者，既是偉大的第一人又是最後一人。很慘痛，他以《天問》開闢的中文詩歌獨立思考的傳統，沒有夠格的後來者。中國歷史上儒家大一統思想專制，以全面壟斷教育、科舉、甚至自然現象解釋權的方式，取消了提問的力量，卻固定了「天不變，道亦不變」的回答。這使屈原孤獨至今。於是，誰要在今天「發出自己的天問」，就得面對一種宿命：既弄清楚為什麼問，更要弄清楚如何問？就是說，要把所有貌似固定的知識啟動，使它們重獲思想的資格。我們強調「中國文化精神」，就在強調這種自我更新的能力。「傳統」活著，它假借一張「古老」的面具，彰顯埋在我們語言、思想裡的那個縱深，一個綿延幾千年、自成體系又誕生過無數傑作的古老文化，要求在我們寫下的每一件作品裡，被呈現為當代世界的思想資源。強調文學作品內在的豐富性，就是強調拒絕任何一種宣傳簡單化。「贊成或打倒」儘管響亮，可惜，獨立人格不是口號喊出來的，它必須由語言和形式的創造力來證實。但同時，我不得不說，當代中國人對漢字和中文的理解，還極為膚淺，離真正打開它的奧秘還差太遠。除了使用者的人口眾多，這個在獨特性上唯一能和歐美語言系統構成比較的語種，至今還沒超出異國情調的意義。最簡單的證明，就是中國人最愛侈談諾貝爾獎或大師，卻全不在意至今沒有一部堪稱世界經典的當代中文力作！當漢字只被視為「工具」粗陋盲目地使用，而沒人去精研它視覺、音調和多重涵義合一的性質，更不被看成一種思想的獨特載體，它就其實繼續在被我們自己悲慘地忽略。當以中文書寫系統為基礎、貫穿了詩經、楚辭、漢賦、駢文、唐詩、宋詞、元曲以至八股文的偉大形式主義傳統，還沒被正名，甚至還在遭到貶低，我們放棄的就是判斷今天作品價值的最佳參照系。當漢字動詞的「共時性」，宏觀時通過《易經》、《黃帝內經》、《道德經》的思維方式，微觀時滲入一首八行「七律」的結構，把不變的人類處境，直接呈現在我們眼前，那哪止是「東方的」？它不正在指明這個冷戰之後、繼之以「九一一」、伊拉克戰爭的世界？我是不是想說，一個漢字在深化人類整個時空觀？正是如此，其實中文自己就承擔過這樣的裂變聚變，信手舉例，加入一個絕妙的「間」字，就把原本渾然一體的時、空，轉變成了具有衡量單位的「時間」、「空間」，從而設定了我們看待世界和人生的全新程式。轉型中的中國文化，本身就是一個正在發生的全新現象，它充滿了分裂，既不同於中國古典也不同於西方，卻又放手選用任何思想資源，把中西文化都組合到自己身上。因此，我強調，所有當代中文創作，都必是觀念的、試驗的。我們得尋求思想之深和形式之新的有機結合。例如，在無數「晦澀得太簡單」的語言殘廢般的「自由體」之後，或許今天最超前創新的中文詩，正是一首自覺翻新傳統詩詞精髓的新古典佳作，精彩地「向後」看，等於向前看。詩人對自己的挑戰，像古人用典一樣，不停重組傳統那個文本。如是，糾纏國人太久的「體、用」之爭，也順理成章有了答案：個人對現實的追問是「體」，古今中外都能為我所「用」。這裡的大開大合、縱橫交錯，迄今為止，世界上還沒有任何現成的「理論」能夠描述它，也尚未寫進任何一本教科書。但這恰是它的能量之所在。活在這個大原創之中的我們，只能責無旁貸，去創造那個理論、寫出那本教科書。因此，我把寫下一首詩，直接稱為一個思想——藝術項目：「在今天，中國藝術家必須是思想家，否則什麼也不是。」[1]

四、

但現實總和人們的願望逆反，事實是，我這一代五十歲上下的作者（特別是詩人），雖然正當人生經驗、寫作意識強盛之時，卻幾乎個個都已經停筆了。德國漢學家顧彬在訪談中指出，中國作家和作品有很大的局限性，因為被很多不值得思考的題目浪費了精力。這個問題點得到位。多少其實壓根不值得寫的「作品」，打著「中國製造」的印記被生產了出來！這是我們文學批評匱乏、價值判斷混亂的最佳證據。粗陋的政治標準對文學作「政治正確」判斷的時間已經太長了。無論出於什麼目的，用社會化的效果代替對文學品質的判斷，已經太久了。也許，現在終於到了時候，讓我們洗淨那些雜質，還文學以本來面目，把司馬遷作〈屈賈列傳〉和蘅塘退士編選《唐詩三百首》的標準記在心裡，以此篩選出一部有思想地圖意義的當代中國詩選。拆掉各種藉口的掩體，用整個人類文學史作參照，去判斷自己的作品究竟有沒有、有幾分藝術價值？

和屈原時代比，中國寫作的人不是太少，而是太多了。但，在據說兩百萬的寫詩者之間，能把寫詩變成一種內心追問之旅的有幾個？能拒絕重複自己、迫使自己用一部部作品標出航程的人有幾個？把每行詩句的結尾視為一次死亡、同時迫使自己用下一個句子再生的有幾個？我不知道答案，但我寫過：「現實是我性格的一部分」[2]，哪怕有一個這樣的真詩人，現實的流亡就能找到它最完美的原型。說到底，每個作家自己就是一個傳統。他能否創造自己又拋棄自己，做到孔子所說而龐德盛讚的「日日新，又日新」？這才是真正的挑戰。中國生存之嚴酷、文化生態之貧瘠、精神價值之匱乏，在在指出我們困境和自覺的深度。不必理睬後現代的避諱，環顧中外古今，撐起人類文化脊樑骨的，無一不是嚴肅嚴厲深思精美之作，哪見什麼插科打諢、譁眾取寵、油嘴滑舌？如前文所述，今天的現實，甚至比冷戰時代更充滿火藥味和緊迫感；今天的藝術思考，已經能站在沉澱後的二十世紀對面，反省其「為新而新」的迷信。發出自己的天問，與「獨立中文寫作」同義。內涵之深和形式之新上雙重的不得不，來自「詩」字標明的崇高，那個我們精神上唯一的不得不。誦讀屈原就知道該怎樣靈肉一致了，他哪首詩不是內美外美非如此不可的典範？我多次重提「純詩」的概念，也基於同一考慮：正是生存經驗之極度不純，使得「把每首詩作為純詩來寫」的形式意識更苛刻，堅持詩學評判標準的理由更充分，「人」藉此達到精神超越的指向也更明確。人之處境整體呈現在一部佳作裡，包括種種自相矛盾。

中國古老的哲學命題「天人合一」，仍未過時：探索大自然與探索人的精神困境，本質上是同一件事。六千年前捏成一件彩陶的手，一定還活著，暗暗操縱我的筆，寫下這句詩：「再被古老的背叛所感動」[3]——人的外在自由，永遠從爭取內心的自由開始。這讓我想起愛因斯坦的統一場研究，耗時四十年而不可能完成。但，他的答案早已獲得了：「總得有人直接從問題最厚之處鑽孔。」愛因斯坦說。問題中的問題恰是：「我們還有給自己提問的能力嗎？」這是我們的統一場，所有「天問」都是一種反問！

中文裡最嚇人的一個詞是「知道」，道都知了，還剩下什麼可能性？連時間也沒有幻象，透過一個中文動詞的瞭望孔，我們赫然窺見人性深淵下幽邃的黑暗，從古至今紋絲不動。佛家之空、道家之無、詩家低回吟詠之亙古茫茫，一句「獨愴然而泣下」指出的「不可能」，早已涵括了我們現今領略的一切。那麼，瀕臨盡頭了嗎？這走投無路之處，我們還能活什麼？寫什麼？二〇〇〇年新年，義大利電視一台請我做評獎嘉賓，主持人問我：「詩對你意味著什麼？」好個三天三夜回答不完的問題！於是，我說：「從——不可能——開始。」

倫敦，二〇〇九年二月三日

1 楊煉文章：〈墨樂：當代中國藝術的思想活力〉。
2 楊煉詩作：〈倫敦〉。
3 楊煉詩作：《同心圓》。

逍遙如鳥——高行健七秩賀壽文集序

所有無人　回不去時回到故鄉

說出　說不出的恐懼

這是從岸邊眺望自己出海之處

二〇一〇年一月四日是高行健七十歲生日。這一天，一群旅居海外的中文作家朋友、以及從不同國家專程飛來的譯者研究者們，假倫敦大學為他舉行慶賀活動。我的發言，以上面那三行詩開始。選擇它們，是因為這短短三行裡，涵括了當代中文作家從生存到寫作的精神里程。第一句濃縮流亡的兩個層次：當肉體回不去故鄉，精神上卻銜接了古往今來一切漂泊者。第二句把握思想和創作的內在動力：面對難以說出的恐懼，必須堅持去說，直到「立言」本身成為言之真意。第三句完成一種綜合：我們從現實到文學的四海漂泊，其實是一場不間斷的內心之旅。其景象，猶如一個人站在岸邊峭崖上，眺望自己乘船出海。那個地平線上的遠方不在別處，正在他（她）的自我之內，把每天人生的風雲變幻，納入一個不停拓展的精神縱深。高行健七十年的創作，令這一生命定位歷歷在目，同時也給當代中文文學指出了一種境界、一個高標。那隻鳥，哪裡僅僅呻吟無根的苦楚？他的根——我們的根，從來帶在飛翔的體內，變被動的漂泊為主動的遨遊，盡情盡興無界無涯，堪稱逍遙，堪稱幸福！

給一位哪怕深受自己尊敬的作家朋友「祝壽」，總讓人略感局促。因為非親非故，加上大陸背景的影響，別人不說，自己也會覺得這個舉動帶點「官味兒」。即使為人、為文純正悠然如高行健，平時暢談人生創作，一無掛礙，但說到慶生，心中首先泛起一串問號：第一，為什麼慶？只因為他是首位華人諾貝爾文學獎獲得者？如果那樣，他功已成名已就，何須吾等錦上添花？第二個問題接踵而來：怎麼慶？羅列履歷評價榮譽？來一番高雅的吹吹打打？倘如此，這「日子」有何與眾不同？我們慶祝它，除了對老高一人，有什麼更深刻廣闊的意義？

同樣刺激的提問是：高行健的七十歲生日，確實與眾不同。他這七十年，猶如一隻小船，鑽過的是中國歷史上、文化上最污濁血腥的驚濤駭浪。五四一聲「全盤西化」，開國人對自身傳統草率摒棄之先河。由蘇俄輸出的「國際共運」，又搶佔歷史進化的制高點，把任何獨立思考滌蕩殆盡。他降生的一九四零年，中日戰爭的烽煙裡，「救國」群情已常常混淆甚或覆蓋「救人」的冷靜（想想胡適先生關於「主義」和「問題」的微弱呼籲吧）。可歷史從不留下反悔的機會。他九歲時，一定也瞪著眼睛，跟在敲鑼打鼓的隊伍後面慶祝過「建國」。十九歲時，卻已經品嘗過出身異類和家有「右派」親屬的苦味。二十九歲，「文革」開場時像正劇、高潮中如喜劇、水落石出無非鬧劇，一場噩夢已經在書寫那部《一個人的聖經》

了。八十年代大陸文化反思中，他用《彼岸》向自我深處追問；八九年天安門屠殺發生，他用《逃亡》攥緊人生無路可逃的絕境。九十年代以來，大陸受控的權貴市場經濟，迷惑國人也迷惑了世界。一個人得有怎樣的定力，才能不為這個詞義徹底分裂、且無視自相矛盾的世界所動，而堅持做一個「主動的他者」，拒絕任何意義上的隨波逐流？高行健的七十歲，確實值得慶賀。因為他用一個活生生的例子，證明在當今中國語境下，保持人格的完整、思想的健全是可能的。他這隻小船，沒在激流中傾覆，在礁石上粉碎，或在安寧中腐朽，有幸運，更因為清醒。正是這自覺，不僅創造了璀璨的文字，更把他整個人生錘鍊成一部傑作。由是，二〇一〇年一月四日，當朋友們聚集到倫敦，心中真正的慶典是：朝向一種獨立思想的禮敬。

基於這個想法，我們在倫敦舉行的，與其說是一次生日慶賀，不如說是一個「思想——藝術項目」：以高行健藝術為貫穿線索、對中國和人類當下處境深刻反思。我不得不說，我在世界上參加過無數文學節、藝術節，但這次活動，是令我最為心動的一次。請想像，華人第一位諾貝爾文學獎獲得者的七十誕辰，沒有中國的官方、沒有法國的官方——沒有任何官方——出面，就那麼幾個相識已久的老朋友，在幾乎全無經費（除了倫敦「華商報」、獨立中文筆會、作家張戎的合計一千來英鎊贊助）的情況下，純粹私人聯絡，私人出錢出力，「半地下」地把仍在聖誕假期宿醉未醒中的倫敦大學，變成了一個藝術盛會。我們是把它當作一首詩來構思、當作一件作品來精心完成的。從這裡饋集的節目資料可以看到：兩天的活動，既嚴肅又絢麗。倫敦大學校長的致辭，關於高行健思想藝術的專業研討會，朗誦他的最新劇本《夜間行歌》，高行健水墨繪畫大螢幕投影展，特別是集中放映三部高行健的電影：《洪荒之後》，《側影或影子》，《八月雪》（高行健編導、臺灣國家劇院演出的紀錄片），或許是世界上首次聚焦於他這一類相對不為人知、卻同樣特立獨行的創作。活動的地點，選在倫敦大學的布魯涅畫廊劇場，連續兩天，三百餘人的場地座無虛席。觀眾華洋參半，問答漢英疊加，台上台下一片交流互動。我的感慨也來自這裡：誰說這世界不需要思想？恰恰相反，在空話假話一統天下、思想極度匱乏的今天，每個人潛意識裡最為饑渴的正是思想。一枝藝術家的筆，只要能探入生命幽邃的痛處，就一定能喚起深藏的激情。倫敦曾經以「難懂」為由謝絕過老高劇本的劇場經理們，真該來這個活動看看，體會感動，也體會一點兒遺憾。

呈獻給讀者的這本書，就是上述「思想——藝術專案」的一個記錄。作為老高七十歲壽賀活動，這是一個小結。而作為在藝術家追問中必須反思自身的中國與世界，這只是一個開端。說到底，高行健是一個具有普遍意義的當代文化案例。他不僅僅在指點我們，一個中國藝術家的成功之途是什麼？相反，他恰恰在告誡，一個藝術家最根本的成功，正在於不追隨任何現成的「途徑」，無論那來自中國的物質誘惑、還是西方異國情調、「政治正確」的說辭。這本書裡的文章作者們，有完全不同的經歷和背景，但無論是和老高一樣經歷過文革又經歷過流亡的中文作家、或純然從藝術角度研究他作品的西方學者，其核心關注點，都在一種人的精神境界上。借用本人拙文〈成於言〉中的話，就是「真誠與純粹」。真誠地面對內心，不虛張不矯飾。純粹地面對藝術，不奉迎不媚俗。藝術的境界，從來是藝術家自覺把自己寫至俗世「受不了」的地步，由此獲得的孤獨，才配得上高貴一詞。今天中國的文化生態，就是這樣一個「俗世」。但它遠比冷戰時的意識形態之爭嚴酷，因為口號之外，它更通過全球化的利益貪欲，腐蝕著脆弱的人性。直至把大多數「文學藝術」，也變成空洞現實的無聊裝飾。當我們的眼睛滑過那麼多詩歌、那麼多繪畫、那麼多「藝術」，心底卻冒出一句「可有可無」的評價，我們不得不自問：什麼是今天詩歌存在的理由？事實很簡單，比可見的經濟危機可怕得多的，是滲透世間人心的思想危機。利益硬通貨，在「共產黨」和資本主義間暢行無阻時，我們唯一能做的，或許只能是「冒天下之大不韙」，堅持一種個人的美學反抗。不過，可別把這理解為顧影自憐。此一舉，其實是找回了一個精神血緣，遠銜屈原、杜甫，近接卡夫卡、喬伊絲，並和五十年代蓬勃於臺灣的第一次中文大規模流亡文學一脈相承。一件件作品中，只見人性之高潔、詩歌之超越，而何哀之有？

真誠和純粹，換個古典的說法，就是「修身」。每一個人，經由生命和作品的本質合一，持續賦予中文傳統以高度創造性。高行健以自己的思想和創作，激起這長河中一朵璀璨的浪花。朋友們為他舉行的賀壽活動，在熱切肯定他所秉持的精神原則。現在，這本書出版，則是以另一個形式，讓這次思想和藝術的慶典，在讀者中延伸。此書最後截稿之際，高行健發來他今年赴台訪問的演講大綱，題為〈走出二十世紀的陰影〉。他開宗明義，指出這些思考，既源於文學，又遠不止於文學。而是通過對「深度」的追求，重建人和文的根本聯繫。「從二十世紀的陰影走出來，回到人和人性。」一語破的，他反思的是包含中國在內的一條歷史彎路：強迫人屈從某些大而空的觀念，經由切斷人性活生生的感受，而終於澈底取消了人。這解釋了站在二十世紀的終點，我們親見的人性和文化的滿目貧瘠。也因此，壯哉「走出陰影」！他這篇歸納一生思考的大綱，堪稱一篇最佳的「生日感言」，給朋友們一個熱情的回答。他證實了自己的話：「認識再認識，永無止境」。這正是小到一個人、大到一個文化的生命本義。再一次，我想到他那首詩〈逍遙如鳥〉。茫茫天際，外在更內在，他說：「往昔的重負／一旦解除／自由便無所不在」。是的，正是這個詞：**自由**。浩浩七十年，雲煙掠過。心存此念，則永遠「僅僅是隻鳥／迎風即起／率性而飛」。這樣的人，蒼老乎？青春乎？鬱鬱蔥蔥，下臨無地——

何其心熟乃爾！這不就是當代版的「飄飄何所似，天地一沙鷗」?!

二〇一〇年六月十二日，於倫敦

成於言

——從高行健作品看藝術的境界

詩人龐德在他的巨著《詩章》中寫道：「誠」這個字已造得完美無缺。《說文解字》注「誠」字曰：信也，從言成。從一個「誠」字入手，討論高行健作品的藝術境界，似乎離題，但深入些看，何為「境界」？如何建立、抵達那「境界」？卻從來沒有被說清楚過。「境界」一詞，人人談說，順口順手，可又含義極度模糊，一片臆想中，不知其然更不知其所以然。最終，什麼都是「境界」，於是根本沒有「境界」。有的只是自說自話，甚至自我吹噓。

在我看來，「境界」的全部含義，在於完成人的精神超越。這裡，已經指出了構成「境界」的幾個因素：一，面對「人的」處境。這處境又分為外、內兩個層次。二十世紀的中國人，太熟悉外在的困境了，生活的貧困、政治的險惡，文化環境的污染匱乏，猶如一隻與生俱來的籠子，鎖著我們的生命。但同一個壓力下，為什麼有的人屈服追隨？有的人特立獨行？知道世上沒有天堂，那麼是加入、還是反抗每一個地獄？即使有嚴酷的查禁，但不為出版而寫、甚至如高行健的《靈山》「為不出版而寫」，已構成了對困境的超越。這樣的寫，純粹出於信念。而寫出的作品，無論什麼體裁，它們共同的名稱都是「詩」。一種掙脫特定時空限制，與古往今來偉大靈魂相交相通的形式。與之相連的第二個因素，就是「精神超越」。這超越以現實困境為前提。困境的難度越深刻，超越的能量越大，一個人建立的「自覺」越完整和強健。就是說，「精神」並非超越到人生之外，恰恰相反，它一步步構成了人生的縱深。第三，必須注意放在最前面的「完成」那個詞。人的精神超越，不是空喊口號，而是用一部部作品中實實在在的「怎麼寫」，證實藝術家在「寫什麼」。當高行健不停突破人們預期，拿出新作，令我們感動的，不只是他的天才，更是那個激發他超強活力的精神血緣，一層層帶領他突圍，把中國、西方、中文、外語、此岸、彼岸、現實、虛構統統變成假命題，而藝術直面一個人的存在，把它追問成一個思想宇宙。直到，藝術和人格，一而二二而一，互相成就，不可分割。

我讀高行健的作品，在字裡行間，看出的兩個關鍵字是：真誠和純粹。因為真誠，一個藝術家在生活中只能坦白地面對內心，用自己的感受判斷一切觀念，不論那觀念怎樣官方或流行。因為純粹，一個藝術家不能容忍把作品降低為「工具」，而淪入一種他所反抗的宣傳思維。在二十世紀中國的獨特語境中，要維護這樣的真誠和純粹很難。反之，要利用各種政治說辭牟利卻很容易。事實正是如此，例如，借助於冷戰意識形態的現成知識，「地下」、「流亡」這些詞彙，似乎成了當代中國藝術家的專用頭銜，甚至可以據此要求「優待種族歧視」：降低和忽視藝術的標準。在西方，一部作品「可能被查禁」，已成為代理人向出版社推銷它的理由，那暗示著，有可能獲得報刊的炒作，並使出版商從中獲利。這種實用，本質是虛偽。但是作為一個中國藝術家，拒絕戴上這樣的頭銜，就是拒絕在西方本來不多的謀生之道！我曾把「大主題、小形式」作為貧弱文學的標誌，這也包括骨子裡投市場所好的各種「政治正確」。「大主題」經常可以套上耳熟能詳的口號，例如民主、例如革命，卻不必追問其中究竟的含義；「小形式」則是用放棄藝術的獨立，來放棄藝術家精神的獨立。當高行健說：「個人改變不了世界」，我從中聽到的正是一種藝術家的誠實。那並未迴避什麼，而是明確了思想焦點：像一個人那樣活著，並用藝術的創造挑戰整個存在。於是，我們看到另一種現象：他不喊政治口號，但從開始就明確了做人的原則，在六四後公開宣佈「不期待在我有生之年回到一個極權政治下的所謂的祖國」。他不玩民運遊戲，但通過作品清楚堅持獨立思考和言論自由。他不追逐藝術運動，卻返回「藝術」一詞的根，不停探索人性的黑暗去激發創作的能量。他不理睬藝術時髦，卻汲取古今中外的精神資源，把自身建成一個點，自覺傳承構成人類精華的偉大個性。或許，在「個人改變不了世界」後面，我們還可以加上一句：「於是，就用改變個人去改變世界」。好熟悉啊，這怎麼簡直就是中國經典「修身」之說的回聲？所有向外的突圍，其實都是向內的。在否定改變世界的煽情之後，我們才能學會加繆所說：讓旅行變成「一種偉大的學問，領我們回到自己的內心」。

高行健七十歲了。他的人生、思考和創作，跨越了二十和二十一世紀，要在這個漫長、複雜的歷程中做到真誠和純粹，且自覺實踐它們，從而真正成為一個精神上的倖存者，標準不是太低、而是太高了！中國猶如一個夢魘，糾纏著我們也糾纏著世界。我曾到過一九〇五年日俄戰爭的戰場旅順，但沒有一個住在大連的朋友，哪怕想過我的問題：「如果那場戰爭，以俄國的勝利結束，對中國和世界會有什麼影響？」那很可能，由這場戰敗作導火線的聖彼德堡的「一九〇五年革命」就不會發生，沙皇統治不會動搖，一次大戰中列寧也無從乘虛而入，奪取俄國政權、建立共產國際，由共產國際直接「輸出」的中共，也就無緣闖進中國歷史，整個二十世紀將根本沒有國際共運這一場大大的鬧劇！時間跨入一九八九年，ＢＢＣ後來拍攝的柏林牆倒塌的紀錄片中，那個掌管東柏林查理檢查站的東德軍官，正是嘴裡念叨著「我手上不能出天安門」，下令打開柏林牆大門的。他曾經在等待東柏林的命令，而東柏林在等待莫斯科的命令，而那個必須下令的戈巴契夫，卻正是前一年五月訪問過北京，親耳聽到天安門學生的呼聲，也因此被屠殺澈底震驚了的。這揭示了他深深沉默的原因。時間再推進，冷戰記憶轉眼已如中世紀般遙遠，但「全球化」之夢帶來了什麼呢？中國，可以同時兼職共產專制領袖和世界資本主義的龍頭老大，在意識形態專制和玩弄商業遊戲間，並行不悖遊刃有餘。它又成了一塊里程碑，提示給人類：你們其實能多麼自相矛盾，人的精神可以墮落得多麼澈底！每個中國人，幾乎已先天接受了大歷史對個人命運的入侵，但卻並非人人意識到，個人命運恰恰也構成了大歷史的深度。文學，正是這深度得以呈現之處。它或許也是反抗者唯一的退守之地，相對於所有這一切：中國政治的官方、西方利益的官方、「只有言辭、沒有思想」（老高的話）的惡俗品味的官方、每個人內心的官方：屈服於自身物欲，放棄人生原則，私下認可的自私和玩世不恭——寫，因為不得不寫。老高說：好在我們有文革經驗的底線，即使那種惡劣環境，也要寫下去。我的詞彙「噩夢的靈感」，在今天獲得了新的含義：不再依賴別人的教科書，而是靠中國深刻現實的啟示，我們的寫作，成為當代人類嚴肅思考的一種標誌。

高行健的七十歲，不僅遭遇了中國最動盪的生活，更置身於中國人最混亂的思想中。綿延數千載的中國傳統文化，在鴉片戰爭後，首次面對真正的外來文化衝擊時，突然像一根生銹的彈簧，暴露出極度缺乏應對的彈性和能力。比較歐洲歷史就更容易看出，中國文化雖然自成一體，但缺乏對自身精緻認識的自覺，尤其缺乏與外來思想抗衡中，提煉（提純）自身深刻思想根基的能力。千餘年前差強人意的引入佛教，先借闡釋道家思想融入「中土」，又被《心經》式的絕佳漢譯偷換成了中文經典，最後主要成為中國士大夫的哲學智力遊戲，而源於印度的深刻宗教意識被刪除淨盡。此外，其他游牧民族的軍事侵佔，更幾乎沒留下思想史上的意義。我們津津樂道的「同化」，其實並非思想的勝利，而是漢字的成功。任何學習漢語及其書寫的外族，無一不被這語言獨特的思維方式吸收消化、骨血無存。但是，二十世紀的中國人就沒那麼幸運了，「西方」除了武力，更有同樣自成一體的文化，包括對其他文化構成裁判、甚或摧毀能力的「進化」理念。不得不說，正是這個理念，以西方為座標，把五四一代從過度自豪直接推入了過度自卑，從「全盤西化」、「打倒孔家店」到「破四舊」、「批林批孔」，使中國人淪為二十世紀世界上最極端的「自我文化虛無主義者」。它的另一個名字是：文化自殘者。二十世紀每一代中國文化人，都在尋找自己的西方思想模特兒，但突然，站在二十一世紀，我們發現自己環顧茫茫：西方同樣面對危機，且或許更加深刻。那麼，作為一個中國藝術家，今天將魂依何處？

人們用「藝術的他者」來討論高行健特立獨行的作品。這個標題用得好，但同時，它不也正指出了一個簡單的事實：我們本來就除了「他者」一無所有？我是說，西方當然是我們的「他者」，但中國傳統文化又何嘗不是（更為隱蔽的）另一個「他者」？哪個中國人在今天敢稱自己為傳統的」中國人呢？我要說的是，誤以為在中國的古典和今天之間有一條直線相連，是最大的幻象。甚至貌似不變的中文，其實也早已分裂為字和詞兩個層次。字是傳統的、感性的，銜接在古典觀念（如時、空）上；詞則是翻譯的、概念的，多半由日本人為引進西方觀念組合漢字而成。一種「雙重的二手貨」？一個比美國英語還年輕的「古老」語言？但同時，又怎能設想一個現代中文沒有民主、科學、法律、國家、運動、鬥爭、人民、政府、宗教、傳統、現代、社會主義、資本主義、乃至唯物、唯心、哲學、美學、時（間！）、空（間！）

這些詞彙?如是,我們的問題,就不是有沒有思想,而是能不能思想了!這裡,藝術家的困境和能量同樣觸目:對自己的古典傳統,不能談「傳承」,只能去「創造。高行健的「創作美學」之精義也就在此:不因襲(因為無可因襲)任何現成理論套話,全方位敞開自己,把自己變成一個巨大的吸附和轉化器官,跨時空、也跨形式地把自身組建成一個新的傳統。我在他的作品中讀出了一個重寫的譜系:《山海經傳》處理文化起源,《聲聲慢變奏》、《八月雪》更新古典精神,《靈山》貫穿遠古和當代,《逃亡》、《一個人的聖經》深化現實啟示,從《彼岸》開始一系列現代戲劇(我不用「禪劇」這種過於明確——因而局限——的文化符號),從語言學到哲學推進層層的自我追問,而他的繪畫、電影、歌劇,則進行不停的美學整合,再經過一系列「另一種美學」的觀照反思,建立一座精神自足的城堡。我們正是通過自覺,把自己變成了「他者」之中那個主動的「他者」。這兒,我把「傳統」作為「過去」的反義詞來使用。「傳統」必須是活的,以個性為創造根源的,猶如我們在屈原、司馬遷、惠能、湯顯祖、曹雪芹身上看到的;而「過去」則是現成的知識,一種延續數千年的人云亦云。它對人性不是證明,而是取消。我們的文化分裂,使我們下臨無地,只能在深淵上,把自己的創作變成「一座向下修建的塔」(我的書名),不得不寫,寫了再證實非這樣寫不可的理由。「藝術的他者」,終於,正是人類精神的回歸者。

如果問,二十世紀的歷史教會了我們什麼?回答可能只有一句話:拒絕任何假「真理」之名控制他人的權力。這個「權力」,正如前述的官方,遠不止已成套話的共產黨專制,也包括西方「民主」許諾下黨派們的交易,包括與生存真實無關的「思想」,和充斥書店畫廊的遊戲點綴般的文藝。這個「真理」呢?可以翻譯成「人權」、「民主」、「革命」、「全球化」、「後現代」、「多元文化」、「政治正確」

等等詞藻，只要有一條：它足夠空泛，足以被玩成形而上學的語言遊戲。就是說，龐大到無人能對其做出判斷，於是使用者可以隨機應變、給這空洞填進任何實用的「定義」。我們自己的中國經驗就是證明：從五四的「全盤西化」激情到文化大革命，夢想中的「革命」，卻一次次醒在最黑暗的歷史深處。那哪裡是「歷史的痛苦」？更該說是「沒有歷史的痛苦」。同理，當談論「人權」的西方首腦，偷換「經濟」和「黨派利益」的概念，用雙重標準把「見利忘義」表演得纖毫畢至，「政治苦難」又哪裡是非西方人的專利？因此，當高行健清楚地拒絕「藝術革命」的概念，他實際上拒絕的，是一個空泛的「歷史邏輯」。更具體些，是那雙企圖代替別人決定「歷史邏輯」的手。因為最可怕的集權，正是思想的集權。每個人應該篩選自己的傳統、重寫自己的歷史，決定自己的現實態度。只有自己能做這件事。而做它的原因，不是代表「真理」，而是基於「真誠」。仍然是一個「誠」字，從感受世界、汲取經驗，到落實為對自我的提問。「誠」意味著對自我的自覺，包括澈底的懷疑和批判。

有了這個認識，也就很容易理解高行健那些頗有深意的新提法。例如，高行健的「創作美學」之說，或許有人會誤以為他在一般意義上「反觀念」，但正如他的知友劉再復所言，老高同時正是一個思想家，而且是一個在作品中，有能力啟動偏遠的民俗、塵封的經典、陌生的異域、甚至鬼魅神怪世界，從中汲取超越東、西方粗陋分野的思想家。既談「思想」，怎麼能離開「觀念」？某種意義上，高行健跨越諸多體裁的藝術創作中，最引人注目之處恰恰在其「觀念性」。持續幾十年的「高行健現象」，堪稱一件突破思想邊界、不停從藝術家自身再出發的觀念藝術巨作。只不過在這裡，他的觀念，正與用現成「藝術」理論批量生產作品的捷徑相反罷了。於是，問題從不在於要不要「觀念」？而只在於要什麼「觀念」？以及什麼時候「要觀念」？高行健的回答肯定是：要自我的、開放的、不停質疑不停創造、「認識再認識」的觀念，以此破除一切固定思想的企圖。另外，雖然時刻在思考，卻又避免在創作中，落入任何圖解觀念的陷阱。一幅畫、一行文字，必須活生生迸發自本能，只不過那是思想沉浸修煉後的「本能」。我曾說過「在思想的深處感覺」，與此正有異曲同工之美。正是思想的縱深，使人的感覺加倍敏銳豐富。作品瞄準、並一舉捕捉到那深海裡的巨鯨。因此，我的書從不被叫做詩集，它們的正式名稱，是「思想——藝術項目」。

我曾反覆說過，當代中國藝術的兩大特徵，正是觀念性和實驗性。它必須有很強的觀念性，因為處在古今中外的「他者」之間，中國或中文，都是全新的現象。我們的提問，必須由自己解答。因為找不到任何現成的理論能解答它。西方研究「影響的焦慮」，可在我們這裡，該「焦慮」的，恰恰是「沒有影響」——渴望被影響卻得不到！所以，高行健之「高」，正在於他貌似套用禪、道的思想，山海經、李清照的話題，金剛經、莊子的風韻，實際上卻幾乎無處不反其道而行之。託禪、道而反說教，用典故而言當下，在靈光四溢的語言流中沉吟人性的走投無路。我從他那些無名無姓、甚至性別不辨的「人物」，不僅讀出多人稱、更讀出《無人稱》（此處加了書名號，是因為我的一部詩集正以此為題，心有靈犀嗎？）。一種比無人更絕望的處境：明明有人，卻無法（無能）稱呼他。一個存在，明知在毀滅又無力表明自己的毀滅！這幅肖像，僅僅畫出了困窘的當代中國文化？或簡直畫出了一切「人」？有些論者總喜歡給中國文學套上西方馬軛，找一個西方時間表裡的刻度，例如高行健對應尼采、或對應卡夫卡，但為什麼不能對應古希臘的阿里斯托芬？同時對應《大師和瑪格利特》的作者布林加科夫？他那些兼有悲劇言辭和喜劇效果、最終以荒誕鬧劇告終的作品，猶如沒有西方對應形式的中國「散文」，或京劇男聲唱出的女腔，是「另一種美學」。它們不應被分解，因為這內涵和形式的整體，體現了一種思想深度。這正是當代中國藝術家的機遇：發展自己的能力，來整合如此錯綜複雜的資源，這思想家甚至小一點兒都不行！人們感歎老高創作能量的豐厚，那也算「噩夢的靈感」吧，只不過，僅有政治的噩夢太低了，要感謝我們文化的、語言的、自我的和美學的噩夢，因為它們用多重裂變，深化了我們的存在危機感，並且由此定出「藝術」的高標準。正因為有一個持續在內心中的「對話與反詰」，才特別「美」。不停倒空自己，又靜心聆聽這眼深井中不斷滲出的汩汩清水，作品的源頭何枯之有？

當代中國藝術觀念的深刻新穎，由內而外地引申出它形式上的實驗性。我說過：大到一部長篇小說，小到一行詩、一筆書法，所有當代中國文學藝術，都是充滿實驗性的作品。原因很簡單，因為構成作品的元素，來自極端不同的源頭，怎麼跨時空組合，全看藝術家提出的內在要求。這方面高行健也創造了一個典型的「現象」：他的作品，既跨越時空，從《山海經》到歐洲週末的度假屋，從六祖慧能到穿行黑夜的列車車廂，從眾目眺望的彼岸到每個人暗自叩問的死亡；又跨越體裁，小說、戲劇、繪畫、電影、理論、散文，直至最近越來越點明主題的詩歌，你可以一件一件欣賞它們精雕細刻的細部，玩味那語言、那節奏，更可以把它們看成「同一件」作品，把握隱含、貫穿其中的根本意識和結構關係。這裡，「實驗」既是名詞又是動詞。它概括了作品的意識，又是推動作品更新的內在動力。我特別注意到，高行健的「實驗」，並非一味追新尚奇，玩弄怪誕。相反，令讀者感到「新奇」的，經常正是他作品中回返樸素的東西，例如《靈山》中那些流淌著現代漢語節奏美的語句，相比於它們，論者紛紜的多人稱複調等等，簡直像這「語言流」本身自然而然帶出來的！這讓我想起被人們誤解違反傳統的「朦朧詩」，相比於同時的宣傳「詩」、政治「詩」，「朦朧詩」一點不朦朧，更不反傳統，我們恰恰是在淨化語言，從而找到對古典回歸之途。正是從那裡，當代中文詩開始了自己真正的生命旅程。這樣，中國文學實驗性的潛臺詞，也被聽清了：顛覆作為一種「集權思維」的西方進化論式的時間性。所謂全方位組合，就是在「共時」意義上貫通古今中外。或許，今天我們最富有實驗性的創作，恰恰是寫一首「新古典詩」。在充分自覺中，創造能夠和古典中文美學神似的形式，卻表達當代感受的深度！這也就和簡單地「玩」形式劃清了界限。高行健質疑西方二十世紀藝術對「新」的迷信。他在和我一九九二年的長篇對話〈流亡使我們獲得了什麼？〉中說：「今天提出的問題是：作家可以在形式上玩任意的花樣翻新，不會受到任何拘束，這樣的形式，還有意義沒有？……文學的新形式，就好比時裝，僅僅是一種時髦。如果作家，在藝術形式的主張後面，沒有他自己要說的話，就和時裝一樣，玩玩而已。」我們討論的結果，把衡量創新形式的標準，定在了「必要性」上。也就是老高說的「藝術主張後面，有自己要說的話」，而且非如此說不可！「新」因為非此無以表達那種「深」。以至於每一件作品，都像一個人那樣有種靈魂和軀體的統一。文學，就這樣回到了它的原點：充分人性的，開放生長的。「老莎士比亞永遠也不會過時」，老高說。

那麼，回到本文的題旨，什麼是「藝術的境界」？很複雜也很簡單，就是兩句話：從現實提煉精神，用藝術完成超越。前者強調人性的深度，藝術不論過時與否，卻有深淺之分。屈原的天問浩歌，徐渭的青藤倒掛，滋生於同一種人性拷問。後者要求作品的精美，必須有完成度最高的形式。讓不可代替的形式證實不可代替的思想。在這一點上，甚至屈原、杜甫，都還有劃分「載道」與技巧之嫌，我更欣賞李商隱，他的詩裡，美直接就是人生。渾然一體，純粹到極點，以至人性和美學成為同義詞，審美同時審閱一切存在。我提到「現實」一詞，為了指出一個藝術家必須關注的立足之處。藝術絕非憑空而來，它是藝術家整個人生經驗的提煉提純。藝術家生存、思考的深度，就是藝術品能夠抵達的深度。同時，我強調「藝術」一詞，為了點明作品逾越作者局限的能力。它們並非僅僅作用於此時此地，這個現實這個時空，而是發掘溝通一切靈魂的深層次，讓我們在那裡相識相遇。這個意義上，所有偉大的作品，都是抽象藝術。高行健應當很熟悉這個思維，請注目他的繪畫，那兒具象與抽象潺潺流變，何為具象何為抽象？何時具象何時抽象？盯視久了，反而看出具象的茫茫和抽象的精確，此起彼伏彼此煥發。幻象重重間，唯一之象正是「萬象」！以此原理，證之於他的小說，「語言流」是層次一，「多人稱」是層次二，整體的樂感是層次三，且以音樂空間返身統攝全文。再證之於他的戲劇，從一個人物多重人稱，到一個演員多重身分，從對社會、人生、男女、思想，直至愛情的徹底質疑，到創作態度一貫的嚴肅認真，最終，作品說出了那個絕非外在的「真理」：人，必須創造和自我的距離，以更深地認識人自身。

我最喜歡高行健用到的一個詞：「這樣一種文學」。是的，不是總稱和泛指，而是經過精確篩選的作品。因為在空話謊話流行氾濫的當今，甚至絕大多數「文學」，也無非投市場所好，力爭變成這無聊世界的花哨裝飾。所以，「這樣一種文學」，並非能僅僅忍受孤獨，而是要自覺尋求孤獨，以孤獨去反證「文學」的意義和價值。這就又回到「真誠」了。二十世紀中國災難重重的亂世，銜接上了二十一世紀世界紙醉金迷的亂世，一個作家如何選擇自己的寫作？高行健提出兩點：一是「弱者的力量」，二是「冷的激情」（他原來的詞是「冷的文學」）。承認個人的「弱」，恰恰需要更強的意志。而不追求流行之

「熱」，反而得靠深沉得多的激情。作為詩人，我不得不說，這種詩意，只有「詩」這個命名當之無愧。寫作愈久，我對詩之純粹感受愈深，也愈加慶幸我這個冥冥中若有神助的最初選擇。為什麼會選擇詩？且多年來，不停地把變幻的環境「納入」詩歌，直到把人生變成一個詩的「同心圓」，其根本理由，大約仍是我早在一九八五年的文章《重合的孤獨》中就寫過的：「人在行為上毫無選擇時，精神上卻可能獲得最徹底的自由。人充分地表達自身必須以無所期待為前提」。這不是來自靈感，而是來自現實殘酷的啟發。不得不說，這啟發令我受用無窮。是的，不是輕薄地玩弄意象，以討空洞世界的歡心的泛泛「詩歌」。我希望寫的，必須是「這樣一種詩歌」：其「純粹」，完全基於主動尋求的思想深度和藝術難度，而非被動地來自市場的拒絕。用我的語言，這必須是一種「極端的詩」：與存在極端的血肉關聯、對詩學極端的思考探索、形諸作品極端的形式和語言。我的幾首長詩，在國內寫作五年和《靈山》一樣在八九年完成的《[illegible]》，在國外歸納漂流經驗和思考寫作三年多的《同心圓》，以及最近以自傳因素為基礎、寫作四年多剛剛殺青的《敘事詩》，都是令譯者評者（更不用提出版者了）生畏的長詩，不僅「長」，它們更是一次次對中文詩學表達可能性的極端探索，僅僅用「非功利」來談論它們未免太低了，要體會、理解這樣的作品，你得借助喬伊絲談他的《尤利西斯》的話：「誰沒品嘗過流亡的滋味，就讀不懂我的作品」。要知道，茫茫宇宙中孤身漂泊時，有一卷長詩，數年中給你的生命一個焦點，給你的靈魂一個伴侶，多麼珍貴！那是老友，更是諍友，告誡你這條精神旅途上，不能停滯。你必須愛上那艱難，同時贏得那美麗。我想，這也解釋了，為什麼高行健近年的《逍遙如鳥》、《夜間行歌》，越來越直接呈現於詩歌形式。我幾乎感到，那是老高敏感地聽到了作品的內在選擇。那個一直隱含於他作品各種體裁中的「詩意」，終於直接現身，在藝術的最高海拔上，直接呼吸古今中外的偉大精神。「藝術的境界」，就是「這樣一種詩歌」。

談論高行健創作技巧的文章很多了，但我想強調指出的，是與這番「詩思」相配套、卻又觸目缺席的題目：他作品中的音樂性。早期的《野人》，有意識地使用複調結構，已包含了建立音樂空間的意識。《靈山》中「語言流」的節奏感，和「多人稱」的結構因素，整合出的也是一首多聲部、中西樂器合奏的交響樂。再後來，且不說《聲聲慢變奏》、《週末四重奏》的題目本身，就是音樂提示，內容更吻合音樂的演進程式。我甚至覺得，他所有戲劇中那些出聲或不出聲的「意象」（再次借用詩歌的術語），不僅在偶然地碰撞中，迸發出新的意義，而且還共同構建出一種音樂空間，又由它統合掌握，最終形成一件件玲瓏剔透的作品。這種被音樂「隱身」統合的情況，我只有在中國最精美的古典詩歌形式「七律」中見過。試想，杜甫著名的佳句「風急天高猿嘯哀」，三個純然並列的意象，如果沒有背後平仄制約的音律，靠什麼連接到一起？這也指出了當今眾多詩人的毛病：粗糙地拼湊意象，詩句中卻聽不見音樂的能量。但在高行健這裡，口語的流暢、文言的典雅、俚俗用詞的灑脫、歌唱呼號的放縱、以至舞之蹈之的巫術野性，都是音樂的元素，都像一件件樂器，聽從一種詩意的指揮，加入藝術大合唱。尤其困難的，他是以中文這種「看不見」音樂的語言，在視覺太快太強的方塊字中，創造出能被清晰讀到的音樂的。文學作曲家，比音樂作曲家困難得多！另外，也別忘了他的大批水墨畫和最近涉足的電影，那裡，黑白灰無窮變奏，畫面、人物、音響縱橫交織，聽聽《洪荒之後》中音樂的強大推力吧，音樂在建立現實，音樂在揭示思想。音樂感，支配著作品的結構，它全方位的運動，又詭譎地導致了穩定，從而搭建起冥冥中想像的空間。我關於

「空間詩學」的討論，就曾把詩人建構作品空間的能力，歸結於他的音樂想像力。這是一個祕密：政治、文學上你能追隨流行的（「正確的」）觀念，音樂上卻不能，原因很簡單，你不知道什麼是「正確」，因此不知道如何投機「改錯」。那個來自你內部的聲音、或壓根沒有聲音，就在你的作品裡，一「聽」了然。用音樂感去判斷一部文學作品的品味，絕對錯不了，那就是一個人精神境界之所在。我想到《敘事詩》中寫到的西班牙大提琴家巴勃羅・卡斯阿斯，沒有人不崇拜他演奏的巴赫大提琴組曲，什麼叫洗盡鉛華，什麼叫歸真返璞，全在這枯藤老樹般的琴聲裡，那種深，真是深不可測！但，又有幾個中國人知道，從一九三七年到一九五五年，卡斯阿斯為抗議西班牙的佛朗哥獨裁而拒絕公演，整整在世界上沉默了十八年?!對這樣水準的演奏家，主動選擇這麼漫長的沉默，是不是讓我們聽到了另一種人生的、人性的更致命的音樂？十八年後的一九五五年五月十五日，全世界最著名的音樂家，齊集他流亡的法國小城普拉達，專門為他舉辦「卡斯阿斯國際音樂節」，他在開幕式上拉的就是巴赫大提琴組曲。巴赫之深，融入他發自肺腑的呻吟之深，感動了全世界的聽眾，也在我五十年後的詩中，變成詩句「儲存了十八歲的無聲後／大提琴地獄般的開口意味著什麼」？這豈不就是對我們每個人的提問？你的作品中有什麼？你作品的境界是什麼？那不是別的，就是「人」。它在音樂中暴露無遺，什麼也隱藏不了。

至此，「成於言」找到了（找回了）它的原意：藝術之「言」成就了藝術家的人格。創作者其實正是自己思想的作品。通過寫作，「人」漸漸被作品的精神雕刻出來，越來越像「它」。作品呈現的思想高度，給我們的人生確定了原則。在「人」的意義上，囊括從藝術到政治的一切層次。一個當代人，是人類整體處境的產物，他的思想也奠基於這個整體。因此，狹隘民族主義式的「中國」是一個虛構，簡單劃分的東、西方是一種空談。用這些假概念，不僅思考不了世界，更糟的結果，是取消真正的思想，只給權力遊戲留下空白。順帶，也給我們一個詞、義無限分裂的語境。我們什麼都能說，卻什麼也不意味。我曾談過「本地中的國際」，其實比本地本土更到位的，是「本人」。一個人的反思，反向包容一切群體，且由個人給那些群體「定義」。藝術之「言」，就是這樣本質的個人之言。我開過玩笑說我寫的是「楊文」，那麼高行健寫的就是「高文」，它們不僅得寫出常人認可的精彩中文性，還要在實驗中走得更遠，寫出尚未被發現的中文性。那種語言學的、哲學的、美學的意義，必須經受人類普遍經驗的考察，且證明對人類整體的思想有效。在高行健那裡，我想像還有一種「被發現的法文性」，為什麼不？既然法文同樣是「高文」的一部分！「成於言」，成就了一個藝術家的世界。許多人抱怨被拋離了中國、又進入不了西方，但為什麼不能想我們既在中國、又在西方？佔有兩種文化核心位置，集雙向（多向）優勢於一身？事實也是如此，高行健的作品，雖然獲得了殊榮，相對於創造精神的徹底孤獨，仍應被讀作一種「立言」，立在此地，留待後來的有心人驗證評說。那評說，又不止局限於藝術，而是關於思想，特別是在這個精神極度匱乏的時代，一個人如何堅守「個人美學反抗」的位置，不向任何意義的權勢低頭。這奇怪麼？古今中外，被我們記住的思想者、藝術家，不是都在做這件事？那個儘管孤獨、卻無比美麗的「傳統」，貫穿在一切傳統深處，跨時空地為我們選定了清晰無比的標準。「藝術的境界」，成就了完整的人格。它，就是我們的政治。

我和老高的交往，始於同在中國的八十年代，那個文革後反思的年代，他的戲劇、小說、理論不停強烈刺激著朋友們。我記得，在北京東總部胡同老作家嚴文井家裡，老高憑記憶介紹亨利‧米肖的詩作，某隻毛茸茸的、碧綠的超現實蒼蠅，嗡嗡飛進一個年輕詩人的頭腦。再後來，我們相遇於天安門屠殺發生後的瑞典，老高已經寫了劇本《逃亡》，別人以為那只是寫政治，可我從中讀出的，卻是人不得不逃、卻又無處可逃的絕境。為那次會議，我把流亡這個老舊的題目，翻轉成中文傳統中獨特的純文學散文文體，寫成了《鬼話》，老高讀後對其語感深為讚賞，這也間接促成了我後來《鬼話》、《月蝕的七個半夜》兩本散文集的寫作。九三年左右被我稱為流亡途中「最黑暗的階段」，回國之夢已斷，而漂流之途無垠，如何「活下去」和「寫下去」？用「寫下去」的能力真正「活下去」？一個無比鋒利的問題，亟待我們從自己的生存深處找出答案。但和誰討論這個話題？而能不重複「流亡」的套話，卻給它注入新的文化和思想內涵？那思想的品質，首先必須由創作的能量來證明。環顧流亡海外的中文作家，能在海外創作中，走出一個全新階段的，確實唯有高行健。通過把我的長詩《[illegible]》的譯者Mabel Lee（陳順妍）介紹給他，老高在我暫住澳大利亞悉尼大學期間來訪，使我們有機會進行了一個很有意義的暢談，後來整理成長篇對話〈流亡使我們獲得了什麼？〉是的，**獲得**，而非喋喋不休於「失去」！那意味著，從無根的處境中找到真正的「根」，獲得從做人到作文的全面自覺。而且這自覺相對於的，是冷戰後整個世界人和思想的困境，而非局限於「中國」一隅。有了這個自覺，他二〇〇〇年獲得諾獎，就有了深一層的意義。我在聽到消息的當天，給臺灣中國時報寫了題為〈流亡的勝利〉的文章。這勝利，是以一部部作品為足跡，一步步走到現在的。二〇〇九年，我們在倫敦慶祝老高的七十歲生日，那同樣不是庸俗的作壽，而是思想展示。通過連演三部他的電影《洪荒之後》、《側影或影子》、《八月雪》（現代歌劇演出文獻本），和朗讀戲劇新作《夜間行歌》，探討高行健究竟怎樣「成於言」！在我看來，相對於中文作家不乏機靈、卻太缺耐力的普遍毛病，老高的「後勁兒」很重要，因為它揭示了一種從內向外、從思想向作品生長的能量。首先是作為一個人真誠的生活、嚴肅的思考，然後是把自我提問轉化為藝術提問，再從更新的藝術意識發展出全新的藝術形式，直到人和藝術同樣臻於純粹。一個「先鋒」氾濫的世紀剛過，我最看重的，恰恰是這樣的「後鋒」：厚積薄發，後發制人。本來，我們置身其中的「中國」這個題目，就是一首文化轉型的史詩巨作。那個「宏大敘事」，包含在哪怕再小的細節之內。一個作家一生發展的，就是揭示它的能力。

高行健七十歲了。他是以思想和創作的實績，從他那一代中國作家中脫穎而出的。不靠單位，不靠團體，不靠宣傳機構，甚至不靠流派、思潮，就一個人，全方位承擔一個文化的責任，並且經得住這變幻世界層出不窮的檢驗。這現象獨一無二。在現實中，這是他個人的勝利。但在思想上，又是「人」的勝利、藝術的勝利——真誠和純粹的勝利。透徹至此，諾貝爾獎真有什麼價值嗎？沒獲獎老高就不這樣思考和創作了嗎？我還記得，獲獎消息發佈後，看到電視上他一臉吃驚的樣子，那甚至更讓我感到欣悅，因為那最好地證明了他沒存為獎而寫的念頭。我又想到他援引文革經驗時說的：「即使那種壓力下也要寫，不得不寫」，何況只是忍耐貧困孤獨、默默無聞呢。這，就是境界。

二〇〇九年十二月三十日

新世界
——全球化語境和歐洲的自省

地球在瘋狂旋轉。它旋轉的方向，經常出人意料：誰能想到，毛時代餓死數千萬人的共產黨中國，今天竟成了資本主義世界的債主和「老大哥」，經濟危機漩渦裡的西方，眼巴巴等著它買國債來拯救？不久前，阿拉伯國家還被明裡暗裡被攞在「文化衝突」的對立面，而一夜之間，突尼斯、埃及、利比亞紛紛變色。地中海另一側，那些中世紀式的大權在握者，突然不知去向。全球的政治、經濟地圖，撤換得快如戲劇佈景。親歷變化者的中國、阿拉伯人，深夜醒來，當然捫心驚歎：我究竟身在何處？就是站在一旁，目睹這歷史漩渦的歐洲人，可能也難免自問：世界怎麼了？這急速發生的一切，將把我們帶到哪裡？換個問法，世界面目全非了，歐洲怎麼辦？今天，「歐洲文化」如何給自己重新定位？什麼是它的意義和價值？

兩個堪稱反面的經驗，使我感到這提問的緊迫性。其一，二〇〇九年德國法蘭克福書展。中國被邀請作為主賓國。本來，這是個好機會，通過書展的豐富角度和層次，世界能全方位、深入觀察那個古老國度，看看一頂「共產黨」的紅帽子下，究竟在發生什麼？是什麼突破了冷戰時代的邏輯，讓一個專制國家，卻取得了經濟成功？哪裡的權力不貪婪和腐敗，但為什麼見不到處處「奇跡」？貌似自相矛盾的現實，其實蘊含著複雜的文化內容。這正是書展策劃者從開始就應該思考、並據此設計活動專案的。但可惜，書展「與虎謀皮」在前（想拉黨官和政治異見者同座懇談），「與狼共舞」在後（隨著黨改變的臉色，又撤銷對政治異見者的邀請），結果不難設想，整個書展成了意識形態口號橫飛的廣場。「中國」像個舊貨店，讓回收的冷戰話語永不過期。但它今天真正的現實是什麼？它能激發世界對自身的什麼思考？反而被忘了。我們以為在發射炮火，其實只是爆竹，響亮而毫無殺傷力。因為那個活的中國，在對「中國」的吵鬧中，被漏掉了。

第二個經驗，來自二〇一〇年慕尼克國際文學節。我參加的討論，有個奪目的主題：「當代傑作」。這話題，直接設定到了今天世界的要害：多元傳統參照下，什麼是判斷當代傑作的價值標準？討論以設計精美的三重結構進行：德國層次，歐洲層次，世界層次。我期待著，歐洲的思想精英，能對這個最具挑戰性的問題發表高見。但我又一次失望了。從發言看，即使學識豐富如埃科（Umberto Eco）者，也其實沒真正思考過這個問題。歐洲知識份子談論其他文化時常見的「簡單化」，在我們討論中比比皆是。中國＝意識形態；阿拉伯＝民族和宗教衝突（沒人猜測到阿拉伯今天的巨變）。而且，這簡單化也投影到對歐洲自身的思考上。談論歐洲的「傑作」，竟然經常和市場成功混為一談！這真成問題了。古往今來，什麼時候思想和藝術傑作能立刻暢銷過？以暢銷與否判斷「傑作」，是否卡夫卡、喬伊絲都該歸入「劣作」一類？我的發言，把判斷當代傑作的標準，鎖定在思想和藝術的「深度」上。無論多少文化系統參與評價，一件傑作，必須呈現出全方位的不可替代性。我的論據是中國古詩。都說那個輝煌的傳統是因為「古老」，錯！它是因為思想和藝術上的「深刻」。我舉出兩千三百年前的楚國詩人屈原、和一千兩百年前的唐朝大詩人杜甫為例，說明同一種流亡體驗，如何跨時空地疊加到我自己身上，激發出作品的形式創造，構成詩作美學空間裡沉甸甸的思想重量。「深度」，讓我們在一個遍佈他者的世界上，自覺成為「主動的他者」，既和其他文化、更和表面看「自己的」文化拉開距離。最終，整合所有思想資源，去應對當代人類的困境。

作為住在歐洲、卻以中文寫作的詩人，我的每次呼吸，都在這兩個不同的文化層次間進行。我對中文語言的反思，對中文詩從觀念到技巧的探索，中國現實和我詩歌創作間「惡夢的靈感」式的關聯，以及它在整個中文傳統現代轉型中的意義，給了我審視歐洲的基礎。就是說，沒有一條從外部通向其他文化的路。我們只能穿過自己內部，以自身的「深度」抵達別人的「深度」。同樣，這也應構成歐洲理解其他文化的方式。從以上負面經驗看，歐洲文化目前還沒準備好，把它最強項的思維縝密和思想深刻，用來應對一個全球化的世界。它還沒認真嘗試突破自己的思維定式和套路，打開新的視野，建立更大的思考框架，把「別處的」現實和文化納入自己的思想資源，來深化對自身困境的認識。注意，這裡「別處的」加了引號。因為事實上，當代世界沒有什麼「別處」。所有看起來的「遠處」，其實都在我們之內。每個人都是雜交的，從精神到物質統統如此。「中國」如此之近，就像一雙穿在你腳上的名牌鞋，那可能正出自二十一世紀人為奴隸制之手，通過國際大公司的魔術轉換，中國農民工的成本和歐洲價格，兌換成了做夢也難以想像的利潤。世界資本是化學合成的連體嬰兒。這面哈哈鏡，映出一幅幅哈哈形象：西方政客訪問中國，總得搞些關於人權、民主的言辭「面子工程」，但那與其說為改變中國現實，不如說為敷衍國內媒體和選票，空話說完，趕緊坐下來談合同。對此，中國政府已幾乎能微笑著，欣賞那疼痛和尷尬。為了大筆訂單，西方各國不得不一一吞下中國壓制思想犯這碗苦酒。這裡，和黨的「堅持原則」相比，誰更加自相矛盾？歸根結底，對外的理解和應對能力，恰恰在檢驗自覺。那也是自我提問的同義詞：歐洲是否理解今天自身的困境？「沒準備好」——非自覺？對不起，那就只能受控於無意識。「新世界」，可能像小赫胥黎寫過的那麼陳舊，淪落到一條機械化的、非人的底線上，苟且地活著。

對其他文化缺乏理解力，當然因為知識局限，但局限的原因，很可能是囿於思想視野的封閉，沒感到打開自己、去理解「他者」的緊迫性。畢竟，麻煩總發生在歐洲之外，無論中國的、伊朗的、阿富汗的、或伊拉克的。相對那些地方，歐洲的一統「天下」，就算不如原來富有，至少完整而平靜，作為文化足以感到優越。歷史也是佐證。從文藝復興至今的五六百年，歐洲思想主導著「天下」的思想。那個普世性，奠基於「啟蒙」的獨立思考，「民主」的政治規則，加上滲透法制和言論自由的生活方式。物質也在證明觀念的正確。遠的不說，冷戰時共產國家的貧困，反襯出西方的自信。而冷戰結束，「自然」是西方文明的勝利。「九一一」的短暫插曲，以薩達姆和拉登的毀滅變成喜劇。中東的最新變化，更是世界向歐洲看齊。「天下」的中心仍是歐洲。歐洲價值，設定成歷史進化的軸線，讓歐洲自己佔據著「未來」。這想像給人安慰，但我想提醒，同一個想像，曾經佔據過中國人的頭腦至少兩千年！比較中國歷史和地中海歷史，它們最觸目的差別，就是中國經歷過的文化挑戰何其少！作為地域性的「第一世界」，鴉片戰爭前兩千多年，中國文化幾乎「孤獨地」生長著（除了若干游牧民族的軍事佔領，且無不終結於被中文同化），其後果，是「中央帝國」日益故步自封，中國文化系統成了一根鏽彈簧，完全喪失了應對外來挑戰的能力。直到十九世紀，歐洲真正的文化（加武力）來到，彈簧綳斷，中國人突然由過度自豪跌入極端自卑，只能聽憑情緒化引領，喊著虛無主義的「全盤西化」口號，臆想著「革命」，卻一頭栽進歷史上最黑暗的專制。與此相反，地中海／歐洲的文化衝撞，卻無日無之：古埃及、蘇美爾、巴比倫（兩河流域）、猶太、希臘、羅馬、拜占庭、日耳曼、維京人、奧圖曼、拿破崙、俄羅斯，以及遠道而來的阿提拉和蒙古人，每次衝撞的實質，都在迫使歐洲文化尋找自己更深刻的立足點。「傳統」不停被啟動，又在更深處迎接新的挑戰。終於，文藝復興張揚的思想個性，回答了「什麼是歐洲？」，也給不同文化找到了相遇的匯合點。歐洲成功了。但問題是：這成功還在繼續嗎？

今天的「新世界」，是一個更廣闊的舞臺。遙遠的文化，需要歐洲更主動地打開理解力，經由自身文化經驗的深度，去讀懂那本書，達成與他者的真正交流。以中國為例，我得說，過去三十年那裡發生的變化，遠遠大於過去三千年。一個三千多年延續在同一語言、同一思維方式、同一個觀念系統中的古老文化，經過一個多世紀的掙扎，終於脫胎換骨，「以死亡的形式誕生才真的誕生」（楊煉《與死亡對稱》中的詩句），這堪稱一首真正的史詩。外來者很難想像那過程，其思想意義上的慘烈，又超過現實無數倍！「政治」只是這文化深海的表面風波。甚至「共產黨」一詞，也只是個文化怪胎，一塊西方的面具，遮掩著皇帝們不敢想像的絕對權力。我曾用「噩夢的靈感」來形容從文革迄今的當代中國。疼痛，撕開肉體刺穿心靈，使追問成為活著的標誌。災難不會過去，它沿著現實、歷史、文化、語言、心理、潛意識，一路揭開反思的地層，直到詭譎地（宛如一個沒有時態的中文動詞般地）返回了「傳統的」古老啟示：一個「共時」的處境。比「時間的痛苦」絕望得多，那只是「沒有時間的痛苦」。當代中國文學可能的精彩，正在於這「深度」。它和遙遠的異國情調無關，卻站進一切人性的深淵，去體驗極限的「不可能」。寫作，即生命力在宣告「從——不可能——開始」。當我前後相距三十年，兩次漫步於成都杜甫草堂，默誦他「萬里悲秋常做客」的流亡名句，我知道，我不是把自己寫進了中文文學傳統，而是「活進」了它。杜甫的流亡、但丁的流亡，加上我自己的小小流亡，有同一個語法：通過一首詩，把極端的人生之痛，轉化為極端的創造之美。當代中國人，正是以自己文化的「碎」為課本，學習怎樣超越自己的局限，去重新誕生的。這是它的能源。我希望，也給了那沉重的代價以意義。

靠地理、歷史原因獲得文化彈性，仍然是被動的。今天，「新世界」要求一個文化具有主動的理解力。我想，理解的原動力，不能依賴對異國的好奇，卻必須基於認識自身困境的需要。如果說，當代中國拖著毛時代血淋淋的陰影，和暴發戶的不知所措，有意無意扮演了世界舞臺上一個丑角的話，歐洲在金錢壓力下，放棄思想原則，競相投入自私和玩世不恭，就是不折不扣的悲劇。當「人權」、「民主」和其他政治正確的詞藻，僅僅是詞藻，卻對現實行為毫無約束力，我們的真實就只剩下：什麼都能說，卻什麼也不意味——一種詞、義分裂，一個徹底的空洞。這可能是人類文明史面臨的最深刻危機。因為歷史雖然不乏謊言，但至少，人們還為此痛苦。現在急功近利的掌權者，不僅不痛苦，且視為「自然」。他們邏輯很簡單：我不去功利，別人也要去功利。仍說中國，今天在中國設廠的西方公司，享受著中國沒有工會、勞保、福利、工資底線、罷工權利等等廉價勞工的前提，他們做了什麼？所謂「雙重標準」都是誇張，那乾脆就是單一標準：競賽邪惡。這裡，中國又成了世界性思想危機的標誌，那遠甚於任何經濟危機。生活在今天，每個人都深深感受無奈。我們清清楚楚看見墮落，卻無法改變它。我們能猜到，問題很大，遠非表面和暫時。它是股無名火，右手叩動了挪威於特島上佈雷維克的扳機，左手點燃倫敦托特罕姆黑人孩子手中的煤油瓶。當謊話和實利，把一切（包括大多數「藝術」）變成無聊的裝飾品，人為什麼存在？文學有什麼意義？歐洲文化傳播給世界的「進化」論，終於撞上了自己的走投無路。此刻，是否有人會記起中國唐代詩人王維的句子：「行到水窮處，坐看雲起時」，那種「共時」的萬古如一？時間改變不了什麼，它是涓涓流水，旋入我們裡面，沉澱成思想。每個人都在起點，和宇宙並肩上路。

但我們也不該忘了，並非只有一個歐洲。中歐和東歐國家，曾被我戲稱為「寂靜的窟窿」，因為冷戰的結束，把它們突然拋出世界視野，遠離開一切經濟、政治中心，既失憶又失語，默默咀嚼著歷史的苦澀。但或許正是這處境，給了那裡的知識份子冷靜的目光、清晰的頭腦。今年一月我到華沙，和波蘭筆會的作家一起，既反思共同的共產經驗，又比較歷史、傳統的不同（例如民族意識和宗教在冷戰中的作用），對當今現實的影響。我們都同意，我在〈冷戰經驗的當代意義〉一文中提出的：用一個日期「結束」對冷戰的思考太簡單草率了。冷戰遠不止一段歷史，它提供的是一種人性變異的處境，其深刻含義，並不會隨著「共產黨」下臺而消失，相反，今天全球性的玩世不恭，恰恰是同一種人性變異的氾濫。所以，至少我們自己，不能忽略它的當代思想意義。我認為，正是現實困境，促成了這種深刻的跨文化對話。同樣的情況，也出現在更廣闊的範圍裡。從二〇〇二年起，我和阿拉伯大詩人阿多尼斯進行了一系列思想對話，它們如此動人，因為我們突然發現，雖然中、阿距離遙遠，但這兩個文化中，獨立思考者、創造者的命運，幾乎一模一樣！對內，複雜艱難的文化轉型；對外，被政治簡單化。中國是意識形態，阿拉伯是巴以衝突，口號在判斷一切思想價值。但，我反思中國，不是為重演「打倒」思維，而是重建創造的活力；阿多尼斯批判「伊斯蘭」思想專制，目的是更新阿拉伯文化。我們的文學，首先是個性文學。這裡，「詩意的」自我追問，澈底區別於「情緒的」群體喧囂。我們開創的當代中、阿作家直接交流，如此美好。它說明，無須經過第三者（例如「西方」）轉手，這世界已是同一個網路，無論你來自哪兒，都能憑藉思想的獨立、藝術的精美找到朋友，而且互相理解得完美充分！

二十一世紀急劇變化的「新世界」，既四分五裂，又暗暗合一。每個文化，為應對變遷的國際新語境，首先得重新定位自己：認識自己的局限，加入深刻的跨文化對話。在無數他者間，成為那個「主動的他者」。「主動」就是自覺。我從中國經驗學到的是，在古典中國文化和我之間，根本沒有一條想像中的直線似的傳承關係。我要獲得一個「活的」中國文化傳統，只能綜合古今中外一切思想資源，去重新創造它。這個隱身的「中國他者」，或許對我更具挑戰性。歐洲也一樣，它得告誡自己：單一文化的「天下」已永遠過去了。世界流通的歐美詞彙已是幻象，因為它們的定義，常常是別人下的。今天，世界的困境就是歐洲的困境，全球現實和思想血肉相連。或者說，世界已潛入歐洲之內，不知不覺代替了它的「自我」。願意不願意，雜交都在進行。區別僅僅是，「主動的他者」能建立良性互動，「被動」則在丟掉機會。「新世界」整個是一個大現實，也在呼喚一個大傳統：全方位的獨立思考。用文學表述，「個人美學反抗」。只能是個人的，因為沒有群體：政治上沒有冷戰的社會選擇，文化上沒有單一傳統。你可以說，這時代思想空前貧瘠，更能說它格外豐富！每個人不是放棄自己的判斷標準，而是通過綜合對其他文化的理解，重新檢驗自己的標準，如果必要，就修訂和加深它。我們的匯合點，只在「思想」一詞上。它構成了不同傳統、不同文化層次、甚至不同表述形式的最小公分母，無論那是哪種藝術，或政治和哲學思考，或對宗教的再認識。脫離了文化封閉性的孤芳自賞，一個思想必須對人類整體「有效」，否則不能證明其價值。當我說「思想個性」，聽起來頗為「歐洲」，但細想一下，那何嘗不是中國先秦思想黃金時代老子、孔子、屈原們的奪目特徵？歐洲「一戰」前那個各領域大師輩出、精神創造性超強的時期，也令我神往。他們集合在一起，構成了今天我們「深度」的內涵。和線性「進化」相比，我更喜歡這個囊括一切時間的「同心圓」！事實上，每個文化自身具有創造性，才會互相激發，形成國際交流的創造性。「新世界」必須突破交流的舊套式，全方位發現問題和靈感。以過去幾年我參與設計的專案為例：小小斯洛文尼亞的「方言寫作」，刺激了面對十幾億人口的中國詩人扭轉兩千年中文書寫裡的集權傾向。中英詩人「互譯」項目，建立了兩個文化核心之間的深層對話，最精美時，非洲英語詩人的口頭文學傳統背景，能直接和中文詩裡的平仄聲調規則對唱。難度是能量的同義詞。我曾用「唯一的母語」稱謂詩歌，思想的詩意甚至能穿透翻譯，給出一個超語種的方程式，完美呈現人的「主動」：深入困境、汲取思想、美學超越。每一行詩句盡頭，都是一個「不可能」，更是一個「開始」。「不可能」得越澈底，「開始」才越有力。這個「新世界」，是不是終於帶我們來到歌德的「世界文學」時代了？「世界文學」：經得起世界全方位考驗的個性文學。它不是夢想，正是事實。

二〇一一年九月一至十日

「民主」是個大問號

中國人有錢了！今天，世界到處在竊竊私語，或大聲喧嘩。怎麼回事？這個共產國家，二十年前還遍地赤貧、人人穿著破舊、面有菜色，今天他們卻發胖過度，成群出沒於巴黎、倫敦、紐約、威尼斯的街頭，在商店裡買名牌如買白菜，手裡大包小包，就像菜籃子，從ＰＲＡＤＡ到ＬＶ，不一只只挑，乾脆一批批抓。商店老闆彎腰恭迎、眉花眼笑，路人卻滿腹狐疑：這個國家怎麼了？什麼天使掉到他們頭上，一夜間變出了奇跡？

中國人有錢了，這還不算最令人驚奇，更讓人困惑和震驚的是，在同一時間裡，西方卻變窮了！前不久報刊上常用、以致成了習慣用語的「經濟危機」，席捲歐盟國家、北美、日本、南韓、香港。以前富裕的資本主義國家，現在卻人人抱怨困窘，家家壓縮開支，取消度假，告別餐館，卻擠進耶誕節後的大減價。這蕭條中，更不用說西方曾引以為傲的文化、藝術、出版了，那更被籠罩進一片冰霜。有人說，這次經濟危機，無疑是自二戰以來最嚴重的一次。特別是，和中國的變化比較著，人們不得不問同一個問題：這世界怎麼了？

這問題的潛臺詞，是一個被殘酷打破的冷戰定律：資本主義＝民主＋富裕；共產主義＝專制＋貧困。「民主」，作為一個先進的社會觀念，應該——而且必然——被物質的富裕所證實。但，好難理解啊，今天的事實卻是：民主的西方和貧窮掛了鉤，專制中國卻成了世界的「老闆」。真的，且不說中國政府擁有的幾萬億美國債券，就連中國的私營企業或某些個人，也收購了美國的農場、英國的汽車公司、法國的酒莊、義大利服裝名牌。對比我自己的記憶，一九八九年天安門屠殺後，流亡紐西蘭，住的是屋頂二十多處漏雨的小屋，吃的是超市買來熬湯的雞骨頭架子。冷戰只在三十年前，「流亡」一詞，曾清楚印證著民主＝富裕的「邏輯」。那麼，今天的事實，更令我們面對內心矛盾：誰錯了——我們自己或「邏輯」？

更仔細些看，暴發戶的中國背後，還有另一個中國。幾年前，「富士康」工廠之名傳遍中國，因為不堪糟糕的工作待遇，連續十三位工人跳樓自殺，以致每座大樓周圍，必須裝上安全網——現名「防跳網」。這該是典型的共產專制故事了吧？可惜，現實更殘酷：富士康的擁有者是臺灣老闆（剛爆出索賄億元的醜聞），產品供應美國蘋果iPhone，這是一家典型的全球化跨國企業，以中國廉價勞工生產西方產品，追求最大利潤。在西方不得不遵守勞工法的老闆們，到中國設廠，追求的正是這個沒有工會、保險、醫療制度、最低工資（剛剛制定了）等制度保障的勞工「天堂」。他們並沒有帶來民主規則和常識，而是拋開歐美自文藝復興以來艱難建立的人權觀念，百分之百享受了那個自相矛盾：依仗共產權力，攫取超級利潤。「邏輯」沒錯，只是變了內容：今天的定律，是全球資本橫財＋全球勞工奴隸制。「民主」在哪兒？它消失在中外權貴們碰杯的叮噹聲裡。

今天的現實是，「民主」面臨著雙重困境，第一重先天，第二重後天：先天的困境是，民主觀念從來不包含普遍公平，而是一種等級制。這從古代雅典就已開創：自由民享受民主，奴隸們供養民主；城邦內部實行民主，城邦對外實行帝國主義——請讀修昔底德斯[1]的《伯羅奔尼薩斯戰爭史》[2]。同一思維模式的同心圓，貫穿了古羅馬、大英帝國（想想鴉片戰爭）、乃至當代美國（想想伊拉克）的所作所為。甚至西方福利系統，也和這不平等的歷史背景直接相關。前有歐洲殖民地、後有美元商業帝國，世界供給西方原料，又是西方的市場，而西方是世界工廠，更是利潤彙集之地。西方內部的福利系統奠基於此，也才有了前面提到的民主＝富裕的定律。但，全球化帶來了第二重困境，地球村裡別處的廉價勞工和便捷的交通方式，奪走了西方世界工廠的位置。生產不在西方，大資產者會利用共產奴隸制，也稔熟如何規避讓公眾分享自己的利益。於是，西方變「窮」的根本原因，是全球化經濟拆除了構成約束的西方制度、文化之牆，並把民主「先天的」不公平，轉型為今日的全球少數權貴VS全球廣泛貧民化。這既是西方面對的新現實，更是人類面對的共同現實。如何反思「民主」的歷史源流？如何應對「民主」的當代提問？更根本些，新語境下，如何重新定義「民主」的本質？如何從中引申出每個人的價值判斷和行為準則？——「民主」，依然是個大問號！

「民主」的大問號，又與冷戰結束深刻相關。一夜之間，意識形態的群體劃分突然消失。「社會主義」、「資本主義」，突然從某種「選擇」，變成了沒有選擇。唯一剩下的「主義」是利益，政黨都是公司，區別只在經營的效益。我們的時代，從政治觀念到社會理想，堪稱空前貧乏。從南非到亞美尼亞，年輕人還沒讀完大學，一生其實已註定了、過完了。這裡，核心問題是價值真空。狹窄的利益河床裡，人生能追求什麼？既然沒別的追求，那最佳「選擇」只好是眼前利益，能抓就抓，能抓多少就是多少。比經濟危機更嚴酷的，是正在蔓延的精神危機：我們都成了詞、義分裂的動物，什麼都能說，卻什麼也不意味。自私、玩世不恭，不僅順理成章，簡直自然而然。有這個「邏輯」，很多事就見怪不怪了：國家行為如以「反恐」為名，誤導公眾加入戰爭（英國），或肆無忌憚監聽盟友（美國）。個人行為如挪威右派白人青年，直接開槍掃射他人。那和思想無關，只是一種空白本能的投射。可西方之外的人們，該對此作何感想？如果西方的「民主」也無非少數人決定多數人的命運，和獨裁有什麼區別？如果它同樣是噩夢一場，為什麼要把它當美夢來追求？這追求值得嗎？一個眼前利益決定公眾選擇的例子：冷戰中東歐最開放的匈牙利，現在民主選舉右派上臺，民族主義的排外不說，甚至倒退到試圖限制言論自由。這標誌著，急功近利的「民主」多數，並不邏輯性地導致社會開放，相反，它完全可能、甚至經常被權力利用，極端時淪為黑手黨獨裁的權力基礎。

那怎麼辦？我說，噩夢也是機會——「民主」這個大問號，正是在今天，才第一次面對人類的共同現實；第一次真正思考，全球共同參與中，「民主」含義是什麼？如何實行它？這課題對於實現了民主的西方，或許更逼人。因為現在，我們才真正意識到，民主沒有終點，它是一門永遠反思的課程。其核心點，就是僅僅有多數派遊戲不夠，必須重新找回民主的立足之處：每個人真正的精神獨立和選擇。簡言之，啟蒙是民主的前提。沒有啟蒙，民主不一定是假，但更可能怕人的真：縱容原始本能，當做抉擇準則。必須強調，這個啟蒙，必須保持全方位的質疑和批判，而非低級利用現成的「政治正確」，猶如常見的回收冷戰意識形態口號，看起來是政治，其實是商業，似乎在反共產黨官方，事實上在投靠西方市場的官方，直到成堆簡單化、泡沫化的套話，淹沒、偷換了我們的真實處境。對我來說，這個民主自我反思的「第一次」，意義非凡。它第一次讓「民主」概念，掙脫了不平等的國際利益背景，讓每個人站在國族、文化、語種、甚至東西方的群體分野之外的同一條地平線上，認識「我」是誰？「我」如何參與這個世界？「我」和那些「我」如何平等對話、辯駁、競爭、同意或不同意？正是這個「我」的發育，意味著人類精神的整體提升。

二〇一三年七月，我在柏林Wissenschaftskolleg的最後一個月，正值喧囂的民眾和軍隊，對峙於埃及開羅街頭，危險的消息日日傳來。全世界都在擔憂。為此：Wissenschaftskolleg舉行了一場有三位阿拉伯知識分子、一位土耳其知識分子參加的辯論會。兩個多小時，發言頗為熱烈，時而甚至激烈。爭論的焦點，主要集中在權力該歸誰？歸有「西方」背景的軍隊？或穆兄會撐腰的街頭民眾？當演講者以民眾熱情對比軍隊可能的鎮壓，觀眾也不由得不情緒起伏。我靜聽著，卻隱隱感到一種疑問，越來越深，越來越充滿心間。漸漸地，它甚至超過了我對中東朋友們安危的憂慮，卻指向了另一個艱難得多的提問：兩小時爭論中，為什麼四位知識份子，除了對權力轉移的激情，竟沒有一個提到一句未來的「民主」埃及，將建立在什麼思想基點上？換句話說，古老的伊斯蘭傳統，如何通過自我追問實現現代轉型？難道他們對此根本沒有反思?!倘若如此，那這場街頭衝突，究竟為了什麼？把權力從軍事獨裁，轉交給神本主義獨裁，這「民主」，真是一場勝利嗎？我還記得，一九八九年伊朗巴列維國王倒臺後，那歡呼多麼快地變得苦澀。贏得選舉，不等於帶來真變化。倘若換個名稱，繼續同一種獨裁思維，極大的可能，是比原來的獨裁更暴力！就是說，沒有啟蒙，我們的民主奮鬥，就算知道從何處解放出來，但是否真知道朝向哪裡解放去？今日中東，如果不追問、反思伊斯蘭傳統，尋找它內部現代轉型的資源，一個愚昧但卻「民主的」、大伊朗式的阿拉伯，很可能比獨裁的阿拉伯更極端、更危險！也正因此，那次討論最後，我不得不舉手發言，除了介紹中國文革後八十年代的「文化反思」，怎樣深化了二十世紀中國文化現代轉型，並找到了當代中國社會的思想立足點，更引用我的好友、阿拉伯大詩人阿多尼斯的話「我反伊斯蘭」。他站在被權力利用的宗教專制反面，讓我看到了一個阿拉伯文化現代轉型的活案例：一個大寫的、敢於自我挑戰的「人」。

這個獨立思考的「人」，能做出自我判斷的「人」——自覺的人，才是今天思考民主問題的起點。全球經濟給了它新語境，民主課，不僅對阿拉伯、中國是新的，對面臨困惑、甚至喪失自信的歐美也是新的。全球價值混亂和真空，不等於沒有價值觀。它給每個人提出了更高要求：尋找你自己的價值觀。不盲目追隨群體喧囂，而對任何問題審視和判斷。可以說，過去以民族、文化、傳統、歷史之名完成的思想責任，現在要由每個人獨自承擔。其中的層次，包含經濟、政治、社會、文化，直至語言和美學品味。這樣的人，可不正是詩人？於是，全球化恰是一個最詩意的時代。它要求每個人成為詩意的「他者」：不是被政治、商業權力所拒絕，而是主動拒絕任何控制！回到中國話題，如果說慘痛的文革噩夢，也有其積極意義的話，那恰是這噩夢激發出了上世紀八十年代後我們對自身歷史、文化的痛苦質疑和反思，並由此深化了中國文化現代轉型這首史詩。我確信，光怪陸離的中國商業海嘯下面，正有這思想地殼在深沉移動。「民主」是問號，中國是問號，因為每個人是個大問號。而問號，正是靈感——

借個熟悉的句式：**全世界提問者聯合起來！**

柏林，二〇一四年一月二十二日

1 修昔底德斯：Thucydides。

2 《伯羅奔尼薩斯戰爭史》：History of The Peloponnesian War。

作一個主動的「他者」

——我們能從二〇〇九年法蘭克福書展學到什麼？

二〇一〇年是中國的虎年，中文裡有一個和老虎有關的成語：「與虎謀皮」，說的是有人和老虎商量，希望老虎交出自己美麗的虎皮。那不是在褒貶老虎，而是在諷刺那個人，竟然愚蠢到以為老虎會同意交出虎皮。可笑嗎？但同樣的例子發生在現實中，就不是可笑而是可悲了。剛過去不久的法蘭克福書展，就是在我們眼前上演的「與虎謀皮」的好戲。法蘭克福的光天化日之下，很多人聽到了深山虎嘯。但問題是：我們是否因此學到了什麼？「中國」這個巨大而怪異的問號，能給世界引發什麼思考？至少，在將來少幹與虎謀皮的蠢事？

對於去年十月以中國為主題國的法蘭克福書展，沒人感到高興。書展主辦者當然不高興，因為期待中的「中國熱」不僅沒熱起來，反而兜頭被澆了一盆冷水。由於試圖取消對中國持不同政見作家的邀請在先，研討會上向「堅持原則」的中國官方代表團道歉在後，思想上、道義上遭到雙倍慘敗。但中國政府也不高興，本來以為挾世界第二大經濟體的威勢，在資本主義的西方，一定呼風有風、喚雨得雨，誰知錢並不能買到一切，想像中「文化奧林匹克」的奢華，恰恰襯托出思想專制暴露在世界面前的灰頭土臉。同樣，中國政府挑選的官方作家也不高興，成功者如莫言、余華，本來希望的是從法蘭克福走向世界，獲得比中國更高的名譽、更多的金錢，但一場意識形態風暴，迫使他們「朦朧」不得，而必須清楚表示自己的立場。中國官方要退場就得退場，要表態就得表態。連技巧純熟的「變臉」遊戲，也玩不下去了。最後，就連風暴中心的中文獨立作家也高興不了，雖然整個書展期間，我們頻繁出現在各種報紙、電視、廣播上，但連篇累牘的熱鬧中，除了重複早已背熟的冷戰套話、意識形態口號、「東西方」的簡單分野，有什麼基於今天中國生存和文化複雜性的新穎討論？以及作家獨特揭示的思想深度和文學創見？非黑即白的群體言詞，也是一種「市場」，在它覆蓋下，文學真正追求的思想、藝術個性又被取消了。最終，「中國」是什麼？思考中國能否獲得新的啟示？還是喧囂過後，再次不了了之。法蘭克福書展究竟什麼地方出了錯？面對二十世紀中國這隻老虎，又當了一回與中國政府「謀皮」的蠢人，卻白白失去一個通過深入中國現實、激發世界反思自身處境的寶貴機會。

今天的中國，已經和冷戰式的專制、民主對立思維無關，而成為一個標誌，指出當今人類整體陷入的思想困境。是的，人們對它的自相矛盾感到古怪不安。一方面，它明確堅持傳統的共產黨專制；可另一面，又實際上是全球資本主義體系中的「老大哥」，通過它的國民生產總值、特別是專制體系下人為低工資創造的超額利潤，在把握住資本主義見利忘義的命脈後，玩弄西方政客一如玩弄自己的「人民」，同樣輕鬆自如遊刃有餘。於是，我們看到，奧巴馬總統以下幾乎所有西方政治家，訪問中國時說的那幾句關於「人權、民主」的話，與其說為勸誡中國官方、不如說是敷衍國內媒體和選票，說過之後趕快坐下談買賣，那些話有什麼結果，早已扔在腦後。即便如此，「老大哥」也仍然要表示不滿。去年法蘭克福書展後的耶誕節那天，中國政府判決作家劉曉波十一年徒刑，僅僅因為他是溫和、理性地為民主建言的《零八憲章》的作者，並組織了三百多獨立知識份子共同簽名。判決日期是精心挑選的，但那不是為了用假期躲避西方媒體的關注，而是一記直接抽在西方（或把人權原則和西方文化相聯繫的）抗議者臉上的大耳光！因為中國政府算準了，和可能的經濟、黨派利益比，受辱的「民主國家」只能忍氣吞聲，而不會有任何實際的抗議舉動。那麼，這場遊戲中，誰更自相矛盾？是中國官方？還是號稱民主的西方？人性得墮落到何種地步，才能對這種自相矛盾視而不見？一種思想上的無奈和無力，病毒一樣蔓延在這個假話加空話、實用加虛偽的世界上（一個詞、義徹底分裂的世界：你什麼都能說，卻什麼都不意味！）。甚至大多數文學，也被斬斷了從生存到創作的血緣，而淪為這空洞世界的無聊裝飾。就是說，「中國」問題，已經和冷戰時期社會主義和資本主義的意識形態對立無關，它像一塊鋼印，打在今天橫貫東西方的人性的自私和玩世不恭上。「中國」透鏡，讓我們看到了世界的真相。法蘭克福書展上大紅大綠的中國面具，正戴在這一整齣鬧劇扭歪的臉上。

選擇中國作為法蘭克福書展的主題國，是個很勇敢的想法。我必須承認，開始時我對此充滿了欽佩，甚至期待。我期待這個選擇，是建立在對當代中國的深刻認識上，包括對它的政治現實，也包括對它在經濟改革中煥發的文化活力。事實上，當代中國文學並非完全令人失望。從七十年代末「朦朧詩」以來，當代中文詩始終令人興奮。文革災難的「噩夢靈感」、貫穿八十年代的歷史和傳統反思、「天安門大屠殺」後的流亡寫作、在當下權／錢全球化中堅持「個人美學反抗」的自覺，以建立和古典中文詩歌美學的創造性聯繫為動力，產生了一系列力作。與詩歌的想像力遙相呼應的另一個極端，是直面現實的紀實文學，從拒絕遺忘黑暗過去的《夾邊溝紀事》（楊顯忠），到為九億農民申冤的《中國農民調查》（陳桂棣、春桃），從讓小人物直接發聲的《底層訪談錄》（廖亦武），到冒險調查食品污染事實的《民以食為天》

（周勍），可以說，在缺乏法律公正、新聞自由的中國，紀實文學已經建立起一個小小的「傳統」，使文學保持了生命的奪目詩意。確實，由於許多小說家不顧思想控制下市場的畸形，太追求商業成功，中文小說儘管數量龐大，品質上卻是一個弱項。但就我所知，仍然有若干作家如張煒（《古船》、《九月寓言》）、韓少功（《馬橋詞典》）、劉震雲（《遍地黃花》）、李銳（《無風之樹》）、閻連科（《為人民服務》）等等，在盡可能嚴肅的思考、認真的寫作。甚至此次書展被中國政府「指定」為官方作家代表的莫言，如果認真讀讀他的《檀香刑》等充斥極端暴力的作品，也得承認，那裡血淋淋映照出的正是中國的現實。這裡，我還沒提到九十年代後的「網上中國」呢，那才是中國民意表達的主要途徑。它的批判性如此活躍，能在北京奧運會開幕式還沒結束，就已經對那假大空地利用文化罵聲一片。其中湧現的如韓寒等年輕作家，在數億網上讀者群中影響極大。這是一個遠遠超越了意識形態中國的文化轉型中的中國。

我的問題是：所有這些重要也有趣的題目，在法蘭克福書展上哪去了？「中國主題」，如果離開了思考這個活生生的中國，有什麼意義？除了偶然身在德國的蕭開愚，書展上看不到一個中國大陸詩人的影子。出版了著名《底層採訪錄》德文譯文的廖亦武，獲得了邀請卻公然被中國禁止出境。與此相對，中國官方作家代表團，是個純粹的旅遊團。上百人裡，絕大多數沒有一個字被翻譯成德文，一到達法蘭克福，就被關進離城幾十公里、出門漆黑一片的旅館，「坐完」開幕式，立刻被派往其他城市，哪有和德國作家、讀者交流的機會？和中國官方合作，從開始就奠定了被「宣傳」的命運。而書展組織者不知出於什麼信念，一廂情願地構思了那個「著名的」研討會，希望把中國政府和持不同政見人士友好地「邀請」到同一張桌子上，他們真以為中國官方代表會顧及「面子」，而不管自己回國後的麻煩？國家的面子是抽象的，自己的官位可是實在的。哪個共產黨官員（包括胡錦濤本人）敢承擔「向西方壓力屈服，出賣祖國利益」這句話的壓力？「與虎謀皮」的愚蠢，到了試圖取消邀請、甚至阻止持不同政見者發言，就變成了「與狼共舞」的骯髒。這支序曲之後，整個書展期間意識形態話語鋪天蓋地的轟鳴。媒體也像吸到熟悉鮮血的鬼魂，借助於塵封的冷戰知識，理直氣壯地奪得了道德、市場雙豐收。可喧囂之間，我總感到一種空洞。「政治正確」的詞彙在頭上飛來飛去，好像是炮彈，可細看無非是爆竹，空空炸開，響亮而缺乏殺傷力。當一切遵循口號的邏輯，只在「共產黨」名下，只有贊成或反對，結果一定是可怕的簡單化。它第一與現代轉型中豐富的中國擦肩而過，第二迴避了世界上每個人必須深思的「中國提問」。因而既沒觸及中國的、也沒觸及我們身邊的現實，卻用同一種宣傳思維，覆蓋和取消了個人判斷的獨立性。這情景，很像我曾戲稱當代中國小說的「有事沒人」——堆滿了歷史事件，卻沒有在內心、性格上能站住的文學人物——很遺憾，中國主題的法蘭克福書展，也被傳染了同一種毛病：中國，在對「中國」的談論中，漏掉了。

那麼，真正的「中國」在哪裡？我的回答是：在每個具體的人、具體的作品裡。一個人就是一個文化轉型的「個案」。相對於思想和創作上的自我選擇，所有總稱的「中國」，包括民族、國界、文化、乃至東西方等等群體概念，都是假命題。我們習慣了譴責專制，卻常常忽略問：面對同一種政治壓力，為什麼作家的反應可以截然不同？有的人沉默屈從，有的人油滑加入，也有人特立獨行，不惜為此在祖國之內或天涯之外流亡。當代「走紅的」中國作家，有最令人眩目的舞蹈身段。阿來的《塵埃落定》裡，西藏題材是寫給西方人看的，解放軍進駐藏區是寫給黨看的，而愛情加色情是用來賺讀者的錢的。你能說這不算一種天才？他也確實在幾面都討好成功了。中國作家玩政治，玩文學，玩市場，把中國的「官方」，直接兌換成一種世界性的自私。這已遠不是禁止或自我禁止那麼簡單，而涉及一個作家對「人和文學」的根本定位了。相反的案例也有，我想到高行健的《靈山》，這部書構思於他被批判後的自我放逐中，從動筆之初已經明確，這將是一部只能死後出版、甚至永不出版的作品。於是，他能真正放開，如寫作一部遺言那樣，把對人生、世界、男女、自我、文學的全部思考放進去，根本不考慮市場地寫得盡興解恨。即使沒有諾貝爾獎，這作品也是對一個作家的最高獎賞！

柏林DAAD安排的高行健和我的活動，是書展上讓我滿意的事。我們沒有盲目追隨流行的喧囂，而是把論題拉回文學本身：一個個人，在這自私和玩世的全球大一統中，該怎麼想、怎麼寫？怎麼用寫的難度證明想的深度？這裡也有「對抗」：誠實和虛張的對抗。用承認一個人、一部作品，僅有「弱者的力量」和「冷的激情」，去抗拒種種許諾的空洞。我們都曾是「中國」的流亡者，但從來不是「中文」的流亡者。作為同時的內在者（Insider）和外在者（Outsider），我們能清楚看出，對當代中國，西方當然是一個「他者」，但中國古典文化傳統又何嘗不是另一個（更隱蔽的）「他者」？「中國問題」的深度和難度，正在於它找不到任何現成的答案。每個人必須獨立篩選古今中外的思想資源，在自己的個案中，作一個主動的「他者」。本來，共產黨中國就是一個非中非西、亦中亦西、在文化上雙向失控的怪胎，現在它更挑戰著人性的底限。有了純利益這面鏡子，西方喋喋不休的「人權」、「民主」，更顯出塑膠花似的空洞。今天這世界的思想危機，遠甚於經濟危機。當「無思想」的集權，作為中國最大宗的出口商品（一種硬通貨？），暢銷世界通行無阻，那麼，作一個主動的他者，又哪裡只是對中國作家的要求？這是鑒別全世界每個人思想自覺的標準。同時，它也在鑒別危機中的文學：我們的文學有存在的必要嗎？在創作和生存間，有沒有一種深刻的聯繫？還是認可這平庸，給空洞世界加上些空洞的裝飾？這次，「噩夢的靈感」應該讀成：中國的「噩夢」——世界的「靈感」。儘管「深度」一詞，在「後現代」成了大忌，但我們有什麼「後現代」嗎？人類始終如一的困境，能被歷時的空洞說詞劃分、減弱嗎？在今天，中國挑戰是世界性的，中國激發的思考也是世界性的。面對人性空前的絕境，一句「個人美學反抗」裡，共時地囊括了屈原、奧維德、杜甫、但丁、曹雪芹、策蘭，直到我們。他們就是我們的深度。要成為主動的他者，「深度就是一切」[1]。

中國主題的法蘭克福書展是一次悲哀而有益的嘗試。與其說它回答了問題，不如說它提出了問題。或許，它提出的遠比人們曾想像的問題更多更深。「中國」這道裂縫，撕開了我們不願承認的自己的淺薄和醜陋。我們還會再一次自欺欺人，以為炒了什麼人的魷魚，麻煩就已過去？遊戲可以接著玩，可以繼續品嘗墮落的美味了嗎？我們是否能從法蘭克福書展學到些東西？對此，我不抱幻想。一次書展沒那麼大力量，能改變這普世的自私和實用。我慶幸自己用中文寫作，因此能沉浸進這提問「同心圓」的中心，在那兒建立作品的「同心圓」。歸根結底，困境中受害的是作品，獲益的也是。

倫敦，二〇一〇年二月二十八日

[1] 引自我的文章〈發出自己的天問〉。

雁對我說

那必定是夏夜，我的窗外必定有一隻雁在啼叫，叫著八月八日這個日子。

二〇〇八年八月八日對我有多重的含義。公開的層次上，那將是北京奧運會開幕的日子。從一九八九年天安門大屠殺，到北京申請二〇〇〇年舉辦奧運被理所當然地拒絕，再到北京以改善中國人權狀況為條件獲得今年的奧運主辦權，以及此時此刻世界到處進行的另一場奧運火炬接力——傳遞著對中國人權處境、西藏問題等等的抗議火炬。「奧運」像一個座標，給茫茫大海上近乎抽象的航行標出了時空，讓渴望和事實的反差凸顯出緊迫。它最大的好處，就是令「中國問題」在這個太稔熟利益遊戲的世界上變得不可迴避。僅此一點，就已遠遠超出了「奧運」本身的意義。

但這日子對我還有一層私人的含義：它正是我離開中國的二十周年。一九八八年八月八日，我應邀赴澳大利亞，懷裡揣著的剛剛完成的長詩〈[illegible]〉，它以這樣的句子結尾：「所有無人　回不去時回到故鄉」，「每一隻鳥兒逃到哪兒　死亡的峽谷／就延伸到哪兒　此時此地／無所不在」，「以死亡的形式誕生才真的誕生」。詩是一個讖語，它比詩人更清楚命運等在哪裡。詩也是一張藍圖，它把我們昨天的、今天的、將來的「活法」早早畫下，緊緊攥在手裡，又不動聲色地看著世界趨近它、證實它，最終成為它。

天安門大屠殺把我的履歷被一劈為二，前三十三年在中國和後二十年在國外，卻又怪異地組合成一體。「歷史」和私人生活的這種混淆，使我有時簡直分不清究竟時間根本是一個錯覺？抑或每個人的經歷壓根就是一部史詩？二十年了，世界在腳下滑過，紐西蘭、澳大利亞、德國、美國，永遠離開，永無抵達……我流亡的日子追隨著我的詩，而我的詩又追隨著隱身在所有詩作深處的某個「原版」。是的，我們活著，但剝掉冷戰、東西方、種種政治口號遊戲、甚至進化的幻象，真有一個「我們自己」活過嗎？所謂「活法」，在我眼裡只是一個同心圓，貫穿了古今中外人的內在的困境。僅僅通過對它的提問，使人們彼此相識、讀懂，連接在一起。

「沒有國際，只有不同的本地」——我寫過的一篇文章〈本地中的國際〉可以歸結為這一句話。這二十年來，我生活中最觸目的特徵，是幾乎不停地在世界各地旅行，因此，「國際」一詞，似乎取代了一個個具體地名，而變成了我真正的住址。但同時，我心中的疑惑正是：什麼是「國際」？離開了一個個具體地點，以及用每個地點上的深度構成的對話，真有一個「國際」能讓我們抽象地生存其間嗎？如果沒有，那「本地」又是什麼？它的內涵，是地理的？心理的？歷史文化的？語言甚至語言學意義上的？或是由所有這些構成的一個人精神的內在層次？那麼，一首詩，正是一種「關於現在的考古學」。詩人考古家，一層層揭開地層似的，追問進那個總能隱秘得更深的「自我」。詩作猶如考古手冊，記錄下在一個地點之內的、縱深的發掘經歷。我們通過比較自己以前作品的深度，來確認現在這首詩的位置和價值。直到，「本地」一定超越某個地點，它鑽探、鑽透一個人的腳下，從這裡指向每個地點。簡單地說，佔有本地，意味著詩人發掘自身的能力。詩人說：給我一次呼吸，我就能長出根，紮進泥土，探測到石礫和岩槳，並沿著水的脈絡傾聽大海，參與古往今來航海家們的旅程。

由是，今年八月八日那個夏夜，在我的臥室敞開的窗外，必定到來那隻雁。它的啼叫來自古老的中國？或者始終迴響在這裡——在英國，倫敦，擊碎墨綠色玻璃質地的靜謐，傳進我的耳鼓。一聲聲清冽的音色裡，有個隱密的世界被揭開了。我想知道，令我怦然心動的，究竟是什麼？

是這座叫做倫敦的城市嗎？我漂泊途中無數外國城市中的一座。本來只和別的短暫停留地一樣，這個標明Stoke Newington的郵政地址，還沒記住便被拋棄，縮小、固定、埋進履歷表，變成一行沒人注意的字。但不期而然的，我在這裡住下來。幾年過去，這城市竟然逐漸和我熟悉起來，當我的眼睛開始「自然而然地」在同一棵蘋果樹枝頭，搜尋每年十一月懸掛的最後一隻蘋果，我突然發現，倫敦和我的關係已不同了。它不再和我擦肩而過，卻停下來，成了我在中國之外獲得的又一個「本地」，比純粹的漂流更怪誕的，以表面的不動加倍突顯出人生命運的不得不動。

是我在倫敦寫成的詩集《李河谷的詩》嗎？李河谷，離我家步行十分鐘，一片原始沼澤的保留地。一個地點，代表所有外在的地點，非得通過寫，被轉化到我內部，當它成為文字之我的一部分，才不再空洞。其實，連「死者」這個詞、「流亡」這個詞也都可以是空的，如果沒有思想的實體、詩的實體，我們甚至配不上談論自己的經歷。非得創造這個意象「一隻血淋淋的漏斗」，來描述從我廚房後窗向下望見的花園，和秋雨中深深沉溺的所有花園。非得找到這個句子「肯定　風也在沿著自己離去」，來追上我們前這條枯葉紛飛的街，和我漂流途中經過的每條街。當心理的時間翻轉成一個漩渦，旋入地理的空間，這些意象越本地，才越點明了人的「無處」那個主題。除了一行詩，我們哪兒都不在。

又或者，那雁唳提示的是「中國」和「中文」？苦難頻頻的命運，反襯出璀璨的詩歌傳統。一個綿延無盡的歷史，讓我以為懂得了「時間的痛苦」，但後來才發現，那其實是「沒有時間的痛苦」，唯一證明著「活法」的古今不變。一個被沿用了上千年的句子「國家不幸詩家幸」，譯成我表述當代中國詩歌的說法，就是「噩夢的靈感」。現在，中國被我戲稱為「我自己的外國」；而中文，則成了「我的外國母語」。自古以來，離鄉背井（請注意這個意象「背朝著自己的井」！）就被視為中國人最慘痛的人生經驗，也因此，隨季節南北遷徙的雁，就成了流離遊子懷鄉病的象徵。那排成一個中文「人」字飛遠的雁行，總是在「回家」的。而一束眺望它們隱沒的目光，總是回不了家的。翻翻唐詩，「雁」簡直是傷心相思的同義詞：「歸雁入胡天」，「歸雁來時數附書」是王維的；「雁沒青天時」，「雁引愁心去」是李白的；「心隨雁飛滅」，「木落雁南渡」是孟浩然的；「秋邊一雁聲」；「鴻雁幾時到」是杜甫的。最善描寫漂泊之苦的杜甫，有詩直接題為〈孤雁〉，這聯對仗「誰憐一片影，相失萬重雲」，早已寫盡了我今天的處境心境。中國古詩強調使用「典故」，那正是通過「互文」的關係，用一個剛寫下的文本涵括、刷新整個傳統。當一聲雁唳，把我此刻的聽覺牽入了唐朝，讓李河谷的水流上溯到一千二百多年前的源頭，那是一種「遠」嗎？抑或逼人之「近」？我幾乎可以招呼裹緊長袍、匆匆拐過街角的杜甫們，猶如招呼我熟悉的鄰居。

詩包含了所有這些。在這裡，「遠」和「深」是同一個意思。詩人遠行，其實又在自己的內心原地不動。世界滑過他如抽象的佈景，而變幻的距離，唯一存在在「向內」追問的方向上。詩人的水準移動，被詩悄悄變成了垂直的。就是說，所謂「深度」，無關其他，僅僅指向詩人通過寫作對存在的領悟。海德格爾所說「所有偉大的思想家其實只說出了同一個思想」，即是指這個關於「存在」的思想。寫詩的價值和樂趣，可以形容為到存在的深海裡釣魚。與此相比，僅僅追求作品的題材之變、形式之新、風格之花哨，乃至玩弄「政治正確」、「身分遊戲」，都是捨本逐末，那些目標的浮泛已經弱化了意義。盯緊人的處境不放，詩就成為我們「唯一的母語」，它深於每一種個別的語言，而引導著所有表達。屈原的、但丁的、唐朝的、當代的、北京的、倫敦的、李河谷中流淌的、我小小書房裡剛剛誕生的，每一次「寫下」的特定時間，因為書寫無時態的中文動詞，而變成了非時間——所有時間。不是「我」在到處，是到處存在於「我」。當世界不再只是「知識」，它成為詩人活生生的「思想」，一首詩就接通自己的能源了。

我知道在後現代流行的今天，談論且標舉「深度」，似乎不合時宜。但不得不如此。我們選擇「活法」，就是選擇「想法」，更確切些說，是建立對內心困境的自覺。二〇〇八年奧運，世界對中國人權傾注關切之際，一些西方大資本家卻正在北京的宴會上說「這個政府照顧我們好極了」；同樣，當美國和伊拉克的詩人並肩朗誦，你突然發現他們詩中的痛苦多麼相通……自私、冷漠、玩世不恭，這三個詞畫出了一幅世界的肖像。我們今天的時代特徵，正是社會思想的極端匱乏，人生理想和想像力的極端貧困。連冷戰意識形態的「正義幻象」都沒了，也根本用不著對進化論作哲學反駁，人性的黑暗和虛無就明明白白擺在眼前。因此，我的活法不可能是別的，它正是拒絕「進化」的**個人的美學反抗**。在一行詩中，深深沉潛於孤獨和不可擺脫的自我疑惑，但又固執地認為那就是詩意。唯一的安慰，是閱讀死去的經典作者們，他們壓根不知道今天卻毫不影響其偉大，他們生前的厄運恰恰成就了作品的力量和價值。沒錯，如果不合時宜的思想創造了好詩，那麼那正是詩的本性。

我不認識那隻朝我啼叫的雁，但它必定到來，因為我聽見了，所有年代飛過所有詩人頭頂的雁群，它們從未遷徙出一個清越的叫聲。

二〇〇八年四月十六日

家風——《敘事詩》序

二〇一〇年三月，大陸詩人張棗辭世，他早夭的才華令人扼腕，作為這一代中，首位病逝而不曾死於非命者，使他有別於海子、顧城，少了特定的戲劇性，卻突顯出命運的蒼茫無常。我無意加入輓歌合唱，因為我給他（當然也給我自己）的小小輓歌，早在二〇〇二年初春就寫好了。那首詩題為〈洪荒時代〉，寫於我們邂逅巴黎，徹夜漫步美麗空寂的街頭，暢談家世詩事，次晨登車各奔東西之後。這首詩裡，有讖語「寫得好　就寫至陰暗生命的報復」，也不乏讚詞「有鶴的家風　就出一張魚的牌吧」[1]。我自己尤喜後一句。「家風」一詞，闊別久矣！我欣賞這詞的典型漢語組合，其中二字「家」與「風」，純然是兩個獨立意象，並無必然聯繫，卻天衣無縫地合為一個想像空間。配登堂入室之風，是什麼「風」？細思之，除人品美德之風外，焉有其他？噫，此風非吾家傳，實傳吾家也！由是，此風之起，與青萍之末無涉，卻自血脈之初、家學之遠，鼓盪而來，浩浩渺渺，拂入當下。其顯形，一見於處世態度，二證之品味高低。所謂高貴高雅（乃至高傲），無關文采修飾，端賴此淵源深遠的風骨精神。屈原從「帝高陽之苗裔兮」，歌至他自己的「內美」，正合此意。即或，有形之「鶴的家風」，在二十世紀大陸政治動盪中屢遭貶低摧毀，我也相信，無形之「鶴的家風」，仍延續在孑然個人的心中，一度形同斷絕，只要人在，我們也能重新發明它，猶如從漢字本質中，重新發明整個中文詩學美學傳統。讀到這首詩，張棗頗興奮，說「一定好好寫首詩和你！」直到他去世後，我才聽說他絕命前那些「鶴」詩，箇中是否相關？我不知道。但可以肯定，一縷「家風」，是吹到他了。

為《敘事詩》作序而肆言「家風」，似有離題之嫌。碰到較真的，或許還會問，這是否還魂的「出身論」？我得明言，家風確實和一個社會的等級有關，但等級不等於階級，特別是我們被灌輸太久、渾渾噩噩盲目接受的「階級」理論，以及被鎊鎖在新種姓制度裡、非拚個你死我活不可的「階級鬥爭」。傳統中國鄉紳社會語境中，「家風」與其說基於財產，不如說源於一代代遞增深化的教養和修養，也因此，它先天不信任各種暴發戶，卻寧肯把價值的尺度交給陶淵明、曹雪芹，你說這些窮死的大詩人是什麼階級？一個金錢的下下者，何妨作精神的上上人？滲透自傳因素的《敘事詩》裡，我爸爸是一個重要人物。有個當年發生在他身上的故事：我爸爸出身富有，家裡擁有吉祥戲院等產業，他由迷崑曲而轉向西方古典音樂，到大學畢業時，已對西方經典音樂作品耳熟能詳。四九年後出任駐瑞士外交官的六年，更讓他用歐洲生活文化，印證了音樂中浸染的人性之美。但文革開始，貝多芬被當作「資產階級文化的代表」痛加批判。我爸爸面臨一個痛苦的抉擇：作為中共黨員，他應該絕對相信組織；但作為人，他又能清清楚楚感受到，那音樂中充滿了愛和美。於是，究竟應當服從誰？這個今天簡單得不像問題的問題，當時卻不可思議的沉重。倘若肯定自己的感覺，那又該如何判斷當初背叛自己家庭、半生奮鬥的道路、和曾被美妙許諾的中國未來？所幸的是，他畢竟是我父親，雖然內心折磨，但他終於選擇了美。他認定，美沒有錯，錯的是批判者。很久以後，當我聽到這件事，才懂得了，儘管窗外充斥著急風暴雨，但我家的小氣候何以能保持人性和愛，並讓我相對心智健全地長大？我敬佩的，不是他認定貝多芬，而是這「認定」本身體現了一種從人性出發，重新審視歷史的力量。因此，我心服口服地在《敘事詩》（《故鄉哀歌》）中寫道：「繞過星空朝父親漫步／還原為寓意本身」。

《敘事詩》的寫作，從二〇〇五到二〇〇九歷時四年多。這是迄今為止，我思想上、詩學上的集大成之作。某種意義上，它把我此前的全部作品，變成了一種初稿、一個進化過程。我指的是，由長詩《[illegible]》歸納的「中國手稿」階段，由組詩《大海停止之處》代表的「南太平洋手稿」階段，和由長詩《同心圓》開始的「歐洲手稿」階段，以及這些大作品之間，被我稱為一個個「思想——藝術項目」的單獨詩集。和以前的作品相比，《敘事詩》的難度，在於最具獨創性的詩，又必須經受最普遍的公共歷史經驗的檢驗。敘一人一家之事，而穿透這個「命運之點」，涵括二十世紀中國複雜的現實、文化、以至文學滄桑。概括成兩句話就是：大歷史如何纏結個人命運；個人內心又如何構成歷史的深度。當每個人都是歷史的隱喻，這首「詩」指向的，就是「敘」人類根本處境之「事」。因此，標題《敘事詩》，全然是個思想指向。它的結構中，又隱然滲透著「家風」的傳承：當我構思《敘事詩》時，偶然聽到英國現代作曲家本傑明·布列頓的三首大提琴組曲，其幽深迂迴、一唱三歎，雖然音色現代，但在精神底蘊上，直追德國作曲家巴赫著名的六首大提琴組曲。事後才知道，布列頓這些作品，當年正是為應和巴赫而作。二十世紀最偉大的大提琴演奏家巴勃羅·卡薩爾斯，據說曾演練這六首巴赫組曲十二年之久，一旦演出，早已枯藤倒掛、鉛華褪盡，那種深不可測，豈止令人喜愛？直是逼人膽寒！我爸爸自五十年代初，已全心傾慕卡薩爾斯的演奏，尤其百聽不厭他的巴赫大提琴組曲。但或許他出於謹慎、或許他自己也不知道其人的另一壯舉：從一九三七年到一九五五年，為抗議西班牙佛朗哥的獨裁統治，卡薩爾斯拒絕到任何納粹、獨裁或「觀點不清」的國家演出。就是說，在這部分世界上，他整整沉默了十八年。這最深的沉默，是否讓世界聽到了另一種更震撼人心的音樂？因此，一九五五年五月十五日，當卡薩爾斯在全球音樂家的籲請下，在他流亡的法國南方小城普拉達「卡薩爾斯國際音樂節」上，重新演奏巴赫大提琴組曲。聆聽他與音樂融為一體的發自肺腑的呻吟慨歎，人類怎能不為之顫慄？我十年前曾專程赴普拉達拜謁卡氏遺跡，小小的博物館裡，目睹他的圓眼鏡、大提琴、石膏手模、用舊的旅行箱，特別是樂譜上細細研究每一小節的筆跡，我感到他、我父親、我自己，哪有區別？古今中外藝術家的宿命精靈，哪有區別？這才是我們渾然如一的「家風」，如今，又疊加進布列頓和從他獲得靈感的《敘事詩》，這全書三部，倘若真得神助，能穿透時空，抵達那些「鬼魂作曲家」雲端的聽覺，該多好。

我曾把不同類型的詩，戲分為「鎮國之寶」和「玩藝兒」。簡言之，當代中文詩，必在觀念上大處著眼、技巧上小處著手。有大沒小，則流於空疏；有小無大，則失之淺狹。「鎮國之寶」，譬如青銅重器，須傾畢生舉國之力熔鑄而成，供奉神祖為其用，與饞嘴小兒口腹之欲無涉。證諸文學，《天問》、《離騷》、《史記》、《紅樓》是也。雖太白璀璨、少陵沉鬱、義山精雅、後主淒豔，不可比肩，蓋因根本境界尚有不足。而當代中國，語言、現實、文化層層錯位，每個有抱負的詩人，必須是思想者，除了「發出自己的天問」，別無他途。就是說，今天的中文詩，要麼就是思想深刻到位的作品，要麼就什麼都不是。這兒，連成為「玩藝兒」的機會都沒有，因為無論語言還是感覺，都是中外別人玩過的。我還有一命題，曰「作一個主動的他者」。是的，不僅有可見的外來「他者」，更有隱身的內在「他者」：我們一廂情願以為能直線相連的中國古典，其實早已棄吾而去（更準確地說，被五四以來中國盛產的「文化虛無主義者」所摒棄）。我們的語言，在古漢語美學的字和外來概念的詞之間分裂；我們的思維，在中、西生硬錯位的語法關係間撕扯；我們的觀念，常淪為一大堆摸不到感覺也不知其涵義的空洞詞藻。二十世紀的中國，文化提問無比深刻，可我們據以應對那提問的，卻是一片觸目的空白！這厄運也並非中國獨有，冷戰之後、九一一之後，世界同樣面臨困惑：沒有了不同社會理想之爭，卻更顯出「大一統」的自私、玩世硬通貨暢通無阻，「人」意義何在？「文學」意義何在？此刻每個人澈底孤獨，舉目四望，都在重重他者之間。這絕境正是唯一的真實。它很清楚地告訴我們，不要奢望可以輕易模擬、或複製任何現成的答案。我們唯一的出路，是破釜沉舟，變被動為主動，拉開審視的距離，由反思而自覺。自八十年代初，我們就談論「人的自覺」和「詩的自覺」。如今，詩沒離開提問者（天問者！）的位置，是世界轉變成深深的自我懷疑，來印證詩思。我能感到，比經濟危機深刻得多的人類思想危機，在渴求詩歌傑作。熔鑄「鎮國之寶」，當此時也。這，正是當代中文詩最根本的詩意。

《敘事詩》是一首長詩。它和我此前的兩部長詩《YI》與《同心圓》潛在關聯，構成了一種正、反、合的關係。確切地說，中國——外國——中外合一。《YI》植根於《易經》象徵體系，又敞開於當代中國經驗，以七種不同形式的詩、三種不同風格的散文，完成了一場大規模語言試驗。詩歌一如詩人自己，「以死亡的形式誕生才真的誕生」。《同心圓》以漂泊經驗為底蘊，橫跨中、外文化，用一個貫穿的空間意識，組合起五個層層漾開（層層深化？）的同心圓，那個結構，與其說是詩學的，毋寧說更是哲學的，它把時間納入空間，把自我置於圓心處提問者的位置，最終，思想同心圓取代了線性的進化論，建立起

「再被古老的背叛所感動」的思維模式。當代中文的獨特語境，使我們的作品必然兼具兩大特點：觀念性和實驗性。即使僅僅寫一行詩，我們也得重組古今中外的所有資源。沒有這個潛在的大海，漂浮在白紙上的句子就不配稱為「詩」。同理，長詩不僅意味著長度。「長」，必須吻合於「深」，又因為要表達那「深」，而非創「新」不可。因此，我讀一首長詩，首先希望讀到作者臻於完整的人生經驗，其次，從中提煉哲學詩學思想的能力，最後才是這件作品的完成度。不得不承認，深度就是難度。在急功近利的當下中國，詩人要麼滯留於長滿老年斑的「青春期」，沒完沒了重複原始發洩，要麼淺嘗輒止，在批發的寫作數量和貧瘠的詩歌品質間，表現出嚇人的反差。但其實，玩「先鋒」不難，而成為有後勁發展出不同寫作階段的「後鋒」很難。詩是「欲速則不達」的最佳注解。我寫《[illegible]》用了五年，《同心圓》四年，現在《敘事詩》又是四年多。三部長詩，十三年以上的生命心血，一種刻意的慢，回顧中才見出航速，結果反而快了。回到我爸爸的人生名言，凡事第一須「自得其樂」，第二須「慢慢來」。這兩句話也堪稱最佳「寫作學」。寫即悟道、即修煉，原非人造詩，從來詩造人。詩之文火，幽幽遠遠，「煉」出詩人真身。

我從來沒為自己的詩作寫過序或跋，原因之一是不希望助長讀者的懶惰。他們應當從一行行詩句中讀出詩人的苦心。但這次，我為《敘事詩》破了例，因為「家風」主題，既來自又超出此詩。《敘事詩》希冀傳承的，乃是綿延三千餘年的中文詩歌精美傳統之風。因此，《敘事詩》的真正抱負，不能只停留在「為什麼」寫，它必須落實為「如何寫」這個作品上？用我閱讀別人作品的尺度，就是第一看完整的人生經驗，第二看提煉思想的能力，而最終看如何呈現為作品。我給這部長詩定的標準，一言以蔽之，是極端「形式主義的」。全書的整體音樂構思、三部分之間的節奏對比、每部標題中點明的時間意識、每部專門設計的結構、每首詩獨特的韻律（包括刻意的無韻體）、以及不同意象的活力等等，基於詩意的深化推進，而「持續地賦予形式」。形式就是思想。當代中文詩必須拋棄粗劣而重獲精雅，植根個人又與古典神似。我希望，通過這部獨創的作品，能一圓折磨新詩近一百年的「新古典」之夢。同時，也請讀者注意，這些詩句間「家風」勁吹。第一部「照相冊」，從我誕生第一天的照片始，到我母親剪貼完照相冊、次日清晨猝然去世止，把一個回顧中幾乎非現實的童年，用一個個日期牢牢鎖定。第二部「水薄荷哀歌」，用五首哀歌，梳理貫穿我個人滄桑的五大主題：現實、愛情、歷史、故鄉、詩歌，直到時間幻象被剝去，人類不變的處境展示無遺。第三部「哲人之墟」，那「墟」在哪裡？除了我們耽於深思的內心，它能在哪裡？歷史無所謂悲喜，它僅僅歸結於此。「兩次來到／洗劫後的潔淨　月光的幽咽／縷縷幽香　讓你聽你在逍遙」。沒錯，倘若你嗅覺靈敏，這風就有老莊味兒，有佛祖味兒，有蘇格拉底味兒，它掠過無數「思想面具」，粼粼拂動我手中「月色和這首詩兩個表面」，把一個人的「空書」，變成「火中滿溢之書」。

《敘事詩》這樣的極端之作，當然被一般出版者視為劇毒。但臺北聯經出版公司，願意出版它，且傾全力精美出版之，令我刮目相看之餘，更為感動。在全球商業化的惡俗中，仍有秉持古雅中文詩歌「家風」者。由是，詩人的書桌上盤旋而起的清新之氣，方綿延不絕。我想，正因為這個貫穿了古今中外詩人的血緣，讓我不僅是倖存者，更堪稱幸運者。

樹欲靜而不能靜，該抱怨自己定力不夠。而家風不可止。我信，它永不休止。

二〇一〇年十月十一日倫敦改定

1 〈洪荒時代——贈張棗〉，見楊煉詩集《李河谷的詩》。

卡普里的月光
——二〇一四年卡普里國際詩歌獎受獎辭

卡普里

你對了　人生的室內樂
要麼全神貫注傾聽　要麼該關掉
水　一滴就圓圓鎖住這些岸
濤聲沒有缺口　一如訂製的肉體
坐在礁石上　四周丁香味兒的大海
還打進遠眺　紫色或白色
春天徹夜失眠的陰暗眼圈
始終睜著　被一個方向弄碎
受苦的是一粒等在水下的珍珠
變老的是每個浪頭裡嗚咽的鹽

狂風是一塊佩戴在手腕上的玉
島　從你誕生那天開始行駛
從未減低孤獨的航速
從來在抵達　一場退潮挪遠的腳下
裸露你一生接住的所有雪花
被再發明一次　峭崖盡頭
滿月仍為激情空著

我從未到過卡普里，卻寫了這首〈卡普里〉詩，怎麼可能？仔細一想，為什麼不可能？我文革中在中國插隊勞作的黃土地，難道不是大海？天安門大屠殺後，流亡紐西蘭時眺望的太平洋，難道不能是地中海？旅居柏林、倫敦體味的歷史變幻，難道不是一場風暴？人生五十多年，寫作三十年，大海，只有一個。每首詩是一個島，看著詩人、世界不停輪迴，重返自己腳下。一行行詩句，勾勒出自身時，也在形塑周圍動盪的波濤，並一再重新發明那岩石、峭崖、滿月。由是，詩意的激情，讓島，永遠在一個人腳下。它就是你自己。

中國、中東急劇而複雜的變化，構成了一個「新世界」的語境。最近烏克蘭、俄國邊界的衝突，超出地緣政治，暴露出「新世界」空前自私、玩世不恭和血腥的性質。我看到，這「新」，意味著「深」。它迫使每個文化、甚至每個人，對自己提問：就算我們知道從何處解放出來，但是否知道向何處解放去？急速變幻的經濟、政治全球化圖景，正把我們帶向何方？這風暴處境中，我們能秉持什麼價值、準則？更確切的追問，我是誰？

中國不止是個政治、經濟案例，更是個深刻的文化轉型案例。從文革、一九八九年天安門、到海外流亡，我曾帶著一部中國思想詞典上路，以多層次的文化反思與世界對話；現在，又帶著一部世界思想詞典去中國，激發那裡新困境中獨立思考的更強活力。一個提問：「流亡使我們獲得了什麼？」始終在開掘「流亡」一詞的積極內涵，並把它變成中外思想者的共同語法。寫作上，我從未離散於中文，思考上，卻不停跳出中國局限。既作「外在的內在者」，更作「內在的外在者」，二者合一，我仍是一個「全球意義的中文詩人」。

自薩義德起，「他者」已成為了一個流行詞。但我想強調的，是在種種他者之中，得成為一個「詩意的他者」。這兒，「詩意」，意味著主動和自覺：全方位獨立質疑、獨立思考。文學性的表述，就是「個人美學反抗」。「新世界」的嚴酷，在於人沒有任何群體可依託：政治上沒有冷戰式的社會選擇，文化上沒有單一傳統。你可以說，這時代思想空前貧瘠，更能說它格外豐富！每個人不是放棄判斷，而是在多元文化交匯中，重新檢驗自己判斷的標準。脫離了文化封閉性的孤芳自賞，思想必須對人類整體有效。借用我的長詩標題，這種《同心圓》思維方式，突破了單一文化的線性「進化」，卻建構起一個人類的大現實，呼喚著一個精神的大傳統。它讓一位中國農民工和一個歐洲大學生，感受到同一種走投無路；也以同一個原點，跨時空地匯合屈原、奧維德、杜甫、但丁，讓他們命運中的「不可能」，構成了我們今天「深度」的內涵，和詩歌創作的大「可能」——整整三十年前的一九八四年，我在一篇文章中寫過：「人在行為上毫無選擇時，精神上卻可能獲得最澈底的自由」——詩，是人生的最佳隱喻，每一行完成得越完美，越得重新找到再生的能量。「詩意的他者」，就是那個總能在峭崖盡頭，認出「滿月仍為激情空著」的人。

今天，離中國的中秋節還差兩天，卡普里島上，月光正自詩意的全球化灑來。

二〇一四年八月三十日

詩意思考的全球化*

——或另一標題：尋找當代傑作

一

什麼是當代中文詩的傑作？如何找到它們？這個提問令人暈眩。僅就中文詩人而言，從數量上說，就聽說今天中國有二百萬寫詩人口，二百萬人，每天在「生產」多少作品？選擇傑作，首先在數量上就是一個天文學。更困難的是品質，所謂傑作，該放進什麼價值系統中去判斷？最方便的捷徑，當然還是藏在「中文」這個掩體後面，依託著三千年綿延不斷的詩歌傳統，把自己和世界隔開，關在小圈子裡自說自話自我欣賞。但問題是，經歷了二十世紀政治的、文化的、甚至語言的重重分裂之後，還有一個純粹的中文語境嗎？沒有，卻虛幻地談論它，是淺薄的一廂情願、或更庸俗的商業化？但不走這個捷徑，則意味著必須在全方位上接受「他者」的檢驗：背後是中文古典詩歌傑作的「他者」，面前是古今世界文學精品的「他者」，誰能做到全方位的不可替代？這問題是提給詩歌的，更是提給人的。一個「主動的他者」，核心之點在「思想」一詞上。全球化語境中，我們能否找到——創造一種更深也更新的標準，來判斷作品？去建立那個理想中「詩意的全球化」？

我以為，詩歌的國際交流，必須立足於不同本地的深度。根決定著枝葉的生長。當代／中文／詩，三個詞包含著三重提問。

（一）「傳統與現代」：如何理解過去三千年裡中文古典詩歌的持續轉型，又如何在當代增強那轉型的能量？

（二）「中文與外文」：全球化的現實，帶來了更大的市場、還是更深的困境？如何從更澈底的「不可能」出發，揭示中文包涵的精神啟示和品質？

（三）「人學與文學」：如何拒絕任何藉口的簡單化，堅持持續地賦予形式，用詩作的創造性呈現思想的深度？這三重提問，其實是每個中文詩人自我追問的三個層次。

但，它對我們應該不陌生。兩千三百年前，中文詩史上留下名字的第一個詩人屈原，就以他的長詩《天問》，給後代豎起一個高標。一首問「天」的長詩，從宇宙起源，經自然萬物、神話歷史、政治現實，到詩人自我……近二百個問題，卻無一句答案。正確地說，整首詩的能量，正在於以問題「加深」問題。這位中文裡的但丁，遺留給我們一個專業提問者的姿態。那問題中的問題是：「你有更深刻提問的能力嗎？」這個聲音，像一個精神血脈，流淌到今天，依然鮮活。

我曾用「眺望自己出海」這行詩句，概括中國二十世紀至今的歷史，其中也包括我自己和所有中國詩人的命運。一個意象：詩人站在海岸邊的峭崖上，眺望自己乘船出海。這既基於我自己親歷的國際漂流，更在給出一種思維方式：所有外在的追尋，其實都在完成一個內心旅程。中國現當代的歷史，勾勒出了中文詩人精神困境的輪廓。十九世紀晚期到二十世紀初，西方物質和文化衝擊下，滿清皇朝崩潰，但「新文化運動」追求現代化的狂熱，卻表現為對自身傳統極端虛無的態度。一種缺乏自覺，從此投下長長的陰影。一九四九年以後的中國，本身就是一個觀念上的自相矛盾：冷戰的「國際」意識形態語彙，混淆了民族主義和專制傳統的內涵，締造和傳播著思想的空白。文革結束後，貫穿八十年代的現實和文化反思，是當代中文詩的真正起源。那個思想激盪的十年，至今仍然令詩人們充滿「鄉愁」。回顧起來，那並非因為曾產生過多少精深的觀點、豐滿的作品，相反，那時大多數廣為傳頌之作，大多經不起重讀，就是說遠未成熟。曾經激動我們的，其實是一種特定時代裡人生、思想、創作間深刻的生死同步。一個文學史上罕見的、生命即是詩歌的命運時刻。追問文革「誰之罪」的能量，促成對歷史、傳統、語言、文化心理、乃至自我潛意識的層層反思。那像一種思想「語法」，既是回顧中國，更在打開解讀世界的方式。最美麗的交流，仍然是「知音」那個詞：我們得在自己內部，「聽懂」別人。這裡，「思」與「聽」融融為一。我不得不承認，中國文化傳統的現代轉型，本身就是一首史詩，其深刻的思想意義，還遠沒有被世界（包括我們自己）充分認識到。那怎麼辦？是歸咎於九十年代以後氾濫世界的「利益主義」，且自己也加入它分一杯羹？還是不放棄我們的「出海」，繼續像屈原和但丁那樣漂泊，汲取痛苦反思的能量，哪怕這在今天僅僅是個人行為？答案當然是後者。但別誤解，這並不沮喪。二十一世紀的思想特徵，正是個人的孑然獨立。我們不再能依託民族、文化、乃至「東西方」等等群體模式。每個人都得全方位篩選世界資源，來建構「自我」這座精神之塔。所謂「國際對話」，像一陣清風，只能吹拂在這一座座個性之塔間。對於折磨國人夠久的體、用話題，我給出的定義是：獨立思考為體，古今中外為用。我這條小船沿著它航行。同樣的思維，也引領著穿行於世界文化汪洋大海的每條航船。我們用詩歌的旗語遙相呼應。這本《詩意的環球對話》，就是我們的航跡。

二

深刻植根於「中文之內」寫作的詩人，由於其他原因，成為外語世界的漂流者，這是中文詩有史以來，一個全新的現象。除了「名聲」、出版等不值一談的問題，它對我們的思想和寫作，究竟有沒有、有什麼實質上的意義？這裡第一是在問：我自己能從那碰撞中學到什麼？第二個也並非不重要：我的經驗和思考，能給世界提供什麼？事實上，我在國外生活的每分鐘，就是一場不間斷的「國際對話」，而出國後參加的無數文學節、文學項目，更提供了許多深化這交流的機會。如果說，我在中國就追求建立「自覺」——從人的自覺到詩的自覺——那麼，這環球文學之旅，就不僅在給它增加廣度，更增加了深度。目標呢？其實並不奢華龐大，我只希望，互動的結果，將催生一首（哪怕只是一行）有深度、耐咀嚼的中文詩。

我的第一次有意識的跨國詩人對話，機緣於和阿拉伯詩人阿多尼斯二〇〇三年在約旦阿曼國際詩歌節上的相遇。如果沒有這個對話，以及由此開始的對話系列，阿曼或許早已和其他地點一樣，沉沒到我的文學履歷裡了。但幸虧，我對中東古老歷史的好奇、和對它當代困境的困惑，使我沒有停留於旅遊者的表面，從到達阿曼開始，我就期待能找到一個合適的對象，去問、也獲得解答。對這渴望，阿多尼斯恍如天賜，給了我最充分的滿足。他的阿拉伯現代詩創始者身分、他汲取世界靈感而用阿拉伯語創作的大量作品、他絕然獨立的思考態度和思想深度、他為堅持這份獨立忍耐的世界性漂流，以及最根本也最美麗的，他對阿拉伯文化誠摯的愛，在使我敬佩時，更給我啟迪。從那時到現在，我們的對話，已經發展成一種系列，一個獨特的國際文化現象。它們令我特別感動之處，在於遠隔萬里、如此不同的兩個語言文化，僅通過詩中隱含的「人之處境」那條幽徑，竟互相理解得如此充分！「詩歌是我們唯一的母語」，這句話的美感，在於中文和阿拉伯文的詩歌，對別人或許「神祕」，但在我們之間，卻敞開得晶亮透明。不是別的，恰恰是詩，保持著對政治簡單化、商業庸俗化的先天拒絕（而非被拒絕）。我們當然對反專制、對巴以衝突有明確的態度，但那是做人的起點，而非詩歌的目的。詩歌的「激情」，必須和群體的「情緒」區分開來。詩歌「激情」始終在質疑自身，並在每一行中經歷毀滅和重建。「情緒」則經常流於色彩變換的口號，刺激聽覺卻失之淺陋。困境在創造溝通。中國和阿拉伯的思想者，都必須雙向「獨立」：對內，在自己文化的複雜轉型中，既理解其難度又把握其能量，拒絕任何形式的膚淺偏激，卻始終堅持冷靜的自覺。對外，不追隨異國情調和居高臨下的簡單化，保持對全方位現實的批判性，在世界性思想危機中，發出一個擁有獨立人格的獨立思想者的聲音。我的感動，也同樣來自交流的方式：一個中國詩人和一個阿拉伯詩人，完全保持著「第一手」狀態，無須經由任何「第三者」轉手，就直接達成了完美的交流。好像擦淨了一扇總蒙著西方媒體油污的窗戶，我們一下子看見了、看清了彼此，且發現有兄弟般的相像！歸根結底，我們的理解，來自中國和阿拉伯古老文化這首「原詩」。甚至困境，被理解為某個深刻過程的一部分時，也充滿啟示。我們的詩作，顯現出這「原詩」可見的部分。對話傳達的思考，則在探測使冰山浮動的大海。它們繼續詩歌的提問。其能量，遠比提供答案大得多。可以說，對困境的獨特應對，使每個人在完成一個文化個案。對話就像一場個案們的互相驗收。中國近三十年迅疾、多向的演變，阿拉伯世界最近一舉重繪政治地圖，都令預言者們愧悔無地，詩人們卻拈花微笑，因為我們的觸角，早已探聽到了變化的跡象，儘管它們曾是潛流，卻逃不過詩歌的聽覺。詩歌不忌憚寫出「毀滅」，因為它的**寫**，恰在「再生」。如我所說，詩是「一座向下修建的塔」，從最敏感的思想塔尖，審視、整理著現實和文化的秩序。詩在，人就不得不生長，去成為它的塔基。

我把我的一本本書，稱之為一個個「思想——藝術項目」。它們不停打開新的思想深度，激發出無法重複的形式創造，直到多年之後驀然回首，突然發現這次「出海」竟已駛出了如此之遠的航程。我自己也有一個同心圓：創作無疑是圓心，與創作相關的思考是第一外延，與思考配套的藝術專案在更週邊，廣義的文化、現實關注（可以是寫作可以是行動），則貫穿生活無所不在。這本對話集，恰是我獨特生活方式的產物。什麼「方式」？一個中國詩人，住在北倫敦，每個月若干次收拾行囊，跳進地鐵直奔希思羅機場，飄洋過海洲際旅行是常事，近處的歐洲，簡直像串門兒。十餘年下來，每個「目的地」都有了長長一串朋友們的電話，通知抵達的電郵總是用「又來了」開頭。對我來說，「倫敦」幾乎等於「疲個地理」（我開玩笑翻譯的「Piccadilly」）那條地鐵線，因為它把我帶向機場，一個沒有位址的地方，一個地球上的形而上，一個四通八達卻哪兒也不去之處。我的蒙古血統，或許在這兒找到了當代草原。大群陌生人（像羊群？），匆匆奔向隱秘的方向，擦肩而過時，一絲微笑，凝固在空氣中，緩緩消逝。二十一世紀，人就是這樣「存在」的？如此看來，我的生活可以說「豐富」，更可以說「單調」。那種浮泛的、轉瞬即逝的相遇，和壓根不見面，有什麼區別？各種「文學節」，也無非一個個機場。繁忙的時間表，使我無暇深思去做什麼，只有當活動變成「下一個」，才匆忙準備一下，接著是那個固定的「程式」：到達，朗誦，收費，走人，與「本地」無關，更與「思想」無關，文學是種「生意」，而生意是活著的「意義」。好危險啊！我們可能享受了掌聲，卻不知不覺浪費了一生！那怎麼改變？我得說，二〇〇三年和阿多尼斯的對話，給我打開了一片新的視野。如果我不期而「遭遇」了這種活法，為什麼不抓住這難得的機會，有意識地把浮面的寒暄，轉化成一種思想碰撞？像太空中兩顆星球相撞，擊碎固化的外殼，「翻出」我內部的中國中文之思，去逼近其他星球內部的什麼「思」，從而看到一陣閃光、聽見一聲巨響？我的「國際對話專案」就此開始。每當我將去一個地方，感到那兒有某種獨特的吸引力在，無論那是什麼，我就會考慮，誰是那個合適的對話者？什麼是有意義的主題？是的，總是特定的對話者、特定的主題，讓一篇對話自然而然地生成。但再仔細看，這裡有什麼「自然而然」嗎？抑或全然仰仗一種自覺？每個提問，在擺上對話的桌面之前，必須先擺進我腦海裡，甚至折磨過我很久，才可能變成語詞，讓對話者聽到，讓答錄機錄下，最終寫成這裡的文字。也通過這文字，那些我們對話的場景，才跳出時間的逝水，停留在我手掌中。無論阿多尼斯面前那一杯阿拉伯咖啡濃濃的香氣，還是積雪的白樺樹林中米庫舍維奇小木屋裡伏特加的熱度，又或者和阿萊士首次在迪拜「帆船賓館」、繼而在成都白夜酒吧的傾談，都被文字留下，隱現在字裡行間，成了「思想」的有機部分。「思想」，在一個個地點深處，給我們的存在唯一一個位址。

三

這本書不大，其中的對話，既單獨成篇，又隱然有某種貫穿。其中，首當其衝是對話的「始作俑者」阿多尼斯，繼我們二〇〇三年約旦對話後，阿多尼斯的詩作被大量譯介進中國，先在《當代世界詩壇》雜誌出版專輯，接著在譯林出版社出版《我的孤獨是一座花園》，老詩人專門從巴黎打來電話，請我為詩選作序，這麼美好的機會怎能放過？於是，〈什麼是詩歌精神？〉嫣然誕生，它像個銜接點，歸納了我們上次美麗的即興演奏，又大大推進了對話的深度。幾年以來，通過阿多尼斯和我的精神聯繫，阿拉伯、中國這兩個令西方既好奇、又百思不得其解的文化，像打開了寶盒，不再被一廂情願的「東、西方」群體劃分所遮蓋，而是呈現出傳統深處個性創造力的基因，使它們現代轉型的地平線清晰可見。應「中華讀書報」之邀，我們再接再厲，又進行了一次題為〈詩歌是一種偉大的思想〉的筆談。這次發表，我把它改為更切題的〈再談「主動的他者」〉。「他者」一詞，自從由偉大的阿拉伯思想家賽義德「發明」以來，曾風行世界，但那究竟是什麼意思？誰是「他者」？該怎樣改變被別人「他者化」的命運（無論那意味著虛假的高抬或更糟的「優待種族歧視」——為無須一視同仁的他者們降低標準）？相對於被動的處於「被他者」的處境，我們強調的是：作一個主動的他者。不僅別的文化、包括自己的文化都是他者，都必須面臨「自我」的重新篩選、重新組合。就是說，沒有固定化的所謂「傳統」，有的只是「一個人的傳統」，在隨著自覺不停深化。和依然以主流自居的西方比，我們的文化困境反而成了優勢，因為「全球化」的多重文化參照，對西方還頗像天方夜譚，對我們卻是切實的知識結構。再考慮到對語言本身的反思，很清楚的結論是：我們只能自己回答自己的提問。這是絕境嗎？抑或超強能量的絕處逢生？「主動的他者」，倚靠不上其他，除了痛苦深刻的自我反思。

在柏林，二〇〇六年，我和著名的南非詩人汴庭博（Breyten Breytenbach），相遇於「尤利西斯國際報導文學獎」頒獎儀式，那導致了對話〈詩歌是我們唯一的母語〉。這個句子，後來被我常常引用。因為沒別的語言，能把詩歌在我們人生、思想中的位置，概括得更到位了。因此，這篇對話的主題，命中註定凝聚在「詩歌的深度」上。我們談詩歌的詩意，也談報導文學的「現實的詩意」。無論世界多麼自私、冷漠、玩世不恭，甚至把大多數文學變為無聊的裝飾，詩歌，憑藉其先天對政治簡單化和商業化的拒絕（而非被拒絕），不會放棄人的真誠和文學的超越。只要回到這母語中，我們能立刻發現，不同文化的詩人們互相理解得多麼充分！「唯一的母語」，也是我作藝術總監的倫敦私人國際藝術系列的名稱。近十年來，中、英之間的詩歌交流，堪稱最深刻最豐富多彩。幾次構思精巧的中英詩人互譯、限定在中英之間首次舉行的詩歌節、將於明年春由著名的「血斧」（Bloodaxe Books）出版社出版的《玉梯》當代中文詩選、已經展開活動的「中英詩歌翻譯中心」，一步步把「深度交流」這個觀念落到了實處。本書內我、唐曉渡、英國詩人赫伯特（William N Herbert）、帕蒂（Pascale Petit）在黃山腳下做的四人談，輕鬆愉快地回顧了整個旅程。

我和俄羅斯詩人、翻譯家弗拉迪米爾．米庫舍維奇的對話，題目頗為有趣：〈把蘑菇放進鍋裡〉。為了做這次對話，我特地從莫斯科國際詩歌節，乘小火車來到他在郊外的家，白雪覆蓋的白樺樹林中，一座真正的俄羅斯小木屋。詩人的家，狹小卻溫暖，有伏特加，更有普希金。弗拉迪米爾吸引我的是，他雖然與葉甫圖什科同屬一代詩人，卻始終恪守詩歌形式的原則，因此，六十年代時，當葉氏作為社會詩人大紅大紫，弗拉迪米爾卻默默無聞。時過境遷，葉氏早已無人提起，今天莫斯科卻有了「米庫舍維奇詩派」，而且正是以他對形式的嚴格要求為宗旨。詩歌如陳釀，除了「笑到最後」沒別的品味！也許同出於對「另一個歐洲」的興趣，我很希望瞭解中歐和東歐文化，和斯洛文尼亞詩人施泰格爾的對話，選擇了一個出奇的角度：「方言寫作」。這個靈感，來自於我應邀參加斯洛文尼亞「薇拉尼查」國際文學節，並擔任頒發給與會中歐作家的「水晶獎」評審主席，我突然發現，自己置身於超過二十種中歐語言間，它們的共同點，是具備兩種能力：第一深深紮根於自身；第二充分向周圍文化敞開。二者缺一，這語種立即滅亡。但，今天的地球村裡，這難道不是一切語言的命運？另外，我還發現，雖然斯洛文尼亞只有二百萬人口，卻有數種方言能用自己的文字書寫，反觀中國十幾億人口，卻只有普通話一種文字。這「普通」也太普通了點！深刻的問題是，我們已經不察覺，只要寫，文字就把我們從自己的根上切下，而納入一個官方的、懸空的、抽象的「存在」。兩千多年了，我們有「中國文化」，卻沒有真正的「地方文化」，更遑論「個人文化」。我們喋喋不休「自覺」，卻無視如此赫然的一個黑洞！我和施泰格爾的對話，與中、斯「方言寫作」詩歌項目同步進行，先在盧比雅娜、後在成都，中文的大象向斯洛文尼亞「老鼠」學習，一點點擠壓漢字，重新「發明」和方言配套的書寫。我的詩《方言寫作》、楊小濱的滬語詩，就是這種小規模「極端寫作」（或「詩歌觀念藝術」）的產物。無論它們多幼稚，一個秦始皇欽定的文化方向被扭轉了。誰知道呢，這區區數首「方言詩」，也許就在「創始」一個多元中文的歷史！

對話集的最後兩篇，好像長途旅行歸來，回到亞洲、甚至中國。和日本詩人高橋睦郎的對話，以一種稍帶詭譎的方式讓我大開眼界：我們以為「近」的，其實恰恰很遠。跳跳蹦蹦認出日語中夾帶的漢字，我們就想像日語很像中文，於是「文化沙文主義」油然而生，殊不知對話後我才知道，中、日語言不僅不像，某種意義上，簡直南轅北轍！比喻地說，中文是一隻炒鍋，無論什麼原料，不炒成中國菜決不可口。但「炒」了，這條單行道也回不去了。你把「電腦」再翻成英語，看哪個老外能猜出那在說什麼東西？與此不同，日語是一個大沙拉盤，漢字、日本本土語音、照抄照搬的歐美詞彙，直接堆放，各司其責，卻又並行不悖。青菜、土豆、番茄、火腿，那新鮮的拼貼正是口感！中日語言一封閉一開放，各有千秋，可我們對話的主題「傳統與現代」，卻同樣深深折磨中日詩人。高橋先生精熟中文古典詩歌傳統，他豔羡我們的「深」；我則傾慕他始終如一「更新傳統」的努力。一篇對話，象徵了真正的殊途同歸。這條歸途，在香港詩人葉輝那兒，變成了對我《大海停止之處》的直接討論。終於回到中文了，我們能如此暢快地談漢字、談形式、談傳統、談創新，談無人稱句式隱含的死亡主題，談漢字非時態動詞裡滲透的時空觀念……葉輝和我，自八八年八月八日我踏出國門後，在香港相識，悠悠二十三哉，其間人生、詩歌多少變故！但萬變不離其宗的，仍是我們對思想的熱愛、對詩歌的信念，以及心無旁騖，一行一行、一首一首、「寫出」生命之深刻精雅那股勁兒。寫，是比一切漂泊更深邃的漂泊。它不騙人。卻讓詩，成為古往今來人生的「詞根」，並清清楚楚告訴你：學吧。還是加繆說得好：「旅行是一門偉大的學問，領你返回你自身」。

四

如果這本對話集，只停留在隨機地找幾個外國詩人，做幾場漫遊式的談話，那我也無非一個文化觀光客而已。但，別忘了這篇序言的第二標題（注意：不是「副標題」）：「尋找當代傑作」。這把本書的更高立意，定在一個核心問題上：什麼是裁判當代傑作的標準？這問題的難度，在於第一我們已沒有了古代詩人的幸運：用單一傳統的足球規則，立判文學球技的高下。一篇當代作品，總是從內容到形式剛剛「發明」的，總在自說自話，也謝絕別人評判。第二，當外國文化和自己的文化都是「他者」，什麼是這個「他者」混淆的世界上，做出判斷的理論地基？在今天，我不敢自稱是個「古典的」中國人，就像阿多尼斯也不能稱自己「傳統的」阿拉伯人，不敢不能，而以為還有個「中國的」或其他「什麼的」能使用，結論只有一個：喪失了自覺。

相對於非自覺的一廂情願或甚至自欺欺人，我願意提出「**深度**」一詞。因為我相信，即使全球化帶給我們一個複雜得多的多元文化語境，它仍然能作為一個標準，去判斷何為當代傑作，同時淘汰劣作。細想起來，中文古詩能成為一種世界承認的「極端寫作」，歷久不衰地證明其傑出，並非僅僅因為簡單的「古老」，而是它思想、藝術上的「深刻」。一種人學和文學的雙重精彩，讓詩人們經歷的痛苦迸發出可怕的光輝。杜甫的「萬里悲秋常做客，百年多病獨登臺」，一千二百年後，仍在「寫盡」今天人們的流亡感受。李商隱七律中的「滄海月明珠有淚，藍田日暖玉生煙」，把漢字表現力發揮到形式主義的極致，不

「載道」而成為「道」時，唯美與人生同義，一讀就點破了當代（世界）詩的粗陋。「深度」，給出了一個方程式，令文學跨時空地「可比」。這個座標系中，有越多文化傳統加入參照，越能看清一件作品是否獨特，那意思是，思慮更深，表述更精。於是，擁有超過單一「傳統」的作家有福了。曾經遭受過文化洗劫、被不情願地「逼進」文化雜交處境的作家有福了。我們至少有可能，以更廣闊的視野，去比較與綜合。無論一件作品的誕生地多麼遙遠，思想能刪去距離和陌生感，只留下其中提出問題、提煉思想、和藝術完成（超越）的能力。全方位考察後能否倖存，決定著這作品的意義。

後現代一度詆毀「深度」，但時間標籤經不起磨損，沒有多久，「後現代」說詞被忘記了，而古往今來文學的精深，照樣感動我們。

「他者」一詞從陌生到流行，從指斥別人到反思自己，一直引申到詩人的自我發現。文學寫作，就是用一部部作品，創造一個個「自己的他者」，讓詩人在每一行中拋棄「舊我」，在下一行完成生命和語言的更新。「主動」，僅僅意味著自覺。

我以為，「深度」應當體現在三個層次上：

（一）自身文化內的深度

沒有抽象的「國際」，「國際」只能建立在不同「本地」之間。文學的根，仍是和自己現實、語言的關係。例如，當代中文詩的「觀念性」、「實驗性」，歸結為一，就是建立和古典傳統的「創造性聯繫」。一部佳作作為「思想——藝術專案」，必須是極端的，極盡探索自我和寫作的可能。每個文化都一樣，是個人創造力不停啟動傳統，否則那只是一個冗長的「過去」。

（二）跨文化交流的深度

極端的原創，挑戰極端的翻譯，它們構成了跨文化的真正交流。「思想——藝術項目」，正是穿過自身這條隧道，去接近和理解其他文化的。在今天，產生於一個文化背景的思想，也必須對其他文化有效。「全球化」使我們共處一個「大現實」，也只能合建一個「大傳統」。誰說中文動詞的非時態性，只為中國詩人剝掉了時間幻象？「共時」處境，是人類思想的必要層次。黑暗不分國籍，因為它的名字是命運。

（三）詩意的全球化

「個人美學反抗」的深度：全球化使每個人的無出路如此明確。當民族的、文化的、政治的、甚至宗教的群體都不足以依託，文學才獨自承擔起我們的「個人美學反抗」。孤寂是能量，深刻的孤寂是超強的能量和超越的前提，我們通過讀懂它而互相認可，直到「個人美學反抗」，連接起所有獨立思想者。這「唯一的母語」，是一個同心圓，我們從中認出了荷馬、屈原、奧維德、杜甫、但丁、曹雪芹、策蘭。他們就是我們的深度。

二〇一〇年，我參加慕尼克國際文學節。文學節的主題，恰恰就是「當代傑作」，但整個討論，終結於一個大大的問號。我發現，歐洲作家睿智如埃柯（Umberto Eco）者，也沒認真思考過這個問題。是啊，他們為什麼要思考它？當他們還把歐洲等同於「天下」（就像中國人曾這樣想過兩千多年一樣），這問題對他們沒有意義。但麻煩就在這兒了，不是風景的問題，是眼睛出了問題。故步自封，以商業性成功偷換「傑作」的概念，正在腐蝕歐美（和以那為模特兒的）文學，這解釋了當代文學品質的薄弱。二十世紀盛行的形式遊戲，令大量「文學」淪為空話世界的無聊裝飾。這是一個反向的警醒。僅僅「新」不夠，必須由「深」而「新」（內容的獨特要求形式不得不獨特），從「為什麼寫」追問到「怎麼寫」，才能保持文學的獨立和豐富，防止其墮落為貧瘠的大題材、小形式，給各種「政治正確」的簡單化留下機會。用意識形態衡量中文文學，用民族、宗教衝突衡量阿拉伯文學，與用市場成功衡量歐美文學一樣，都與傑作無關。當我研讀一篇作品，最渴望的，是找到詩意內涵和形式創造間，有種「必要性」。在詩歌上，中文古詩璀璨的「形式主義傳統」，對我仍極為重要。因為一首七律鑄成的小宇宙，放進今天的文學觀念，就在推動我們從「時間的痛苦」挖掘進「沒有時間的痛苦」，這不正是這個冷戰後、九一一後更血腥的世界的「時態」？這裡的國際對話，其根本匯合點，就在這人性關注上。我們每個人，都同時是自己文化的「內」（親歷者）和「外」（反思者），又在對話中，發展出更高層次的、不同文化間的「內」和「內」：深入對話者的世界，也成為它的「內在者」、評判者。「當代傑作」正該是這個大網路篩選的結果。

作為一本小小對話集的序言，而談論「尋找當代傑作」，是不是扯遠了、談大了？希望不是。畢竟，中文詩，剛剛起步三十年，我們和自己傳統、世界其他文學間的「深刻聯繫」才開始建立。對傑作的眺望，更基於一種對劣作的反感。「眺望自己出海」，是我人生和詩歌的原型意象。我希望，它也能構成一切內心之旅者的原型。於是，這場詩意的環球對話，就會一直繼續下去。它能否最終變否定劣作為肯定傑作？但願如此，慢慢來吧。畢竟，「尋找」一詞已表明，我們的旅程，仍延伸在遙遠的地平線上。

倫敦，二〇一一年十月十二日

*本詩六部分的長度，嚴格依循肖斯塔科維奇第十五號絃樂四重奏的結構。

詩意的他者——序德譯《同心圓》

《同心圓》是一部極端的流亡之書。這裡，我使用的是中文的「流亡」一詞。它由兩個漢字，組成了「Exile」所沒有的多層次：「流」，漂流；「亡」，死亡。其內在關聯有多種可能：流向死亡？「流」即死亡？抑或從死亡開始流動？猶如其他漢字，這個詞沒有時態變格，因此，一次流亡就共時地涵蓋了所有流亡、以及古往今來一切流亡者。誰從兩千三百年前發出《天問》的屈原詩作中，摘選出這個詞，一定是天才。它一舉突破時間幻象，劃定、更判定了人的根本命運。沒意識到自己在流亡的人，並非因為不是流亡者，僅僅因為沒能力意識到它。由是，詩意的激情和政治的情緒就有了根本的區別：前者植根於自我質疑，後者貼附於群體情緒；前者追求深度，後者嚮往音量。前者必須印證於艱辛的創作，後者卻可以從口號市場上回收。我說「極端」，是想指出，《同心圓》對人對詩，都不是浮光掠影之作。恰恰相反，它創造著對困境的自覺。難度和深度互相激發時，人和詩的命運終於根本合一。

《同心圓》的德文翻譯出版時，恰逢我獲得二〇一二／二〇一三年柏林Wissenschaftskolleg研究獎金，住柏林期間。這不能不又歸於冥冥中的註定。柏林像一塊礁石，給我茫茫大海上的漂流一個標誌。讓我認出，流亡的意義，其實不是離開家鄉多遠了，而是和屈原、奧維德、杜甫、但丁、策蘭們（所有「經典傑作」）多近了？一九九一年，我作為DAAD學者第一次來到柏林，鼻孔裡仍滿溢著兩年前天安門大屠殺的血腥，而東歐、蘇聯的巨變，讓「歷史」恐怖地在我眼前背道而馳。那一年，中國和歐洲古老詩歌鬼魂們，也在我創作的爆發中初次相遇。我把自己的創作，劃分為三個「手稿」：中國手稿（一九七八－一九八八），南太平洋手稿（一九八九－一九九三），歐中手稿（一九九四——現在）。一九九一年的柏林，正處在我被投入國際漂流的漩渦，頭暈目眩地試圖弄清生命中究竟發生了什麼的時候。這種「暈眩」，直到一九九三年在澳大利亞完成組詩《大海停止之處》，特別是當它輪迴到結尾那句「這是從岸邊眺望自己出海之處」，才終於結束。流亡不是失去，是獲得。我們在自己之內出海，因而，所有外在漂泊，都是內心旅程的一部分。這又是一個明證：詩能「發現」人生的結構——詩就是人生的結構。這認識，給《同心圓》奠了基。一九九四年，我在斯圖加特「Schloss Solitude」（又在德國！）開始了我的「歐洲手稿」階段。它深化此前兩部「手稿」，不僅追問自己「為什麼」寫？更追問「怎麼」寫？這部長詩，並非為長而長。我強調形式和內涵間的「必要性」。《同心圓》的極端實驗性，基於充分發掘觀念、思想深度的內在要求，一直追問至存在的語言學層次，它非如此不可！它和我在中國完成的長詩《𠇗》、以及二〇〇五－二〇〇九年完成的自傳體長詩《敘事詩》，組成了我的長詩系列。幾乎每隔十年，創造性地歸納一次人生、思想和文學探索。對一個當代中文詩人，這「歸納」無比重要。因為我們的人生沒有平靜的港灣，只有風暴和漩渦。那外在的動盪，很容易覆蓋、取代內心的清晰。因此，不斷審視自己，有意識加大思想縱深，保持「在思想的深處感覺」，並用一部長詩「倒空」自己，不僅重要，更加必要。同樣重要的是，這經歷不可重複，因此，你不能像玩「晦澀得太簡單」的意象遊戲那樣自欺欺人，只能繼續深化那航程。對處在深刻文化轉型中的當代中國，這意義尤其重大。因為，中外、古今都是「他者」，錯位、分裂到處遍佈，當我們找不到任何現成的文學／文化模特時，唯一能做的，就是「獨立思考為體，古今中外為用」，盡力建構一個自身之內人生、思想、語言的良性循環。歸根結底，正是這「個人傳統」，構成了任何文化傳統的鮮活之根。

我給二〇一二／二〇一三年柏林Wissenschaftskolleg研究專案擬定的主題為：「新世界中的詩意他者」（The Poetical Other in the New World）。這個「新世界」，指以政治、經濟版圖急劇變化的阿拉伯和中國為背景的全球化處境；而「詩意的他者」，則把「詩意」中自我追問的思想內涵推到極致，主動、明確地要求：詩人，必須保持全方位的精神獨立。從一九九一年到今天，二十三年過去了。八九年冷戰宣佈結束後，我們又經歷了九一一、伊拉克戰爭，但，這個「新世界」進化到了哪裡？歷史輝煌地「終結」了？或更像它從未開始過？今天，我們比任何以往都更清晰地面對著人性黑暗的淵藪。經濟全球化促成的跨國利益大一統，讓自私和冷漠變成硬通貨普世流通。功利面前，人人玩世不恭。雖然賽義德以來，「他者」已是一個國際流行語，但面對實用實利的精神污染，誰敢說自己是它的「他者」？甚至「政治」，也可以淪為商業炒作，回收冷戰口號，借用響亮而失效的官方空話牟利，卻無視那種種「官方」多麼自相矛盾，同一張嘴，剛裝飾完「政治正確」的詞藻，轉眼就能親吻揮舞鉅額合同的獨裁之手。這個世界，精神危機遠甚於經濟危機，它的「新」，只新在殘酷的程度上，那遠超過《一九八四》，無須被迫，每個人通過自己的欲望自動完成的被統治，「老大哥」的目光才終於無所不在、完美無缺。一種絕對的「不可能」，把獨立思考逼入純粹的絕境，讓個人的無奈無力，赤裸裸呈現。當「Exile」嚮往的出路根本不存在，走投無路的「人」意味著什麼？當詞、義徹底分裂時，「文學」還剩下什麼意義？至此，本文開宗明義提出的「極端的流亡之書」，意思也該清楚了。《同心圓》書寫的「流亡」，遠超出中國和冷戰局限，它指向今天每個詩人、每首詩的現實。極端貧瘠的思想生態中，我們唯一能做的，只是「沒有天堂，但必須反抗每一個地獄」[1]。詭譎的是，這極端絕境，恰恰還原了屈原「流亡」一詞的本意。無處「出走」，就不出走，讓向內成為流亡的唯一流向。以現實之「亡」為前提，精神才在「亡」的洗禮後純淨流動。「詩意的他者」不是被動的。相反，是詩的自由天性，註定了我們去主動拒絕任何專制——無論它罩著件什麼時裝。簡言之，今天的詩人，只能比以往更理想主義。今天的「極端之詩」，必定逆反於流行的口號、流俗的品味，它得安於、甚至享受自覺的孤獨。但，詩人對此陌生嗎？閱讀經典傑作時，我們同時能看到「詩意的他者」的經典命運。它們不分國界、語種、時代，「同心圓」式地構築成我們唯一的「傳統」：獨立詩人思想家的傳統。倘若你願意，也不妨稱之為個人美學反抗的傳統。這個詩意的「同心圓」，和線性的進化邏輯無關，卻和古往今來一切經典之作相關，一再實踐著王維的詩句「行到水窮處，坐看雲起時」，憑藉詩歌徹底、純粹、不妥協的天性，構成了我們「唯一的母語」。

這堪稱一種信念，詩的雷射光束，甚至能穿透「不可能的」翻譯之牆，令不同語言中的詩心震動共鳴，由此，引領當代不同文化間的深刻交流。我要感謝顧彬的，是他不得不創造「極端的」譯文，來傳遞原作的極端能量。由此，英譯序言那個標題〈再被古老的背叛所感動〉，也同樣適用於德譯。就像我的「楊文」，正是對「日常」中文的突破和背叛。我希望，老顧的「顧文」，也不屈從於普通德文的規範。相對於另外文化，我們更該是自己文化的（甚至自己舊作的）「他者」，在一切其他「不可能」之前，從每一行詩盡頭處那個「不可能」再次開始。讓人生處境「同心圓」，無盡深化這首《同心圓》：「人群走著　哪裡／輪迴到一個人的深度」[2]就這樣，加入屈原、但丁們那個輝煌的流亡者系列。仍是在柏林，一九九一年漆黑的冬夜，朗誦會上有人問：「你的詩如此黑暗，光在哪兒？」我答：「詩是黑暗，但我在寫——這就是光」。

二〇一二年八月四日

[1] 楊煉：〈答問〉。
[2] 摘自《同心圓》第二部。

玉梯

——當代中文詩選序

一

當代、中文、詩，三個詞勾勒出三重對稱：傳統與現代；中文與外文；詩人與詩。我說「對稱」，而非「對立」，因為對稱的雙方，不僅互相以對方為自我意識的前提，而且因對方而豐富。三重對稱，同時就是中文當代詩的三大思想主題：古典中國文化傳統的「創造性轉型」；外文影響與中文自覺的互動；來自現實的「為什麼寫」與詩歌創作的「怎麼寫」。三十年的當代中文詩，可以被讀成這三重血脈豐沛流轉的一本「大書」。

給一種語言寫成的詩歌圈定版圖，肯定吃力不討好。哪兒不是「當代」？有多少種「中文」？我要談論的，是一片人為劃定的文化風景：它的「地貌」，是二十世紀、特別是一九四九年以來中國大陸獨特的政治社會現實。它的「氣候」，是這段歷史中複雜的文化斷裂，及其在人內心感受裡的延伸。它的「邊界」呢？和任何地圖上繪製的中國版圖無關，卻和每一枝帶著那血緣書寫的筆有關，無論這枝筆流落到了世界的哪個角落。它的終極命名仍然在「詩」上。一種歷盡劫難卻仍然能「從不可能開始」的、用漢字寫下的詩。它既不同於古典中文、又不同於其他語言的詩歌創作。它是它自己：當代中文詩。

我至今記得，一九七九年早春，一個飄著冷雨的夜晚，我和顧城走進一條北京小胡同，藉著昏黃的路燈，查找一個門牌號：東四十二條七六號——一座殘破的門樓，嵌在灰色磚牆裡，雜亂漆黑的院子，通向迎面赫然站著一架油印機的屋子。這普普通通的地方，對我們的眼睛，卻閃耀出一種奇異的光輝。這裡是地下文學雜誌《今天》的編輯部。而這個雜誌，聚集了寫作當代中文詩最早的一批詩人。那時的我，雖然已經歷過文革上山下鄉的「再教育」、已有了好幾年胡亂塗抹的「詩齡」，但我詩歌寫作的「史前期」，還遠沒結束。深深的疑問仍然是：什麼是「我自己的詩」？或者說：真正值得一寫的詩？文革的慘痛記憶猶新，但「慘痛」並不註定產生深刻的思想，更不一定意味著有意義的寫作。什麼是當代中文詩安身立命的理由？雖然一年以後，《今天》就被當局嚴令查封；雖然十四年後，顧城在流亡紐西蘭時自殺慘死，但當年那個困惑從未離開我。我的寫作、我們的寫作，整個是一場尋找。就像我一篇文章的題目〈詩，自我懷疑的形式〉，我們尋找的與其說是答案，不如說是給自己提出更深刻問題的能力。當代中文詩人，不得不是一個專業「提問者」。面對世界眼花繚亂的變，堅持一個不變的提問的姿勢。這條精神血緣，可以上溯到兩千三百年前中文詩歌史上第一個名字，屈原的長詩《天問》，從宇宙初創問到神話、歷史、政治現實，直至他自身，二百個問題層層深入，卻無一回答。他知道，提問的能量遠比回答強大。

在今天，一個類似玩笑卻又令我們足夠尷尬的問題是：我們有一個「中文」嗎？換句話說，構成我們作品的那些充滿異國情調的方塊字，是在提供一種獨特的文化價值？或其實相反，在偷偷取消那個價值？我想指出的是，當代中國和中文夾在兩個「他者」之間的位置。十九世紀鴉片戰爭以來對中國產生巨大衝擊的外來文化，當然是一個「他者」，這不難理解。但那個隱在我們背後、綿延三千餘年的古典中文詩歌傳統，又何嘗不是另一個「他者」？當我們想當然地認為，有一條直線，可以直接連接古典和當代，我們是否恰恰掉進了一條看不見的裂縫？連許多中國人都不知道，我們嘴裡的詞彙，至少一半以上根本不是中文，而是經日語翻譯成漢字的「二手」歐美詞彙。我們使用的概念，諸如民主、科學、人權、法律、政治、運動、唯物、唯心、社會主義、資本主義、乃至自我、心理、空間、時間等等，除了漢字的形象，在內涵上其實和古代中國思想毫無聯繫。那麼，今天誰敢把自己稱為「古典的中國人」呢？所謂當代中文詩，就像一道美麗卻找不到根基的虹橋，淩空架在兩座峭壁之間的深澗上。說得好聽，是創造，是超越。難聽的話，就是斷裂、是淺薄。「影響的焦慮」，甚至是我們渴望卻得不到的。用一個比美國英語還年輕的語言寫作，卻又幻想著要經受得起古老中文詩歌傳統的美學審視，這個不可能也太觸目驚心了！

不過，觸目驚心並非壞事。從不可能開始，才算一個奇跡。有意思的事發生了。恰在文革後的當代中國這塊廢墟、當代中文這片荒地上，三十年的詩歌寫作，開創了中文詩歌有史以來思想最活躍、創作最熱烈的時代。我在這兒使用的「最」，並不過分。和中國詩歌史上的高峰比，盛唐的李白、杜甫儘管輝煌，但他們使用的精美形式，是之前近千年多少代詩人摸索積累的成果；而他們同代的詩人，又能在同一個足球場上分享共同的裁判標準。我們呢？從七八年北京「民主牆」上當代中文詩正式問世，歷經八十年代初「朦朧詩」之爭、八十年代中「尋根」或文化反思、八九年天安門大屠殺後的流亡寫作，九十年代經濟起飛以來的喧囂和嘈雜，短短一代人時間內，最初的開創者們還在寫作，好幾重「後代」詩人已蜂擁而起。一個三部曲：甩掉意識形態宣傳式的「非詩」；重建詩人和語言的個性；充分展開詩人詩作之間的辯駁和競爭關係，已經完成並達成了共識。無論曾經和正在面對的處境多難，一個叫做「當代中文詩」的活的傳統畢竟在建成。它沒有現成的根基，卻立足於個人的創造活力，綜合古今中外一切思想資源。我該套用龐德的頭銜說：每個中文詩人在「發明」自己的小小傳統。是的，必須發明，因為沒有可以因襲的東西。每首當代中文詩，都是一個思想——藝術項目，它把世界「吸附」到自己身上，一點點轉化積累成自我。先人可以微笑了，因為只有立足個人能量，數千年的中文詩歌才配稱為「傳統」，否則那充其量只是一個冗長的「過去」。

西元一二一年，許慎的《說文解字》在「詩」字下明言：「志也」。這開宗明義，點明了中文詩重表現的特徵：以語言結構內心的深度，去把握外在歷史的廣度。它不擅長線性敘述的「史詩」，卻把「史」囊括在「詩」之內。「言志」的衝動，讓當年地下印刷《今天》的那架手搖油印機，轉世為二十一世紀無數青年詩人手指敲打的電腦。詩歌的鳥群，每分鐘從中文的不同角落起飛，翱翔在瞬間萬里的網路天空中。這又讓我想起中國神話裡的崑崙山，就是唐朝李賀的儷句「昆山玉碎鳳凰叫，芙蓉泣露香蘭笑」那座山。古人想像，那是一架神人上下天地之間的「天梯」。這不也正是當代中文詩的最佳比喻？每個詩人、每首詩，都是一架登天的玉梯，下抵黃泉上接碧空，既沉潛又超越。巴別塔從未停建，它正在每個詩人的書房裡增高。寫作的含義，不是別的，恰是一步步繼續那個生命的天地之旅。

二

語言和現實常常互相印證。一九八八年，我和北京一批年輕詩人組成了「倖存者」詩人俱樂部。選擇這個名稱，是針對雙重的死亡。文革噩夢並非久遠，無數亡靈還在周圍縈迴。但隨著一些朋友漸漸從地下走到「地上」，出名，出版，出國，作品也變得空洞油滑。「倖存者」，就是這個精神死亡的反抗者。我們當時絕不會想到，血淋淋的現實也在追趕這個詞。八九年六月的北京天安門大屠殺後，誰還敢說自己不是倖存者呢？那些日子，當全世界都在為天安門震驚和哭泣，我卻暗暗震驚於人們的震驚，更為遍地哭泣而哭泣：這不是我們見證的第一次死亡啊。反右大饑荒文革的數千萬死者哪去了？我們對死亡的記憶哪兒去了？眼淚，在哀悼還是沖洗和背棄？死亡的龐大和死亡的空虛，究竟哪個更可怕？我哭我們忘卻的能力。我的〈一九八九年〉一詩，結束於一個朋友們認為出了筆誤的句子：「這無非是普普通通的一年」。普通，普遍，因為毀滅的處境不會過去。這根現實和語言扭結的鏈條上，「天安門」既在時間裡又在時間之外，像一個焊點，連起所有「倖存者的寫作」。

一九八九年天安門大屠殺，是當代中文詩一個重要座標。它畫完了一個圓：從七六年文革結束追問「誰之罪？」起，貫穿八十年代以「尋根」之名、痛苦反思滲透在每個人意識深處的語言和傳統，直至再次把反思的目標，指向腳下那個仍在培育惡性生態的制度。這是一條清晰的從文化思考到現實反抗的軌跡。整個過程，既該視為時間上延續的三個階段，更應看作同一追問持續深化的三個層次。天安門引爆的，是一個終於掙脫重重錯位、尋回人性立足點的古老文明的當量。

一九七八年底，北京街頭既寒冷又灼熱，西單那堵一百來米長的灰磚牆，被上百個民辦刊物貼滿了，它們周圍，又湧動著數十萬來自全國的上訪者——到北京告狀的文革受難者。正是在這堵「民主牆」上，我第一次讀到了《今天》創刊號，那裡，有芒克的明亮：「太陽升起來／天空——這血淋淋的盾牌」，北島的冷冽：「卑鄙是卑鄙者的通行證／高尚是高尚者的墓誌銘」。一種氣味兒，透過紙上的油墨味向我散發：詩歌的香味兒！一種語言，拋棄了那些空洞的政治大詞，卻直接砸進我心靈深處。稍後不久，文革期間一直潛藏的地下文學圈子浮出水面。多多的陰鬱：「牲口們被蒙上野蠻的眼罩／屁股上掛著發黑的屁體像腫大的鼓」，江河的深沉：「土地的每一道裂痕漸漸地／蔓延到我的臉上，皺紋／在額頭上掀起苦悶的波浪」，顧城在十三歲寫的〈生命幻想曲〉中耳語：「睡吧！合上雙眼／世界就與我無關」……這批詩人，或許不曾意識到，他們從開始，就不約而同遵循了一個小小的詩論：用自己的語言表達自己的感覺。從而，不僅在詩歌主題上、更在語言材料本身，完成了與政治宣傳式的「非詩」的決裂。中國八十年代名噪一時的「朦朧詩」爭論，就像那個含義為「看不懂」的命名一樣，整個兒是一場誤解。官方批判這些詩人「反傳統」，而詩人們也為自己「反傳統」的權力辯護。但，「不懂」或許僅僅囿於畸形聽覺的惰性。比較一下充斥「社會主義」、「資本主義」等等宣傳口號的官方「詩」，「朦朧詩」裡的太陽、月亮、土地、河流、生命、死亡、夢想那些意象，哪裡是「反傳統」？明明在返回「傳統」——至少返回古典詩歌的純淨語彙。詩人們從小背誦著長大的李白、杜甫，和手抄下來的波德賴爾、洛爾迦、艾呂雅、聶魯達，在被文革苦難「啟蒙」的心靈中相遇。從寫作肇始，已經接續上了古往今來激發詩歌的「噩夢的靈感」。

對此，年輕詩人兼批評家蕭馳當年就很清楚，他的文章，題為〈朦朧詩——一個轉折嗎？〉，結論當然是否定的。

一九四九年後的當代中國文學中，《今天》的重要性，無疑沒有任何另一本文學雜誌能比擬。這個一共出版了九期、全部「壽命」沒超過兩年的雜誌，堪稱對當代中文詩創世紀式的正式命名。我曾把這個命名的內涵概括為兩點：一，個人生存的嚴肅感。二，從漢字特徵內產生的詩歌意識和形式。我強調「生存」，而不只是「政治」，因為從《今天》起，一整套中國政治語彙、思維邏輯、表述方式被徹底拋棄了，而記憶的沉重和空白、生命的刺痛和麻木，深深滲透了人生，也成為詩作「嚴肅感」的底蘊。《今天》詩歌中既驚怵又點燃讀者的意象，經由龐德意象主義的「出口轉內銷」，再次（遠非唯一一次）戴著西方面具，完成了一次對中文古典詩歌美學的回溯。一個逆向的馬可波羅之旅！儘管那只觸及了意象／造句的表層，但已開啟了中文詩學今後的方向：通過建立「創造性聯繫」而重新發現中文傳統，使之成為當代世界的思想資源。這些「事後」的觀念，當時卻是和我們年齡、經歷相仿的讀者的直感。每期印刷一千本的《今天》，又由上千倍數目的手傳遞著，轉抄著。那個藍白兩色的封面，像一對有神性的翅膀，拂過之處就派生出新的詩人、詩社、刊物、沙龍、大群大群的讀者。《今天》的意義，在於它永遠結束了「非詩」和「詩」的無聊對立，此後，是這些「詩」和那些「詩」在良性競爭。一個真的、活的傳統，誕生了。

但現實的陰影並未移開。隨著七九年中共文革後權力內鬥結束，鄧小平坐穩江山，北京「民主牆」失去了利用價值，隨即被查封。《今天》靠純文學遮掩，多殘喘了一年，最後也在公安局「如果印刷機再轉一次，全體進監獄」的勒令下停刊。八十年代初的熱門話題是「傷痕文學」，但，文革的傷口何曾痊癒過？鮮血繼續滴淌時，談論「傷痕」是否太奢侈了？一九八三年，一個叫做「清除精神污染」的政治運動展開，與文革時半催眠的狀態不同，這一次，中國人醒著目睹文革話語的噩夢撲面而來。作為污染源之一，我的長詩《諾日朗》遭到全國性批判，罪名從「宣揚色情」到「攻擊現實黑暗血腥」，再到「否認歷史進步」一一羅列。我至今記得，一個飽經政治摧殘的老作家看著我時，那種投向一個死刑犯（一個死者）的眼神。但荒誕的是，我不得不暗自承認，那絕大部分「罪名」不僅成立、而且批判者們當之無愧應被評為最佳讀者！正是《諾日朗》，後來被稱為「尋根文學」的代表作之一。這裡的「尋根」一詞，恰與在美國黑人那兒的含義相反。我們的根不在別處。它就在腳下：從這片土地和歷史深處，攥緊了每個人、每滴血液。八十年代中期的「文化反思」，是在更深地追問自我：這個謊言的制度裡，每個人僅僅是受害者？或其實也是迫害者？至少以沉默屈從的方式在參與那迫害？一個詭譎的時間巫術，把「時間的痛苦」悄悄兌換成「沒有時間的痛苦」。我們就像畫在敦煌壁畫上的「飛天」：

> 我不是鳥，當天空急速地向後崩潰／一片黑色的海，我不是魚／身影陷入某一瞬間、某一點／我飛翔，還是靜止／超越，還是臨終掙扎／升，或者降（同樣輕盈的姿勢）／朝千年之下，千年之上？
>
> （楊煉〈飛天〉）

夢想著「進步」，醒來卻一再墮入歷史最黑暗之處。呼喚著「革命」，結果卻淪喪了最起碼的人性和常識。中國人作為世界上最極端的「文化虛無主義者」，究竟對急於摒棄的古典文化思考過多少？如果說，二十世紀中國人最渴望完成的是中國文化傳統的現代轉型，那很可惜，擺在我們面前的，只配被叫做「共產黨文化」：用西方進化論詞句遮掩的中式專制最惡劣的版本。這裡的重重分裂，根本不配被稱為「傳統的」！就這樣，歷史的焦慮和疑問，成為每個詩人思想和語言個性裡的縱深。要說反抗，現在更是對自我壓抑、自我扭曲的反抗。八十年代中期，詩歌寫作的思想能源發生了一次大轉移：從依賴外在的、群體的「社會點滴瓶」，移回詩人和語言自身。若干沒完成這次蛻變的詩人掉隊了。沒有辦法。和中文詩相關的，只能是自覺，卻不容任何盲目。

我們對八十年代，始終懷有一種溫暖的鄉愁。那一波波衝擊，既嚴肅又靈動、既精神又性感。時間以月甚至天計算。詩，就像政治、經濟、文化、性的「開放」，在不停打破禁區。一九八六年，在上演「中國西部故事」的深圳，一家報紙主辦了「一九八六中國現代詩群體大展」，共有八十四個各有詩歌主張、且證之為作品的「群體」參展。他們籠統自稱「第三代」（相對於官方文學的「第一代」和朦朧詩的「第二代」），又被別人叫做「後朦朧」。這個龐大的詩人群，良莠不齊，旗幟雜亂，口號繁多，但卻整體勾勒出一個氛圍：當代中文詩，已經超越了意識形態的簡單對抗，而呈現出多元的詩歌美學追求。形象地說，從《今天》發源的那條河流，如今在各自奪路，奔向不同的入海口。詩人的自由身分和美學理想，不僅拒絕受限於官方統治，甚至拒絕受限於「朦朧詩」的裁判標準。重新出版的《楚辭》、《全唐詩》到《金瓶梅》等等中文古籍，混合著從荷馬、但丁到葉芝、艾略特、西維亞・普拉斯等傾瀉而入的翻譯大潮，「同時地」雜交成當代中文詩的血緣。我們自己或許都沒意識到，即使從四千年中文文學史俯瞰，這個文學階段也多麼五彩紛呈！

一九八八年「倖存者」詩人俱樂部成立時，積聚了十餘年思想能量的中國，再次把質詢的目光集中到了政治壓抑上。八九年春天第二屆「倖存者」詩歌朗誦會，在北京中央戲劇學院禮堂舉行，那幾乎成了中國各界異見思想明星的團體展。也因此，六四屠殺後，「倖存者」首當其衝地被作為學運背後的黑手之一遭到取締。又一個時間「怪圈」成了詩歌的注腳。當我在紐西蘭奧克蘭聽到我剛出版的詩集《黃》、長篇思想論文《人的自覺》被查禁和銷毀，我的感覺是：詩代替詩人被殺了。處境再次一動不動，冷冷盯著我出國前寫下的句子：「所有無人　回不去時回到故鄉」。

三

我曾三次變換對自己的稱謂：中國的詩人；中文的詩人；楊文的詩人。剛開始寫作，深深關注中國的主題，似乎理所當然是「中國的詩人」。在國外面對眾多不同語言，於是深切體會我的中文命運，好，「中文的詩人」。但，真有一個通用的中文嗎？或其實，我寫下的只是「自己的中文」？一種不停試圖突破自我也甩掉讀者的「語言」，一個「楊文」（Yanglish）？每行詩句的結尾是一個盡頭，而盡頭本身又是無盡的。詩歌寫作，正是流亡生涯的原型。

一九八九年的天安門，並非一個孤單的中國事件。僅僅四個月後，柏林牆就倒塌了。下令打開柏林查理檢查站關口的前東德軍官，正是念叨著「我不要天安門」（No Tiananmen in my hand!）違反他黨員和軍人雙重「天職」的。我寫過，沒有比中國人聽說柏林牆倒塌更感慨的了。歷史在我們眼前清清楚楚背道而馳。前東歐流亡作家還鄉之日，正是我們開始流亡之時。又是一班晚點的火車。但這「晚」也可能意味著「深」：八九年的中國政治流亡者，用不了多久，就會發現，自己其實也是世界的良心流亡者。九十年代以後，一邊是中國仍不放鬆的意識形態控制，另一邊是流通全球的自私和玩世不恭。只要有錢，什麼都能買到，包括西方大公司老闆們的善惡原則。我在《一九八九年》中預言的「普普通通」，無奈地實現了。眼淚乾了。死者被忘了。「深」，回到了人性本來的黑暗幽邃。那麼，詩歌還能立足何處？

答案唯有詩歌本身。「噩夢的靈感」這一公式仍然奏效。八九年以後，一大群重要的中文詩人或流亡、或滯留海外，當代中文詩第一次出現了大規模的流亡創作。精彩的是，慘痛的經歷，反而使我們寫出了更好的作品。九十年代初期，中文詩創作突起了一個小高峰。北島繼續提純他冷峻的意象：「毒蛇炫耀口中的釘子」，「月亮不停地在黑色事件上蓋章」，「一顆子彈穿過蘋果／生活已被借用」。多多的鬱怒日漸厚重：「我關上窗戶，也沒有用／河流倒流，也沒有用」，「記憶，但不再留下犁溝……恥辱，那是我的地址」，「看過了冬天的海，血管中流的一定不再是血」。顧城的猝死，切斷了他獨有的靈悟：「其實　水一漫　馬就倒了／腿越細越長越倒　能不倒嗎」，「殺人是一朵荷花／殺了　就拿在手上／手是不能換的」。楊煉建構起一個個思想藝術空間：「沒有故事的人　用逃出日子的姿勢／逃進一個日子」，「大海　鋒利得把你毀滅成現在的你」，「這裡　鏡子在它沉默的中心／這裡　我是我自己的遠方」。張棗的甜美滲透了劇毒：「四周，黑磁鐵之夜有如沉思者吸緊／空曠。鑰匙吮著世界」，「她們牽著我到宇宙邊／吃灰，呵，虛幻的牧場」。蕭開愚隱秘地翻開事物內部：「每年的這一場雨，總是，來強姦夜晚」。「幾十頭牛在場線邊／靜靜地長肉……」。流亡，作為精神和人生的主題，到現在才完整了。它不是某個特定事件的產物。它是詩人共同的存在方式，甚至是一種內在追求。它在詩歌中的位置也清晰了。流亡不提供詩歌品質的附加值。它必須轉化為語言的深度，否則沒有文學價值。因為，不是「流亡詩」，只是「詩」，在接受思想和美學的評判。也正在這個點上，我們突然發現：古今中外的詩人都活了。屈原，杜甫，奧維德、但丁，包括五十年代敗退臺灣後能量倍增的臺灣中文詩，我們都隸屬於同一個沒有邊界的國度，說著詩歌這個「唯一的母語」，孑然而不絕望，「沒有天堂，但必須反抗每一個地獄」（楊煉〈追尋作為流亡原型的詩〉）。

與海外中文詩遙相呼應的，是中國大陸的詩歌寫作。天安門屠殺後，整個中國陷入了一種深深的失語狀態。朋友們的信中，充斥的詞彙，是「中斷」、「無力」、「空白」。我很感動，首先打破這沉默的，仍然是詩人，而且幾乎就是當年開創《今天》、《倖存者》的同一批人。九零年，留在北京的芒克、唐曉渡等，重新回到油印的方式，出版了民間詩刊《現代漢詩》。首期頭條，就是我的海外新作《冬日花園》、《格拉夫頓橋》、《戰爭紀念館》、《謊言遊戲》。看著編委們熟悉的名字，摸著粗糙薄弱的紙張，我知道，有一根線斷不了。它會一直穿透時空，連接起無論在哪兒的我們。隨著九二年大陸經濟改革的重新上路，這根線重新織成了網，再編入更大更立體的互聯網。「當代中文詩」這個概念，在今天，已徹底掙脫了地理限制，就寫作和交流本身而言，也幾乎掙脫了政治的控制。作為和《今天》的直接連接，芒克，通過充滿哲學沉思的長詩《沒有時間的時間》，完成了觸目的自我更新。嚴力，用靈感十足的想像，開創出一種獨特鮮明的都市口語風格。八十年被統稱為「後朦朧」、「第三代」的詩人們，現在發育成了詩歌創作的主力。翟永明，早期用《女人》、《靜安莊》等組詩震驚詩壇，被譽為「中國普拉斯」，經過在紐約沉默蟄伏的兩年，回國後拿出一系列新作，融敘事語調和沉思於一爐，至今保持了飽滿的創作能量。西川，大學生詩歌的代表人物，身兼詩人、學者、翻譯家各種角色，又能融會貫通，在知性縱深中迸發感性的活力。于堅，始終執著於他的詩歌祖國雲南的地方性和口語，卻又以政治觀念藝術式的長詩《零檔案》，走出了「反隱喻」的隱喻之路。歐陽江河，另一位右手揮灑詩作、左手把玩理論的才子，永遠是各種合奏中的銅管樂器。其他佼佼者如柏樺、鐘鳴、孟浪、孫文波、陳東東、臧棣、楊小濱、呂德安、王小妮等，這些當年的「後朦朧」們，現在成了出生於「七零後」、「八零後」更年輕詩人仰慕和反叛的對象。都說二十一世紀詩歌在金錢氾濫的中國「邊緣化」了，但如果你是一位潛泳好手，能不理睬其他喧囂，而專心潛入詩人詩作中，就會發現，在你周圍，洶湧著據說有二百萬之多的寫詩人口，浮沉著數百文學網站。這「邊緣」，其實是個深不可測、暗流縱橫的大海！

這裡的意義遠不在於數量，而在思想的深化。全球化語境中的中國，既延續了中國原有的政治、文化錯位和斷層，又經濟起飛，詭異卻成功地加入了全球市場，這也在迫使詩人反思自己的應對方式。今天的「中國」，這個巨大的問號，已不問我們冷戰中不同意識形態之間的選擇，而在問資本全球勝利時的沒有選擇。我在八五年〈重合的孤獨〉中寫過的話：「行為上毫無選擇時，精神上卻可能獲得最徹底的自由」，突然有了新的含義。天安門之後不久，歐陽江河就敏感地指出，出現了一個「深刻的中斷」。很快，這個感性的表達，又在八十年代以來最重要的詩歌批評家唐曉渡那兒，被引申為理性的認識：當代中文詩開始進入了「個體詩學」的階段。這個深化，體現為詩人最終完成的哲學和美學體系——包括生命認識、現實定位、詩歌觀念的自覺、為自己篩選重寫的「傳統」，終至每件作品的形式和語言。「個體」，先天設定了詩人之間的不同。「詩學」，必須自圓其說又經得起別人審視。至此，我的另一個說法也終於有效了：每首當代中文詩，都是觀念的和實驗的。一本詩集，是一個「思想——藝術項目」，它詩意與形式間內在的「必要性」，使全部寫作有機積累出一個航程，從而避免重複自己，或更糟，自以為在更新卻一次次從零開始。中文詩人不缺聰明，缺的是「耐力」。一個持續發展自己的能力。政治壓力的沉重、語言資源的龐雜、文化生態的不完整，在在都需要詩人自覺地把自己建成一座思想城堡。從這個角度看，九十年代中期的「知識份子」與「民間」寫作之爭，雖然喧囂卻頗為詞不達意。他們要求的，同樣是詩人獨立思想者的位置；而辯論「書面語」或「口語」的孰是孰非呢？又沒有詩學意義，因為沒有語言是禁區，端看你用得是否到位！站在二十世紀末尾，回顧這個以追求形式之「新」為特徵的世紀，中文詩人的反思是痛苦的：為新而新，最終重演著「舊」。「個體詩學」要避免那個自欺欺人的鬧劇，唯一要做的是求深——深入人生和思考的困境——深到不得不有新的表現方式的程度。

「個體詩學」的建立，又回到了（從未離開過？）當代中文詩的起點：用自己的語言表達自己的感受。一個對詩最低、也最高的要求。這裡，有必要稍加詳述貫穿於不同「個體詩學」中的三個共同因素：對中文語言的反思；對中國古典傳統的重寫；世界意義上的全方位不可替代。

（一）對中文語言的反思

我在〈智力的空間〉一文中，已經明確了：漢字不只是書寫工具，它是思想的獨特載體。它的語言學性質以及思維方式，是當代中文詩意識和形式的啟示。具體地說，每個漢字是形、音和義的多層次合一。字形的具象，卻又加上語法表達（特別是非時態動詞）的抽象，使中文詩歌的意象既實又虛，既象形又形而上，並賦予了書寫一種共時的空間性。中文詩歌意識先天內涵了對人類共時處境地把握，而它的形式就是漢字空間性的逐層放大。雖然當代漢語中，審美的字和概念的詞，經常造成感知的分裂，但詩歌越追求意象的精確、音樂的完美、含義的豐富，詩人對漢字感受必須越敏銳，使用必須越自覺。正是通過漢字，我們保持了和古典傑作之間的「創造性的聯繫」。

（二）對中國古典傳統的重寫

當代中文詩的實驗性，不止向未來一端開放，甚至更向過去開放。就是說，基於當代中文的獨特困境，最「怪異」的創新，或許正是寫一首頹廢唯美的「新古典詩」！這絕非危言聳聽，三千年中文古典詩歌「傳統」，如果不算龐德的涉獵，它簡直從未真正被現代思想發掘過。我這裡指的是，那個貫穿了詩經、楚辭、漢賦、駢文、唐詩、宋詞、元曲構成原則的「形式主義傳統」；那些在「七律」裡字對字、行對行精美呼應的對仗視覺；那通過平仄作曲（組織發音和漢字獨有的聲調），去掌控視覺意象的祕密的音樂能量；那個吸納各種「歷時的」現實，而最終建立的「共時」文本。它們什麼時候是「過時」的？中文古詩，從未被強加過一個「發展史」的邏輯。它們和我們創作間的關係，是「同心圓」，卻並非「進化」；是「互動」，而非單向移動。在美學上，古典中文詩應成為最有效的美學參照系統，參與裁判當代創作。在哲學上，應成為獨特的思想資源，豐富當代人對存在的認識。可以肯定，每個當代中文詩人，都在篩選自己的古典詩歌傳統。她／他不停重寫出的，不是過去，恒是現在。

（三）世界意義上的全方位不可替代

當代的唯一語境，是整個世界。這裡，再也沒有東、西方的簡單劃分。因此，也無須尋求異國情調的廉價市場成功。當代中文「個體詩學」，最終必須在世界（並非僅僅「西方」）範圍，檢驗其是否有效——是否不可替代。這個證實、也證偽的過程，只有參與多元語言、傳統、詩歌間的對話甚至辯駁，才能完成。就像拉美文學的大自然背景和當代意識、希臘詩歌的古典精神加現代活力，曾經深刻啟發過我們一樣，中文詩歌回饋世界的方式，簡單而言，就是別寫「壓根不值得一寫的詩」！泛泛而言的「國際」沒有絲毫意義，除非它能被建立在每個詩人的「本地」之內。就是說，因為不同的「根」，吹過樹林的風才有意義了。進入二十一世紀，在中英、中日、中印、中文和阿拉伯文之間，連續舉行了多次這樣「一對一」的深度詩歌交流。我稱之為「極端的」交流：不同原文的極端寫作，挑戰外文的極端翻譯，造成跨文化的極端衝撞。這，正是詩人的極端享受。

四

《玉梯》就是這樣一本極端之書。這裡選出的五十七位詩人的一百九十六首詩（含組詩和長詩），不僅集合了過去三十年當代中文詩的佳作，更應當繪製出一本思想地圖，從詩歌深度上，給當代「中國」這個複雜而又精彩的文本，勾勒出來龍去脈。猶如中醫的「把脈」，扪住了詩歌的脈動，就能感到當代中國語言、現實、思想、文化的變遷。每首詩猶如枝葉，從詩人神經末梢上長出，又從那兒探入一片大陸豐厚的地層，直到礦石和岩漿。這架玉梯，仍像崑崙山，立在宇宙中央。誰讀，誰就上下天地之間。

但，它又必須是「詩的」。就是說，這本選集中的作品，唯一接受詩歌標準的裁判。更具體些，那指語言之內的品質，而不包括任何語言之外的附加值。無論是被禁坐牢流亡性別少數民族等「政治正確」的題材，還是曾經一時洛陽紙貴、四海風行。詩歌作為「思想——藝術項目」，其思想必須呈現在藝術之內。僅僅「說出」思想是不夠的。離開一首詩獨特的意識、結構、形式、語言，句式和字詞、視覺與聽覺、韻律加節奏，一句話，詩作的形式，就無所謂「思想」。在語言風景中，思想只能像一個內在理由滲透其間，又被它們整體揭示。應和馬拉美的「純詩」之說，我想補充一點：沒有完全的純詩，但必須把每首詩作為純詩來寫。一首詩的美學構成，是它的全部。而即使最私密的愛情詩、最激烈的政治詩，其內涵也得瞄準對存在的哲學理解。美學和哲學，是對詩歌的考試。所以，在這本詩選裡，找不到那些作為中國「社會事件」到處傳頌、但詩本身薄弱的「名作」。在歷史價值和詩歌價值之間，這兒的編者是不可通融的唯美主義者。原因很簡單，看著我們的是屈原、杜甫，他們何時把自己隨手甩進「自由」詩的馬戲場，用「晦澀得太簡單」的意象雜耍自欺欺人過？我們希望，通過這本書，重建「形式主義的」詩歌價值觀。明白無誤地反對寫作中的無觀念、無形式——「無詩」。理由很簡單，和俄國詩人的源頭普希金、美國詩人的合同簽訂者惠特曼不同，當代中文詩人不得不記著兩千三百年前的屈原以降那成千上萬的經典作者，他們非時態地站在我們中間，盯著這枝筆。我們稍顯粗疏，就只剩恥辱和羞愧。

這個原則應用在編輯過程中，體現在三處：選擇原作；翻譯；設計全書結構。三點合一：不走捷徑，堅持原創。

在選擇原作上，不簡單利用現成的譯作。我們要求回到第一手的中文作品，直接挑選夠格的原創。我們的座標系，是古典中文和世界詩歌創作。以精美絕倫的中文古詩形式為一端，以世界各語種詩歌創作為另一端，去檢驗每首詩是否「不可替代」？這也是一座「向下修建的塔」，猶如用一架美學望遠鏡，從雲端俯瞰浩如煙海的中文詩和詩人。數量本身就是難度。好在編選者本身身兼內、外雙重身分。我和中文合作編選者秦曉宇，既是當代中文詩創始以來的核心寫作者，又力圖成為它的反思者、評判者。一九八九年以來我身居國外，從而擁有冷靜觀察的距離前提。秦曉宇住在中國，置身當代創作的漩渦同時又是「七〇後」最傑出的詩歌批評家。這本書的詩歌地圖，就是記憶和作品雙重繪出的。這裡，我們也有傳統可循，蘅塘退士編選的《唐詩三百首》，膾炙人口，就在於只選形式精美之作，甚至對杜甫也毫不留情。詩作可比，評判方式猶如體操比賽：「技術難度分」，確定作品的觀念和座標系級別；「完成程度分」，審核具體寫作的完成度。兩者合一才能判別作品。這裡，決不考慮翻譯的難度。相反，在觀念獨創、形式講究、特別是技術性上，「不可譯」本身，就在提示某種意義。那不是被淘汰的、而恰恰是入選的理由。

在翻譯上，不忽視譯文的創造性。我們要求譯文呈現原作的質地。原文和譯文的關係，是「同一個根上長出的兩棵樹」，它們外在的不同，恰恰應當折射出內在的相同，在觀念上、也在語言形式上，不僅傳達中文特長的視覺意象，而且包括一般認為「不可能」傳達的音樂性——只要原作在這一點上有特殊的考慮！本詩選的英語團隊按此設置：英語共同編者William Herbert是英文品質的總驗收，占全書五分之二的已有譯文，都經過他的專業性審視。其餘一百餘首全新譯詩，每首都由與我合作多年的譯者Brian Holton以及他的助手Kay Lee翻譯出初稿，交我參閱原文提供意見後，他們潤色修改，再經William Herbert從英詩角度提出意見。最終的目標是：在觀念上，有龐德的深度理解力和「發明」能力；在語言上，又能達到亞瑟・威利譯文中詩意的「流暢」。觀念的、實驗的譯文，本身就是一種獨立完整的詩歌美學。

在全書的結構設計上，不在作者名下簡單羅列作品。我們要求全書的結構，有一張思想地圖的意義。具體地說，細看這整部書，又是由六部「詩選」和九篇文章組成。六部詩選，每部聚焦於一種獨特的詩歌體裁。順序為：抒情詩，三千餘年來中文詩的最長項；敘事詩，與中文「線性」敘述能力差相關的傳統最弱項（卻也因此留下創造的餘地）；組詩，突顯建立在漢字空間性上的結構意識；長詩，大主題大篇幅作品（每部作品精選舉例部分，並加一篇介紹）；新古典詩，自覺發掘中文古詩形式基因；實驗詩，漢字語言的觀念藝術。九篇文章：秦曉宇為六個體裁寫的六篇序言，分述它們的創作狀況，猶如分省地理研究，把不同體裁滲透的古典背景、外來影響、當代重要詩人的獨創性組合，描繪成一種獨特的風景。通過體裁歸類，不同作者的側重、以及作品在整個當代中文詩中的地位，才一目了然。書後附加的總目錄，歸納起每個作者的各類創作，重現其全貌，也再次把「分省」地圖還原為一張全國地圖。書前兩篇長序，一為楊煉作為中文詩人的「內部」觀察和思考，另一為W. Herbert從國際詩角度的反思評價。此外，Brian Holton的文章，以他翻譯中文詩十餘年的經驗，介紹中英兩種語言和詩歌美學的互動。我們的要求很簡單，詩選的每個細節，必須建立在對詩歌的深刻理解上。而詩選本身，又成為有機生成的「一本書」。

當代中文詩是個奇跡，因為它呈現出整個中國文化轉型的能量，包括政治、經濟、社會、思想的重重衝撞、裂變和生長。無論如何，中國這三十年的巨變，超過以往三千年，是不爭之事實。連詩歌的從「熱」到「冷」、從八十年代初位於文化中心到九十年代後的邊緣化，也折射著社會選擇的日趨豐富。另一方面，國界已不在詩歌討論的視野中了。當古典傳統和外來影響都是「他者」，都僅為我們提供篩選的材料，當代中文詩就只能是用中文寫下的世界詩，穿透「中國的」而成為「人的」。它沒有相對的意義和有效性，只該接受世界水準的絕對考察。體、用之爭折磨了中國人一世紀之久，最後的結論又很簡單：以個人的自我追問為體，古今中外都為我所用。這是不是唐詩的視野？或龐德《詩章》的視野？必須如此。因為，恰恰是詩的全球化，在抗衡地球上污染了自然、更污染了人心的權力、自私和玩世不恭的大一統。

「再被古老的背叛所感動」——我的長詩《同心圓》，除了描述人類處境，更在給出一種精神公式。是的，面對時間也面對空間，提問者就是精神上的背叛者。我們一直在做這件事：在人心萬古蒼茫之處，架設那架玉梯，讓詩成為超越自身的原型。

倫敦，二〇〇九年五月二十五日

詩歌跨越衝突

The Nights Passing Endlessly through Scheherazade's Mouth

In a public park
where I like to sit
in the thick shade cast by the branches of a tree
I was more or less enjoying the daytime
I was watching grass sprout from cracks in the asphalt
and the sun as it shone in the faces passing by
as I pondered the meaning of the murder taking place
in the nights passing endlessly though Scheherazade's mouth
when a fortune-teller woman approached me

and asked permission
to illuminate my fate
from my life's dark mirrors

Staring in silence
at her sly eyes
I must have been lost in thought a long time
When I looked up
she had moved away from me, quickening her
steps like the nights passing endlessly through Scheherazade's mouth
These steps
like bells hung round the necks of people strolling by
rang out in an unhearable voice
These steps
as if celebrating the sprouting of grass
from cracks in the asphalt
shone with an unseeable light

Right then
I wanted to know
if that fortune-teller woman could find out
what even God and Satan can't divine-humanity's desires,
ever since we've strolled in public gardens
more or less enjoying the daytime
watching the sun from endless passings of night
as the grass rings from our shining steps

2004, Kurtuluş Park, Ankara

Published in Al-Quds Al-Arabi [London], 24 May 2004, p. 16

無盡穿流於謝赫拉莎德口中的夜

一個公園
枝條投下濃濃的樹蔭
我喜歡靜坐在那兒
或多或少享受著白晝
我觀望青草從柏油裂縫間滋芽
太陽照著一張張經過的臉龐
當我沉思無盡穿流於謝赫拉莎德口中的夜
那謀殺的寓意
一個算命女人走近我
要求允諾
她用我生命的黑暗鏡子
照亮我的命運

寂靜中，盯視
她狡黠的眼睛
我一定失神太久了
當我抬頭
她已離開了我，加快腳步如
無盡穿流於謝赫拉莎德口中的夜
這腳步
像掛在周圍散步者頸項上的鐘
嗚響聽不見的聲音
這腳步
彷彿歡慶著柏油裂縫間
青草的滋長
輝耀看不見的光

此時
我想知道

那算命女人能否猜出
連神和魔鬼也無力占解的人之志欲，
自從我們在公園漫步
或多或少享受著白晝
觀看太陽自無盡流逝的黑夜裡
青草般鳴響我們明媚的腳步

Exmetjan Osman　詩
楊煉　譯

上面這首詩，是著名的維吾爾流亡詩人Exmetjan Osman的作品。當我獲得二〇一二年柏林「超前研究中心」學術獎金，於當年十月來到柏林，同時動手把它翻譯成了中文。促使我翻譯它的原因，既因為它的美，更因為它的深刻。它的標題用典，採自阿拉伯名著《天方夜譚》（中文標題又譯《一千零一夜》）。謝赫拉莎德是書中主要人物，她是殘忍的波斯王娶來為了殺掉的妻子，但她聰明地想出用講故事延緩自己死期的辦法，每夜給波斯王講一個動人的故事，直到第一千零一夜，波斯王真正愛上了她。生命誕生於創造，智慧戰勝了死亡。這指向了它的寓意：作為有過同樣慘痛流亡經歷的詩人，我太理解了，當Exmetjan Osman在某個寂靜明媚的日子，坐在異國他鄉的小公園裡，一邊活在當下，「或多或少享受著白晝」，觀察樹蔭、青草、經過的人群；一邊清晰感到這「當下」在裂開：人群中若隱若現著謝赫拉莎德的影子，陽光中滲出一個個蔓延在刀鋒上的夜，謝赫拉莎德的嘴優美張開，但沒人比她更清楚，死亡的巨口張得更大，等在某個波斯王厭倦的剎那，將把她一口吞掉。

一個短句「那謀殺的寓意」，用一個詩意的深度，囊括了「無盡穿流的夜」和「我的沉思」。「當下」分裂成光與黑暗兩個層次，組合出這首詩光——夜——光的錯綜結構；白晝裡充滿夜色，現實滲透了古典。無論身在何處，一個流亡詩人永遠逃不出深藏於自己內心的慘痛。但，流亡的意義也恰在這裡，這些「聽不見的聲音」、「看不見的光」，正是「生命的黑暗鏡子」，在「照亮我的（人類的！）命運」。詩的結局，又是一個逆轉。恰如謝赫拉莎德用智慧贏得了波斯王的愛情，這首詩最終的音調是肯定的，但它沒有肯定簡單的民族主義、或宗教教義，而是肯定了一種「人之志欲」，即使在「無盡流逝的黑夜裡」，也能穿透那柏油的裂縫，像太陽像青草，「嗚響我們明媚的腳步」。Exmetjan Osman是位穆斯林詩人，但這詩作卻超越了外在神本教條（「連神和魔鬼也無力占解」），完成於對人自身的信仰。這首詩的思想力量，遠超出人們對他的固定預期：由於中國政府對維吾爾「疆獨」運動的嚴酷打壓，他該寫民族主義的詩，或張揚伊斯蘭教義的詩，至少是反迫害的詩。但，這首詩不同於所有這些群體表達。這裡的詩意，對於我如此熟悉親切。它通過肯定「人之志欲」，傳達出對伊斯蘭文化自身的強力追問，從而揭示出這古老文明現代轉型的內在能源。這自我追問，是真正的詩意激情。它和任何群體情緒、口號無關，卻和我——一個在反思中國文化傳統中開始創作的詩人——密切相關。我和Exmetjan Osman，分屬於所謂「中國、疆獨衝突」的對立兩側，卻找到了同一個思想血緣。

我說我們「找到了同一個思想血緣」，並非言過其實，而是基於我們自身痛苦、但又能量十足的經歷。一九七六年，文革結束，留下的廢墟，不僅是政治的、經濟的，更是文化的、語言的。中國歷史上，從未有過思想觀念如此碎裂、思維方式如此混亂的文化時期。我們的寫作，以貫穿整個八十年代的「文化反思」為語境，從一個最簡單的追問開始：「誰之罪」？誰該對這場徹底毀滅人性和常識的災難負責？當絕大多數人自稱受害者，誰是迫害者？難道現實比荒誕現實主義文學更荒誕：無數人受害，卻沒有迫害者？結論只能是，每個人在被害的同時也是迫害者。我們臉上的面具，彩繪著引進的「共產主義」歐化辭藻。而骨血中滲透的，卻是數千年專制思維的基因。特別是這基因中被刻意刪除的，通過反思建立個人自覺的能力。由是，整個八十年代，堪稱一個「反思的時代」。追問，沿著現實——歷史——文化——語言——心理層層深入。當下的政治處境，借助於數千年專制制度和思維的惡性循環；那循環又被儒家「大一統」思維所肯定，以家、國結構的定式完成了對中國傳統文人的精神控制。二十世紀中國人狂熱夢想著現代化，甚至試圖拋棄自己的傳統，卻忽略了，「現代」不可能打包進口，它必須基於一個文化內在的創造型轉型。就是說，離開了清晰的「自覺」，談不到現代化，只能墜落得更深：在盲目中，被傳統的黑暗面所控制，卻不自知。這正是二十世紀中國發生的事情。當我們嘴裡只剩下「萬歲」或「打倒」這兩個詞，誰不是專制思維的追隨者？當我們複述著越來越長的翻譯名詞，從當年的「共產主義」、「資本主義」、「歷史辯證法」、「無產階級專政」，到眼下的「後冷戰」、「後殖民」、「後革命」——「後一切主義」，僅僅因為它們正時髦，卻根本不在乎那到底有什麼含義。那麼，誰能推脫作為「新語」（New Speak）[1]締造者的責任？我們能說一切，可什麼也不意味！唯一的後果，只能是詞、義徹底分裂。最終，唯一勝利的，是「語言玩世不恭主義」。它瓦解了思想。用詞語的空洞，放縱了赤裸裸的權——利遊戲。

今天，氾濫空洞的政治說詞，已經成了商業全球化的有機部分。那麼，下面這個句子，究竟在描述文革中國人的噩夢，抑或當今世界的精神危機呢——誰放棄追問和自覺，誰就是「迫害者」！

這裡，我越努力探討「當代中國文化」，一個問題越突出：究竟有沒有這個「文化」？如果有，它如何構成？該叫什麼名字？我不得不承認，在全世界眾多文化「他者」之間，古典中國文化或許是離我最遠的「他者」。遠，因為它和我沒有地理距離。同一種漢字，給我（更給世界）造成了一個幻象：在古今中國之間，有一條直線相連。但，那只是幻象而已。事實上，二十世紀、尤其一九四九年以來的「當代中國」，是一個誕生在中國傳統文化廢墟上的怪胎。鴉片戰爭開始的中、西文化衝撞，給了兩千多年自以為居於天下「中心」的中華文化狠狠一擊，讓中國人從過分自豪，直接跌入過分自卑，又不甘於這種「落後」，於是大規模引進歐洲文化，極端者甚至喊出「打倒孔家店」的口號。我上面提到的種種外來詞語，就是乘著這股「西潮」，由日本人翻譯歐洲概念、而以漢字寫下的。這類「二手」歐洲詞彙，占了今天中國城市人用語的一半以上。於是，我前面提到的詞、義分裂，也成了所謂當代中國文化的特徵。當「人民」（People）一詞，由普遍意義的「人」、加社會下層的「民」（與「官」相對）構成，什麼時候用「人」？什麼時候用「民」？如何決定？誰來決定？涵義的空缺，給了權力填充它的機會。想想「中華人民共和國」以來，多少政治迫害，是以「人民」的名義施加給人民的吧。這災難也並非中國獨佔。冷戰中哪個共產國家的人民，不熟悉這套含著鋼鐵的語彙？那麼，這是「中國文化」？或乾脆該叫做「共產文化」？它的機制，是權力魔幻地挪用一切名義，無論那名義是民族、祖國、文化、歷史，或直接就是「國際」。一個裝飾著進化論詞句、以經濟邏輯支撐的「未來」，激發出兩代以上中國人的激情，卻對同一套口號裡，「祖國」和「國際」的自相矛盾視而不見。數百萬年輕人，如我父親那樣，出身富家，卻鄙視資本的惡俗，為渴望在中國建立平等社會而投奔共產黨，且真誠地、全力以赴地投身毀滅自己階級的鬥爭。他們中許多人，至今仍堪稱原版的理想主義者。我敬佩他們的理想，但無法不承認，文革式的災難，正植根於這空洞的「理想」之中。今天的回顧中，我們會驚訝，一個號稱「五千年文明」的古國，人性和常識曾喪失得如此澈底，以致竟不得不回到學習尊重私有制這樣的低起點上，艱難地重建法治和道德秩序。我說那是一個「怪胎」，因為不得不承認，它也是一種「現代轉型」，只不過是一個中、西劣質元素結合成的極端失敗的轉型。我們父輩夢想的現代中國文化，根本沒有出現。某種意義上，我確實得感謝我稱之為「噩夢的靈感」的文革，沒有它，我們也許還在渾渾噩噩中徘徊。是夢醒的驚怵，啟動了追問的鏈式反應。令我們看清了困境的深度：既沒有一個「中國文化傳統」可供傳承，也沒有一個西方可以被簡單移植。四面八方都是「他者」時，我們別無選擇，只能作一個「主動的他者」：通過重建個性能量，全方位組合古今中外一切資源，創造全新的當代中國文化。借用二十世紀中國體、用之爭的母題，我們必須「獨立思考為體，古今中外為用」。不把自己建立成一個開放、生長的「傳統」，我們就沒有「傳統」，只有一個冗長的「過去」。

我不厭其煩地解剖中國文化案例，希望不是多餘。因為我相信，沒有對自身文化複雜和深刻的體驗，就談不到理解別的文化。雖然全球化用金錢拉近了世界，但「近」並非等同於理解，反而經常加劇衝突。冷戰結束後，世界各地民族、宗教間的偏見、衝突不降反增。九一一、伊拉克戰爭後，世界對「正義之戰」還是「利益之戰」愈加疑慮。阿拉伯之春後，就算我們知道從哪裡「解放」出來、但我們是否知道向哪裡「解放」去？亨廷頓試圖用「文化的衝突」定義後冷戰世界，但，這種極端簡單化的、生物分類學式的說法，第一不能解釋全球資本主義環境中，貫穿各文化內部的貧富對立。第二在誇大文化衝突時，又刻意遮蓋了不同文化間利益集團的互相利用。「他們不反對雜種，只要是他們自己養的雜種」，一位著名的巴勒斯坦作家對我說。我的美好記憶，仍時時要回溯到二〇〇三年和阿多尼斯在約旦的相遇。見面不久，在談話中，他就提到阿拉伯專制權力對宗教的利用。基於這點，他明確說，「我反伊斯蘭」。這話深深震撼了我。其原因在於，相比於我曾面對的意識形態控制，他正反抗的宗教思想控制，其黑暗如汪洋大海無邊無際（別忘記，那遠早於任何出現「阿拉伯之春」的跡象）！更大的震撼，來自這裡蘊含的阿拉伯文化自我反思的力量，它和我的中國經驗如此相通！何止相通？這就是「精神血緣」。一種人格的純正，令真正的信任在！自那以來，阿多尼斯和我，建立起當代中文和阿拉伯文作家間第一次直接的思想對話。我們的共同處境，是都要在兩條戰線上作戰：既面對自己文化內現代轉型的艱難和複雜（以及由此帶來的豐富），又面對自己文化外，世界（尤其西方）對我們問題的大規模簡單化——對中國是意識形態化，對阿拉伯是民族、宗教化。而我們對這處境的應對選擇又如此相似：一，對內堅持以獨立思考、創造個性推動文化轉型。二，對外反對用簡單化降低思想交流的品質。三，對世界保持全方位批判反思的態度。中國二十世紀的教訓是，任何文化的現代轉型，必須基於對其內部良性基因的創造性轉化。否則，就會像我們，沒引進西方，卻引進了蘇聯版「共產主義」——一個在西方沒人要的東西。同一個主題，也促使著阿多尼斯思考，並找到蘇菲派作為穆斯林內部現代轉型的基因。當我粗淺涉獵蘇菲派思想，赫然發現早在西元十世紀，蘇菲派聖人哈拉智（八五八－九二二）就曾宣稱：「我即真理」！人，能在自己身上達到最高精神境界，通過愛與安拉合一。這種對伊斯蘭澈底人本主義的闡釋，使他被統治者處以火刑。但，這又是一條多麼鮮明璀璨的思想主線，跨越十多個世紀，貫穿到阿多尼斯、甚至Exmetjan Osman身上！更精彩的是，現在中國新疆（又稱「東土耳其斯坦」）的穆斯林，正是由遭到迫害的蘇菲派流亡者傳播、發展而成。秉承穆斯林人本主義的精神傳統，他們不僅不該是同樣摸索現代轉型的中國人的敵人，相反，正是互相啟迪、互相推動的夥伴！

「文化和衝突」這個主題，到現在是否終於可以說清楚了？真正擁有反思活力的文化，不僅不該造成衝突，恰恰應該消解衝突；不僅不會建立敵意，恰恰是在建立理解。我說「反思活力」，指的是每個文化自我追問的能力，且經由自省這條內在隧道，溝通其他文化——特別是被「劃定」為衝突對方的文化——中的獨立思想者。「文化」的核心，從來以建立個人自覺為目的。正如民主的意義，在於啟蒙。離開獨立思考和選擇，「多數」並非不會淪為極端主義的專制。可以說，在「活的」、擁有創造個性的文化之間，很少衝突。相反。缺失了「人之志欲」，「文化」就是僵屍，就是工具，經常被權力邪惡地利用。這個世界上，有多少這樣「沒文化的」衝突，不其實是權、利之爭？過去半個多世紀，中國官方「共產文化」，是對十幾億中國人的普遍「專政」，漢人和西藏、維吾爾、蒙古人一樣，同為那個文化怪胎的受害者。通過官方重寫的歷史，「中國」，被偷換等同於歷史上的各個朝代。尤其是把西藏、新疆、蒙古、甚至整個長城以北直到外興安嶺納入版圖的、滿洲人統治的清朝。歷史的複雜性被有意忽視：清朝人當年劃定的等級之分：滿、蒙、回、藏、漢，有意結成少數民族統治同盟，以制約數量百倍、卻壓在底層的漢人。因此，藏傳佛教的執掌者達賴喇嘛，當年甚至是皇帝的上師。而回族穆斯林，雖然也起義並被鎮壓，但社會地位仍遠遠高於漢人。而孫中山二十世紀初喊出口號「驅逐韃虜，實現共和」，已經埋下了混淆民族／民主之爭的種子：一邊是實用主義地借用民族偏見，一邊宣揚基於普遍人權的民主，這自相矛盾的陰影，覆蓋了中國整整一個世紀，也令世界思想混亂，把中國民眾與專制者的衝突，誤認為不同民族間的衝突。這大大降低了歷史的思想內涵，更幫助了專制者，以「民族之爭」把鎮壓變得名正言順。同理，今天中東糾纏的死結，說到底並非巴勒斯坦和以色列的「文化衝突」，而是西方殖民者自私和不負責任的歷史產物。對此，西方知識人反省得夠深刻清晰嗎？我說的是真反省，而非禮貌性（自我保護性？）的沉默。思想上的「禮貌」不該保留。例如販賣黑奴的研究，已經是顯學。但人類史上最骯髒的頁碼之一「鴉片戰爭」呢？它直接導致了中國整個變態的「現代歷史」。我曾問：「有沒有一本關於鴉片戰爭的有深度的專著」？一位英國著名歷史學家竟一時語塞。這是另一個文化缺失反思能力的負面案例。不僅阿拉伯或中國需要澈底反思，這對歐美同樣必要。今天的全球化中，彌漫的「政治正確」說辭和唯一的利益硬通貨，早已抹平了種種「文化」的不同，而把人類統統納入了自私化——玩世不恭化。衝突，只剩下我們面前那一個：瞧，這是利益，你要投入它或逃避它？你能向哪裡逃？同一個現實中，個人從未從此無奈無力，澈底走投無路。

那麼，我這篇文章的題目是否起錯了？當「衝突」已成絕對，詩歌有什麼用？它能跨越或改變什麼？確實，一個漢語詩人翻譯一首維吾爾詩人的作品，不會改變任何現實。Exmetjan Osman依然流亡。世界依然喧囂著口號。商業性的絢麗荒漠，依然證實著人的精神危機。一切之後，是一種太熟悉的萬古蒼涼，跨越時間，也跨越語言，成了全世界嚴肅詩人的共同感受。只要詩人真誠，就無法迴避它。但是，弔詭的事情發生了。我們看到，無論所謂「衝突」多激烈，只要能讓詩人們一起朗誦——漢族的和維吾爾的、漢族的和西藏的、伊拉克的和美國的、土耳其的和庫爾德的、俄國的和車臣的、波蘭的和立陶宛的、甚至巴勒斯坦的和以色列的——他們對人生感受的挖掘，對詩意深度的提煉，和觸摸語言極限的努力，簡直一模一樣！這種相通，就是一種「語法」。憑藉它，詩歌能抵達比語言更深的地方，從一個人內心，穿越到戰場另一邊，並認出其他文化中的經典，也正是自己的經典。因為所有經典，貫穿著同一個本義：絕境中的個人美學反抗。兩千三百年前發出《天問》，從而底定古今詩人「提問者」的姿態，最後在流亡中自沉的楚國詩人屈原如此。寫出《變形記》，死在流放中的古羅馬詩人奧維德如此。逆轉漂泊之痛，將其提純為無比精美之詩的唐代詩人杜甫如此。但丁、策蘭、曼德爾施塔姆、茲維塔耶娃如此。對於詩人，世界從不是天堂。同理，只要有精神追求，誰不在流亡中？現在，我終於能體會Exmetjan Osman詩中那「無盡穿流的夜」了。無盡，因為我們不能依賴任何虛幻的「進化」許諾。每首詩（甚至每個句子）結尾處，都是一個「不可能」，而詩人正在不停地「從不可能——開始」，把自己造成一個「詩意的他者」（The Poetical Other）。這裡，「詩意」一詞，把「詩」先天內涵的思想性、能動性推到了極致。當我說，我的詩不是用（因為壓根沒有）公共的「中文」，而是用我自己的「楊文」（Yanglish）寫成，我就已經在〈無盡穿流於謝赫拉莎德口中的夜〉裡尋找Exmetjan Osman的「奧文」了。這首詩沒有讓我失望。那個被靜謐語調含著、實際上卻強烈無比的光——夜——光結構，不僅照亮了維吾爾流亡詩人，同樣照亮了我。我相信，也會令每個讀到它的中國人深深感動。詩歌是這樣一塊壓艙石，以詩意鑄造的自我，能從深處看清、決定自己對民族、國家、語種、宗教的態度，因為那都是自覺的一部分。於是，我一定支援Exmetjan Osman維護維吾爾語言和文化的鬥爭，就像我會竭力維護漢語的純淨。我推動中文文化的現代轉型，所以必然反抗中共專制剝奪少數民族的權利。最美好的時刻，是當詩人們並肩坐下，開始互相翻譯，一個個意象、一個個句子地移動，憑藉對詩歌閃電般的領悟，而深入作品，只有親情，哪兒來衝突？二〇〇六年，同樣在柏林，我和飽受「衝突」之苦的南非詩人Breyten Breytenbach對話中，找到一個句子：「詩歌是我們唯一的母語」，一舉歸納了這「跨越」之美。二〇一二年，在南韓慶州國際筆會年會上，幾個中文、維吾爾文、波蘭文詩人們共同商定，不等那些滿是黑箱交易的「政治解決」，當下就做！一首詩一首詩地跨越衝突，編織那張絲光輕柔的「理解」之網。這是詩人面對當代挑戰的姿態。「詩意」，恰恰是本質上的政治。

和「衝突」的喧囂相比，詩歌的聲音很微弱，但卻是一個明晰的「不」。這正像Exmetjan Osman寫的那一線智慧之光，能撕開無盡穿流的夜色。

二〇一二年十月十一日，柏林Wissenschaftskolleg

[1] 新語（New Speak）：喬治・奧維爾《一九八四》中的術語，指通過再造語言，完成思想專制的目的。

詩意孤獨的反抗
——我所謂「獨立中文寫作」

語言和現實常常彼此成為預言。一九八八年，當我和一些朋友在北京成立了「倖存者」詩人俱樂部，萬萬沒有想到，它竟預言了一個可怕的現實。八九年天安門大屠殺，像死亡在緊緊追趕一個詞，血淋淋地證實了它。那之後，誰還敢說自己不是倖存者呢？那些日子，當全世界為天安門的血震驚和哭泣，我卻震驚於人們的震驚、更為遍地哭聲而哭泣。我哭我們忘卻的能力。如果天安門是「第一次」，那在此之前包括反右文革等等毀滅的數千萬死者哪兒去呢？我們這次流淚，是否其實也與記憶無關，而僅僅意味著沖洗和背棄，洗淨騰空了，好為下一場屠殺再哭再震驚？對中國人來說，死亡數字的龐大，其實遠不如死亡的空虛更觸目。這才是中國真正的現實。天安門是一個座標，確定了所有中文文學作品的位置：「倖存者的寫作」。

我們的寫作都是「倖存者的寫作」

與死者相比，倖存者毋寧說承擔著更大的厄運。死者只面對死亡的一剎那，天安門前的年輕鬼魂們不知道，同樣是一九八九年，從天安門開始的民主運動連鎖反應，導致了東歐、蘇聯一系列共產黨國家的垮臺。歷史在我們眼前清清楚楚地背道而馳，東歐蘇聯作家「回家」之日，恰是中國大陸作家開始流亡之時。他們同樣難以想像，一個九十年代以來「金錢文化大革命」風起雲湧的中國。在今天，中共的權力和金錢走出國門，實行了全球「專政」。中國政府對法輪功、開明媒體、維權律師們的惡性鎮壓和西方大公司的見利忘義「相映生輝」，把這個世界，改造成唯一流通著自私、冷漠和玩世不恭的「硬通貨」的世界。才十幾年，他們的死已被投入了五光十色的「中國神話」裡那個諱莫如深的遺忘的黑洞。

二〇〇六年二月，一系列發生在中國的鎮壓民眾維權、迫害律師、查禁媒體的事件，促使我發表了一封致中國領導人胡錦濤和大不列顛首相布雷爾的公開信。我給他們指出的「底線」，在中國，是不動用軍隊朝維權民眾開槍，保障維權律師的生命安全，不刻意壓制有良心的傳媒工作者表達一息尚存的正義感。在西方，是不屈服於訂單的誘惑，守住人權和民主的原則。又是一年過去了，中國政府的回答，是逮捕高智晟；是繼續肆無忌憚的禁書，例如剛剛激起公憤的查禁章詒和女士的《伶人往事》以及另外八本著作；是阻滯大陸作家參加首次在「中國境內」召開的國際筆會大會。一個利益黑手黨的「盛世」真的建成了。赤裸裸的「唯——物」，脫下陳舊意識形態的詞藻，劫奪了一切政治、經濟、文化、軍事、甚至教育醫療等等「公共」資源。現在，連「倖存者」都只剩下苦笑的份兒，因為這貪欲古今中外毫無二致。歷史連「怪圈」也不是，它根本沒有圈，只是在原地淪落得更糟，環顧大一統的污染世界，我們活著卻徹底走投無路。要說絕境，這就是了。

三種反抗，三個追問的層次

但這對我們也不陌生，當代中國文學走過的，正是一條被我稱為「噩夢的靈感」的道路。噩夢是現實的挑戰，靈感是文學的應對。自文革結束以來，我們思想和寫作的經歷，可以簡要概括為七十年代末至八十年代初的「政治的反抗」、貫穿八十年代的「文化的反抗」和九十年代中期迄今的「詩意的反抗」，這是三個階段，更是同一個追問的三個互相遞進的層次。

「政治的反抗」直接基於文革的慘痛經歷。這場開幕時像正劇、高潮時是悲劇、回顧中成了鬧劇的演出，把整個國家變成了舞臺，每個人以自己的角色，目睹自己的生命在廢墟上被「減去十歲」。我這一代詩人作家的「啟蒙」，正是來自文革中種種親歷，那與其說是思想的，不如說是肉體的，或許正因為分析力的匱乏，這一段饑腸轆轆精疲力竭、滿心疑惑重重焦慮的人生經驗才保持了它的原始和渾厚，以至至今仍在投射能量。七十年代末民主牆追問的唯一問題是「誰之罪？」毛死了，但鄧小平照樣把呼籲政治民主化的魏京生送進了監獄。「傷痕文學」曾風行一時，可繼續滴淌的鮮血中，談論「傷痕」是否太早也太奢侈了？我一直強調八三年所謂「清除精神污染」運動的獨特意義，因為與文革的半催眠狀態不同，這一次，中國知識份子是睜大著眼睛，目睹文革思維和話語的噩夢迎面撲來。正值我的長詩《諾日朗》被批判，我「政治的反抗」意識也完成了自覺：我們進行政治反抗的原因，不是因為專制制度不容忍詩歌創作，而是詩追求思想和言論自由的天性，不可能容忍專制制度。這兩種思維之間，絕沒有共存的可能。這樣，另一個問題也就清晰了，評判中共專制，只能看「有和無」、不能看「多和少」。就思想原則而言，專制無所謂「改善」，它關押一個作家就是關押所有作家，查禁一本書就是查禁所有作品。反抗它，不是為「我們」，是為了每個作家的「我自己」。它唯一的歸宿就是被徹底取消。

「文化的反抗」是政治反抗的自覺引申。八二年以後，大陸文學界興起了「尋根文學」，與美國黑人式的對「根」的肯定相反，它要尋找的是我們文化中——因而流淌在我們每個人血液裡——的「劣根」和「病根」，並由此解答「政治的反抗」無力觸及的深層問題。在這個專制制度中，我們每個人扮演了什麼角色？僅僅是受害者？或同樣也是迫害者？至少是以沉默和屈從，默許了災難的發生？外在的問題更是內在的。為什麼五四以來幾代人的努力，不僅沒建立中西之間基於文化自覺的對話和互動，反而轉出了中共這樣一個中國專制史上最黑暗最惡劣的版本？「革命」、「前進」，卻導致了喪失起碼的人性和常識。美好的理想主義，卻被歪曲得如此醜陋，當我們的詩似乎「自然而然地」使用起大雁塔、長城、故宮、黃河、《易經》等等古老意象，詩人潛意識的衝動，已經從表現「時間的痛苦」深化進「沒有時間的痛苦」了。八十年代中期許多作家經歷了重要的轉變，我們把創作的能量從體外循環的社會「點滴瓶」，轉回到作家自身。「噩夢」不再是群體的，要說「反抗」，現在更是對自我壓抑、自我扭曲的反抗。這也就在要求文化的自覺。二十世紀的中國人，堪稱世界上最極端的文化虛無主義者，可我們對五四以來急於打倒、揚棄的中國文化傳統，究竟理解過多少？正是由於我們自己對中國語言和文化價值的盲目，使毛式「西化」用一堆空洞的馬列大詞，就輕易裝飾了一個根本不配稱為「傳統的」極權，直至人們從文革醒來，突然發現手中只剩下「共產黨文化」，和被這個所謂文化徹底整垮了、弄亂了的世道人心。八十年代有一條很清晰的思想軌跡。從質疑政治到反思歷史，再到探尋傳統思維方式，直至重新解讀文化之根——中文的語言學特性。這不是群體運動，而是一個作家內在的思想深化。我們至今把八十年代稱為「嚴肅的」、「精神的」，並在回憶中對之充滿溫暖的鄉愁，正是因為它把「傳統」從一個充其量只配叫做「冗長的過去」的五千年重新啟動，接通了個人創造力的血緣。「文化的反抗」落到實處，就是一個人的品質。種種文化思考積聚的能量都返回現實，指向腳下那個仍在培育惡性生態的制度——八八年我出國時，已經可以清晰嗅出空氣裡濃郁的壓抑和憤怒，一根火柴就能將其引爆。所以，八九年的動盪，對我來說，簡直是勢所必然。

「詩意的反抗」不是一個大團圓的結局，恰恰相反，是在指出我們今天面對的澈底絕境。資訊的阻隔已不是問題，《中國農民調查》之類的內部報導，西方獨立知識份子的反覆告誡，都在指出中國經濟的騰飛建立在對勞動者的惡性盤剝之上，但這並不能阻止西方大投資者、西方政府們在面對中國人權時秉持的雙重標準，極端者如古狗、雅虎般直接參與迫害，簡直就是對中共暴政的唆使。中國的獨立知識份子現在的困境，遠甚於五四一代，因為五四人的理想主義不乏粗淺，但至少真誠；也遠超過冷戰時期，因為我們已沒有了可供抉擇的互相競爭著的社會觀念。今天是國際利益聯盟，在集體鎮壓任何形式的反抗。八九年和大學生並肩上街抗議的老師們已經被大筆專案預算所收買，現在成了捍衛官方的第一道防線。而中國「走紅」的作家們呢，怎麼可能站出來抗議一個使自己獲益的扭曲的「市場」，從而斷絕自己的進項？連統治者都學會了，通過被統治者的貪欲去自動完成的控制，才最澈底、最完美、最身心一致。這是為什麼，在任何人都不難對中國現實做出判斷的網路時代，我們反而越來越少地聽到個人——尤其那些大陸文壇上「著名的」知識人——抗議的聲音。這個「自我查禁」不是出於恐懼，而是心甘情願。當前一星期還在西方控訴的「流亡者」，轉眼搖身變成一隻「海龜」，搶回到大陸講臺上分一杯羹；當我的同齡人挑明了：「今天誰反對共產黨就是反對我」，我就知道「代溝」不再能解釋中國了，時間也沒有「進化」的必然性。這個虛偽加實用是中西合璧版的。這同時是一副醒腦劑：冷戰的結局，究竟是民主自由的勝利，還是資本的勝利？當左派右派都淪為掙錢的公司，是否赤裸裸的自私成了唯一的勝利者？這個時代的特徵，正是社會思想資源的極度貧乏。所謂「詩意的反抗」，正是承認、並正視這一步步抵達的走投無路。我們每個人必須是「詩人」，堅持孤絕處境中的不放棄。我八五年就寫過：「人在行為上毫無選擇時，精神上卻可能獲得最徹底的自由」。當代版的「不為五斗米折腰」就是，對中共的或資本的官方以實利兌換人格的企圖，一概說「不」，無論周圍是何等鐵桶般圍攏的黑暗和虛無。

「獨立寫作」：從人品的純正到作品的純正

那麼，我期待看到什麼樣的「獨立中文寫作」？首先，言由人立，有人品的純正才有作品的純正。古老的判斷法則遠比時髦的詞藻有效，例如良心，例如誠實，例如仗義。一句老話「心安理得」，把人心和天理的關係寫得清清楚楚。欺弱凌下、俗顏媚骨，到哪裡都是惡奴嘴臉。坑蒙拐騙，投機取巧，自古就是小人的標誌。我的幾乎不識字的老保姆，一輩子看人全憑人性和常識，卻幾乎從不走眼。她自己的正直善良，至今仍是我心中美好人品的榜樣。將近一個世紀以來，無數被引進的西方高論，在脫離了它們產生的歷史文化根源之後，成了中國人嘴上的空話。又因為空，總能讓別有用心者塞進任何內容。想想「共產」、「歷史」（唯物主義）、「革命」，除了給專制權力抬轎子還做了什麼？其實，世道人心無需那麼複雜的言詞。一部《紅樓夢》寫盡了人性的曲折悲歡。曹雪芹的貴族氣質，映襯著他十年著書時的薄粥黃葉。而章詒和終於為《伶人往事》拍案而起，也印證了為人為文根本上的一致。我至少在文學上是一個「血統論者」，這與中共匪類無關，我是指兩代以上的深層血緣裡帶來的高貴和傲骨，給人品作品一派純淨、一種透徹。以此觀之，王蒙追捧《紅樓夢》俗不可耐；王朔侃市井村言反而清雅可喜。人沒活到位，話也說不到位。「獨立」者，敢言敢當也，不向**任何**權貴世俗催眉低頭——「沒有天堂，但必須反抗每一個地獄」。

什麼叫「中國文化傳統的現代轉型」？一句話，就是在我們和古典傑作間建立起一種「創造性的聯繫」。獨立人格不是口號喊出來的，它必須由語言和形式的創造力來證實。我得說，就連我們對漢字和中文的理解，也是一種廢墟。當漢字只被當作工具粗陋地使用，而不被看成一種獨特的思想載體，古往今來不變的人性處境，怎能被蘊含在漢字動詞的非時態裡的「共時性」時間觀揭示出來？當貫穿了詩經、楚辭、漢賦、駢文、唐詩、宋詞、元曲以至八股文的偉大形式主義傳統，還沒被正名，甚至還在遭到貶低，我們放棄的就是判斷今天作品價值的最佳參照系。轉型中的中國文化，是一個充滿分裂的全新現象。這裡的大開大合、縱橫交錯，世界上還沒有任何一個現成「理論」能夠描述它。就像每個人身上在發生受控核聚變：個人對現實的追問是「體」，古今中外都能為我所「用」。它既不同於已知的中西，又把中西都變成了自己的思想資源。我們活在這個大原創之中，只能責無旁貸，去摸索創造那個理論，把每件作品變成一個思想——藝術項目：「在今天，中國藝術家必須是思想家，否則什麼也不是。」

但事實是，我這一代的作者（特別是詩人），雖然正當盛年，卻幾乎個個都已停筆了。最近，德國漢學家顧彬在訪談中指出，中國作家和作品的局限性，在於被很多不值得思考的題目浪費了精力。這個問題點得到位。多少根本不值得寫的「作品」，因為是「中國製造」就被生產出來，而且走紅！這是我們文學批評匱乏、價值判斷混亂的最佳證據。據說中國現在有一百萬「詩人」，但其中有幾個是把寫詩變成一種內心之旅的真詩人？粗陋的政治標準已經橫行太久了。也許現在終於該用哲學和詩學的眼光，編選一部當代中國詩選，看看以整個人類文學史為參照，我們的寫作究竟有幾分藝術價值？說到底，用不著抱怨傳統的毀滅，每個作家只要能走出一個個階段，創造自己又拋棄自己，做到孔子所說而龐德盛讚的「日日新，又日新」，傳統就活著。儘管「深度」一詞，犯了後現代流行觀念的大忌，但環顧古今，撐起人類文化脊樑骨的，仍然多是嚴肅嚴厲深思精美之作，卻絕少譁眾取寵、油嘴滑舌。今天的世界，甚至比冷戰時代更充滿火藥味和緊迫感；今天的藝術思考，已經能站在沉澱後的二十世紀對面，反省其「為新而新」的迷信。「獨立中文寫作」，必須深，深到非得發明新的表現形式的程度。詩意的反抗，正要求在為人上，秉持清晰的政治態度，但不以其代替生存感受的複雜。在文學上，恪守明確的道德準則，又不因此影響作品內在的豐富。我們的生存經驗之極度不純，使得「把每一首詩作為純詩來寫」的形式要求更苛刻，堅持詩學標準評判作品的理由更充分。人的處境應該整體地呈現在一部佳作裡，包括我們的種種自相矛盾。

中文裡最嚇人的一個詞是「知——道」，道都知了，還剩下什麼可能性？走投無路之處，我們還活什麼？寫什麼？二〇〇〇年新年，義大利電視一台問我：「詩對你意味著什麼？」好個三天三夜回答不完的問題！於是，我說：「從不可能——開始。」

二〇〇七年一月二十六日

憶蘇珊・桑塔格
——以個人的聲音反抗世界性的自私、冷漠和玩世不恭

蘇珊・桑塔格給我的印象是鋒利，敏捷，爽快。文如其人：如果考慮到她的年齡，也可以加上：美麗。

我第一次見到蘇珊・桑塔格是一九九七年七月，在倫敦。我應一間國際知名雜誌（英文名稱INDEX ON CENCORSHIP）的邀請，作他們「香港返回」特刊的特約編輯，由於香港地位的這個變化，不僅發生在兩個國家之間，更發生在兩個截然不同的政治體制之間，這吸引許多海內外的著名作者為專輯寫了文章。討論的焦點，當然集中在香港未來的民主命運上。在那個專輯的出版儀式上，我的朋友、英國作家伊恩・布魯瑪（Ian Buruma）和一位女士來了。那位女士之特別引人注目，也許是因為她滿頭黑髮間夾雜著的一綹粗粗的銀髮，後來才知道那是癌症化療的後果。我記得很清楚，當她的名字被介紹出來，在座的人都非常興奮，而她面對歡迎的熱烈，只一再謙稱自己是個普通的「支持者」。這是她給自己的「頭銜」。她一經和我介紹，馬上就談起中國來，特別想瞭解的是，該不該接受一個在海外剛剛創刊的中文流亡雜誌《傾向》的採訪？我的答覆是肯定的，並且告訴她，流亡雜誌越多越好，接受採訪也意味著一種支持。她聽了，立刻表示回去就給《傾向》雜誌寫信。有她名字的感召，其後又有不少西方政治、文化名人在《傾向》上露面，使之擴大了不少影響。蘇珊對那次諮詢相當滿意，從那以後，我和她時有書信往還。

美國的很多知識分子，除了對於中國政治、經濟、外交這些很實用的層次感興趣以外，通常他們對於中國文化轉型真正具有的深刻意義並不很在乎。中國文化文學對世界有什麼樣的啟示？這個文化在轉型時期遭遇的困境有什麼含義？因為隔開語言和傳統的背景，一般的美國知識份子並不十分關注。但是蘇珊・桑塔格對中國文化很感興趣。印象特深的一次，是我在信中談到中國問題的根源其實遠比所謂「政治」深刻，政治只是複雜得多的文化轉型困境的一部分，舉例而言，「民族」和「民主」自開始就呈現的混淆糾纏。蘇珊極為稱道這個想法，並認為循著這個思路，才能解釋清楚許多中國現實內獨特的問題。也是在這封信後，她寄來了她的兩部英文作品：長篇小說《火山情人》和短篇小說集《I Etcetera》。她在短篇集上的題詞是「給楊煉——中國之旅的專案及其他故事」。她非常希望自己不僅作為一位政論家、更作為一位小說家被介紹給中國讀者，並且有朝一日去中國旅行。現在，她的書中譯出版了，而她夢想中的中國之行卻被死亡之手掐斷了，她的聲音不再可能被中國讀者親耳聽到。這也是我得知噩耗後的第一個感歎！

蘇珊・桑塔格被稱為美國屈指可數的歐洲式知識分子之一。歐洲式知識分子的特點，第一是堅持歐洲文化傳統的人文關懷，以此作為一切思考的動力；第二是通過對歐洲文化（也就是自身文化）深度的認知，去獲得對其他文化理解的深度。這對當代大多數美國人很有意義——當自身只是一片空白時，也不可能對別的文化有深刻複雜的瞭解——我讀她的《火山情人》，就看出她對英國的、義大利的、以及整個歐洲自文藝復興以來的歷史理解得非常深入而到位。她那本書，從她自己當年在倫敦大英博物館旁一家小畫廊買的一批匿名水彩畫獲得靈感，通過以詩意散文的方式鋪開和發展情節，描繪出十八世紀歐洲從皇家到妓女的各色人等的命運。我特別注意到，她小說裡行文的節奏、以及對時間結構的設計，她確實值得以自己的小說驕傲！當我告訴她這一點，我稍稍覺得，她把我當作了半個知音。

我們認識之後，每次我去美國，都會打電話給她，也多次去過她在紐約寓所。那所很大的公寓，佈置非常美麗。它位於曼哈頓西側一座大樓頂層，明亮的窗戶、寬大的陽臺，直接俯瞰哈德遜河的粼粼水面，並能遠眺華盛頓橋以上的蒼茫上游。我們的每次交談，都熱烈深刻，不論是在煮咖啡的廚房裡，還是在擺著一輛錚亮摩托車（她兒子的禮物）的大客廳裡，她的目光總是熱烈而專注，她的談話，很少空洞的寒暄，總是直接切入主題，無論談的是中國、文學、或電影，她三句兩句就會把老生常談拋開，去抓住最值得思考的東西。比如說，對中國，在關注今天的狀況之餘，她更反覆詢問的是，是否有人在持續地「推動」朝向民主的變化？她不會僅僅根據某人的「名聲」就決定對其的印象，正相反，不止一次，她提到和某位海外頗為著名的中國詩人共度的一個傍晚何等「無聊」，用她的話說：「好沉悶啊，整晚上沒有一句精彩的話！」對蘇珊來說，「無聊」大概是最難忍受的了。和她談話時，我好像都能看見，她頭腦裡一架思維機器，不停地超高速運轉。那實在不像一個女人的思維狀態（對不起，男權了！）。話說回來，在她的家，我處處看到的，正體現出男性之曠達和女性溫柔的奇妙組合：想想那輛客廳裡的摩托車所象徵的萬里奔騰的含義吧！而當她指著摩托車說「這是我兒子送的禮品」，言談中又充滿母親的甜美驕傲；當她招呼起客人的茶點來，轉進轉出活脫一個家庭主婦！本來嘛，蘇珊對待性別一如對待生活：她當過妻子、當過母親，晚年又和一位女士同居——一句話，特立獨行。

這是要強調的一點，蘇珊雖然是一位世界名人，但私下接觸時，一絲所謂的名人架子都沒有，相反，一派真誠、樸素、美好，對人毫無戒備心，有時興奮起來活像個小孩兒。我發現這種「純正」的感覺，在許多事業有成者身上非常普遍，而且越才華橫溢的，內心越清澈見底。這和我們司空見慣的權術家之陰暗大相徑庭，而那種認為名人一定怪癖的俗見，顯得多麼可笑。

二〇〇三年上半年我在美國紐約州北部的的Bard學院教了半年的詩歌寫作。週末或假期，有許多去紐約的機會，所以那段時期，跟蘇珊見面比較多。九一一以後，世界局勢發生了很大變化，美國更強硬的執行單邊主義政策。蘇珊是在那個時候敢於對美國政府公開批評的極少數人之一。因為美國當時民族情緒高漲，她的批評更顯刺耳，大眾和媒體同聲鼓噪，幾乎把她罵成叛變者。但想逼迫蘇珊她讓步？向美國人保守的大多數道歉？不，可，能。這裡，最令我感動的，是蘇珊對於美國文化思維的反省。她從普通的美國人的思想、到美國政府的觀念和行為，都仔細觀察、嚴厲批判。印象很深的是我們的最後一次見面，那是當年四月上旬，我、蘇珊、伊恩・布魯瑪在紐約中國城一起吃廣東午茶。雖然蘇珊和伊恩是非常好的朋友，但對於伊恩・布魯瑪在九一一以後比較明確地支持美國政府對阿拉伯世界、對所謂恐怖分子的強硬態度，蘇珊始終堅持原則，針鋒相對。伊恩是半個荷蘭人，喜歡足球，並認為今天的足球賽取代了昔日民族戰爭的位置，但蘇珊立刻插話：「可是美國乾脆不玩你們的遊戲，美國連體育也要把自己和世界分開！」這個插曲，與其說於國際政治有關，不如說更關於獨立知識分子的觀察力和判斷力問題。對蘇珊，如果誤差發生在朋友身上，更非爭個明白不可。這才是所謂「諍友」吧！坐在同一張餐桌上，我從一個非西方的知識份子的角度看，顯然蘇珊在對自身文化的批判上，比伊恩要深刻得多。伊恩看到的是西方普世的民主價值，但是蘇珊・桑塔格看到了更深一層：在現實中，那些價值淪為抽象口號被利用的危險。尤其是美國，對內完整的民主系統和對外的帝國主義強權，既自相矛盾又並行不悖——西方本身的行為，恰恰是對那些價值的撕裂。

那次午餐後，從二〇〇三年的五月開始，她的病情又惡化了。

有人把她視為「美國的良心」我覺得這個評價相當準確。因為任何文化和社會最需要的，是一種既來自內部又能保持相當距離的清醒的觀察和批判。我覺得蘇珊・桑塔格代表了這種文化的特質。第一，她是一個從西方文化內部培養起來的知識份子，她所堅持的正是西方文化所標榜的獨立思考，和發出獨立的聲音。而且，她的思考不是居高臨下的，以西方人的姿態去同情或者抨擊別國政治和文化的處境。不像很多西方知識份子，只要談起「政治」一詞，就只意味著討論伊拉克、北朝鮮、中東、中國等所謂第三世界的有麻煩的地區。桑塔格態度很明確：她的思考針對的對象，始終瞄準西方文化之內的現實。她所說的政治不是「別處的」、「他人的」，而是自己的、腳下的！她通過對自己所在現實的政治批判，把思考的焦點拉回、集中到每個西方知識份子上，從而強調了每個人不容迴避的責任和義務。在這個意義上，我覺得她非常誠實。她堅持的，正是歐美文化傳統的內在精髓。人之良心正是這個文化的立足點。蘇珊・桑塔格自己是猶太人，在以色列和巴勒斯坦的衝突中，以血緣論，她的聲音本該貼近以色列，但她歷來恰恰在抨擊美國和以色列政策的罪惡。在這一點上，她比也是剛去世的有阿拉伯血統的薩伊德更需要勇氣。她不僅是美國的良心，也是世界的良知。

「中國大陸哪兒有獨立知識份子呀？」一次，她這樣對我說。如果這也算一個提問，就只有讓每個自認為誠實的中國人來回答了。

桑塔格聲稱自己是一個「好戰的唯美主義者」，也是「一個幾乎與世隔絕的道德家」。桑塔格在二〇〇三年二月出版的文論集《注目他人之痛》再次在世界各地引起極大反響。二〇〇四年五月，她在紐約時報雜誌上發表了〈注目他人受刑〉一文，這篇被譯成十幾種不同語言在各國重要媒體上發表的文章，通過分析美國士兵在薩達姆・侯賽因最惡名昭著的阿布格萊布監獄中對伊拉克戰俘施刑的照片，把蘇珊・桑塔格著名的對照片的「細讀」，和對美國人畸形心理的透視結合起來，層層剖析「施虐——觀賞——快感」的可怕過程。最重要的一點，就是她指出了美國士兵在別國的無法無天，實際上正是對美國政府在世界事務上獨斷專行和無法無天的一種複製。這篇文章，堪稱她一生奮鬥的一個總結、她卓越才華的一聲絕唱！

蘇珊・桑塔格的一生，體現出一個獨立知識份子思想的尊嚴和高貴。我認為，儘管今天這個利慾橫流的世界，可以用自私、冷漠、玩世不恭這三個詞畫出一幅貼切的肖像。可桑塔格的意義和她給我們的啟示就是：朝向這樣的世界，堅持發出一個個人的、反抗的聲音。這是這篇筆談的標題，也作為我給她的最後獻詞吧。

救治中毒的心靈

——獨立中文筆會二〇〇八年自由寫作獎頒獎辭

現實有時令最荒誕的文學望塵莫及。「病從口入」這句老話，在二十一世紀的中國獲得了全新的定義。一大群恐怖的詞彙，洶湧進中國人的日常生活，甚至蔓延到國外：污染食鹽、敵敵畏泡菜、瘦肉精、激素蔬菜、避孕藥催肥的鱔魚甲魚、紙板箱餡包子、毒奶粉、殺死寵物的貓、狗糧……中國食品污染問題，氾濫各地、禍患無窮且屢禁不止，而受害者經常是最柔弱無力的孩子。如果不是紐西蘭總理的直接介入，製造當年安徽「大頭娃娃」、如今全國「結石寶寶」的三聚氰胺，仍然在中國二十多個著名品牌的奶粉中悄悄添加。而醜聞暴露以後，全世界的父母們，想到食品、玩具就談中國變色，更讓中國的經濟騰飛蒙上「謊言騰飛」之名。一個人類見利忘義的惡劣標本。一種既給別人下毒、又被別人下毒的恐怖循環。污染食品的本質，正是被污染的心靈。我們動輒張揚自己「五千年文明」的古國，何以墮落到這種人性泯滅、為非作歹的地步？

周勍的長篇文學性報導《民以何食為天》，活生生揭示了這個現實的噩夢。某種意義上，透過最具體的人物、事件、時間和地點，這本書堪稱一部挑戰想像力的超現實主義作品。它直逼「現實」一詞的底蘊，猶如在卡夫卡筆下，芸芸生存著的小人物，構成一片茫茫人海，他們灰暗得甚至不會被外界留意。但正是他們，卻不得不自己留意一件事：那就是「開門七件事」之首的那個「食」字，古往今來「民以食為天」裡那個「食」字。「食」是一個入口、一個地基，從這裡，我們步入了一個毒液四溢、卻無從逃避的魍魎世界。用這本書，周勍寫下的，不是我們吃什麼，而是我們想什麼？或什麼也不想，乾脆集體投入這場毀滅競賽，醜陋的錦標正是麻木！每個人嘴裡，至少咀嚼著三重毀滅。

一、政治的：權力專制縱容下的官商勾結、貪贓枉法。

二、道德的：物欲橫流中被澈底背棄的人格和信義。

三、人性的：文明標準的急速崩潰和野蠻底線的瘋狂下滑。

一個真正的提問是：當代中國正給人類帶來什麼？因為這質疑和反思的嚴峻，《民以何食為天》一出版，就獲得了跨越東西方的讀者的關注，從入圍被譽為「報導文學諾貝爾獎」的國際尤利西斯報導文學獎、到獲選最受日本家庭主婦關注的著作，以及遍及歐美亞洲媒體的頻繁採訪，終至迫使中國官方承認污染食品的部分事實，並法辦了三鹿奶粉集團領導等實際操作者。周勍用一本紀實文學，突破了新聞封鎖和法制殘缺，承擔起當代中國社會裡新聞記者、社會公訴人、受害者辯護律師和伸張正義的法官等多重角色，而這一切，賦予一個詞以最高榮譽：作家。

周勍主要以非虛構體裁寫作。這是當代中文寫作中一個重要而獨特的文體。它的重要，首先在必須直面逼人的現實，那常常意味著「政治」這個令人厭倦害怕的詞彙。而它的獨特，恰恰是突破了畫在政治和文學行為間那條小心翼翼的邊界，從調查第一手的材料起，就舔著現實血淋淋的刀刃。就是說，這些作家沒有虛構的掩體可藏身，她／他們直接暴露在官方和讀者雙向的目光下，讓人們用每一個句子的「實」，檢測自己的誠實。這類寫作的艱難和光榮也都在這裡。當代中國歷史的每個關鍵點上，我們都可以看到非虛構作家的身影：從文革結束後的《人妖之間》，到暴露改革二十年後農村貧苦狀況的《中國農民調查》，再到二十一世紀追本溯源的《毛澤東：鮮為人知的故事》，以及其他為數眾多的佳作，可以說，文革結束三十餘年以來，以滲透紀實文學中的生存苦難和頑強表述，當代中國知識份子已建立起一個獨立思考、獨立發言的傳統。

在這個傳統中，周勍的代表作《民以何食為天》佔有著一個突出的位置。我們首先被作者對題材的敏感所吸引：從「吃」入手，由「口」及心，那使中國著名的美食傳統腐爛發臭的，究竟是什麼毒素？其次，我們為作者搜集材料的難度所震撼：周勍在兩年多時間裡，深入被列為國家機密的食品污染這個黑洞，冒著被黑社會和官員滅口的危險，一個個尋訪當事者，一本本查找書面資料，用無數事實「說出」中國食品污染的真相。由此，這本書獲得了一種冷靜、甚至嚴酷的風格：它把中國官方「報告文學」中常見的矯情渲染降低到最小，卻訴諸客觀的行文，經常越恐怖的事件，作者敘述得越平靜，甚至僅引用數位，從而把事實本身的衝擊力凸現到了極限。但這還不是它文學意識的全部，細心的讀者，又能從全書六個精美的章節一窺其結構的奧秘。它們變換角度，用以下六個樂章組成了一部交響樂：食品污染現狀、國際反應、多側面多層次的問題調查、「瘦肉精」暴露的官僚腐敗體系、恐懼和謊言制度下的人心污染、政治體制改革是食品安全的唯一保證。這部交響樂，緊扣主題：食品污染凸現出一座人性的廢墟，扭曲的政治結構加惡性牟利正在唆使一場蓄謀犯罪，中國五光十色的經濟神話下，人類良知面對著人性之「惡」發動的大規模戰爭。柏林「尤利西斯報導文學獎」的正確譯名，本應是「尤利西斯報導文學藝術獎」，《民以何食為天》之為傑作正在於此：奠基於思想，完成於藝術。

《民以何食為天》只是周勍多年寫作中一部著名作品。他的作品還包括：《中國最大的人權案——戶籍制度》、《走不出的圓圈》、《國內流亡》等等，和以好幾年對黃河三門峽水庫環境破壞的調查為素材、正在寫作中的新書。他這一本本著述，他多年來籌建民間「口述博物館」的努力，其中貫穿的並非什麼超前的學術理念，而是一種古往今來的俠義：敢於對權貴說「不」，敢於為弱者直言，敢於在一個被自私和冷漠大一統了的犬儒世界中，恪守人的純正、文的真誠。他揭示給我們一種沉痛的詩意：救治中毒的軀體易，救治中毒的心靈難，但，難也必須救，因為那不是救治別人，恰恰是救治自己，救治的過程就是一個藝術家滌淨靈魂的過程。這樣的靈魂是施毒者的天敵，作為反證，前有給自己作品命名《焚書》、《藏書》並自殺於獄中的李贄，後有揭露車臣戰爭慘狀而被謀害的俄羅斯記者作家（「尤利西斯報導文學藝術獎」首屆一等獎得主）安娜・波麗特科夫斯卡婭，他們的遭遇足以傲視匍匐者的安樂。通過周勍的寫作，我們看到一種精神不滅。

獨立中文筆會頒發給周勍二〇〇八年度自由寫作獎，就是為了通過他表彰這種精神。即使權力和金錢貌似劫持了整個世界，但只要有一枝獨立的筆，黑暗就會被戳破。人的高貴，仍然能找到自己安身立命的根基。

楊煉

二〇〇九年一月二十七日

設想一座麻雀紀念碑

——為柏林猶太紀念碑討論而作

英國作家朋友尼古拉斯・莎士比亞自魏瑪朗誦歸來，對我說：「看過布痕瓦爾德集中營，再看歌德、席勒，真不知『文化』這個詞有什麼意義！」

這正是我一直問自己、也想問我們這個世界的問題。

或許沒幾個歐洲人知道，在五十年代的中國，曾正式由中共黨中央和毛澤東本人發動過一場歷史上獨一無二的「政治運動」：消滅麻雀運動。成千上萬的老百姓，手持鳥槍、彈弓、粘網，捕殺所有枝頭或屋簷下可能找到的麻雀。手中沒有那些可以直接令麻雀致命的武器的人們，也有好辦法，找出臉盆、鍋蓋、飯鏟——一切能弄出噪音的，爬上屋頂日夜地敲。工人們停工在廠子裡敲，農民們奔跑在田野上敲，直到無處休息的麻雀們，驚飛得實在太累了，從天上一頭栽下地面（常常已經斷了氣）——而小學生們一擁而上，爭相把死麻雀穿成一串，拿回學校。誰上交的死麻雀越多，越會受到政治先進的獎勵！

麻雀有什麼「政治」？這場滅絕麻雀種族的「反麻運動」背後，有一個今天荒誕可笑、昔日卻人人堅信不疑的「革命」邏輯：麻雀要吃糧食——而糧食既是農民種的、又該給進行革命事業的人民吃——爭取儘早地全世界實現共產主義。這樣，麻雀的「反動」性質也就註定了——它們企圖「推遲」世界革命的歷史進程！那還等什麼？消滅麻雀，是人類理性的勝利。

這場鬧劇，對八十年代之前的中國人耳熟能詳，好像已變成了一個笑料。但當我把它講給一位從未去過中國的朋友，他卻驚得目瞪口呆：從好玩、繼而迷惑、終於毛骨悚然——是什麼，使一個號稱五千年文明的古國、一個擁有無數燦爛古典傑作的「文化」，卻針對一隻小小的麻雀，全民淪入屠殺的瘋狂？「文化」這個詞有什麼意義——連一隻無辜的小鳥也逃不脫人類的偏見：而孩子們擰斷已奄奄一息的麻雀的脖子時，不僅不手軟，反而歡喜若狂！那麼，一個歷史中，修建過長城、故宮、蘇州的精美園林，創造過令大自然相形見絀的潑墨山水畫，揮灑過滿紙雲煙的狂草書法，又怎麼樣？我們甚至已泯滅了動物尚存的感受另一隻同類痛苦的那點能力。死者們（包括麻雀們）其實有福了，他們至少不必如我們一樣，為那根本找不出理由的邪惡，勉強找一點兒理由。否則，怎麼能不承認：那從文化中產生的「自我」，只是一塊空白，絲毫沒有意義?!多年以後，死亡已被時間的阻隔變得冷淡而抽象，我們又聽見一隻麻雀在嘰嘰喳喳。那個小生命，竟還敢側過頭看看我們。它是不是忘了，我們能夠隨時撲過去，以同樣的「激情」戕害它。

歷史的風景，真的如 Rebecca Horn 設計的猶太紀念碑四壁，堆滿觸目驚心的灰燼。

直接決定滅絕猶太人的納粹頭子們，大多擁有「哲學」、「法學」博士學位。蓋世太保頭子海因里希，曾是古典音樂迷。毛澤東更是中、外聞名的「詩人政治家」……但，那、有、什、麼、意、義？所謂「時間」，本身就是一座紀念碑：銘刻下人性深處「能夠」多麼可怕，並跟隨我們不停移動。它並非僅為世人皆知的、被定為「反面標本」的、已寫入課本、變成知識的災難而建——如二戰中猶太人被滅絕、中國的「文化大革命」和「天安門大屠殺」等等，也該為一隻無緣無故被人類荒誕現實的齒輪所鉸碎的小小麻雀而建——以變形到現實程度的「現實魔幻主義」風格——紀念那場擠滿無數小小冤魂的種族滅絕。

我們該怎麼設計這座麻雀紀念碑呢？

柏林，一九九九年四月三十日

回擊世界性的自私和冷漠

二〇〇四年十月二日，柏林。一個令我激動、令有良知的中國人振奮的日子。這一天，二〇〇四年度「LETTRE——尤里西斯世界報導文學大獎」揭曉，英、法、俄、西、中、德、阿拉伯、日本、葡萄牙、印度十種語言的十一位評委，從全世界各地區過去兩年內出版的報導文學著作中，挑選、比較、評價，最終把本屆大獎賽的首獎以及五萬歐元獎金，頒給了由中國作家陳桂棣、春桃夫婦寫作的《中國農民調查》。那個柏林深秋的晚上，出席盛大頒獎儀式的數百位嘉賓，屏住呼吸，聆聽了該書第二章中「一切，發生在五分鐘之內」一節。一個陌生的中國地名「小張莊」，和那裡發生的村幹部惡霸五分鐘之內令對苛捐雜稅略有怨言的村民四死一傷的悲劇，震動了所有人的心，並通過傳媒傳遍了世界。

黑手黨制度下農民悲慘真實的處境

《中國農民調查》一書的獲獎，在於它揭示了九億中國農民今天的真實處境。並解答了一個懸置於全世界人們心中的疑問：中國的經濟「起飛」靠的是甚麼？那些把中國城市打扮得五彩繽紛、一派光鮮的

「銀子」，是從誰那裡搜刮來的？遍地忽忽竄起的摩天大樓底下，一轉眼鋪滿了全國的高速公路底下，紙醉金迷的夜總會、歌廳、酒吧和引擎轟鳴的「F1」賽車場底下，是一塊血肉澆鑄的地基——九億農民被無數苛捐雜稅吸盡的血汗。這是那枚神話般的「中國月亮」漆黑的另一面。《中國農民調查》揭示出了，今天的中國社會是如此「不公」：當城鎮居民每年的人均收入超過了一千美元，他們的年稅賦只有不到五美元；而農民苦幹一年的收入，只有四百多人民幣（我甚至羞於說出五十美元這個數字！），卻不得不被各種官方捐稅奪走近一百五十元！鄉、村幹部橫行霸道加橫徵暴斂，連義務教育的「義務」也要農民自己負擔。村裡稍通文墨者，受不了此等豪奪而上書上訪，招來的結果已如前所述，共產黨土豪劣紳才懶得繼續意識形態時期的「批判」、或者用所謂法治的「拘押」和「判刑」，他們乾脆帶了狗腿子上門，一把刀將你捅了，甚至殺人後連血淋林的匕首都不藏，只往辦公桌抽屜裡一扔。在這個共產黨制度就是黑手黨制度的天下，老百姓除了忍氣吞聲還能怎麼樣？

我說「黑手黨制度」，一點也不過份。細讀此書就知道，中國農民苦不堪言，並非僅僅因為中、下層幹部天良喪盡，他們敢於肆無忌憚地作惡，完全是受到中央政府的教唆和縱容。這盞可怕的綠燈就是：中央政府停止發給縣、鄉以下政府機構運作的費用，卻在一筆拿走自己要徵的款項後，把徵稅的權力下放給下層政府，任由他們向農民開刀，徵少了自己少花，徵多了也無須上繳。這樣，中央省了錢，餵養「父母官」的代價，卻完全攤在了農民頭上。且不說下層官員都有塞滿無數臃腫機構的七大姑八大姨要養，就是沒有負擔，又為甚麼要放過這個攫取別人血汗的機會？中共之大惡，就在於毀掉人性和常識裡發自天良的限制，而全力鼓勵人赤裸裸放出其貪婪和骯髒。想想當年一句「打土豪，分田地」口號，是怎樣把幾千年教化養育出的中國人心毀於一旦的吧！多麼簡單，只要把地主拉出去斃了，你們就能獲得代代夢想的土地。難怪血腥的紅旗下，能那麼快彙集起一支邪惡的大軍！八十年代初，農民曾在四、五年的短暫時間裡，得到過一點經濟利益，但接下來，就是長達近二十年的持續盤剝，以至今日許多農村的日子甚至比六十年代初還難過！在我看來，剝奪農民，是一場中國官方蓄謀的犯罪：當中國城市裡的抗議之聲，比較容易被國內和國際媒體關注，從而對政權的「形象」和中國「投資環境」造成負面影響時，農村的分散和偏遠，卻逼使農民在慘遭迫害時，不僅無助而且無聲。這一大群「人」，分辨不出面孔、名字、性格，最完美的形容是「肉」、或「泥土」。「九億」是一個大得多麼抽象、多麼空洞的數目。他們甚至沒有死亡，因為他們從未存在過！

推薦給尤里西斯獎的過程

《中國農民調查》甫出版，就在中國熱銷。我認為，這是中國人天良尚存的一個證明。感謝作者，在資訊封鎖之中，在黑手黨駕輕就熟的肉體消滅陰影下，通過三年艱苦的實地調查和寫作，把大地撕開了一道裂隙，至少洩漏出了「無聲者」深埋地下的一絲呻吟。中國政府掛在嘴上的「生存權」，由九億活不下去的農民證明了何其虛偽！一個號稱「社會主義」的國家，在現實中何等不公！人們由同情而感慨，由感慨而激憤，那追問就自然而然了：「誰之罪？」「誰是最黑的資本家？」此書的被禁止發行，倒也可以被視為罪犯的一種不打自招。我是把這本書直接推薦給「LETTRE——尤里西斯獎」的人。這本書的獲獎本身，對每個參與推薦過程的人，是一個格外的獎勵！

事情是這樣的：最初，我更關注有關中國愛滋病患者的題材，但由於沒找到這方面的成書，旅居美國的杜女士遂向我最先提及《中國農民調查》。我立刻覺得，這是擊中中國現實靶心的著作。但到那時我還沒有這本書，為了找到它，杜女士向她的親戚朋友到處詢問，直到她住在北京的姑姑答應為我去買盜版。七十多歲的老人，先買了一本寄往我的英國住址。後來發現原址上寫錯了一個字母，怕我收不到，又去買一本寄來。即便如此，她們還是怕書被當局截住。杜女士又上網「緊急求助」，並獲得了住在美國的一個網友（後來才知道是在美國經營溪流出版社的王女士）的幫助，把她手裡的原版寄給我。最後，我一共收到了三本書！那些日子，我被這些從未謀面的熱心人深深感動了。雖然事關一個獎，但我相信，沒人哪怕一分鐘想到錢。全部的努力，只是為了感到自己在幫可憐的農民們一把。路見不平，出手相助。要這樣做，心存一點古老的「俠義」之氣就夠了。與此無價之寶相比，五萬歐元算得了甚麼？

中國知識界的自私冷漠和玩世不恭

「天安門大屠殺」之後，我寫了一首短詩〈一九八九年〉。詩的最後一行「這無非是普普通通的一年」，曾令不少朋友大惑不解。其實，我要寫的，正是對他們眼淚和震驚的驚訝——「天安門」之前那麼多政治災難的記憶哪兒去了？對幾千萬受害亡靈的記憶哪兒去了？比死亡更觸目的，是遺忘。「六四」不止是一個事件的名稱，它凸顯出的是一種人的處境：無出路的、絕望的、不變的、甚至——空洞的處境！

但我其實並不知那絕望的深度。我十五年前寫下的話「用不了多久，哭過的人們，又該嘲笑那些還笑不出來的人們。」恐怖地變成了現實。《中國農民調查》寫出的中國，有一系列命名：「最壞的社會主義加最壞的資本主義」；「權貴資本主義」；（和我稱謂的）「黑手黨專政」。德國「南德時報」的記者問我：「為什麼城市人對農民的痛苦無動於衷？」我不得不回答：「因為他們的自私、冷漠和玩世不恭。」是的，這三個詞，畫出了今天這個世界的肖像。

在中國，權力遊戲中貫穿的赤裸裸的欲望，污染了社會生活、以及人性的一切層次。連當年同樣插過隊、挨過批判、痛恨政治專制的老朋友，也還沒「闊」臉就變了，一個區區《三聯生活週刊》主編、一輛桑塔納轎車，就能把一個人的良心「買」走，還吼得出口號似的「我就是擁護共產黨！」我說的是朱偉。更早些見了面，說話還略有含蓄，隱隱尚存廉恥之心。到兩年前，大約終於被自己的自相矛盾壓得太累了，或者自己終於把自己說服了：知道這輩子也就值共產黨賞的那頂頂子、那車子、那房子，於是話也就說白了。不敢砸自己的飯碗，那取消心理不安的捷徑就是認可現狀。既然認可了，為什麼不努力攀爬權力上層，在社會資源的分配中佔據有利地形？他們不是不知道農民的痛苦，就像不可能聽不見下崗工人、城市被迫拆遷戶的哭嚎。但，那正是他們「擁護」的！

共產黨的成功，應當首推造就出這樣一種徹底無恥的「理想主義者」！那片土地上，佈滿了識時務的「俊傑」：那些海外競爭中的被淘汰者，搖身一變成為光榮的「海龜」，懷揣外國護照周旋於官場，開口「愛國」，閉口「民族」。他們標榜鼓吹的「祖國」，正像他們（或如洪晃者流的她們）給自己貼金的

「名門之後」，是當不得真的。最終，還得露出站櫃臺賣相出身的俗胎賤骨，「海龜」也無非一種王八而已！那些打出國際硬通貨旗號的「新左」，振振有詞地譴責貧、富國之間的「不公平」，卻對身邊舉世最黑的資本家保持沉默，甚至曲意維護，好像一個還沒加入的WTO就是令農民二十年來一貧如洗的罪魁禍首。

那樣的「詩人」，竟在聽到別的詩人將被官方以「色情宣傳」罪名抓捕時，脫口說出「活該」二字。那樣的「藝術家」和「知識份子」，什麼時代了，還在翻弄「保爾・柯察金」、「切・格瓦拉」這種歷史骷髏，還把毀滅中國文化的毛澤東吹捧成「英雄」，投機也不至於如此昧著良心吧？為甚麼當我坐在老朋友們的大房子裡，環顧裝修得雪亮的四壁，聽著價值數十萬元的音響，卻突然感到內心空空、無話可說？當年那些熱血青年哪去了呢？有人用「資本主義原始積累」辯解如此的無恥骯髒，但，別人那時還沒有一種制度範本，那是真正的「摸著石頭過河」，如今呢？你們明明知道什麼是好的，可偏偏要堅持壞的，只因為你們在壞制度中更方便謀私利。事情其實就這麼簡單。八十年代的中國那場歷史正劇，以如此醜陋的鬧劇收場，也算一個不值得一寫的文學主題！

西方的雙重標準

我強調的是，世界性的自私、冷漠和玩世不恭。誰看不見到處明擺著的雙重標準呢？一邊是伊拉克，人類有史以來第一場以「人權」名義進行的戰爭，英、美等西方國家堂而皇之扮演著「正義的化身」；另一邊是中國，西方政府、大公司、大投資者，爭先恐後趨之若鶩，去握中國政府那雙同樣在屠殺中沾滿汙血的手。其原因無非「利益」使然。利益一，未來市場的誘惑；利益二（也許現實得多），確保已經投入中國的億萬投資。現實就能夠荒誕到如此地步：西方資本家比共產黨更害怕中國「不穩定」。他們需要共產黨的專制，來保護其投資，為此不顧尷尬對中共惡行睜一隻眼閉一隻眼。當年把人權和貿易脫鈎；現在對禁書、鎮壓法輪功不置一詞，是同一個邏輯。當中國共產黨成了國際資本主義體系的一部分，我的詩「現實，再次貶低詩人的瘋狂」，比起這個世界是否太缺乏想像力了？問題不在別處，恰恰在所謂西方「民主」本身：「民主」有沒有原則？它自己是不是一個原則？如果只有雙重標準，誰來決定用哪個標準？如果只由當權者根據一己私利掌控一切，民主制度與專制制度有無本質的區別？是否這「民主」正在變成獨裁？中國農民的血汗錢，第一被中國貪官吸走；第二讓國際資本主義體系分贓；第三透過西方的就業、工資、福利系統，滲入西方大多數人的腸胃，變成政客們夢寐以求的選票。世界就這樣被「買」了。每個人就這樣參與了分贓集團。自私的沉默、冷漠的無動於衷、玩世不恭的逐臭作惡——人性之淪喪，莫此為甚！

沒有天堂，必須反抗每一個地獄

一九八九年以來，作為中國詩人，我參加過不計其數的詩歌節、文學節，那裡的「政治」題目，幾乎是為中國這樣的專制國家特設的。聽著西方詩人侃侃而談別處的、他人的、與自己無關的「政治」，我常震驚：人們怎麼可能如此視而不見自己眼前的處境？所謂「反抗」，離開反抗自己所在的現實有什麼意義？特別是，當腳下的現實其實直接銜接著那個「遠方」？當我讀到有些中國流亡者對西方政策的一味奉承，也不禁想，這些人的獨立思考哪兒去了？「反共」是否一定意味著「親美」？難道我們非得從追逐一個官方轉向追逐另一個官方？「政治」，是每個人對自己現實的態度。說到底，就是對自我的態度。它就在這裡、腳下。這每個個體之內的「處境」，遠比「冷戰」式的群體意識形態深刻，也無須冠以「中國」、「伊拉克」等等異國情調的名稱。這深度，能把剛剛結束的「冷戰時期」、正在談論的「東、西方衝突」等等包容進來，使之成為人類共通的經驗。「沒有天堂，但必須反抗每一個地獄」——這，就是所有人的匯合點。

什麼是我們今天的現實？這思考也回到了文學上。文學，必須有深度。必須以追問人之處境為前提。通過剖析自身的「不清白」，而保留一點良知之美。這是文學的信用。它的必要性，正被這個自私、冷漠、玩世不恭的世界反襯出來。我們被人性的黑暗澆鑄成一整塊，也或許，只有借助各自感受的沒有出路的窒息，來彼此慰籍吧。《中國農民調查》讓我知道，還有人在「知其不可為而為之」，為此我深深向作者和參與推薦這本書的朋友們致謝。

二〇〇四年十月三日

http://www.dajiyuan

中國文學的政治神話

——中國傳統文化現代轉型的困境

冷戰後的中國，代表著昨天意識形態戰場上一夜消失的另一極，一個「社會主義國家博物館」。它活著，因而一個世紀以來人類積累的歷史、政治、道德等等知識也活著。有一個對象能讚美或詛咒——對當代中國作家而言，這是幸運還是厄運？

對中國政治的單調圖解

主要看來是幸運，在西方暢銷的幾大「中國藝術商標」中，「中國政治」是最觸目、最響亮的一個：寫在國內的，必是「地下」；活在海外的，當然「流亡」；介紹一個中國詩人，只要「持不同政見」一詞出口，已保證了他的詩不可能是不好的；同理，《上海生與死》、《一滴淚》、《紅杜鵑》，以及據說近百部壓在西方出版社的當代中國回憶錄，哪怕寫作意識再平庸，語言風格再單調，只要符合西方關於中國政治的想像：好萊塢式的反抗英雄挑戰紅色惡魔，就足夠以「嚴肅文學」之名，搭上「中國熱」的東方快車；連它們的代理人，也成了市場成功的風向標。那就更無須驚訝，張賢亮這樣曾是「中國古拉格」囚徒的作家了。從英國「文學寫作年」藝術節到紐約哥倫比亞大學，他一定名列貴賓首席。他的企鵝版《男人的一半是女人》，以《美女＋英雄＋性慾》的暢銷公式，寫中國監獄裡畸型變態的人性，讓讀者享受夠了被「自由」感動和窺淫的雙重滿足。是的，政治，多好懂的題目！

當代中國文學中，存在著一個「政治神話」，它如此方便使用，就像遵照一句「毛主席語錄」：「凡是敵人反對的，我們就要擁護」……作品的題材、作者在中國的政治遭遇，是僅有的價值標準，而作品的形式，無例外的越簡單直白越好——此類作品的暢銷，與它們一句一個資訊的「無風格寫作」不無關係——一個公式：越直接描寫中國政治，作品的反應越熱鬧，出版社和評論越不吝嗇廣告和詞藻。他們不是在評價一本書，而是在重申一個歷史，再宣讀一次，一個已被確認為「正確」的結論。「中國文學」只是戴在意識形態之爭臉上的一塊面具。問題是，對中國而言，有沒有西方一廂情願的「結論」？或者說，西方從自己文化歷史背景出發，為中國「社會主義」、「共產黨」等等詞彙設想的內涵，是否存在？如果不，「社會主義國家博物館」實際上是什麼？而「政治」，如果不僅指作家被批判或進監獄，還至少得包括其獨立的社會思考與行動，那「中國的政治」有多少價值？一個反諷是：「文革」中被打倒，禁止的絕大多數作品，不僅不「反黨」，簡直在一片癡情地歌頌「新中國」，它們是任何意義上的官方「革命文學」；許多自殺的作家，並非由於受不了虐待或抗議，而是受不了黨對自己忠誠的懷疑；以至，常見出獄後的「右派」，比「左派」更左地迫害別人，來洗刷昔日的冤屈……

中國傳統文化轉型的失敗

不，理解中國現實的鑰匙，不是中國「政治」，而是轉型中的中國傳統文化。如何完成中國古老文化傳統的現代轉型？這是整個二十世紀中國歷史的總背景，同時構成了近幾代人文化思考的中心主題。所謂「中國文化傳統」，不是皇帝、小腳或線裝書，而是這樣一種思維方式：一、承認部分屬於整體結構；二、由結構的整體規定每一部分的位置，乃至內容，比具體觀點更深的，這個思維方式「自上而下」層層維繫著規定／被規定的關係：道家的自然與人類，儒家的社會與個人；大如「國」的權力結構，中到「家」的人倫道德，小至一個人的潛意識心理輪迴，並未改變，僅僅加深加固了這由每個人參與建立的對自己的壓抑。所謂「轉型」，其實就是要顛倒主從關係：由個人選擇其社會位置和態度：由「自我」的反思重新發現文化的系統和內容，這個並不複雜的題目，卻由於二十世紀中國的處境複雜了：誰能否認，共產黨自己不是這個「轉型」的諸多嘗試之一呢？受傷的民族虛榮、幻滅的文化優越感、戰敗者的恥辱和青年人的真誠，曾構成了對西方既愛又恨的感情：所謂「中學為體，西學為用」——既進口西方政治、文化詞彙，又拒絕放棄中國古老、定形的思維方式。一個又一個「群眾運動」，從一九一九年「打倒孔家店」到「文革」破四舊，毀了「傳統」的外在形式，卻更深地被罩入自身之內「非自覺」的傳統思維方式陰影，共產黨時代，在無數「新」的定語下，中國人（包括作家）的「自我」被放棄到空前的地步——確實「改朝換代」了，也確實無非換了個朝代而已。

那麼，這成了一個翻譯學的問題：在中國，「階級」意即「等級」；「革命」意即「造反」；「政治」意即「權力」；「社會主義」意即「大一統專制」；「歷史」意即「替天行道」……沒人能進口一個完整的外來文化。「政治」詞彙離開了西方文化土壤，被中國充滿了誤讀，它們只揭示了一個挑戰：中國文人轉型，必須從自己的文化內部找到，並確立個人的、自我的價值，不是抽象的「人民」，不是群體化的「地下」（相對於「地上」？）或「流亡」，是每個人，對每件事的思考和選擇。我不得不說，「共產黨」和「共產黨文化」提供了一個「現代轉型」失敗的例證：既破壞了中國傳統文化框架，又未能以「自我價值」為基點建立新的思想體系。於是，喪失精神內涵的權力和金錢，只能以絕對值為唯一價值。今日中國的文化處境，只是一個傳統文化被空前畸形惡化了的處境。

加入共產黨喪失原則的文化轉型

回到當代中國文學，對我來說，「政治」題材的泛濫——毛的各種面孔、文革的口號與追憶、血與性的變態故事、天方夜譚般的裝飾性情節——比沒人談論它們更可怕，沉默至少是嚴肅的，大談而不深究災難的原因卻是虛偽，甚至分享罪惡的利益：所以張賢亮一邊被稱為「中國古拉格作家」，一邊答西方記者：「中國沒有政治犯」；一邊作「米蘭・昆德拉」，一邊安然出入國境；一邊寫二十二年被迫害的經歷，一邊以這經歷論證他的「下海」，他的建立寧夏電影城、他的出任進出口公司董事長、他的祖國「開放改革」之正確性……這一點兒也不矛盾：作同一個制度的受害者（在西方）和官方「高幹」作家（在中國），雙重角色意味著名利雙收——雙份的版稅和桂冠。鄧小平時代的「澈底實用」（注意：有別於西方「實用主義」），令許多中國知識份子正加入「共產黨式的」文化轉型：沒有了原則也就沒有了限制——沒什麼不可做、沒什麼不可賣，包括同一間牢房裡難友的血。死者們甚至夢不到：自己的死能幫助他們中的一位如此飛黃騰達！

無論是不是諷刺：當代中國文學比共產黨自身還需要共產黨。除此它幾乎沒有話題。中國文壇的一件大事：王蒙，這位五十年代的右派、大西北勞改二十年後復出的名作家，「六四」血洗前趙紫陽的文化部長，以「誹謗罪」起訴官方意識形態的喉舌《文藝報》，因為它指責王蒙的小說《堅硬的稀粥》影射鄧小平。一個危險還是誘惑？如果用「一石三鳥」來形容，這塊「起訴」之石，首先擊中了歡呼——以一介平民控告意識形態專制制度，王蒙不愧為中國獨立知識份子的表率；其次才有趣：海外看「起訴」的形式，中共卻看起訴的內容——作家要討還自己政治上的清白：「我沒有攻擊鄧小平！」第三最妙：作家算著了，中國法院決不會受理此案。他是保了險的贏家，一場預先刪除了現實惡果的輿論豐收——中國作家利用共產黨的方式，恰好使自己被共產黨所利用，畢竟，「起訴」本身，已是共產黨「健全法制」的勝利，這場遊戲中，「玩」與「被玩」互相依賴，權術技巧之爐火純青，與「政治」內涵之空洞無物彼此反襯。人人加入中國的「政治神話」，以創造自己的神話。而「假思想之名謀利益之實」，則貫穿了當權者，被權力迫害者，甚至權力的反抗者。權力看到，無論它的姓氏為何，都將在一代代後來者身上、筆下繼續下去，這樣權力才最後成功了。共產黨沒有「破壞」獨立思考，它只是還沒建立而已，「社會主義國家博物館」，它的原名是「權力催眠中心」——集體的半睡眠狀態，集體拒絕醒來。

文化問題被簡化或冷戰衝突

因此，所謂「當代中國文學中的政治神話」，只是關於當代中國政治的「神話」。僅僅由於沒人願意承認它不存在，而存在了——一個複雜深刻得多的文化問題，被簡化成了「冷戰」的衝突。西方「政治」知識，難以解釋同一個共產黨怎麼直接從「開放改革」跳到「開槍血洗」，同一位作家為什麼寫濫了「苦難」卻寫不出中國現實的深度？其實，在更深處，共產黨與中國作家，並非簡單對立，它們面對的是「文化轉型」的同一困境：從純實用地維護「大一統權力」，到承認每一個人的「權利」，與從全景式地掃描「中國之命運」，到寫進哪怕一個小人物靈魂的顫慄，是同一個變化過程：從整體的、規定的（「國」的）轉向個別的、變幻的（「人」的）。作品的深度，只是作家的「自我」被文學式揭開或撕裂的程度。

到這一步，「題材」就失去意義了：一部直接描寫囚徒的小說，也許正潛在地支持著那個把囚徒關進鐵窗的思維方式；而一行關於小貓和孩子的詩，卻可能擊中人性深處的黑暗與殘忍。一個標誌是：作家的「自我意識」在整個苦難中扮演什麼角色？造作的「清白」一定是謊言，承認「同謀罪」則真誠得多。由此開始，對人性追問的深刻豐富，不能容忍作品僅有一個平庸淺薄的形式：「深」，所以必須「新」——「持不同……見」，首先在美學上，然後必然在政治上由個人作出選擇——一個名副其實的政治，不再是過去同一思維方式中的權力角逐：被拒絕的不止某個角色，被拒絕的是整個遊戲。

很可惜，但是真的：就充實的、思想的意義而言，中國還很少有「政治」：當代中國文學中也還太少好的政治文學。「冷戰」結束了，西方文學界和中國作家自己，都有一個機會更新知識結構，認清什麼是真正的問題之所在——包括什麼是今天「政治」的含意——也許，當代中國文學中終於沒有了「政治神話」，中國，才將既有政治，又有文學。

一九九七年六月

市場，還是新官方
——九十年代中國大陸文學藝術之我見

「在中國，作家想寫什麼就寫什麼。」余華說。他不是中共宣傳部官員，他是以《活著》一書風行，剛剛出版了四卷本全集的大陸「先鋒派」作家，時在瑞典，斯德格爾摩大學和「帕爾梅中心」聯合舉辦的「溝通：面向世界的中國文學」研討會上。他無意討好中國政府，因為他無需這樣做。他的論據是自己的作品一版再版的幾十萬印數，和等在書房門口的出版商、書商。「市場」，他說，「官方控制不了」。對於今天大陸的作家、藝術家，現實等於收入，而暢銷就意味著自由。

市場，或更明確，錢，是九十年代中國的「時代精神」。於是，我們看到：八十年代現實反抗和思想探索的主題，如今都成了賺錢的手段。為投買主——東方和西方的——之所好，一度孤獨甚至危險的藝術形式追求，變成了喧囂而平庸的展銷會。觸目可見盡人皆知的「中國藝術」商標：毛的臉、「文革」文物、性變態、仿古贋品……以不同藝術詞彙的拙劣拼湊，當作一種「獨創的」藝術語言。

一九九六年英國愛丁堡國際藝術節的主要項目之一，在愛丁堡「水果市場」畫廊舉辦的「追昔」（Reckoning with the Past）中國當代畫展，即是藝術家創作個性和作品美術語言的一次慘敗：「文革」加可口可樂式的（沒有現代的）「後現代」；五十年代政治弱智的「全家福」；臃腫肉體蠕動於偽傳統山水畫上；中國「紅孩子」與西方惡魔的電子遊戲大戰。如果沒有一幅《毛主席去安源》的文革照片懸掛在王興偉的《安源之路》旁，就是說：如果沒有政治的題材的噱頭，這幅作品還剩下什麼呢？略去方式異曲而取巧同工的「觀念」（倘若有！），這些當代畫壇佼佼者的藝術個性是什麼？

在中國大陸，文學的處境也約略相同：「文革」，在王朔《動物兇猛》式的回顧中更多只是把玩和懷舊；傳統大家庭，讓蘇童的讀者在《妻妾成群》的描寫中享受窺淫的快感；女作家們不知疲倦地反覆蹂躪自己，而男作家如賈平凹，寫食色不廢的《廢都》，「熱門」之必然，正如十幾億人口的性欲總是饑渴的；還有吵嚷一時的「先鋒派」。用「先鋒理論家」陳曉明的一句自嘲：「中國評論家談論中國作家，中國作家談論外國作家」。僅僅是「談論」？幾萬稿費，就誘惑一位當年優秀的青年抒情詩人，接受寫作從色情小說到毛澤東詩詞注釋的一切「訂貨」。是的，錢，就是人格。

不瞭解中國的人，或許震驚於今天和「啟蒙」、「反思」的八十年代的巨大差異。作為置身其中者，我卻更認出一種近乎漫畫式的關聯：八十年代的「反思」，並非一種自覺的追求，那是「文革」痛苦刺激下一種被迫的反應。八九年天安門的槍聲，也打得歷來希求以知識作晉身之路的中國知識份子大腦一片空白：一世紀「文化救國」之夢，原來遠比一顆子彈更孱弱。權力，赤裸到極點既不需要知識，也不在乎思想——一套「社會主義」、「資本主義」的進口詞彙下，權力的徹底實用是唯一的真實。正是「實用」，或者說，「純欲望」，讓無情精神原則的權力和無思想內涵的金錢，分享了一個最小公分母。九二年後的「全民下海」、「金錢文化大革命」（老百姓語），以王朔的「痞子小說」標題為口號：「一點兒正經沒有」、「過把癮就死」，倒影式地重複了中國權力運作的同一思維方式。八十年代「不得不」進行的反思，被放棄得輕鬆而自然：從被迫思考到主動不思考，再到以錢的絕對值為任何思考的價值，一個結結實實的邏輯？

那麼，市場的氾濫，究竟瓦解了中共意識形態專制，或相反，加強了它？是，也不——它確使毛式軍事權力專制有所鬆動，但方向卻並非朝著建立民主。因為一個民主社會的基礎，個人獨立的自我意識，不是被強調，而是被取消了。市場造就了一批不擇手段只求發財的冒險家，但「發財」離開納入、甚至維護決定一切的現存權力結構，在中國難於上青天。最大的市場，直接的政治批評，是一個雷區。連《鴻》這樣的個人回憶錄也依然被禁。一邊有政治犯的鐵門，一邊是金錢的魅力，以往面對槍口時的「英雄」幻覺，換成「成功者」的陶醉——「有中國特色的」市場品味之「俗」與藝術家實用之「媚」結合。銷售量不幸地與喪失自我成正經。接上本文開頭余華的話：「官方控制不了。」因為控制，已經由被控制者（作家、藝術家們）的欲望自動完成了，更澈底、更心甘情願！事實是：你急切加入的，是（意識形態控制下的）市場——以政治界限和市場趣味為特徵；你成功的潛臺詞，是加入意識形態。官方默許和藝術家自我放棄，權力和金錢，這可怕結構中的完美組合，只能產生老百姓譏諷的：「最壞的社會主義加最壞的資本主義」——我不得不稱之為「新官方文化」：一種被收買的文化。

這不奇怪，中國傳統的社會結構，正是國家集權加平民私有制，附以感官和本能的加倍宣洩（食、色、性、賭等等）。九十年代的「改革」正使中國人的心態回到老路上（卻失落了傳統文化本身的規範）。那就是一定的了：「文革」過去了三十年，卻沒有一部文學力作產生。作家不敢談政治，又利用文學處處影射政治。最終，既無政治，又無文學。除了一大堆有題材沒形式、有情節沒內心、「有事沒人」

的矯情之作，所謂深刻沉痛的生存，從未成為作品的深度。我說，這是「有風景，卻缺少一雙眼睛」。八十年代之前，成功作家是國家供養的幹部；九十年代，作家的「成功」使自己既「為國增光」又「先富起來」。除個別敏感者外，作品中呈現的中國當代作家的「生存意識」不可思議的薄弱。「文革」不是不在，它在遍地以「老三屆」、「黑土地」、「插青」之類「文革術語」命名的飯館裡，吃了，喝了。就這麼簡單——被忘了。我們這曾自命不凡的一代！

說到底，從不是專制權力容不容忍藝術，而是藝術獨創的形式與內涵無法容忍專制權力。藝術家，必得承擔被其藝術註定的命運：與「新官方文化」印刷精美的廣告相反，九一年北京創刊的民辦《現代漢詩》，不得不返回當年「民主牆」的形式，粗紙打字，手工油印，卻令我心中一陣溫熱。行為藝術家張洹的《六十五公斤》：他裸體懸掛在屋頂，讓自己的血滴在電爐上，彌漫成鹹腥的煙霧；馬六明的《午餐》：赤裸在零下二十度的室外把一條活魚慢慢煎成焦碳……個人的，語言的，依舊如此。七十年代末，文學的覺醒只是一句大白話：「用自己的語言表現自己的感覺」。九六年，北京「西村」、「東村」（兩處藝術家聚居地）被封禁，仍是這句話的反證。

那就回到余華吧。在瑞典，當他很精彩地談論卡夫卡、福克納與現實間「幽默的關係」時，是否覺察到：自己與中國現實的關係也有那麼一點點「幽默」？文學的、藝術的、人的——誠實與「成功」之間，一點兒，刺眼的，距離。

誰玩誰
——「玩世」析

「楊先生，我也喜歡文學，上大學時寫詩讀詩，很喜歡您的《諾日朗》呢。」

「那你怎麼幹這行了？這離詩可夠遠的。」

「大學畢業，得找職業啊，就考進來了。」

「考進安全局？」

「不，考國家公務員。」

「安全局也算國家公務員？」

「喔，那當然，否則我才不幹這呢。」

上述對話，是一部中國紀錄片的錄音。而這紀錄片中的對話者，是我自己和北京安全局一位女科長L——我說「科長」，純屬猜測，依據是每次見到她，她身邊總跟著位助手摸樣的男同事，而她顯然是「上級」，可以支使他開門倒茶駕車。以L相當年輕的年齡，好像還爬不到「局」裡僅次於局長的處長一級，但她又顯然已夠「資深」了，那麼「科長」，似乎順理成章。大學畢業（有文化），年輕且不難看（甚至堪稱溫文爾雅），當然是黨員（且肯定在大學就入了黨），現在已經能率領同事，獨當一面來會我這個按他們說法「國際知名」的詩人加國際筆會理事。這說明「局」裡對她完全信任。我能想像，L的面前，鋪著一條相當艷麗的地毯，向上通向權力高層。眼下一位科長，或許是未來一位部長呢。

但真可惜，「局」前面那「安全」兩個字，告訴我L可不是來自一個隨便的單位。「安全局」下屬國家安全部，簡稱「國安部」。那個詞，陰冷詭秘，無所不在，從政治異見者門口，到網絡上每個網站的自律聲明，都看得見它（她？他？）的身影。在中國，誰不知道這個詞呢？它對你安全的「關切」，可以是兩根拈著茶杯的纖纖玉指，更可能是身後一聲監獄鐵門的金屬巨響。它沒印在小學課本的某一頁，卻印進了我們人生教科書的每一頁。

經歷過冷戰的人們，對「秘密警察」一詞並不陌生。但為什麼，對眼前這位中國女性，我卻感到一種全然的新奇？我細細品味，突然發現，令我陌生的，是一種坦然。她的談吐中，沒有一絲兒歉意、羞愧，或至少對自己的疑慮，相反，只有理所當然。可不是？她完全該有「勝出」的優越感。在每年六百萬大學畢業生中，只有很小一部分，能考上政府公務員。那意味著，遞增的工資，不擔心失業，公費住房和醫療，到死為止的退休金，而最重要的或許是，不希望當大官的公務員不是好公務員——他們有理由暗暗希望，職位步步升遷，終有一天熬成一位權力的執掌者，經由腐敗的公開秘密，那可以直接兌換成財富。當然，兌換的利率，是明確承認這個「政府」的合法性。於是，黨員成了官員的前提。我記得，關於「信仰」，中國曾有個說法：文革剛結束的八十年代，沒有大學生遞交入黨申請書，但那恰恰是有信仰的表現；九十年代商業化之後，每個大學生都遞交入黨申請書，但那卻證明了徹底的信仰崩潰。因為，遞交申請書，純粹是為競爭好職位增加一個有利條件。這兒，唯一「信」的是利益。當「人人」的平均數，把

「黨」抽象成呼吸般普遍的存在，L為什麼要羞愧？她已站到了成功的第一級臺階上，唯一需要的，只是毫不猶豫地、眼望前方地、自信地登上去。

邏輯很清晰嘛，但是，且慢，還有什麼問題？哦，這裡忽略了時間性。L所在的，是二十一世紀的中國，而不是八九年之前的共產國家。即使冷戰時期的前蘇聯或中國，「特務」都是個貶義詞。它直接讓人想到盯梢，告密，揭發，盜竊，編造謊言，迫害無辜。幹那行的人，一定道德敗壞，心地陰暗。儘管共黨國家垮臺後，被公開的檔案，暴露出大批人履歷中的骯髒秘密，但之所以是「秘密」，正因為人們知道其「可恥」。掩藏它，是由於良心不安，羞愧自慚。在深夜，當心靈深處那口散發惡臭的皮箱，被悄悄打開，甚至令人心理失衡。但，時間過去，時代變遷，卻讓我面對了一個「逆時針」案例。在二十一世紀的中國，當「特務」，成了件值得榮耀的事。它是權貴中國統治系統的一部分，一件該為之驕傲的「好活兒」！如果以「恥辱感」標誌道德文明的程度，冷戰迄今，我們哪有一絲兒進化？明明是在可怕的退化。

二〇一二年十二月，第一位持共產中國國籍的諾貝爾獎作家莫言，在瑞典皇家學院記者招待會的眾目睽睽下，拒絕重複他獲獎後曾表達過的意見：中國政府應該釋放諾貝爾和平獎得主劉曉波，他有權進行自己對政治改革的研究。各國記者紛紛為莫言的「轉向」大肆喧嘩，我卻毫不奇怪。邏輯又一次獲勝。獲獎衝動中，莫言心底綻開的那道理想主義裂縫，經過幾個月「調整」（包括組織上的幫助），已經再次彌合。諾貝爾喧囂是短暫的，而他的真正「現實」在中國。他一直小心維護的利益，今後還是他主要的利益。莫言的小說，承繼中國八十年代文化反思的能量，以挖掘歷史曲折表現當代創痛，不乏力度。但在現實中，他卻是位弱者，對官方唯唯諾諾，對遭遇迫害的同行視若無睹。他的名字「莫言」——噓，別說話！——曾令各國媒體會心一笑。笑歸笑，真實卻是苦澀的。從中國古代文字獄，到毛時代文革，古老的警告「禍從口出」，正是中國文人的鐵律。莫言怎會不懂拒絕為劉曉波呼籲的後果？他心裡清清楚楚，每個詞都仔細權衡過。我幾乎能看見他的尷尬：一邊，西方媒體在等待他出中國官方之醜，另一邊，中國政府攥著他的日常命運，兩張都是血盆大口，等著吞掉他。對莫言，這「選擇」幾乎等於沒有選擇。他還得在刀刃上跳舞，哪怕全世界都看著他雙腳鮮血淋漓！

如果說作家莫言「不說話」有難言之隱，那麼名牌北京大學的教授孔慶東則是明白的出乖露醜。這位中國著名的「極左派」，在課堂上罵話連篇，對納稅人要求監控政府，回答是「少他媽拿納稅人說事」；對開明媒體的採訪要求，回絕句子是「去你媽的！」對香港人反感從大陸進口的污染食品，則乾脆來一句：「香港人是狗！」最近，重新高唱文革「紅歌」為自己奪權造勢的薄熙來倒臺，又揭出薄曾給孔慶東一百萬元人民幣，請其大肆營造左派輿論。今日中國，既然黨仍等於權，那麼宣稱自己「左派」來投機不奇怪。我感到奇怪的，一是孔教授的理直氣壯，二是他這種渾不講理，竟然能使他成為「明星」，他的課堂上，總擠滿了為一睹流氓教授表演而來的大學生，每當髒話出口，不僅沒人嗤之以鼻，反而經常滿堂喝彩。他們中間，是否就有（或全都是）未來安全局的L科長？這裡的根本問題是：道德退化，有沒有底線？偌大中國，似乎人們已經習慣了、承認了這種「生態」：空氣不污染、食品沒有毒、名牌產品不是假冒偽劣貨色、開刀醫生不接受病人的錢、媒體不拿被採訪者的紅包、老師不要求學生家長額外付費、乃至貪官不包養情婦、政府大興土木而經手者不趁機發財——就錯了！錯在（或許）有人「堅守」了紙上原則，卻逆反了流通的生存法則。當代叢林中，唯一的判斷標準，只能是野獸凶猛的程度。由是，旗幟上五顏六色的「主義」，都回歸成同一個主義：共產版本的極端物質主義。一切都是買賣，任何價值都可以「玩」，包括做人的準則。

我曾把文革十年概括為：開頭像喜劇，中間像悲劇，最後是鬧劇。這同一個三段論公式，同樣適用於文革結束後的中國。七六年毛死後對文革「傷痕」的揭露，曾讓中國人充滿希望。八九年天安門屠殺，血腥和悲痛，其實是八十年代思想能量的反證。九十年代到現在，「現實」一詞，已經不能令人哭，只剩惹人笑了。可惜，是徹底無力無奈的苦笑。因為，這場鬧劇中，你笑誰？如果壓力只來自從上到下的官方，你還能嘲笑官的愚蠢。但鬧上加鬧的，是億萬普通老百姓在自己毀自己。誰逃得開「吃」？於是，飯館餐桌上避孕藥催肥的鱔魚，養出大頭娃娃的毒奶粉，讓猪肉變得鮮紅誘人的瘦肉精，堪得創造發明奬的塑料雞蛋，無所不在，防不勝防。一個荒誕自殘的邏輯：你造毒食品賣給別人吃，也吃別人造的毒食品。每個人眼前一個惡性循環，又在每個人手中加速！九十年代以後，首先從中國藝術界，繼而蔓延到全社會，出現了一個新詞：「玩世」。它是成語「玩世不恭」的簡寫。去掉了「不恭」，因為下意識裡確有一「恭」：眼前利益至上，其餘一概不論！「玩世」很快代替了另一個中文詞「犬儒」。不難理解，那個直譯自古希臘「κυνισμός」（Cynicism）的詞，哪有絲毫今日中國的影子？上述種種，何曾摒棄物質、憤世嫉俗？那唯一的作用，是直接推動惡俗。一個「玩」字，最精準地概括了中國無意義、無精神的生存現狀。心靈空虛，但還得活，還得想出理由享受那「活」，不「玩」怎辦？發明了「玩世主義」的中國藝術家們，也是「玩」的先驅加高手。從「毛波普」開始，他們玩政治、玩市場、玩藝術，玩中國更玩世界（西方），看上去像反諷，事實上在遊戲——和對官方無關痛癢的「過去」遊戲，把血淋淋的死亡，塗抹成咧嘴傻笑；用全民性的醜陋，覆蓋專制邪惡。最終，多熱鬧的「玩」，都要落實到一個冷冰冰的數字上：價格。這是絕不玩的。中國藝術家們，套著名牌西裝，叼著雪茄，在時裝雜誌上擺著姿勢，和隻身漫遊希臘的第歐根尼哪扯得上聯繫？中國版「玩世」，與「κυνισμός」（Cynicism）淨化靈魂的初衷相反，也遠遠超出物質污染問題，它標明的，正是人性和人心污染的深度。

為什麼會這樣？難道中國人真是一個古怪的物種，要刻意追求自己的毀滅？或一條中國國界，就能阻隔判斷善惡的常識？可惜，沒那麼簡單。這裡，「玩世」的瘋狂，折射出價值標準的缺失。但，什麼價值？傳統儒家和道家的？西方舶來品「共產主義」的？抑或全球化的大一統資本推土機一樣推平一切的？今日世界的精神危機，不是表現為「理論」太少，而是太多，多到所有說辭都僅僅是「說辭」——你什麼都能說，卻什麼也不意味。二十世紀初，中國人相信過歐化就是進化，為此不惜「打倒孔家店」！二十世紀中，共產黨用經濟定律闡釋社會進化論，由此搶占了「歷史」的上風。八九年巨變，中國人曾痛惜失去契機，眼睜睜看著「蘇東波」和自己擦身而過。但隨後，「九一一」、伊拉克，迫使人們問：沒了冷戰「畫皮」，為什麼世界反而更血腥？經濟危機一來，作為「世界第二大經濟體」的中國好忙碌，它的大筆訂單，是西方政客的夢中情人，既給經濟輸血，更為選票加分，於是，到訪中國的西方政客，照例一番「人權」、「民主」空話，給自己國內媒體一個交代了事。唉，媒體能吃空氣嗎？它們一樣是「買賣」，得靠市場、靠廣告活命。於是，「玩世」又派上用場，談論中國時，鞭炮般炸響（卻沒有殺傷力）的冷戰口號，猛烈攫住讀者的眼球，冷戰套話在別處已經失效，回收到「中國」話題上仍大賣特賣。這樣大規模簡單化、口號化、意識形態化的後果，是最近在西方（尤其德國），對中國理解和交流的思想質量大大降低，更忽略了反省自身困境的緊迫性。

共產黨最大的成功，可應該算締造出了和自己共用同一種思維方式的「反抗者」。一位前一段在德國頗出風頭的中國持不同政見作家，出書暢銷之外，每有公眾活動，就從文學界客串到演藝界，吹簫吟嘯，開始還博得政治正確的德國觀眾熱淚盈目，重複多了，不免令音樂水平很高的德國人看出「業餘」。當我出於好奇，專門去看他表演，他對我說的第一句話倒是實話：「我是走市場的」。哦，當然。但「賣」什麼呢？同樣是這位，在獲得了德國最重要的法蘭克福書展和平獎後，其受獎辭裡，竟把分裂中國等同於民主進程，什麼邏輯？誰能保證大獨裁不「分裂」成一堆小獨裁？這種煽情，不是對讀者負責，只能看作一種自我炒作。以譁眾取寵之詞，惡「玩」亂「玩」。藉著地理和文化隔閡，放肆說蠢話，用假口號淹沒真思想，因為他摸準了，西方沒人敢冒「幫中共說話」這個險，而指出那蠢話之蠢。

如果被當做秉持人文價值核心的西方，實質上也無非「走市場的」而已，誰能僅僅責備今日中國人道德真空、價值真空？說白了，中國人經歷了近一個世紀虛幻的理想主義後，只不過看清了，「理想」是一隻空盒子。它能被填進任何東西。「黨」的純權力思維，蔓延成整個社會的純物質思維，再被西方利益思維所證實。這就是中國人夢想、追求、甚至為之捐軀的「民主」理想嗎？倘如此，中國人為什麼不就近「實用」？就近「利益」？這裡，能直接認出一條直線：價值混亂——價值真空——實用填充。空盒子裡，連噪音都沒有，只剩清晰無比、冷酷無比的徹底「玩世」。二〇一二年十二月八日，我應邀參加柏林「歐洲：危機之後」會議開幕午餐，前英國首相布萊爾在演講中，專門強調，「重建歐洲的自信」，話很漂亮，但，「自信」不止於政治、經濟成功，它真正的基礎，必須建立在對精神價值觀的確認上。這，在今天，做得到嗎？

我這篇文章的標題，借自我妻子友友一九九一年寫作的一篇文章。她可能是最早質疑「毛波普」──「玩世」藝術的作者之一。質疑的焦點，在這類藝術是否真誠？它們對毛和文革意象的泛濫使用，究竟出於對殘酷人生的關注，抑或把它當作異國情調的商標，正在國際文化超市上炒作和販賣？這個標題〈誰玩誰？〉在追問：當你有機會使用自己的藝術語言，卻不得不借用（套用）「他們的」語言，那麼，你以為「玩」他們，可其實仍在被「他們」玩，且無須外在施壓，一切經由你自身的欲望，你已被控制到心甘情願順服的程度。這現實，不比奧威爾的《一九八四》寓言更黑暗？「玩世」人生觀，不該被稱為「異化」，它正驗證了人性本質，一種放棄掙扎後，蔓延在每天中的末日。

中國，在過去三十年裡，經歷了超越往昔三千年的結構性巨變。不停頓的狂風暴雨中，這條再大也不夠大的小船，歪歪扭扭行駛著，只有在回顧中，才能突然發覺，我們已駛出多遠了。詭譎的是，中國從文革時代物質、文化的超低起點出發，總的來說拉出了一條「向上」的曲線，卻和西方被經濟、思想困境拉得「向下」的曲線，匯合在一個整體拉低了世界精神水準的地方。當中國民族主義者為狂喜，而獨立思想者茫然之時，中國又成了世界的標誌：自私，玩世，冷漠，三個詞畫出一幅肖像。更真實的全球化，只是精神危機的全球化。這「新世界」，比舊世界還舊。一種共同的無望，貫穿在收入微薄、自稱「蟻族」的中國大學畢業生，和亞美尼亞大學裡對未來職業一臉焦慮的年輕人之間。他們的人生，除了塞滿職業、工資這些無聊詞彙外，哪有另外的意義？對他們，連「玩世」都是一種奢侈！

當我把視線轉向東歐，匈牙利這根探針，也探測到了人類的精神氣候。它曾是前東歐共產國家中最開放者，如今，卻又率先掉頭，「右派」經由民選上臺，且公然修改法律，鉗制新聞自由。道德退化，正在顯形為現實。可你能要求民眾什麼？他們被生活壓得夠重了，哪怕想像一下能關上門，靠拒斥外國人留住財富，都是一種安慰。當「進化」泡沫破滅，政治、社會與「理想」斷交，玩世時代的多數「民主」，並不保證——甚至保證不——導向文明。某種意義上，怪誕無比的「共產黨」一詞，倚靠它天經地義的專制和腐敗，還給「玩世的」中國減少了些自相矛盾。但對好不容易掙脫共產專制的東歐、或從來自詡為「自由世界」的西方，淪為「玩世」境地則不僅像諷刺，更是災難。柏林牆下的犧牲者，和此刻的民眾「掉頭」，如何自圓其說？昨天太近了，因此今天的自相矛盾太觸目！簡言之，掏空了獨立思考和判斷力，「民主」完全可能為專制鋪路。希特勒如此上臺。毛也曾經受到過中國人發自內心的歡呼。只在痛定思痛中，我們才能看清「被玩」的過程。「中國」、「匈牙利」，不在別處，就在每個人腳下，構成你我自己的現實。全球化把人類整個鎖在同一條奴隸船上，想迴避從總體認清個人處境的角度都難！一口漆黑無底的陷阱，是我們齊心協力挖好的，又手拉手跳下去，甚至，聽不見粉身碎骨的聲音。

還是那個老問題：怎麼辦？細心的讀者，還會直接向我發問：詩歌呢，被你忘了嗎？沒忘。不敢忘。因為在政治、商業的夾擊下，恰恰是詩，在代表一種抉擇：在最不可能的絕境中，保持一種不放棄的人生態度。它的聲音微弱，卻用一個「不」字對抗著「玩世」。我得承認，古老的中國詩歌傳統，時時從最難以想像的角度跳出，讓我震驚，給我啟示。二〇一二年七月，面對當代中國文化的複雜現狀，如何不止於抱怨環境，而主動做出應對？我們一群經歷過共同人生歷程的詩人朋友，通過一個中文私人網站，發起了

「北京文藝網國際華文詩歌獎」（ArtsBj.com International Chinese Poetry Prize）。沒想到的是，不到半年時間裡，至少四萬多首詩，從海內外投入了詩歌獎網站。其中大批詩作相當成熟，一望而知作者早已超出了練筆的「史前期」。更精彩的是，我們對百分之九十九的投稿者姓名一無所知。那張我們頭腦中的中文詩歌地圖上，他們從未存在。就是說，極端「玩世」的中國表像下，還潛藏著一個看不見的、巨大的、活力十足的地層。在那兒，人們寫作、表達、交流，純粹出於豐富自我精神的需要，卻與任何類型的「市場」無關！「地下」這個詞，太貶低他們了，因為他們壓根不在乎、沒渴望過浮出「地上」。「流亡」這個詞，也太簡單了，古往今來，哪個精神創造者，不是「流亡者」？那麼，為什麼要藉此特別標榜自己？這裡，一種純淨的能量，讓我感動。詩，恰恰在「不可能」中，還原了對人生、對理想的肯定。當我讀到那些農民工在破敗的工棚裡，書寫給同樣破敗的鄉村的詩句，「詩」又接通了真人生。當我翻閱每一頁傑出詩作後面，銜接著的十頁、十五頁熱議帖子，我同時在加入一個有靈魂有血肉的、「真正活著」的中國。對這些詩人，兩千三百年前投江自盡的屈原、死在漂泊途中的奧維德，都不是「他者」。因為，詩的內在追問，永遠在創造「詩意的他者」。一個主動的選擇：個人美學反抗——反抗無意義的人生。這自覺，不依託任何群體口號，不「走市場」，卻在甘願孤獨中站穩了腳跟。我的詩句「再被古老的背叛所感動」，因而依然有效。在這面鏡子裡，「玩世」的醜陋無處藏身。

我想援引幾行筆名「衝動的鑽石」的農民工的詩，為這篇文章作結。偏巧，他又用到了「特務」一詞，但這「特務」埋伏在自己心裡。而「叛徒」一詞呢，恰是指背叛了故鄉的詩人。詩歌質詢的鋒刃，首先刺向詩人自我。這，是L科長們永遠學不會的——

《重金屬》

二

祖父埋在南坡
父親埋在南坡

年青的叛徒，一抬腿，就把南坡推到千里之外。

草木，枯榮。母親走得很快
我跑得太慢，追至南坡，不見她的人影。

埋伏在心臟中的特務，白天消失，晚上出現

這個叛徒，割斷臍帶，頭也不回
這個叛徒，佈滿槍傷，竟然沒有走露一絲風聲。

二〇一三年一月二十五日，柏林
楊煉

無聲者的呼號
——序《北京文藝網國際華文詩歌獎英譯詩選》

當代中國是什麼？這個問號，世界在問，中國自己也在問。問，是因為有太多複雜，且經常互相矛盾的回答：冷戰意識形態的、東西方文化衝突的、全球化商業利益的、歷史的或根本反歷史的……它們都是，又都不是，好像你任選一個角度，就能看到一個「中國」；換個角度，它又成了完全不同的另一個。最終，「中國」像個虛構，誰都能發明它，什麼說辭都能套上它。但，誰也不能說服大家：這就是它。那個龐然大物，三十來年裡，從文革赤貧加理想瘋狂，到今天全球投資卻徹底玩世，舞步旋轉得令人眼亂繚亂，它究竟是什麼？

創立於二〇一二年七月十五日的北京文藝網國際華文詩歌獎，初衷很簡單：通過藝術家、詩人楊佴旻私人擁有的文化網站，在商業噪音嘈雜的當代中國，給詩歌開闢一個空間。借助網絡，任何中文詩，無論詩人是誰，都可以投稿。但，沒人預期到其結果之驚人，自第一天，詩歌作品潮湧而來，到首屆截稿的二〇一三年七月十五日，詩歌獎網站共收到八萬多首詩。其中，至少百分之十質量很高。更感人的是，我們這些寫作多年的「資深」詩人，幾乎從未聽說過那些作者！通過作品中的信息，我們能猜測他們中有藝術家、文化人、教師、街頭小販，城市普通居民，大、中學生，甚至軍人和警察，而最觸動我們心靈的，莫過於農民工詩人的詩作——這個當代中國最典型、最龐大、最隱秘的社群，其兩億多人口，足以單獨構成一個世界大國。但，那又是死寂無聲的大國。作為中國加入全球化的標誌，「農民工」一詞，濃縮了一個歷史。它意味著凋蔽在身後的鄉村、冷硬陌生的城市、低廉得令人咋舌的工資，兩億顆心，日夜被在自己「祖國」的茫然流亡所折磨。農民工詩人郭金牛在「第一部詩集獎」獲獎作品《紙上還鄉》中寫道：

祖國，給我辦了一張暫住證
祖國，接納我繳交的暫住費

一個「祖國」，卻只有繳費才被獲准「暫住」。農民工的心酸，在於那個永遠逃不出的厄運：

哎呀。那時突擊清查暫住證。
北方的李妹，一個人站在南方睡衣不整
北方的李妹，抱著一朵破碎的菊花
北方的李妹，掛在一棵榕樹下

輕輕地。彷彿，骨肉無斤兩。

兩億人的骨肉，卻斤兩全無，這是怎樣龐大的「人」之孤獨、存在之孤獨！同時，請注意，這裡有一首好詩要求的所有品質：感受的獨特，經驗的深刻，表達的明晰，音樂節奏的輕盈，郭金牛（或許也是那個姓名最普通的「李妹」）細細的嗓音，通過「輕輕地，彷彿」信手拈來的詩歌意象，把重重波濤下那個隱藏的無聲大海，打開到我們眼前，讓一絲淡淡的嘆息，勝過一切情緒化口號，扎疼我們的耳膜。這是底層的呼聲，但更重要的，那裡站著一個詩人獨特的思想和藝術個性。什麼是「中國」？除了中國人內心所思所想，哪有別的中國？一首好詩，正是當代中國血肉、人心、頭腦的凝聚。它，超越任何理論套話，直指活生生的現實本身。

郭金牛只是投稿詩人之一。首屆北京文藝網國際華文詩歌獎，像一個全年開放的網絡詩歌節。每一頁好詩投稿帖後面，跟帖常多達二三十頁，評判、辯論、再評判、再辯論，日夜繁衍，跟帖數又不知多少倍於詩作。這裡，詩人沒有著名、無名之分，只有意見不同之別。它或許不能被稱為最「民主」（因為最終仍是評委抉擇），但絕對可以稱為最「公開」，評委們對投稿加精華，只在提供被更激烈研討的對象，甚至終審頒獎，也不能終止這場辯論。對「無名」詩人們，突然能與曾只讀到的詩人直接交流，固然是一種感動。但對我感動更甚：八九年天安門屠殺後，我從被迫流亡，到主動全球漂泊，雖通過創作保持了與中文血緣的關聯，但那畢竟不同於這次：日日、時時與如此多中國詩人們「面對面」交流，通過他們把握那片大地的脈搏。他們教會我，「底層」不是商標，而是思想。那個無聲者的世界，也在促使我反觀全球化時代自己的現實。由是，當我應邀給《紙上還鄉》寫序，不得不說：「透視存在，我們誰不是農民工？」

北京文藝網國際華文詩歌獎的名稱中，「國際」一詞大有深意，它要建立的是，全球化處境中詩人個性跨語種的直接關聯。我的詫異，來自「李妹」們那聲嘆息，能傳遞得多快多遠：二〇一三年六月，世界最大的荷蘭鹿特丹國際詩歌節，選定當代中文詩作當年詩歌節主題，我們為此設計了「鹿特丹——北京文藝網國際同步詩歌節」，以阿拉伯大詩人阿多尼斯為首的國際詩人在鹿特丹、誰知道多少中文詩人和讀者守在他們電腦旁，於六月十四日荷蘭時間下午三點至六點同時上網，視頻朗誦、對話、提問、回答，三小時頗有深度的詩歌交流後，我詢問點擊率，竟然聽到一個天文數字：六百七十萬！第二天早上，它升為一千四百萬。又兩個星期後，三千二百萬！詩，沒淪落為第二天垃圾桶的填料，相反，它的震波逐日增強。同樣效應，出現在海內外媒體中，德國南德時報率先以整版報導了詩歌獎，特別深度採訪郭金牛，該文被瑞士新蘇黎世時報等當即轉載。隨後，英、德、荷、美、臺灣、香港媒體也紛紛跟進，追隨詩歌這只聲納，世界接收到了中國海底的音波！二〇一三年十月二日，在北京大學舉行的頒獎典禮上，當應邀專程來京的英格蘭藝術委員會主席Antonia Byatt和鹿特丹國際詩歌節主席Bas Kwakman，親手把獎座、獎金遞到農民工獲獎詩人手中，「國際」和「底層」的詩歌血緣瞬間連通，一次跨越過多少阻隔！其中意義，正如我曾把當代中文詩，稱作一個個「思想——藝術項目」，它彙聚了歷史、現實、文化、語言的種種資源和能量，經由詩歌，創造出個人的自覺。「思想——藝術」，意味著拒絕任何簡單化，精神深度必須印證於藝術深度；「項目」，意味著拒絕重複，中文現代文化轉型必須不停深化。歸根結底，「中國」，正是發生在每個人身上的那部艱難與輝煌共存的史詩。

這本英譯獲獎作品選，可以被視為這個「思想——藝術項目」的縮寫本。它的文獻部分，包括關於詩歌獎理念、架構、進程、終評的公告，以及首屆詩歌獎七篇授獎辭。詩作部分，由我選自七位獲獎詩人的代表作。其中，草樹的哲思，廖慧的優雅，臧棣的隱痛，于堅的樸拙，七夜的激蕩，鍾碩的詭異，郭金牛的輕靈，各具音色，配上七位資深詩人評委為他們專門撰寫的授獎辭，令讀此書猶如聆聽十四位當代中文詩人的小合唱。我得承認，這裡入選詩作多少，並非平均分配，我給予農民工詩人郭金牛的篇幅，遠遠大於其他詩人，原因很簡單：他的作品，具有當代中國處境和當代中文詩創作的雙重典型意義。我該說，他也在賦予全球化的世界一種意義。正如我在給他的授獎辭中寫到：「郭金牛曾在著名的富士康工廠工作，在第十三個富士康工人為抗議惡劣待遇跳樓自殺後，他被派去安裝『防跳網』。但，多細密的網，才能防住那個壓垮過億萬中國農民工的共同命運？為此，他寫詩。」誰讀不懂中國，也就讀不懂全球化；而看不清全球化困境，也看不清中國的現實。富士康——一個噩夢工廠的名字。它的詞義是：大陸工人，臺灣老闆，蘋果手機產品。因此，郭金牛們何止被壓在中國權力的「底層」？他們更被壓在全球利益聯盟的底層。中國農民工，站在流水線上，手中每天掠過千萬塊電子板，是否知道iPhone搜刮了多少利潤？那些天文數字，不會令他們迷路嗎？不會令我們迷路嗎？當人類只剩金錢這個意識形態，自私這個人生哲學，玩世這個處世態度，**我們誰不是農民工**？既流離失所，更走投無路！

這部詩選，該被看做一部中國思想詞典，它讓你讀到對中國現實、文化、文學多層次的反思。同理，它也是一部世界思想詞典，從人類整體精神困境，去透視中國獨立思考的活力。中國和世界在此對話。郭金牛們不認識這部英譯詩集的贊助者Jenny Hall和Rod Hall夫婦，但我相信，他們會由衷感激這慷慨相助。那印證了詩人命運最美的一面：無論時空多遠，在一首好詩裡，我們已相知多年。

二〇一四年十月一日，中國大陸的「國慶日」，這篇序言寫作半途，一個噩耗傳來，又一位曾在富士康工作的農民工詩人許立志跳樓自殺，年僅二十四歲。生前，他寫過〈車間，我的青春在此擱淺〉、〈我就那樣站著入睡〉、〈我想我還能堅持下去〉——

我想我還能堅持下去
直到太陽擋住了月亮和星星

但，他沒能堅持下去，「多少白天，多少黑夜／我就那樣，站著入睡」的人生的夜班，令年輕的生命堅持不住了，終於——

終點已到，時辰亦到
此刻他們正把我的棺柩吊進墓穴
母親啊　我就要回到你的子宮

十月一日，一個詩人，向他的「祖國」，停繳了暫住費。

楊煉
二〇一四年十月五日，柏林

三、對話篇

流亡使我們獲得了什麼？

——楊煉和高行健的對話

時間：一九九三年八月

地點：澳大利亞，悉尼，楊煉寓所

對談人：楊煉（以下簡稱「楊」）、高行健（以下簡稱「高」）

高：咱們在巴黎就談過不少，這回在悉尼再次見面，又可以討論些有興趣的問題。這是咱們創作中共同面臨的問題，也是當代中國文學—漢語文學面臨的問題。

楊：目前，漢語作家（主要在海外，也包括某種程度上的國內）正置身於一種環境：多多少少都與以前那種絕對群體化的大一統社會有所不同。每一個人都從某種新的角度上面臨諸如作家與寫作、形式與內容、傳統與現代等等這些老題目。甚至不止用漢語寫作的作家，西方的以及整個世界的作家與文學，也都在再次以此向自己提問。

高：對，七十年代之後，世界進入了一個被稱為「後現代」的階段。在中國，「後現代」也是文化界的熱門話題。中國文學從七十年代末「恢復現實主義功能」起，匆匆忙忙走完了（掠過了）西方近一個世紀以來跋涉的路途。今天，我們在國外生活了一段時間之後，從回顧這段歷史入手，來對「文學」本身進行反省，是合適的。因為中國文學儘管走得匆忙，但卻試圖模仿西方的各個階段，我們也可由此把思考的對象由中國文學擴展開去。

楊：記得八十年代初期，也有各種文字討論。現在想來，那時的起點真是非常可憐。例如「說真話」，在謊言流行的社會中，也不得不被標舉為文學追求的目標。其實，「說真話」不是做人的最起碼的要求嗎？它至少應當是作家作為「人」的起點，還不是文學，還沒有進入對「文學」本身的思考呢。

高：這個問題對我們已不存在，你要說真話，就儘管說好了。

楊：有沒有人聽是一回事。在海外，你可以說差不多任何你想說的——你不想說的至少不一定非得說。

高：拋開這種最基本的問題，就涉及到了文學本身的問題。既然任何時候文學都應該「說真話」，那麼問題就成了真話「怎麼說」？這一來，就回到了「內容與形式」的關係。真話——即有話可說，有內容可說，再加上以什麼方式來表述。表述的不同也直接牽扯到「話」的不同。

楊：重提「內容與形式」，有一個背景，也可以說是一個反面的經驗，就是二十世紀對追求「形式創新」的迷信。我們也都記得在中國過去十幾年的各種「熱潮」。在哲學、思想、文學上「各領風騷」的花樣翻新：浪漫、現實、批判現實、復古、鄉土、垮掉、玩語言（高：籠而統之的所謂「後現代」）等等，這種發生在中國的情況也是　個縮小型的西方現代文學史。特點是：以形式革新作為進步的標誌。這種花樣與形式，翻新到今天，似乎已經被玩夠了，已經再也沒什麼可玩了。這時就碰到了一些困境，令人發窘。

高：當時我們都曾主張談形式……

楊：我還記得你那本小冊子《現代小說技巧初探》，在中國小說界引起的一番折騰，就是講的文學形式。

高：甚至講的是純粹「技巧」，小說技巧。換句話說，真話不好講，直接涉及會有許多禁忌，就繞開一個圈子，從形式著手來談這些問題。新的形式中自然包括著新的內容。包括當時的朦朧詩，都是因為有舊的形式無法表達的新的內容，有新的話要說，因此形式與內容爭論在當時是有現實意義的。

楊：也就是說，形式從不是一種純粹的工具或者方法，換一種形式去觀察，或換一種說法去討論現實，現實也就被「呈現」成了與以前不同的東西。

高：這裡有個歷史過程。在大一統國家，形式主義曾被認為是西方的、資產階級頹廢的觀念，因此形式問題本身就成了政治問題，而不是一個文學自身的問題。

楊：在這一點上，某些人倒從未誤解「形式就是內容」這一點。你不明確宣佈自己的觀點，僅僅聲音上略有差別就會招來麻煩。所以八十年代初期，例如朦朧詩的出現，不管其多麼幼稚，但與以前的詩有一點最大的不同，就是試圖以一種個性的語言描寫一點個人的感受。對當時的詩人而言，這是一種下意識的選擇——舊有的語言無論如何已不能表達自己的感受了。這與後來花樣翻新式的「形式」還有所不同。

高：是，為什麼當時在中國所有關於形式的爭論，在社會上會有那麼尖銳的意義——因為在形式中有話可講，有原來老框框容納不了的東西，那麼就表現為對形式的爭論。但當作家有了創作自由，可以講他要講的話的時候，現在再僅僅討論形式，或把形式討論賦予一個絕對的意義，就不夠了。今天重新討論「形式與內容」，有一個前提，就是作家已經有創作自由，至少無須顧忌自己的表述，這就使關於「內容與形式」的前一種討論已經不具有意義了。

楊：甚至可以這樣說，前一種討論僅僅以政治和文學禁區為對象的話，已經說完了，現在，該說你自己的話了，你是否仍能使形式不流於空洞？

高：對，今天提出的問題是：作家可以在形式上玩任意的花樣翻新，不會受到任何約束，這樣的形式，還有意義沒有？換句話說，你在這些形式背後，還有話可說沒有？

楊：本來，提出一種形式應當同時是提出一種內涵，如現代主義對後期浪漫主義的反撥，實際上是對浪漫主義「自我膨脹」的反省。在文學上，重提嚴謹、客觀等等古典原則，反對過分的感情氾濫，通過這些，提出對抽象的、神化的「人」的再次質疑，這是二十世紀文學的出發點，同時構成了現代主義或現代性的基本內容。比如艾略特和其他現代詩人，《普羅夫洛克情歌》、《荒原》等作品，都最早表現出人的價值感的崩潰。嚴格地說來，從內容出發去創造新形式的，留下了許多重要的作家與作品，如「意識流」的喬伊絲；「荒誕戲劇」的貝克特、尤內斯庫；黑色幽默的《第二十二條軍規》等等；而主要作為一種技巧提出的文學運動，或以抽象的「自由」為目的的「文學革命」，最後卻大多沒留下有分量的作品，如達達主義，超現實主義。超現實主義的寫作技巧要等到後來幾位把傳統、當代思考與文學創作融為一爐的大家出現，才充分表現出它對文學的創新意義。可這種「思考」正是早期超現實主義所全力反對的。

高：西方現代文學第一次討論形式問題，具有一種革命的意義，它要否定舊的內容、舊的表現方式，它要傳達新的東西。但到了形式可以任意玩的時候，即八十年代「被稱為」後現代的時期——當然這種概括究竟有沒有意味，能不能概括目前的狀況可以再討論——還糾纏於要不要形式、形式是否有獨立意義等等題目，這整個討論就突然失去了意義。那麼，現在的問題是：你找尋一種形式，這是否在背後也擁有一種獨特的意味？

楊：或者說你究竟為什麼提出一種新的形式？如果我不是從「表現什麼」出發，而僅僅是苦心積慮去「發明」一種新形式，然後以為這就發展了文學，這在今天已經很可疑了，因為到處、每天都有無數「新形式」出現，「新」如垃圾無所不在。狂熱追求被當作迷信的「新」，結果卻無一例外地被互相抵消了，只留下一種姿勢、一個腔調，卻毫不提供比別的形式多一點的東西。

高：因此，文學的新形式，就好比時裝。今年的款式代替明年的款式，僅僅是一種時髦。如果作家，在藝術形式的主張後面，沒有他自己要說的話，就和時裝一樣，玩玩而已。

楊：雖然每個季節看起來有點新鮮感，但稍拉長一點距離，就看出無非幾種老套子的來回搬弄。

高：從上個世紀西方現代派興起以來，也很難說還有什麼真正「新」的東西了。大家已玩得極為充分了，對舊形式的各種「打破」，以至對語言自身的破壞和氾濫的語言遊戲，最後用電子電腦來說語言，已走到了極致。那麼就提出了一個問題：有沒有本事提出真正的「新」？即不是重複別人的，或沒有被別人充分發揮的形式，去包涵、表述一種未被充分表述過的、從新鮮角度來加以表述的意味？這就是我們今天想要討論的問題。

楊：概括起來就是一句話：弄明白了「時髦不等於現代性」之後，怎麼辦？形式上求「新」，就像翻跟頭，一連串跟頭，卻翻不出新鮮跟頭，那還怎麼翻？

高：當然我們還可以走另一個極端：所有已有過的形式，能否做得那麼好？這也仍然是有意味的。比方說，當代的作家，如果寫出一部極為現實主義的小說，哪怕就是反映當前現實生活，包括觸及當前社會、政治，如果寫得很好，確有當今人們的感受，有當今人們要說的話，我們也沒有理由認為它是過時的。這時，「現代性」的含義就不僅是你找到一個新形式的問題了。

楊：一種深度，面對現實的深度，是否可以這樣說：形式，一般以「變」為其更新的標誌，而我們所談到的「現代性」，反而是以某種「不變」的東西來呈現的。

高：這涉及了一個很根本性的問題：何為「現代性」？「現代性」是否等於新形式？

楊：這是問題的關鍵。我想：生存、作家和作品（作家使用的語言）之間，這樣一個結構的關係，從古到今並沒有多少變化。

高：人類的生存狀況，所提出的基本問題、所處的困境，基本相同。到今天，我們已無法提出更多的根本問題。

楊：人始終在試圖解答那個一直存在的問題，解脫同一個困境，只不過因每個時代、每個世紀中人們生存環境、內心環境和語言的不同（漸趨複雜化），表述的方式有所不同罷了。但在一些根本的結構上，人們在依循著某種相似的過程，那麼現代性似乎是現代人以自己的方式試圖回答那個一直存在的問題，是人類持續努力中的一部分。

高：也就是說，人類生存的老問題至今也沒有發生根本性的改變，所謂「現代性」，也就是對這個老問題的重新描述，而且這個描述帶有我們這個時代的特徵。如果把這個時代稱為現時代，那麼這個「時代性」，這種時代精神（或別的詞彙），不妨可稱之為「現代性」。

楊：在今天，這就是人們用「後現代主義」等等概念試圖表描的世界：一個從尋找「自我」出發，卻被整整一個世紀的花樣玩昏了頭，直到形式的更新不僅沒有證實人的價值，反而在某種意義上表現了人的崩潰，人的「自我」成了自己的玩具的玩具。

高：「自我」的問題是「現代性」中很核心的問題。

楊：今天的「現代性」，即一種已沒有一種表面統一的形式能給以肯定的「自我」。

高：浪漫主義即宣告「自我」，即以「自我」對立於上帝、群眾、集體、階級、國家等等，來充分肯定「自我」的價值。現代文學的「現代性」從哪兒開始？恰恰是對浪漫「自我」的質疑。這標誌了現代文學的誕生。因此現代文學各種形式更替的背後，有一種聯繫，一個問題。這個當代人面臨的突出問題，即對「自我」認識的問題，是對自我的質疑，對「自我」的研究，而不是浪漫主義的對「自我」的神話。這也是尼采哲學的宣言——我的一個看法：現代主義不是從尼采開始，而是從尼采之後開始——也就是所謂「現代性」。

楊：也可以這麼說，「現代性」不是一個時間概念，它是一個精神層次的概念，是人的思想「深化」的一個標誌。「現代」容易給人帶來的誤解，是它只帶有時間意義，類似於過去、現在與未來的意義，人們很容易以為它只是整個時間線索中的某一段。「現代性」當然也有這種含義，但從人類精神結構來說，它更是一個有機層次，從人作為附屬品，到人作為主體，再到對自己主體位置的懷疑。走到今天，這種質疑本身又被質疑了。

高：浪漫主義企圖建立一個「自我的上帝」，以代替神權、政權、宗族的權力以及民族的利益。爾後，二十世紀現代文學對此重新思考，這種思考至今並未過時，我們並沒有提出更新的問題。「自我」的價值受到懷疑，導致了自我的分裂、人格的分裂，導致了對自我的種種分析與解剖，包括對自我的幻滅，對從「自我」引申出來的各種價值觀念的動搖，例如對「美」的觀念的懷疑，對宗教信仰甚至宗教情緒的懷疑，對性的懷疑、分析與研究，等等。「現代性」有許多非常具體的內容。那麼，如果說「後現代」是一個時代的話，它是否提出了超出「現代性」範圍的什麼問題呢？

楊：基本上沒有。唯一可能有的，是現代主義以各種方式質疑人自身，質疑到了一種近乎絕對的程度，類似於當初浪漫主義否定神—上帝時的絕對，人已沒有了自己生存的基點，而人又不能，至少不願放棄生存，放棄對有一個基點的渴望。一個荒謬的事實是：人在質疑了一切之後，還不得不活著。而人想給這個事實一定的理由，所以人們又對絕對化的質疑提出質疑。就是說，連質疑自身也被懷疑了。那麼這時人已變成了一種永遠變幻不定的東西。

高：也還有一個更為深刻的疑問，這就是現代文學以來，特別到六十─七十年代之後發展得很充分的，對人類使用的語言的懷疑。所謂「人」到底是什麼？在文學所研究的範圍裡，人並不是那個肉體的人。而所謂「人的意識」是什麼？離開了語言的表述，就是一團混沌。我們對人的認識只能通過對語言的認識。而在語言上，六十─七十年代後有個日益尖銳、多少有點新鮮的問題：語言有沒有能力充分表述人的意識？表述出來的人的意識有多大程度的可靠性？能否傳達要傳達的東西──它是純主觀的呢，還是確有傳達的功能？它是否有一種共識？六十─七十年代後，對語言的種種試驗，從哲學到文學領域中，把本世紀初對「人」的質疑，集中到對語言的質疑上。

楊：這也是一個不過時的、每個時代以自己的方式重新提出的問題。

高：只不過在這個時代特別尖銳。

楊：回到「內容與形式」的討論上。這個時代是把語言問題作為明確的內容問題提出的，這就完全有別於過去人們僅僅把語言當作表述的工具。正是在現代，人們對自己的心理過程、感受與表現的過程關注得如此深刻的時候，才發現自己已無法離開語言去談論一切，離開了語言就沒有人──你無從討論一個根本沒有呈現出來的東西。這已把對工具的思考變成了對內容的思考。

高：在哲學與文學中這兩者是平行進行的。傳統的哲學是研究本體觀──存在與思維（意識），客觀與主觀，現象與本質，等等；現代哲學特別是維特根斯坦哲學，把這一切問題變了一下，認為這些問題是無法討論的，是邏輯無法證實的問題，永遠是一種思辨。那麼藉以思辨的工具本身有能力來進行這種思辨嗎？他提出一種懷疑。在哲學中，對語言的研究導致了語言分析哲學的誕生。

在文學方面，各種形式和語言的試驗，最終集於一點：我們的意識到底怎樣呈現為語言？怎麼去表述？是否可能被表述？表述得是否充分？在當代文學中，表面上看來這些是語言學的問題。

楊：實際上比這深刻得多。人們在形式翻新的背後，存在著一個焦慮：對語言的焦慮，對語言的「異己」作用的焦慮。可一旦這個問題被自覺地提出，又使過去種種「新」形式的大廈從基礎上發生了動搖。

高：這裡有一個陷阱，語言問題有一個陷阱。在傳統文學觀念中，語言是一種工具和手段，現在突然變成了文學的目的，甚至文學的主要物件，那麼說是不是語言本身就有意味？還是意味是來自語言背後，仍有待於語言所表述的？這個陷阱就在於：人們把「玩語言」變成了根本。當「玩語言」喪失了任何意義，純粹變成了一種遊戲，人們卻忘了語言作為一種意識，它要表述一點什麼東西。今天我們回過頭來要思考的，就是「玩語言」背後，要表述的究竟是什麼？怎麼去表述？

楊：過去我們的概念裡，內容是某些相對明確的問題，例如政治、社會，「關於」什麼——性、社會、宗教等等；現在，問題的提出與提出的方式先天地合為一體，探索語言表述與探索被語言表述之物同時進行。這本身應當成為同一個問題，否則，就是脫節。

高：也就是說，我們也要玩語言，但玩語言不是目的，而是要表述某種舊有的語言無法表述的東西。如果離開這個方向去玩語言，你的語言遊戲可以交給電腦，製作成各種程式。對人類現時代生存的狀況，或現代人感受、感知的方式，你如果找不到自己獨特的語言去作獨特的表述的話，所謂「現代性」都是空談。

楊：我記得前幾天你也談起過內容——特別是你所謂「內容」的問題——在你的戲劇裡，我認為同樣情況也在我的詩裡，某種內容（人的感受）既與表述過程融為一體，又相當強有力地制約著表述，使你的表述具有一種方向性，一種你使它發展起來的動力。你談起在戲劇中，把戲劇本身運動的過程、對比和驚訝作為「內容」的有機部分，引入要表述的東西，把它們變成內容，在語言經由這一系列變形時，透視「自我」。而我在一九八四年就寫過一篇文章《智力的空間》，在其中提出以空間、速度、品質等等語言構成的概念，使詩的表現與表意同在。我們實際上已經在探索語言與探索「自我」、存在之間劃了等號。

高：在這裡我們受到兩個約束：當我們已經擺脫了神權、政權或族權等等，再不存在確立「自我」的障礙時，我們卻突然發現「自我」是個牢籠，我們被它囚禁著，我們想擺脫、逃出。但所有擺脫的努力，卻離不開語言，擺脫「自我」的牢籠最終成了擺脫語言的牢籠——一個僵死的規範的語言的牢籠。我們總想找尋一種新的語言，那本身並不是目的，目的是企圖逃出語言的牢籠，或至少更充分地表述這種被囚禁。那麼當代作家的現代性，在語言上表現為兩方面：被限制的困境與嘗試將原有語言的領域加以擴大。他只能在這個籠子裡跳舞，但他還得跳。他也並非無事可做，他也還能有點創造性，努力能為自己的感知找到一種現代的、獨特的語言，表述出來，等等。這就是當今一個作家要做的事，有可能做的事，至於做得好不好，是另外一個問題。

楊：當一個作家處於某種外部的自由時，他就會發現，其實所有的問題，從來都在自己的內部。而歸納起來，自己內部諸多層次的問題，集中到一個問題，就是——表現的願望與表現的限制的矛盾。這就是語言從古到今與作家的對峙。對一個詩人來說，你在今天還想寫詩，你就不得不面對擺在面前的一具巨大的屍體——所有過去年代中已被寫出的詩，它包含著已被人們表現—表述過了的存在狀態。這是你面對語言時同時面對的東西。你還能不能在其上增加任何新意？每個作家都想冒險一試。仔細觀察這個過程，你會發現，你加上去的首先並不是新的詞彙、句式或風格，而是你感到的那些過去尚未被充分表達的感受。我想這很關鍵。你據此對語言提出了新的要求——對昨天繼承來的、首先表現出對作家的限制的語言——要求它為你發生某種變形。語言擁有比人類更可怕的、可以變化或發展的可能。

高：除去那些可承擔也可以不承擔的社會責任、公民責任之外，我們講一個作家有沒有點兒使命感、責任，或者他有沒有工作可做，在於他首先承擔的是不是對語言的責任。他無論如何跳不出自己的語言，他所有的表述第一都得借助於這個工具，第二都得體現為語言。一個嚴肅的現代作家，玩語言時不可以忘記這個責任，哪怕這個責任只是他賦予自身的。如果說他想有所創造，他得至少在某些點上突破已有的傳統。這種對自己語言的負責，才是現代性中更為深刻的東西。對一個時代的貢獻，體現於對語言有貢獻，這遠不是像僅僅玩個新形式，或拿幾個形式做個「拼貼」那麼簡單。歷史上每個大作家，都是既對語言作了貢獻，同時又充分表現了他自己。

楊：他從自己的感受給語言提出了要求，也是之所以為語言做出貢獻的原因。

高：我們反對一種對語言的「嬉皮士」的態度。「後現代」把語言作「嬉皮士」地玩弄的時候，這個態度也許有其社會的意義：通過玩弄語言表達對自身價值的否定，在消費社會中生活的無意義，等等，這更多的是一種態度，但作為一個作家，要多少深刻地講出一點這個時代，實現一點自己，僅僅如此是不夠的。他必須很嚴肅地思考：怎麼對待自己筆下的語言。

楊：我在柏林寫作《冬日花園》這首詩時，曾寫過一行詩：「世界上最不信任文字的是詩人。」任何一個詩人、一個作家開始寫作時，已不言而喻地包含著對過去語言的某種不滿。這種不滿，儘管並不一定挑明，儘管對過去的大師仍充滿敬畏之心，但肯定存在，否則他無須寫作。「後現代」對語言的嘲弄，我同意你說的，更帶有社會批判的含義。作為作家，你卻不能到此為止，你的工作是建設——由於你的加入使語言有所豐富，而非相反；過去的語言，並不會因為你的嘲弄，而變成今天的。

高：因為，從根本上說，所有價值都可以嘲弄，你使用的語言的價值，卻是你無法嘲弄的，否則你乾脆什麼也不說。作家還是有一種嚴肅的態度的，這個嚴肅的態度就是對自己的語言的。

楊：你用語言去呈現自己的存在，因而對語言嚴肅也即對存在嚴肅。這個態度也許不一定完全被外界認可，成為一種客觀的「真實」，但它對你的自身而言，有一種「真誠」。

高：如果我們說肯定「自我」，並不是說肯定那個一團混沌的「自我」，只是說肯定你對「自我」的表述，認可你對「自我」的表述，不管你表述的是什麼，只要你對這個表述是嚴肅的。那麼我們現在來界定一下「嚴肅文學」——就是它對自己使用的語言是嚴肅的。

楊：「自我」承認對自我提問的必要性，「自我」不是神龕中的一尊小神像，而是在不斷被提問、被追問中表現出來的形態。

高：所以我寫過一句話：我表述故我存在。笛卡爾的老命題「我思故我在」，到今天並未被拋開，只不過表述方式有所不同。對一個當代作家，就是「我表述故我存在」——你感知的東西最終還要通過表述——我能以我的方式加以表述的時候，我才存在。作家在一個社會的地位，作家在文學中的地位，是一種價值觀念（還要承認有一種價值），不是倫理的、政治的，而是語言的，是一種對語言的態度，這是我們要確立的一種價值。當別的價值都可以毀掉的時候，這個價值我不能毀掉它。如果我說我是一個胡鬧的作家，狗屁不值的作家，那也就是否認了我自己。

楊：實際上，你就是以你說出的方式存在。如果你認為你可以胡說八道，那正否認了自己存在的必要和理由。

高：這正是今天出現的一個很嚴重的問題：用胡說八道來代替嚴肅的文學創作。

楊：而這種情況更多的發生在「胡說」的學徒們身上。據我們對西方文學界的瞭解，除了六十年代有過一段短暫的文學「嬉皮」態度——而且那也是嚴肅思考現實、傳統、存在的產物——之外，絕大部分知識分子和作家仍然對思考和寫作保持著非常嚴肅的態度；包括問題的提出——對語言的懷疑，對表述的意義的研究——也與西方自人文主義之後的整個思辨傳統緊密相關。這與中國今天被標榜為「後現代」的作家們非常不同。一邊是用認真、清晰的思考去發現現實的荒謬，另一邊卻是以荒謬對荒謬，最終寫作毫無區別地混入了依然渾濁的現實。對於中國作家來說，必須小心此類被塞入同一個名詞（諸如「後現代」）內的截然不同的內容。套用前人一句話：不是要不要「嚴肅」的問題，而是怎麼要、在什麼時候要的問題。

高：對。

楊：從一開始，我們已討論了為什麼要重提「內容與形式」，什麼是內容，表述及其意義，等等。如果進一步具體到寫作，我想應特別強調「作為內容本身的表述」，而不是僅僅作為形式（甚至工具）的表述。

高：因此，你能不能找到一種自己的表述方式，就是關鍵。換句話說，你在此時才找到了內容的一種表述方式，你要說的話才被說出，而不是想說而苦於說不出。這也意味著老的形式必然被更新。新形式只有在這個情況下才是有意義的，是值得做的，否則就很容易流於追時髦。因此，一個作家對形式的態度，也並非僅僅是「玩」，他的態度也是很嚴肅的。

楊：應當這樣說，一個新作品的軀體和靈魂是同時誕生的，於是，當你自覺或不自覺地使用別人早已用過的方式說，你所說出的東西可能也是別人早說過的了。「說法」，與要說的，是一而二，二而一的情況。像一首詩，從你要寫，到寫，到寫出，「詩」只是在具備了它的形式之後才「具體」存在——你才知道自己「究竟」說了什麼。你看是不是這樣？

高：形式和這個形式表達的內涵，最後就體現為同一個東西。表述本身，包括了形式及你要說的話，如果你找到了這個，你就都找到了，如果找不到這個，就什麼也沒找到，既沒創造出什麼有意味的形式，也沒話可說——或說不出來。過去的討論中，把這稱為「創造文體」，這是在一個層次上說它。從大的階段講，比如從文言文到白話文，是一個巨大的語言解放。我們今天使用的現代漢語，基本上是「五四」一代中國作家創造的。當時胡適提出白話文的兩個來源，至今有效：

一是話本小說，把口語固定在文字上；二是活的日常語言，到今天還在豐富和變化的現代口語。當然，也不該否認西方語言對中文的影響，包括西方的語法觀念進入漢語，等等，組成了今天的漢語（這當然不是一個作家完成的）。那麼，就提出一個問題：這個語言，還夠用嗎？為什麼在詩、小說、戲劇中要找尋新的語言——我們已不是對古文（文言文）的框框提出質疑，而是針對今天通用的白話文：它還有沒有能力表達我們更深層的更細微的感受？這是一個很嚴肅的問題。

楊：對，中國語言在二十世紀經歷了很大的蛻變：第一次是「從無到有」，從完全自發的、口頭的以「俗文字」為代表的語言，到確立為作家主要的寫作語言，即作為文字語言的白話文。這已為大家所確認。但語言並不到此停止，它仍在給今天的作家提出挑戰，同時作家也給語言提出要求：能否繼續更新，以表達今天的人的處境？而這個「人的處境」，又是已經被西方語言大規模的複雜化了的。西方式的邏輯和分析性的語言，已經無孔不入地把「自我」及「自我」的內在層次解剖得相當細了。那麼，一個中國作家用中文寫作，困境就顯而易見：你還能找到沒被中文表述過的東西嗎？（這比較容易）你的表述能否不僅對中文，而且對已被當代世界文學（哲學）揭示過的「人」具有獨特性？（這很難）。

高：今天用漢語寫作的作家，面對這樣的壓力，採取了幾種方式：一個是回到老漢語，另一個是歐化，過分的歐化是大陸文學創作中相當嚴重的問題。返回老漢語，在港、台作家（楊：及住在海外的一些原大陸作家）中，相當普遍。我在《現代小說技巧初探》中提出過一條原則：不用成語寫作。當然成語並不壞，它是一種語言的結晶，但如果滿足於此，它不能充分表達我們今天生活的感覺。

楊：成語的產生，源於一種無數重複過了的經驗。它在語言中沉積、凝固，成為成語。說出一個成語，人們就代入自己經歷過的那種重複的經驗，來體會你說的含義。這是成語的意義。用成語寫作，意味著你所表述的經驗和語言的重複與凝固。它像個小巫術盒子，精緻好看，可惜已被釘死，因為擺放得太久而落滿了塵土。

高：我們想走一條獨木橋，或走出一條路。這條路第一不是古漢語已經走定了的那一套（楊：包括古漢語，例如筆記小說中形成定式的所謂「味道」，即傳統美感），另一方面又要避免歐化，即把西方語言方式生硬地套在漢語中。這條路並非沒有前人，自胡適、魯迅以來，中國現代白話文學已經走了相當漫長而有成效的一段路，以致今天深刻地影響著我們的思維方式。現在，我們要問：沿著這條路我們還能再向前走多遠？

楊：我自己經常想：中文的局限性，如果能被你以一種健全的心智觀察、研究，它又帶來了很多契機，擁有許多發展的餘地。你剛才提到的前輩作家們，鑒於傳統文言文學的危機，直覺地或相對自發地避開簡單重複古典文學。同時，由於他們對中國現實的關注以及自身「舊學」底子之雄厚，又避免了過分西化（也不是沒有，魯迅之「硬譯」即是一例），他們的小路，似乎主要是靠「避開」兩側的雷區走出來的。但擺在今天漢語作家面前的問題，是能否拋掉「被動」，主動地去尋找、發現和展開自己的語言領域？那麼，由於作為文學語言的白話文仍以中國文字為基礎，也就不可能擺脫漢字—漢語先天帶來的特點，例如語法的自由，詞性的靈活，時態與人稱變換、甚至省略的可能。這些除了給翻譯帶來麻煩之外，也給當代漢語作家提供了機會，讓我們從中發掘出表現人類生存的方式。回到我們前邊討論過的，從漢語中發現出來的這種獨特表述，本身就寓有某種新穎的內容。

高：就是說，我們研究漢語和西方語言的共同性，不如去研究它們之間的不同性，這對用漢語寫作的作家，有更大的啟發，亦即從比較語言學中，可以比從一般的、廣義的語言學中獲得更多好處。作家基本上是用母語寫作，這首先就得把母語「吃透」。對漢語而言，我以為最重要的是把漢語和西方語言放在一起加以分析，否則很容易盲目地走兩條路：盲目地屈從於古典中文的審美趣味，成為復古派，找尋一種已有的文體，已有的語彙，已有的表述方法，結果表現的也是已有的生存，而無法充分、準確傳達出今天人們的感受與情趣；再一個盲目就是把文字弄得佶屈聱牙，「假洋鬼子」，中文美感盡失，且不要說體驗、體現心理感受的微妙層次了。

楊：這裡強調的就是一種語言的自覺。記得在國內討論傳統文化時，我比較反對提出一種概念，叫作「文化心理結構」，尤其當它不僅用於歷史，而且用於現在和未來時，這種「結構」的確立，起了某種標籤式的作用：屬於這個結構的，容易輕易發現「共性」的，就被算作是中國的；不屬於或不易於歸入這個「結構」的，就被劃為「外國的」；這本身就否認了語言乃至文化發展的可能性，幾乎像用一個死去的昨天來限定、剝奪活著的今天。但這對中國作家又是充滿魅力的，因為中國文學的昨天那麼悠久和輝煌，詩、詞、賦、駢、散文、戲曲，包括白話小說（筆記、志怪等等），都把方塊字音、形、意組合的可能性發展得相當充分，尤其在明清之際，更是以形式的過度成熟與內容的貧乏並立。如果一個當代作家降低自己給語言提出的表現生存的要求，很容易被語言帶走，被昨天的趣味所誘惑，不是作家和語言的互相激發、互相暴露，而是互相壓抑。這是一種收縮，一種近乎惡性的循環。

高：我可以說，至少在我們兩個人的創作中，都可以發現一個共同的東西：既不拒絕從古漢語中汲取東西以豐富自己，又不為其所拘地創造一種我們自己的漢語文學語言，而且，你也不用成語，我也不用成語。

楊：這一點你一說我才感到，非常有趣。詩的語言雖然複雜，但它的構成與運行有一種透明度，這個透明度就是：在語言自身方面不形成障礙，而是語言傳達的那個經驗，也許並非普遍。也就是說，你得創造一種中文，讓它透明地傳達出某種不甚透明的東西。舉出一句詩：「空白如死鳥在你臉上飛翔」，其語言本身毫無障礙，很通順，幾乎透出光來，但細讀時，卻一層又一層：「鳥飛」，很普通；「死鳥」「飛翔」，就構成了想像層次上的跳躍，且死、生糾纏；「空白如死鳥」「飛翔」，又是一個層次，抽象玄思的層次，與具體的飛鳥隱秘相關；最後，「在你臉上」飛翔，把前面多重的「否定」落到一個肯定的地點：你臉上。這樣一行詩可以品出四五個層次——當初讀《唐詩三百首》，讀到老杜「萬里悲秋常作客，百年多病獨登臺」兩句，旁批「十四字十層」，現在懂了。

高：如果想對漢語有些新的嘗試，我自己做的一個努力是重新思考漢語的語法結構。在把漢語和西方語言的語法加以分析後，我有個發現：《馬氏文通》以來，用西方語法生硬地解釋漢語，導致了漢語的「西化」，當然，也用西方語言的表述方式，豐富了漢語。但是這種語法結構，是不是對漢語本性的更準確的認識？這是最近申小龍在國內語言學界提出的問題。他的出發點是，我們是不是還有一個別的思路，來把握漢語？我很早以來就一直想要做這樣的事。那麼在比較漢語和西方語言後，可以發現一個最基本的東西，就是語言結構的極大不同。第一是詞性，西方語言中有動詞、名詞、形容詞、副詞等等，漢語沒有形態，可以自由轉換。第二就是時態。漢語中嚴格地說沒有時態，時態的觀念只表現在語氣上，只表現在語序上：「他說昨天他走」，而不是「他昨天已經走了」，不必說「走了」。（楊：特別是文字本身沒有變形）是，動詞沒有變位，因此不構成時態的變化。再一個是語序的自由，主賓語可以任意提前。我舉個例子：「老爺曬太陽」。按語法分析，「太陽」是賓語，但從事實上來說，完全是顛倒的。你怎麼用西方語法分析這個問題？一種解釋是：漢語可以主賓顛倒，這是從西方語法角度看；或解釋為：「老爺被太陽曬」？可這裡又不存在被動語態。那麼換個角度，這裡是不是可以歸納出一套符合漢語內在規律的語法，不是以主、賓語而是以別的方式來解釋？語言學家的工作是分析已經寫成了的句子，作家卻有另一個任務，他更為積極主動地發展與創造語言。我們怎樣找尋一種漢語，既不落入規範，又不違反漢語的基本結構？這也要求提出：所謂「漢語的基本結構」是什麼？在這些前提下，去找尋現代漢語的可能性，就會突然發現，漢語有許多的契機，是西方語言難以表述的，漢語有許多短處——在西方語言中很清晰，而在漢語中是不清楚的。怎樣以西方語言之長來豐富漢語？而重新認識被西方語言視為漢語所短的，恰恰是漢語所長之處。我認為，如果漢語表現意識的活動，要比西方語言更為自由、更為靈活、更為充分，但要表達嚴格的邏輯分析，則比西方語言弱。因此至少可以呈現兩種漢語：一種是寫科學論文的漢語，因為要界定清楚，通常都相當歐化；可是文學或詩歌的漢語，如果也用那種語言寫，簡直沒法讀，這類語言應當充分發揮漢語自身擁有的那些可能性、那種靈活性。因此我相對於西方的「意識流」（現代性在語言中的一種很重要的體現，用語言集中表現人的意識和潛意識活動），提出一個概念叫「語言流」。因為人的意識是非邏輯的，它極其活躍，極其跳躍，卻被西方語言的時態、主謂語的嚴格結構弄得極其難堪，而漢語卻恰恰擁有意識活動的特點。我提出「語言流」，就是因為我認為「意識流」是不可能實現的，它所能實現的，無非是個「語言流」而已。而體現這個「語言流」，漢語比西方語言有大得多的靈活性。

楊：這裡有非常重要的一點，就是當思考一種語言（譬如漢語）及其可能性時，不僅是把它作為一個語言學的問題，而且是作為感知存在的一種方式來思考，並從這個意義上，給語言提出變化、發展的要求。我想這也是作家和語言學家面對語言時的不同出發點之一。當我讀你的長篇小說《靈山》時，有一點讓我印象非常深刻，即：你經常在人稱的變換、安排上下很大功夫，思考由於人稱的變化、觀察角度的變化，所帶來的現實與內心的變化。這個可能性既是漢語本身提供的，又必須經由作家自覺地設計，使其擁有某種特定的含義，它本身就暗示了人的感知方式。有趣的是，我在一九九一年編成的第一本短詩集，同樣命名為《無人稱》，同樣是從人的存在的意義上使用這個語言學的詞彙——「人稱」，同樣是源於這樣的思考：當你把不同的人稱代入同一個句子，而句子的結構、動詞的形態等等毫無變化時，那個「人稱」僅僅成了一個面具，所有人都可以被這副面具所掩沒，在面具下消失。因此，《無人稱》恰恰概括了人在語言中被囚禁和企圖突圍的處境，也因此，甚至給翻譯家也出了一個難題——在西方語言中，「人稱」與「人」只是同一個詞（person），翻來翻去還是「無人」，卻譯不出「沒有一人稱」這一層含義。或許西方語法規則已限定了人們無法脫離某一特定角度去思考？但話說回來，世界本來就是無人稱的（卻有人），只不過現在再加上一層：被「人稱」剝奪與「無人稱」原本是同一回事。我在國內寫作長詩《□》（讀音YI），也同樣從漢字的字形結構出發，引申出「空間」的概念。詩就是一個用語言構成的空間，而外在的時間流入其中，變成辭與辭之間的「空間過程」，如《與死亡對稱》中，中國神話、傳說、歷史、甚至「我」，都僅僅是辭，被打亂時序組合到一起。由於時態沒有變化，它們重新成為一個「另外的歷史」——個人虛構的歷史，僅僅存在於語言之內。是語言，甚至僅僅是漢語，使歷史可以僅僅以「一般現在時」（借用西方語法概念）而存在，成為今天的，甚至未來的。

高：《□》我非常喜歡，在中國大陸我就讀過油印本，這次出版後又讀。可以說《□》是一次對中國語言很好很充分的實驗，它不僅僅是尋找一種文體，而且創造了一種複雜的語言結構。在現代詩中，如此精心地去結構語言，我還沒看到有別的詩人這麼做，這種實驗本身就體現了創造現代漢語的努力。我覺得：我們所能做的事情，我們覺得有意義的事情，我們正在做的事情，就是擴大、豐富、找尋漢語的表述方式。我特別喜歡《□》的地方還在於：你創造了你楊煉自己的漢語，你可以很明確地感到詩人對語言的處理、對中國文化的消化（包括對古漢語及許多典故的重新理解），又把它們變成一個東西：什麼都不是——一個新的東西，你自己的東西。

楊：我想，讓作家著迷之處也在這兒：任何外在的東西，都可以經由語言轉換成一種內在的、你自己的東西。比如歷史，在你用自己的語言重新表述後，就成了自己的「歷史」，或者說，「現實中的歷史」。從意識形態角度看，這可以理解為一種「解釋的權力」——通過語言肯定了個人對歷史的作用。歸根到底，詩不管多麼命運多舛，卻一直佔有著某個無法被代替的人類心理層次，從深處歸納、概括、甚至「糾正」著人們盲從的「官方」說辭。

高：我們也可以說，漢語沒有死，並不是一種喪失了發展能力的語言。漢語有許多的局限性（首先必須認識到這一點），西方語言學家對漢語的一些批評也是對的，某種程度上我同意他們的意見——我自己稱漢語的缺欠為「思維短路」。由於漢語的結構過於靈活，缺乏西方語言邏輯、推理的嚴密過程，由於漢語語序的自由，得到一個感受、一個結論可以來得很容易。比方說老子《道德經》，五千言就寫完了，可這本書要是用希臘文寫，要是讓希臘哲學家演繹、推論的話，不知要長到哪兒去！但是譯文呢？據福斯特告訴我，光德文就有五十到一百種。恐怕也沒有一部西方哲學的文本有這麼多譯文，況且每個版本都有所不同。你叫它「模糊性」、延展的可能、或歧義都行，總之解釋的餘地很豐富。這裡自然也包含著中國文化的短處和長處，也就是它的特點。我們能不能讓現代漢語再向前走一步？我看是有可能的，但不能停滯於過去已取得的成就上。漢語局限性的另一個例子是：散文的傳統十分發達，可是長篇理論著作、思辨，包括長篇小說，都很欠缺。雖然話本、章回小說是一大成就，但在中國文學史上的地位都不高。《紅樓夢》確是一部了不起的大作，曹雪芹確是一位漢語大家，把微妙的心理，以及日常生活中的語氣，都能充分表現出來。

楊：包括各種語言層次：俗語、口語、文學語言、成熟的多種文學形式——詩、詞、賦、戲曲。《紅樓夢》堪稱中國文體之集大成，而它自己又構成了一種百科全書式的文體。

高：所以我們講到新形式，就是發展漢語表現的可能性。如果有了這種認識，「新形式」就不簡單是從西方引進一種翻譯體、舶來品，而是漢語自身所發展出來的形式。

楊：從你剛才對漢語的討論中，我想到：是否漢語本身在抽象思維方面的「短路」（模糊、歧義等等），也是造成中國知識份子、中國思想界、包括作家欠缺「自覺性」的一個原因？為什麼這麼說呢？你我可以看到八十年代文化界的各種「熱」——尼采熱、弗洛依德熱、海德格爾熱、馬克斯・韋伯熱等等，「熱」過之後，在思想中並沒有留下什麼。另舉一例：喬治・奧威爾的《一九八四》在中國至少出版過兩次，而且是在八十年代初就發表了，按說這是理解現實的一本上好參考書，可是幾乎沒產生任何影響。詩歌也是這樣。我這一代詩人，由於「文革」的經歷，被動地獲得了某種感受：悲哀和痛苦，寫出了一些作品。但之後，環境與自我的狀況有所改變，外在壓力有所減輕，詩就越來越流於重複與空洞。更年輕的詩人更是如此：在日趨商業化的社會中，詩人或語言不是承擔了更嚴酷的生存壓力，反而放棄了詩歌已經達到的深度，回到了感情化、粗糙和童年期——彷彿又不得不「從零開始」，以前的一切都蕩然無存了。我把這稱為文化上的「返祖現象」。如果「歷史」是以時間和變化作為標誌的話，我不得不承認：中國在思想、文化上，差不多是個沒有歷史的國家。現在的問題是：這個困境是否在我們所使用的漢字（語）中就註定了？如果是，我們怎能不離開漢語又走出困境？還是每一代人繼續「自發的動物」的命運，從皮肉時而憂鬱時而興奮地「從頭開始」？

高：當然，這種處境與中國語言是有關係的。關於中國文化的反思，常常忽略了一點：恐怕這種語言——漢語——與中國文化的特點是很有關係的。比方說：形而上的思辨，在中國文化中一直是很薄弱的，中國經典著作中，沒有一本是《邏輯學》，（楊：雖然中文並不是沒有自己的邏輯。不僅有，而且構成了明顯的與西方語言不同的思維方式）以及詩歌在中國文學中特別繁榮。中國的思想著作，自先秦之後基本上停步不前，後代無非不斷詮釋而已，並未在思想上（如西方哲學界）一次次全面質疑和翻新。（楊：從根本前提上的質疑）我覺得這可能與漢語思維方式有關。漢語思維本來忽略邏輯與分析，它只要求一種悟性，達到一個境界，這個感受的過程就完了。而怎樣去分析這個感知的過程，怎麼推導這個感知的過程，以及去體味「過程」本身，卻比較難做到。我們能不能試驗一下：在承認、發揚漢語的靈活性的同時，也去充分體味一下——以漢語思維的方式去體味一下這個感知的心理過程。我覺得這並不是不能做到。我在《靈山》寫作中的一個企圖，就是想用漢語來表達現代人感知的諸多層次，並用「語言流」把它呈現出來。漢語能否做到？讀過普魯斯特、喬伊絲、伍爾芙之後可感覺到，西方小說把心理寫得那麼入微，可漢語中通常用「她嫣然一笑」就完了，只把一個結果給你，「嫣然一笑」的複雜的心理狀態，都「盡在不言中」了。它不去追蹤、描述內心的層次與過程，這就是漢語的「短路」，也是中國現代文學之所以「薄弱」的原因。

楊：所以語言先天的限定與人後天的選擇互相作用。在我們今天已經可以把漢語和西方語言、漢語文學與西方當代文學比較研究時，可以發現：正因為漢語的局限性，所以作家想得細不細、深不深特別重要。你可以挑選寫作的方法，如寫心理或以寫外部來暗示內心，但如果你根本沒意識到心理過程的存在以及複雜，你就沒有給自己的語言提出要求，那也就不是你挑選「寫法」，而是語言的局限性挑選你了。說漢語「省略」了心理過程，真是對漢語作家的一種袒護——是作家失掉了對這些過程應有的關注。這也就是我經常感到的中國文學（包括電影）中「有事沒人」的狀況：羅列堆積的情節事件之下，蒼白空泛的人物。一切苦難都經歷了，卻感受不到靈魂的顫慄與震動。我覺得，中國作家如果不是那麼熱衷於追隨魔幻現實主義的絢麗「華彩」，而多讀、重讀陀斯妥耶夫斯基，要好得多！在中國當代詩中，也有同樣情況。我甚至想說：中國當代詩大多是一種「藏拙」的詩歌，是在利用漢語的短處——依靠讀者、特別是西方讀者的誤解，虛構出詩中未來子虛烏有的「內容」。但這些類似超現實的、近乎「後現代主義」的詞彙加減乘除，對熟悉寫作過程的作家而言，卻很容易看出其空洞（高：沒有底氣）。對，實際上無話可說，僅靠意象的跳跳蹦蹦來掩飾（高：這一點漢語很容易做到）。對，漢語很具體，很容易給想像留下空間。但問題是，你只能跟隨在別人已發現過了的生存感受後面「跳跳蹦蹦」，卻跳不出自己獨特的深度，你走不到別人開拓的田地之外。所以，一九八九年完成《[illegible]》之前，我一直選擇寫長詩或組詩這種吃力不討好的體裁，就是想在與語言（尤其是它的短處）的較量中，擴大語言的張力。我看《靈山》時也感到：這是我讀過的唯一一部始終保持著對「寫作」的清晰意識的漢語長篇小說。這一點很有意思。有時作家沉溺於他正在寫的事件，以致於忘記了事件是因為「寫」才存在的。因此，思考「怎麼寫」和「寫什麼」是一回事，甚至「寫作」本身就是內容，與人物內心息息相關，與此相比，「事件」反而微不足道了。《靈山》的啟示正在於，漢語作家有可能經由語言的自覺，發掘漢語的表述心理的獨特方式。我想捨此之外，並無「捷徑」可走。

高：我想做的事，恰恰是避開套用西方的「歐化」的句式句法，利用漢語自身的靈活性來表達。也就是說，在囚籠中，也還有舞可跳，而且可以跳出新鮮的東西。這種參照是這樣的：我用漢語寫作時，根本不考慮西方語言，相反我用外語、用法語寫作時，儘量排除漢語的思維方式。這兩種思維的感知方式是很不一樣的，而這兩種寫作之間的比較給我很大的啟發。我認為對一名中國當代作家來說，懂一門外語絕對有好處，只要堅持一個前提：不用自己的母語去模仿外語。在把二者加以對比之後，一定能發現母語中新的天地，新的可能性。當然，我用法語寫作，也試圖根據法語的特點來發展它，例如法語的音樂性，以及一個辭的首碼、尾碼等等，這是西方語言，特別是法語的特點——那麼個「玩法」。我們對語言的態度呢，就是要深入到一個語言結構的內部去觀察，然後擴展它。

楊：這也讓我想到對成語的態度。成語所包含的經驗，不是不可以使用的，但是因為成語已經變成了一個蓋緊蓋子的盒子，用它的時候，只碰到了詞而碰不到那種活生生的、血肉的感觸。因此，與其使用一個近乎凝固的詞，不如返回到那生長的、湧出的經驗本身，重新處理它，翻出新的花樣。也就是說，語言儘管總是抽象的，但它又每時每刻以特有的方式提示著自己的「根」。它與作家之間的關係，應當是種「互相發現」的關係，即：你深入語言所容許的方式，去發現它「可能怎樣去表現」；而語言的每一步擴展，又都在發掘你的生存，使之呈現。說出，才存在了。我自己對歷史及其他顯示時間性的東西很有興趣。但歷史並不是總如人們想像的，是直線「發展」的，指向「未來」的，它的殘酷，在於常常是種輪迴狀態——在心理上、精神上更是如此——每一個人到頭來，常發現自己從生存到感受都在重複過去或別人，都無非是影子，甚至影子的影子。中文成語之多、使用率之高，與中國歷史長期人為地保持這種輪迴必有聯繫。我把這稱為「知—道」的困境，一種比「未知」更必然、更澈底，因而更可怕的困境，甚至時間之牆背後也不存在可能。這大概也是中國人的虛無。詭譎一點兒說，這是中文的虛無：無動詞時態、無人稱變化帶來動詞變格之類語言結構的虛無——「我死」、「你死」、「他們死」，「今天死」、「明天死」……每一個人都沒有實體，每一個日子，走進或走出只是同一個姿勢，連死亡也毫無新意，因為它到處都一模一樣。語言本身已經把我們的感受表達得多麼清晰！應當說：語言「揭露」了我們的現實。所以，談到「深入語言結構」，當然就不能停留在抄襲方言俗語、插科打諢、耍貧嘴的水準，這給中國作家提出了一個很嚴酷的題目：漢語本身已經抵達了這一步，你還得做些什麼，方才不算「辜負」了這個語言？

高：這就是向已經有的漢語挑戰。

楊：我們已經談過了，通過西方語言與漢語的比較，並以作家個人對生存的感知為仲介，倘若可以形成一種漢語的自覺，那將是作家與語言之間的良性循環。剛才，我們也多次使用過「母語」一詞。我記得你有一篇文章，專論「國家神話」等等，而「祖國」（motherland）與「母語」（mothertongue），在我看來，相當類似——都更多地強調了我們先天就從屬於的那個東西。通過這些年在西方生活和寫作，我想知道，你是不是認為「母語」這個詞對你還存在？至少它本來的概念還有意義？如果它變了，變成了什麼？假如多年之後，「祖國」對於我只剩下了「國」、護照、簽證、稅等等，我們能不能說：使用任何一種語言，就如同醫生解剖任何一具屍體，他無須知道這屍體原來叫張三或李四？漢語，與別的外語一樣，僅僅是一種語言，我唯一要做的是瞭解它、使用它、用得精彩。這一點也像醫生對待器官的態度。我想問：就我們今天已相當個人化的經驗來說，「母語」這個概念是否也是一種束縛？而「一個人面對他自己的語言」，是否更澈底？更孤獨？更美？

高：首先，我想這個語言應當叫「漢語」。我不太贊成叫它「華文」，雖然「華文」更通用些——所有華裔都能用——但在我的概念中，「語言」與「文字」有個區別，「語言」的本質是聲音，「文字」產生於語言之後。特別是漢語的語音和文字有很大差異，文字基本上自圖像演變而來，而且它自身發展的過程就有很多的意思，可是「語言」是約定俗成的、更為先天性的東西。所以我覺得脫離了聲音的語言（文字），語言的本性就體現得不充分。因此我儘量避免使用很難發音的、已死掉的、必靠查字典才能讀出的字與辭。我雖主張吸收古漢語中的語彙，但如果這個語彙已經念不出來或語音不能傳達語意時，我儘量不用。我希望用一個稱謂來表達出語言與文字間的這個區別。當然「母語」是個習慣的說法，不如乾脆就叫「漢語」。叫作「中文」呢？有點過分強調文字，因此易於成為一種死的語言，如文言文。我覺得語言通過音樂性、音響性來傳達意義、感受，這是一個活語言擁有的特殊魅力。我不主張賦予語言什麼「祖國」啦、「民族」啦的涵義，本來漢語也並非只中國人講，新加坡、東南亞許多人都講。

楊：「母語」一詞，本身包涵著一定的特別意思。「母親的土地」、「母親的語言」，給出了一個繼承的關係。實際上，我們剛才談的，不少是關於怎樣和語言構成一種對等的、互相的發現關係。提出這個問題的一個出發點是：過去，我們更多的是在一種「群體」的情況下使用語言，祖國或傳統是語義的天然來源。如果說「河」，首先是指黃河（河圖、洛書的「河」），然後泛指所有河；提到「城」，馬上想到堆土成城的「城」、四面城牆的「城」；甚至說「地下」，也馬上把自己歸入非官方的、反叛的或創新的一群；說「知識份子」，也無形中在強調有知識的「份子」，相對什麼而言是一「份子」？……那麼今天，特別是海外的中國作家，每個人是否不得不承擔一個職責：把過去由漫長的歷史沉積造成的語言發展，轉由個人、自我、以及對自我的追問承擔起來？具體的說，現在不是你「生在」語言之內，而是語言「生在」你之內——你，而不是別人，承擔著一種語言吸收、試驗、篩選、積累、創造、傳播等等的功能，從語言意識的更新，到語法的轉換，句式的構造，直至新詞、新字的「無中生有」，我們已經很難說，我們使用的仍是普通意義上的「漢語」了。

高：我立即想到一個詞：「華語」。這個詞倒是可以的，比較合適，因為它也超過中國國界，常用，又避開了「文」，就等於英語、法語、西班牙語……

楊：我記得郁達夫有句舊體詩：「酒後方能說華語」；與酒有關，我就記得特別清楚；而且「華」，亦有美麗的意思。酒後狂言，盡是華語——好極了！

高：海外現在也用，如「華語廣播」等等，我想是比較合適的稱謂。

楊：不過，最後的結果還是另一種情況：在你的戲劇裡是「高語」，在我的詩中是「楊語」。這裡當然有共性，但現在我更想強調其中的個人因素——你讓語言發生的變形。像你有一次提到一位法語作家，他有意在他的長篇小說中不用「e」，而那本來是法語中最通用的字尾，於是他的語言已經很難簡單地被稱為「法語」，因為已充分個性化、純個人化了。而我說的語言的吸收、凝聚、擴展，過去是由「母」這個概念，就是祖國、社會、家庭等等大的群體來完成的，那麼現在，首先從意識上，應當由作家個人來完成。而如果這個作家又偏巧住在海外，這是不是一個契機——從內到外、從精神到現實恰恰獲得了這樣一個處境：「母語」僅僅依靠你自己繼續發展，而你亦借助於這一點，脫出「母語」（母體）的束縛，達到個人面對語言的至境？

高：這個問題在我們身上解決得不應當十分困難，原因是我們出國時，從古漢語的修養到當今口語，已沒有什麼問題，許多作家曾擔心，在離開母語環境之後，自己的語言也會變得貧乏——至少在我身上不存在，或不成為一個嚴重問題，一方面我已相當程度地掌握了古漢語及各種方言，我對漢語語彙、語氣等等的庫存已經足夠，況且還可從不斷讀書、看東西來補充。因此，離開漢語環境，在西方用漢語寫作，完全可以。相反，正由於西方文化的刺激，使我感到我的語彙應當使用得那麼豐富，這卻是我原來並未真正意識到的。那天我們開玩笑說：有的詩人寫詩，一本小學生的中文詞典就夠了，語彙之單調由此可見。對我來說，特別有一個強烈的意識：不僅要豐富漢語語言的語彙，而且要創造漢語的語彙。但它有個前提：懂中文的人不僅能看懂，而且能感受到。包括我使用方言，我有意識地使用方言——不僅僅是簡單的「方言化」：四川話，或陝西話，或吳語化——我想用的恰恰是這些地方話中，能夠讓懂中文的人都互相溝通的部分。其實，魯迅的寫作中用了大量吳語、浙江話、紹興話，但今天的讀者已不再感到有紹興的地方味兒了，這就進入了現代語言。我覺得作家也有這個任務，把個人的語彙和地方的語彙豐富到漢語中去。句式也是這樣，在漢語結構可以容許的範圍中創造。我感到我在海外，並沒有因為離開「母語」而招致麻煩。

楊：你的情況在中國作家中相當特殊，我想除了你的中文「庫存」之外，與你能無障礙地與法語文化交流亦大有關係，但其他沒有或缺少外語能力的中國作家，怕沒這麼幸運。這一點，從作品比從作家的表白看得更清楚——我發現，海外的中國作家、詩人，普遍呈現出一種「收縮」的狀態，以「收縮」換取繼續創作的能量。這種「收縮」最明顯地表現在語言上，或借個詞說，表現語言的創造力上，即：你通過與外語的比較也好，對中文本身的思考也好，深入漢語言結構的目的，不是為了簡單地「返回」——模仿或沿襲古典，包括陳舊的審美趣味，而是為了從那之中走出，拓展出自己的另一片天地。在國內時，我們發現許多作家的創造力有種向「前」的態勢，包括形式的實驗，強調的是漢語的表現功能，也因為「有話可說」而使「表現」本身饒有新意。但在國外，作家們要麼擱筆，繼續寫的，也有不少僅僅是從傳統筆記、志怪小說、話本中「借」來一些意識、句式、詞彙、「口味」等等，加些現代生活的「佐料」，敷衍成篇。至少從文學和語言的角度上，我不能認為這給文學史增加了什麼。回到「母語」的題目。這是不是由於個人代替群體後，發展整個語言的責任對於一個作家來說太沉重了，語言對個人的壓力太大了？以致作家活著，作品卻垮了？但你的例子又相當有趣：這些年的劇本從《逃亡》到《生死界》，再到新的《對話與反詰》，特別是後者，不僅感受方式，關注的題目在發展，包括漢語的使用方式亦在發展，顯示出一種我喜歡稱之為「能量」的狀態，這其中的「天機」是什麼？

高：在國外不僅不是限制，相反是刺激。也許刺激來自限制？也未可知。現在我回頭看我在國內寫的作品，發現許多地方可改，就是說語言用得還不精，語言的意識還不夠強，相反，我現在的語言更乾淨。另外，現在我對語言的責任感更明確，那是一種創造性的態度。因此，要玩也得玩得精。還有，現在的寫作並不急於發表，不急於讓別人看到，不像國內，編輯部催促。讀者反映現在寫與讀基本上隔斷了，換句話，就是為自己寫作，自娛而已。我把寫作當作贏得的一種自由，一種奢侈，那麼，對語言的態度也更自覺。

楊：我也在比較了我國內、國外的寫作後，得到一個體會：國內那種社會的、意識形態的壓力，某種意義上模糊了或混淆了作家對語言本身的關注。本來作家最基本的矛盾，是創作願望與語言局限的矛盾，但在國內，這常常被「外化」成為別的矛盾：政治、權力鬥爭、社會問題等——外化成為對外在危險的恐懼感；接著，群體化的社會環境，又妨礙甚至瓦解了對「自我」與這種恐懼間的關連的反省。結果，是既無政治也無寫作。出國後的環境，使你原來被壓抑著的、作為作家根本性的「處境」變得純粹，使人與語言的衝突大大凸現出來了。

高：當其他的外加因素都不在時，你只面對你的語言。因此，我就有一句話：一個作家只對他的語言負責，他不對「祖國」、「人民」包括「讀者」等等負責，因為甚至連讀者在哪兒我也不知道。當你只對語言負責，你對自己語言的要求也更嚴格，在創作中，又要考慮到它符不符合漢語的特點、規範——這體現為對稿子的處理。過去寫作一夜，第二天早上就交稿。現在且放，且反覆修改，直到自己覺得非常之乾淨了才行。對語言的純度，對語言的實驗，我都希望達到極致。如果說流亡對我的寫作有什麼好處？這就是一個。流亡中的作家愈加沉靜，三年、五年之後才被人讀到問題不大。

楊：有一點兒像曹雪芹當年寫《紅樓夢》，除了脂硯齋評評劃劃之外，別人壓根不知道有這麼一部書，就是知道了與作家也沒甚干係。過去，我們談論「流亡」，常常更多的談及黑暗的一面，即「失去了什麼」，其實，對一位中國作家來說，也不該忘記另一面：流亡使我們獲得了什麼？我們談了許多，關於內容與形式，關於語言，關於作家對語言的自覺，以及所有問題，最終歸結為一個作家怎樣對他的語言負責？應當說，「流亡」提供了這麼一個清晰得讓人無法迴避的現實：你除了靠自己在這條路上行走外，別無所依。我以為這種處境，對於中國文學乃至知識份子，將產生深刻影響。

高：你說這是好也好，壞也好——作家既和原來使用語言的社會環境隔離，也和讀者隔離，我們基本上處於一個「孤絕」狀態。比方說我在臺灣出的一本書，第一年寄來帳單，只賣出九十幾本，第二年六十幾本，第三年我去了臺灣，也只增加到二百來本，而出版社一下子印了二千本，早著呢。所以，我寫過一篇文章，叫作〈冷的文學〉。我覺得，從正面講，流亡的處境促使作家成熟，促使作家必須對藝術、對語言態度嚴肅，因為寫作已和生計沒有關係。離開社會與讀者，寫作完全失去了實用的意義，如果你還要寫，純粹是為了自己。為自己保存這種娛樂、奢侈，極為寶貴，自然，也就十分看重它。也因此，你對語言的態度就變得更為苛刻。這是「流亡」的正面作用。我甚至認為：它沒有多大反面的作用——對一個作家、對他的作品來講，當然對他的生存、耐不耐得住寂寞、有沒有社會反響、有沒有朋友等等是一個考驗。但作品不同，我們不存在一個學習語言的過程，這已經完成了。因此當人們問及與中國、與中國文化的關係，我立刻想借用一位波蘭作家的一句話：「我就是波蘭文化」。此說雖有狂妄之嫌，但實際上就是這麼回事。我的中國意識在哪兒呢？就在我自己身上。這就是對漢語、漢語的背景、中國文化的態度——它自然就在你身上。

楊：所以，流亡這個辭並不是一個政治的或地域的概念，它應當是一個人的精神層次的內容。固然，在海外我們面臨著這個現實，但就是在中國，也應當自己把自己置於這樣一個現實——充分意識到它。我在一九八六年寫的文章〈詩的自覺〉中，把這稱為「自覺地尋求困境」。

高：只是當時的社會環境使這個現實模糊了。現在這個問題變得這麼尖銳、突出，你就看得很清楚。

楊：是這個新的處境提示給我們：這本來就是我們一直應當做的事情，即使在國內，也應當擁有這一點自覺。

高：比方說，我在國內多年寫作，也沒打算發表。包括《靈山》，從一九八二年寫起，當時只有一個念頭，就是寫一部書。可能是我生前發表不了的書，我也不指望在那時發表它。可見，這種意識是有的，但只是到西方之後，它才變得完全明確。從這裡，我又想到文學與社會的關係。我覺得，如果像回到語言一樣，回到文學的本性來講，應當主張一種我稱為「冷的文學」（楊：一種疏離的文學……），曹雪芹也好，施耐庵也好，當年寫作都沒想過發表，一不靠它吃飯，二不指望讀者，只為若干友人、知己，甚至自己，一樂而已。我想：其實這是文學存在的一個很根本的態度，其他許多東西都是附加在文學身上的，壓得文學喘不過氣來。

楊：無論在國內或國外，常常感到人們有一種錯覺，認為文學是被「需要」的東西，被社會，或被現實所「需要」。一旦遇到國外的情況，掌聲稀疏了，反應遲緩了，寫作成了「近親繁殖」——自己寫、自己讀、自己評，便陷於不知所措，難以為繼了。我把這類作家比喻為需要一個社會的「點滴瓶」，寫作的衝動、目的都放在外部，通過「體外循環」與社會連在一起，那麼「點滴瓶」被摘掉，也就同時宣佈了一個作家的死亡。我想，對我們來說，也許這個「點滴瓶」，摘掉得越早越好。摘得早，你更有機會調整好自己的生存感受、創作狀態和語言之間的關係，形成一種「內循環」。有人也在採訪中問過我，是怎樣保持了良好的創作狀態？我認為：這與我在國內寫詩時，就一直有意識地創造語言與表面社會生活之間的距離有關，而實際上，我的每一部作品，都是被我當作「最後一部」來寫的。既然是絕筆，你就不得不「嘔」出內部所有的、最深的，呈現為語言，你已無須顧及是否被人理解或歡迎，而只關心用詩讓自己「存在」。因此，出國之後，雖然面臨語言的障礙，但感受並沒中斷，思考各種感覺的過程並沒中斷，人和語言的關係更平等、客觀和清醒，我的寫作即以此為基礎。

高：文化，當它與「功利」隔斷了之後，更像文化。

楊：甚至可以說，更「有用」。你傾全力關注語言，而語言本身即是文化發展的基因，在這一點上，你同代的、將來的、甚至過去的作家們，都因為你的出現而不得不調整位置。你，使他們所面對的那具文學「屍體」不同了。他們想給文學增加點什麼，就得付出更大代價，或被激發出更強的創造力。這樣，可以說作家也盡到了對社會、對文化的責任。

高：因此批評界也不在話下了，評與不評，讀與不讀，都無所謂。我的書也只有幾個好友在讀，偶爾個別讀者有興趣。這是一種沒有反應的對話。那個東西丟進大海，沒有反響，那你為什麼還要寫作？只能理解為自己能從中獲得一種滿足，我有時間坐在桌前，寫自己想寫的東西，就夠了，我已經不再寫別人「要」我寫的東西，無論用哪種方式「要」我寫，只要是我自己不想寫的，對我自己沒意義的東西，我就不寫。因此，寫作的目的也很乾淨。這說明沒有讀者、沒有觀眾的寫作，不一定是壞事情。又比如我寫戲，也還考慮到觀眾。為什麼？因為這是戲劇形式本身要求的，它要求考慮到觀眾，否則不成其為戲劇。一部好的戲劇，就要求觀眾、演員、角色等等之間的關係。如果我要這個形式，我就需要一個抽象的觀眾，甚至不在乎他是中國的、法國的還是哪國的觀眾。

楊：作為我們的思想準備，都在考慮一種沒有觀眾的對話。譬如詩，我現在常常是寫成之後一兩年，才拿出去發表，或乾脆等到短詩正自然地形成了一個結構——再從結構的角度「反觀」每一首詩，都滿意了，才考慮出版。對於詩，這也許僅僅意味著放在一邊。所以，讀者即使有，也是隱身的，讀者其實是作者自己的對象化、或外化。實際上，你所設想的觀眾，永遠與你自己有類似之處——類似的理解能力、審美趣味甚至生存背景等等。

高：你這話很有道理，觀眾應當具體化，什麼樣的觀眾？有一個區別。特別是在層次上：中產階級觀眾，愛好藝術的觀眾，藝術家的觀眾，等等，不可能照顧到每一層、每一位。也正因為如此，反不如將其統統抽象掉，如你所說，最好的對談者是你自己。

楊：寫詩完全一樣。經常有讀者問：你希望你的詩讓什麼讀者愛看？我只能答：要是連我自己都不愛看，我也沒法想像還有什麼人能愛看。這種答覆，並不是簡單地逃避責任，而是增加了自己的責任：不僅作為作者，還作為一名對自己最苛刻的批評家的責任。對於我，當然在國內也已經具有一定的語言意識，但徹底地把自己從群體中切下，作為一個對象去思考，把自己的寫作放在自己的對立面去思考，是國外的事。我想：這種「個人化」、「客觀化」是漂泊生活的一大收穫，對整個中國文學的成熟大有好處。甚至，我願意對許多朋友說，這是一個必需的過程，把社會表面的「需要」拿掉，代之以個人內在的「需要」。

高：這也就碰到一個大家都在談論的問題：文學還有沒有讀者？中國也好，西方也好，嚴肅的文學，非商業性的文學，最終存在的理由，在它自身，而不在市場的價值和讀者以及社會反應。我覺得：這也體現了人類的一點微小的驕傲，就是，人活在世界上，總要表現表現他自己。因此有時我也和法國作家討論：究竟為什麼要寫作？他挺欣賞我的一句話：「所謂寫作無非個人向他生存的世界作出一個小小的挑戰的姿態。」姿態而已，至於有沒有人理會，全然不管。換句話說：寫作，就是為了自我完成。在國外的寫作，不僅語言，甚至作品所處理的材料、對象也有變化。《靈山》於一九八九年九月完成之後，我覺得我了結了一個「中國情結」。《靈山》的背景還在中國，完成它就像打了個扣，結束了我對中國的「鄉愁」。這其實是為我自己——這樣不就真正成了孤家寡人嗎？一切都在我自己身上嗎？這個「自我完成」非常之充分。打那以後，我可以說，很少夢到中國，以前做夢的背景、潛意識中還有很多「中國」。現在對我的心理有好處，一個流亡作家，不從屬於任何一「國」僅僅漂泊於世界，有什麼不好？一個人面對國家、面對民族，給你自己一個「自省」。

楊：有人會認為你的法語水準，是你保持心理平衡的基礎。但我有興趣的，是我這個一九八八年出國時一句英語不會的人，在寫作中幾乎發生過與你一樣的心理過程。在中國，我寫《大雁塔》、《半坡》、《敦煌》、《諾日朗》等等組詩，潛意識中，它們是一系列長詩《[illegible]》的草稿。到一九八五年，散文詩《逝者》三章，使我整理出我精神的「曼荼羅」，於是開始了持續五年的《[illegible]》的寫作。我試圖給出各種結構、節奏、體裁和句式，讓漢語在其中充分「敞開」。這首長詩的初稿完成於一九八八年五月，倒數第二和第一首詩，分別題為〈還鄉〉和〈遠遊〉，尤其〈還鄉〉最後一行：「所有無人／回不去時回到故鄉」。八月，我即出訪澳大利亞，一九八九年在紐西蘭修改《YI》。之後流亡至今——詩，真是一種可怕的預言，而現實往往證實了詩的巫咒——《YI》的完成，也使我通過寫作解除了一種詛咒：中文的詛咒。例如，使我用《與死亡對稱》把「中國的」歷史內化成為「我個人的」歷史，使語言自它自己中心翻出了語言。一部長詩猶如一次在語言中的長途旅行，只有當你回來，你才發現自己從中獲得了什麼，對於我，就是獲得了對語言的「征服」（狂妄點兒說）——至少不再是一種從屬的地位。在此之後，我的短詩，也像一個遠足回來的漫遊者，看上去還是他，內心的經驗卻全然不同了。這些年，在《面具與鱷魚》、《無人稱》、《缺席》及散文集《鬼話》中，我處理的題材多種多樣，但都歸結為一點：人的存在。即使僅僅一首短詩，僅僅寫了我個人的一個瞬間感覺，語言所面對、所揭示的卻都是「人的處境」。在這個大前提下，不僅「祖國」情結是不必要的，甚至「母語」也成為純粹偶然的，更不用說語言的意識形態因素了。與這種語言態度相契合的，是一個生存上相當徹底的「作客心態」——人生如羈旅，哪兒都一樣，包括中國。在現實中，就是在哪兒住了一年半載，就忙不迭想移動、搬走，生怕再次變成某種意義上的「主人」，即再次隸屬於一片土地。用兩句詩來說：在國內我寫「把手伸進土摸死亡」（《與死亡對稱》）；在國外我寫「大海　鋒利得把你毀滅成現在的你」（《大海停止之處》）。

高：你說得對，這是一種人的本性。什麼本性？就是人總想要挑戰，包括：我也不願意跟法國文化認同，哪怕法語——在《生死界》中，我故意發明了一個法文字，它是絕對的法文，中文簡直無法傳譯——在法文中，用「e」結尾的只有名詞，可我的劇本卻要求一個有「e」結尾的動詞，於是，我就把一個名詞放在了句子中動詞的位置上。這雖然完全不合規則，但因為有一個同形的名詞在，法國觀眾也可以接受。我既然要用法語寫，就也要讓法語「出格」，寫出一種有一定「陌生化」的法語。將來如果人們說起有一個外國人也發明過一個被法國觀眾接受的新詞，那就也和我在中文中玩的相同了。這是對語言的普遍態度。我想我們都有這種觀點：既反對「祖國」，也反對任何一種民族主義。法國右派上臺，民族主義氣味很濃，我非常反感，極不願認同這樣一種法國文學。二十世紀文學大家，大多有流亡經驗，沒有一個是簡單的「愛國主義者」。

楊：馬克思，佛洛德，喬伊絲，湯瑪斯•曼，等等，幾乎整個二十世紀的哲學、文學基礎都建築在「流亡」感上，我想這很深刻地影響了二十世紀對「自我」及「存在」的認識。

高：中國人一直沒做，只是到現在才出現。

楊：是不是可以說：今天，至少在某些中國作家身上，出現了與二十世紀精神歷史真正吻合的契機，通過精神意義上的「流亡」和個人的自覺，從群體結構的輪迴中突圍；同時，把對文學形式的探索，作為對人類精神探索的一部分，從而擺脫迷信「新形式」的文化童年期。

高：也就是達到了這個份兒上——排除掉各種雜質，把文學作為純粹的人的精神來探索，是否是一個「完成的」知識份子，就是說他是否能以個人獨立不移於社會，來發出自己的聲音。

楊：所以一九九三年二月在柏林，我對大陸出來的作家說：「流亡」是你自己選擇的一種心態，卻與出不出國無關。

高：一個充分意識到自己的人，總在流亡。當你層層剝去了被別人附加（強加）的東西，你才漸漸確立了自己的價值——這甚至包括「自我懷疑」在內。因為我們相信我們所寫的東西還有點兒意思，還值得為其付出代價，至少能自我滿足，如果連這點兒也沒有，早就該自殺了。

楊：你可以稱之為「個人主義」或者「自私」。這是個悖論，對你自己的「回歸」，也使你的寫作最終成為有益於他人的。這並非矛盾，倘若由此回到我們這次談話的起點「內容與形式」。在這個文學，甚至哲學普遍感到危機，而二十世紀追求「形式創新」的狂熱也已對我們失去了魅力的今天，我們在尋找怎樣一種文學呢？

高：也許還是那句舊話：老莎士比亞永遠也不會過時。不管玩什麼形式，有多少時髦，「打倒」也好，「萬歲」也好——老莎士比亞，因為他充分闡述了人的精神活動及對人性的透析，因而應有盡有：形式、內容、現代性、永恆性——所有這些討論，在他的作品面前都不再有什麼意義了。我們需要的，是一種不加任何定語的文學，它就叫「文學」，什麼「純文學」、「嚴肅文學」、「實驗文學」、「現代派」、「後現代派」……所有這些都沒有意義了。好時髦者要靠這些詞藻來支撐，古往今來真正的作家卻不會被其迷惑。我們仍在通過自己的生存，重做先人所做的事情。

楊：用自己的語言重申人的處境。繞過一個大圈，回到原地，還是「文學即人學」——當然加入了你個人感受的層次。這樣，文學就找到了它自己存在的理由、生長的根據。也不僅僅是對外在「真理」的證實，而是對自身的發現。這樣的文學，也更從容了，它已融入了你的生存方式，它的更新，不是文字遊戲的性質，而是生命的性質。一首詩，一部戲劇的完成，標誌著一個「你」——作為一種生存狀態的「你」——的結束。能不能繼續寫下去？能不能繼續「形成」另一種生存狀態？對於作家是同一回事。

高：所以也沒有了「非此即彼」式的矛盾，作品即各種矛盾（包括文學形式之間的矛盾）的統一和解決。討論到這個層次，內容與形式，革新與傳統，現代性與非現代性的關係，人與文化背景的關係，都成了廢話，留給好事者去說去。

楊：今天的討論相當不錯，涉及了當代漢語文學中不少問題。本來，這些話也不一定非由作家自己來說，但中國思想界，尤其文學理論界思想的貧弱，使許多問題糾纏不清，或者談不到，或者談不透——後者尤其突出——因此，作家的思想，雖不一定很「學院派」，卻是切身之感，是活的，也因此至少具有啟示性。當然，作家的謙遜或者狂妄，又只看一點，就是作品。作品永遠比作家說出的更多、也更好。一切討論的出發點和歸宿，都可以在作品中找到。而這，也就夠了。

釀文學189　PG1474

發出自己的天問
——楊煉詩與文論

作　　者　楊　煉
責任編輯　鄭伊庭
圖文排版　周妤靜
封面設計　尚揚、何暘
封面完稿　蔡瑋筠

出版策劃　釀出版
製作發行　秀威資訊科技股份有限公司
114 台北市內湖區瑞光路76巷65號1樓
電話：+886-2-2796-3638　傳真：+886-2-2796-1377
服務信箱：service@showwe.com.tw
http://www.showwe.com.tw
郵政劃撥　19563868　戶名：秀威資訊科技股份有限公司
展售門市　國家書店【松江門市】
104 台北市中山區松江路209號1樓
電話：+886-2-2518-0207　傳真：+886-2-2518-0778
網路訂購　秀威網路書店：http://www.bodbooks.com.tw
國家網路書店：http://www.govbooks.com.tw
法律顧問　毛國樑　律師
總 經 銷　聯合發行股份有限公司
231新北市新店區寶橋路235巷6弄6號4F
電話：+886-2-2917-8022　傳真：+886-2-2915-6275

出版日期　2015年12月　BOD一版
定　　價　490元

國家圖書館出版品預行編目

發出自己的天問：楊煉詩與文論 / 楊煉著. -- 一版. -- 臺北
市：釀出版, 2015.12
面； 公分
BOD版
ISBN 978-986-445-060-2(平裝)

848.7 104019730

讀者回函卡

感謝您購買本書，為提升服務品質，請填妥以下資料，將讀者回函卡直接寄回或傳真本公司，收到您的寶貴意見後，我們會收藏記錄及檢討，謝謝！

如您需要了解本公司最新出版書目、購書優惠或企劃活動，歡迎您上網查詢或下載相關資料：http:// www.showwe.com.tw

您購買的書名：____________________

出生日期：________年________月________日

學歷：□高中（含）以下　□大專　□研究所（含）以上

職業：□製造業　□金融業　□資訊業　□軍警　□傳播業　□自由業

□服務業　□公務員　□教職　□學生　□家管　□其它_____

購書地點：□網路書店　□實體書店　□書展　□郵購　□贈閱　□其他

您從何得知本書的消息？

□網路書店　□實體書店　□網路搜尋　□電子報　□書訊　□雜誌

□傳播媒體　□親友推薦　□網站推薦　□部落格　□其他__________

您對本書的評價：（請填代號　1.非常滿意　2.滿意　3.尚可　4.再改進）

封面設計____　版面編排____　內容____　文／譯筆____　價格____

讀完書後您覺得：

□很有收穫　□有收穫　□收穫不多　□沒收穫

對我們的建議：____________________

____

____

____

請貼
郵票

11466
台北市內湖區瑞光路 76 巷 65 號 1 樓
秀威資訊科技股份有限公司 收
BOD 數位出版事業部

（請沿線對折寄回，謝謝！）

姓　　名：＿＿＿＿＿＿＿＿　年齡：＿＿＿＿　性別：□女　□男

郵遞區號：□□□□□

地　　址：＿＿＿＿＿＿＿＿＿＿＿＿＿＿＿＿

聯絡電話：（日）＿＿＿＿＿＿＿＿（夜）＿＿＿＿＿＿＿＿

E-mail：＿＿＿＿＿＿＿＿＿＿＿＿＿＿＿＿